CW00431436

Après *Le Cimetière américain*, en 2003 (prix Robert-Walser), et *Jura*, en 2005, Thierry Hesse a publié en 2009 *Démon*, largement salué par la critique et traduit dans une demi-douzaine de langues. Il vit à Metz.

Le Cimetière américain
prix Robert-Walser
Éditions Champ Vallon, 2003
et « J'ai lu », n° 9667

Jura
Éditions Champ Vallon, 2005
et « J'ai lu », n° 10196

Démon
Éditions de l'Olivier, 2009
et « Points », n° P2440

Thierry Hesse

L'INCONSCIENCE

ROMAN

Éditions de l'Olivier

L'auteur remercie le Centre national du Livre
pour la bourse qui lui a été attribuée.

Il est reconnaissant à François Maspero pour son portrait
de Gerda Taro, *L'Ombre d'une photographe* (Seuil, 2006),
à Michka Assayas pour son *Dictionnaire du rock* (Laffont, 2000)
et à Gilles Ortlieb pour sa traduction des paroles des chansons.

L'auteur précise que ce livre est une fiction :
les descriptions données des lieux ainsi que la vie
et les pensées prêtées aux personnages doivent être considérées
comme essentiellement imaginaires.

TEXTE INTÉGRAL

ISBN 978-2-7578-3614-9
(ISBN 978-2-8236-0006-3, 1ʳᵉ édition)

Pour Clara et Louise

Unknown, unknown brother
I'll meet you someday
Unknown, unknown brother
We'll walk through fields where children play.

Inconnu, mon frère inconnu
Je te rencontrerai un jour
Inconnu, mon frère inconnu
Nous irons par les champs où jouent des enfants.

THE BLACK KEYS

1

Qu'as-tu dans ton cœur, cette fois ?

Enfants, leur mère prêchait que Noël devait être dédié à Jésus, non à la jouissance. Traîner au lit jusqu'à midi, visser ses yeux sur la télé, écouter à n'en plus finir ses disques préférés ou bien s'empiffrer de nourriture, c'est bon pour les mécréants, disait-elle. Ce jour-là, comme le dimanche de Pâques, le jeudi de l'Ascension et même le jour de l'Assomption (le fameux 15 août, quand la Vierge Marie se fait kidnapper par les anges), elle avait obtenu qu'ils assistent à une messe en leur cathédrale Saint-Étienne qui s'emplissait en ces moments de liesse du troupeau chevrotant des fidèles et adoptait un air de solennité très spécial (Marcus se souvenait d'un office de Pâques où leur évêque, coiffé d'une mitre ivoire et or, avait parcouru les cent vingt mètres et quelques de la nef jusqu'au maître-autel, assis en amazone sur le dos d'un âne), ensuite que chacun d'eux, après le dîner, se livre devant les autres à un exercice d'époussetage intime. Elle appelait ça le « petit examen du cœur ».

Au milieu de va-et-vient sonores et en apparence joyeux, tous les quatre débarrassaient la table, faisaient la vaisselle, rangeaient couverts et assiettes, puis franchissaient le seuil du salon, père et mère prenant place dans les fauteuils à oreilles, Carl et Marcus sur le canapé à motifs de feuillage. Les deux garçons cessaient alors de plaisanter, de se balancer d'aimables coups de pied dans les chevilles. La pièce, d'habitude égayée par les images en noir et blanc de leur Téléavia, devenait un lieu austère. S'installait un silence encombrant, que leur mère évinçait en prenant la parole d'une voix forte. Elle s'adressait avant tout à ses fils en les gardant en ligne de mire ; de temps en temps seulement, elle lorgnait vers leur père.

Elle commençait par faire état d'un événement remontant aux dernières semaines écoulées et qu'elle considérait comme un acte pas très glorieux. Ce pouvait être une dispute conjugale. Ces disputes, quoique rares, étaient parfois violentes, elles éclataient en général dans la cuisine à cause d'un désaccord qu'elle avait elle-même amplifié, sa voix était montée dans les aigus, leur père avait fait trembler la table de ses poings, et la crainte de Marcus, nourrie à l'époque par son intoxication aux romans d'épouvante, était que, pris de folie à cause des hurlements de sa femme, il brandisse un hachoir et la taille en morceaux. Ou bien elle s'accusait de ne pas avoir été charitable avec une amie ou un voisin, faute qu'elle avait tendance aussi à grossir afin de sensibiliser ses garçons à des régions insoupçonnées du mal. Ou encore c'était une remarque désagréable qu'elle se reprochait d'avoir infligée à un commerçant du quartier – crime presque aussi rarissime chez elle que le précédent, sauf si le commerçant avait failli le premier, comme ce boucher qui une année avait avalé sa commande de gigot pascal et n'avait rien eu d'honnête à lui vendre à la place (elle l'avait traité de crétin).

Ces peccadilles, elle disait les regretter, puis promettait de les réparer, sans jamais manquer d'instruire ses garçons sur la manière dont elle comptait s'y prendre. Ensuite elle confiait ce qu'elle estimait avoir réussi comme bonne action – elle disait « ma B.A. », expression qui n'avait pas chez elle le sens blagueur ou ironique qu'on lui donne aujourd'hui. Juste après-guerre elle avait fait partie d'un groupe de jeannettes piloté par le curé de sa paroisse, assisté de dames patronnesses en acier trempé. Gagnant du galon, elle était devenue guide, puis guide-aînée, avant d'être autorisée avec des filles de son âge à battre la campagne en jupe-culotte marine, chemise bleu ciel, cravate marron et sac à bretelles. Cet apprentissage militaro-écolo-spirituel représenta sûrement, avec sa vie d'épouse puis de mère, l'une des expériences les plus intrépides de son existence (Marcus l'imaginait traverser en brodequins des forêts jusqu'au crépuscule, planter sa tente dans des clairières plus ou moins douillettes, réchauffer du bœuf en conserve tout en entonnant des louanges au Seigneur, se laisser embrasser les nuits de jamboree par des garçons musclés dans une atmosphère de feu de camp, dormir à la belle étoile). À ses fils, elle en parlait pourtant de façon évasive. Cet épanouissement au sein de la nature et à la lumière de la grâce divine ne lui avait-il laissé que de bons souvenirs ? Comme elle savait, pour l'édification de ses enfants, broder sur ses défauts, peut-être enjolivait-elle aussi son passé.

Réparer pouvait consister à envoyer une somme d'argent à une congrégation religieuse dans un pays crevant de faim ou à offrir son aide à une personne qui ne l'avait pas demandé. « Mais comment sait-on que les gens ont besoin d'aide ? l'interrogeait Marcus. – Il y a des pauvres, des malades », disait-elle. Des pauvres, Marcus en avait une petite idée car, sur le chemin de l'école, il lui arrivait d'être attiré, au fond d'une rue peu passante, par l'immeuble de l'Armée du Salut devant lequel des hommes au visage gris se rassemblaient en fixant l'écriteau cloué sur la porte : UNE DOUCHE EST OBLIGATOIRE AVANT DE PRENDRE UN REPAS. Et les malades ? « Des gens dans les hôpitaux, des blessés, des estropiés. » Marcus, à dix ans, n'avait nulle envie de s'occuper d'estropiés. Une nuit, il rêva qu'il traversait une salle obscure tout en longueur, à la chaleur lourde et fétide ; de part et d'autre s'alignaient des grabats depuis lesquels des silhouettes malingres, couvertes de bandages, l'agrippaient par le bras, tandis que des mouches s'énervaient au plafond.

Dans le journal que lisait leur père, Marcus avait repéré une rubrique où des appels au secours, désignés par un numéro, paraissaient chaque semaine. « Cas n° 135 – Madeleine est une ouvrière de trente-deux ans qui vit au domicile de ses parents infirmes. Pour se rendre à l'usine où elle travaille, elle possède un vélomoteur qui a besoin d'être remis en état. Un don de cent francs serait le bienvenu. » « Cas n° 201 – Jean-Marie, père de cinq enfants et actuellement sans emploi, s'est fait voler dans un autobus son portefeuille et ses dernières économies. Un acte généreux réchaufferait leur Noël. »

Si Marcus était troublé par la présence de ces numéros, il n'était pas non plus certain que ces hommes et ces femmes existaient. Et puis, qui vidait les enveloppes et comptait l'argent ? Qui le distribuait ? Qui vérifiait s'il avait été bien employé ? Surtout, qui se délestait d'un billet pour des inconnus dont la vie se résumait à trois lignes ? « Dans ces situations, déclarait leur mère, ce n'est pas tant le fait de donner qui importe, que l'intention qu'on y met. » Autrement dit : si tu n'as pas cent francs, tu peux toujours prier pour Madeleine. Mais que signifie une prière quand il s'agit de changer la fourche ou le phare à iode d'un vélomoteur ? Les prières modifient-elles l'existence des gens ? transforment-elles les choses ? améliorent-elles le monde ? Leur mère disait que celui qui prie veut sensibiliser Dieu. Mais si Dieu voit tout, pourquoi lui envoyer des prières ? Il voit tout mais doit être négligent, pensait Marcus.

L'enseignement de leur mère provenait de ce qu'elle appelait elle-même le Livre saint ou le Livre des fortunés. « Dieu est amour », avait-elle lu et relu dans la Première Lettre de Jean : « Bien-aimés, puisque Dieu nous a tant aimés, nous devons aussi nous aimer », et « Dieu habite en nous et son amour se réalise en nous », et aussi « Celui qui dit "j'aime Dieu" et déteste son frère ment. S'il n'aime pas son frère qu'il voit, il ne peut aimer Dieu qu'il ne voit pas, et le commandement que nous avons reçu dit bien : Celui qui aime Dieu, qu'il aime aussi son frère. » Morale qu'elle leur chantait sur tous les tons et qu'elle avait apprise, enfant, aux séances de catéchisme, puis, adolescente, entre deux bécotages de feu de camp. Mais si dans toute morale se niche une ambition, quelle était la sienne ? Faire de ses garçons des individus irréprochables et désintéressés ? débordant d'un amour n'ayant rien à voir avec l'envie, l'avidité, le lucre ? L'avidité qu'ils pouvaient ressentir devant ceux qui les nourrissaient, les couvraient de vêtements dont ils n'avaient pas toujours honte, leur offraient à Noël des boîtes de petit chimiste ou des maquettes d'avions, et que, sans cela, ils auraient moins aimés. Aimer, pour leur mère, c'était prodiguer à autrui ce qu'on a, sans calculs ni arrière-pensées. « Donnez et il vous sera donné », dit Luc. Donner quoi ? Un os aux affamés ? La faim aux ventres pleins ? Donnez ou priez. Donnez *et* priez. Encore qu'elle ne leur martelât rien de tel, préférant les éduquer par l'exemple.

L'une de ses phrases fétiches était : La bonté ne

fait pas assez parler d'elle. Une fois, elle leur raconta comment, apercevant sur un trottoir du centre-ville un mendiant aux sandales en charpie, elle s'était précipitée jusqu'à leur appartement et y avait dégoté une paire de souliers qui n'avaient pour ainsi dire jamais servi. Le lendemain elle s'arrangea pour entraîner leur père là où le pauvre bougre avait coutume de tendre la main. « Wil, tu reconnais tes chaussures ? » (Leur père se prénommait Wilhelm, mais elle préférait l'appeler Wil ou mon chéri.) S'il n'eut aucun mal à identifier les souliers qu'il portait à son mariage, il douta que le cuir verni et les boucles en argent soient l'idéal pour s'affaler par terre et inspirer de la pitié à son prochain. « Je savais que ça te plairait », avait conclu leur mère en souriant.

Dans leur salon, lorsque sa voix résonnait, Marcus observait ses mains longues et nerveuses, ses yeux verts. À ce moment-là, elle ressemblait moins à une novice priant et frissonnant dans un couvent qu'à une louve léchant jalousement ses louveteaux avec l'énergie et l'instinct suffisants pour défendre leurs intérêts. Quelque chose de solide émanait de sa figure rosissante, encadrée par des cheveux blonds. Si ce qu'elle attendait de ses garçons n'était pas facile, ce n'était pas ingrat non plus, et ils en retireraient, devait-elle penser, un joli bénéfice. En grandissant, Marcus comprit qu'être mère c'était aussi jouer un personnage.

Les jours dits, le « petit examen du cœur » aurait dû, après elle, revenir à leur père si celui-ci n'avait eu un joker permanent. Il assistait aux séances mais y intervenait peu. Au début, son attitude déconcerta ses garçons. Il traînait les pieds, participait à reculons, n'ayant rien de spécial à confesser ou maugréant seulement quelques phrases, ensuite il s'était amusé à pervertir avec la facétie dont il savait faire preuve les règles établies par leur mère, avouant des actes invraisemblables, comme d'avoir percuté un chameau sur une route ou gagné à la loterie nationale et distribué à ses collègues de travail des liasses de billets de banque. Ces pitreries avaient tellement désolé leur mère – tout en déclenchant chez Carl et Marcus des fous rires – qu'elle décida de lui attribuer le rôle d'observateur. Sa présence muette, le fait qu'il reste sur son quant-à-soi (les bras croisés, le dos calé dans son fauteuil, les yeux plissés comme un gros chat) n'empêchaient pas de faire du « petit examen » un moment familial.

Carl, lui, éprouvait de réelles difficultés à se confier. Les séances semblaient même l'indisposer. Marcus le voyait bredouiller, se tortiller sur le canapé, se mordiller les lèvres. Autant d'efforts pour ne pas dire grand-chose au fond, et c'était un peu triste. Car le « petit examen » révélait surtout des péchés véniels. En six ans, y avait-il eu de la part de Marcus, ne serait-ce qu'une fois, l'aveu d'une calomnie ? d'un parjure ? d'un larcin digne de ce nom ? d'une trahison ? d'actes de barbarie infligés à un animal avant de le brûler vif ? Autant qu'il s'en souvienne, non. C'était avec plus ou moins de sincérité qu'il décrivait combien il avait été mesquin ou généreux avec un camarade. En général, il inventait. Savoir raconter des histoires est un don qu'il avait reçu de son père. Malgré une légère inquiétude et son cœur qui battait plus fort, il en ressentait après coup de la fierté. L'important était d'adopter le ton de la confession. Il fallait que leur mère puisse y croire. Dans le cas des crimes et délits, un timbre plus bas que la normale, à peine apitoyé ; pour les B.A., une voix claire, gaie sans exagération.

Carl, au contraire, était incapable d'user d'une autre

langue que celle de la vérité. S'il lui arrivait de se féliciter de ses plus ou moins bonnes actions, les mauvaises étaient à ses yeux indubitablement mauvaises. Un soir, il avoua à leur mère que, pour plaire à une fille de sa classe, il avait dérobé dans un magasin du centre-ville un parfum de marque, le genre de flacon qui devait équivaloir à une année de son argent de poche. Pour la première fois, Marcus la vit réagir autrement. Ses mains s'immobilisèrent, son regard s'assombrit, prenant la couleur du ciel sous l'orage. Un instant, elle dut songer à autre chose qu'à sa pédagogie par l'exemple, mais c'en eût été alors fini du rituel auquel elle tenait tant. Un drôle d'ange passa, puis elle dit : « Eh bien, Carl, nous irons ensemble dédommager ce commerçant ! » C'est seulement lorsque Wilhelm questionna son fils pour savoir si la fille avait apprécié le parfum et lui en avait été reconnaissante qu'elle se mit en colère.

Vers l'âge de onze ans, Marcus fut préoccupé par l'idée que la sexualité puisse s'immiscer dans leurs séances. Si leur mère ne les avait jamais interrogés directement là-dessus, une nuit où il était parti en expédition pour piller le frigo, il surprit une conversation depuis la chambre de ses parents. « Wil, Marcus sera bientôt un adolescent, il faudrait que tu commences son éducation. – De quoi tu parles ? – Tu as bien compris… Seulement moi, je suis sa mère… C'est à toi de t'en charger. – Qu'est-ce que tu veux au juste ? soupira leur père. Papa et maman écureuils au printemps, ou une virée entre hommes à Amsterdam ? »

Or à la même époque, l'un des camarades de Marcus, un certain Henri, dont la famille tenait un salon de coiffure à trois rues de chez eux, fit circuler dans leur classe de cinquième des magazines qu'il avait prélevés parmi le matériel professionnel de son père.

L'un des exemplaires montrait une actrice française, célèbre pour son nez retroussé, sa chevelure bouclée et ses taches de rousseur, s'abandonner à des positions qu'on n'était pas habitués à voir dans les films tout public diffusés le dimanche soir à la télé où elle jouait d'innocentes bécasses pleurnichardes. Sur une double page en couleurs, elle s'exhibait à quatre pattes au milieu d'une chambre d'hôtel, offrant sa nudité avec un aplomb plus qu'émouvant. Marcus dissimula le magazine au fond de son cartable, d'où il le sortait de temps en temps pour le feuilleter dans un état d'excitation assez nouveau pour lui. Mais un matin, ayant constaté sa disparition, il pensa aussitôt à son frère. Et s'il avait mis la main dessus ? et si l'actrice aux taches de rousseur l'avait lui aussi subjugué ? et si sa libido s'était révélée devant cette Salomé posant les fesses à l'air sur la moquette ? Comme l'objet du délit ne réapparut pas, Marcus craignit que Carl ne le dépose un jour aux pieds de leur mère, en se frappant trois fois la poitrine.

Aujourd'hui dirait-il qu'elle était pour eux un confesseur intransigeant ? un dragon moral ou psychique ? Quand il y repensait, il ne voyait rien de bien méchant dans ces séances qui, pendant toutes ces années, avaient semblé un jeu sans conséquences. Le jeu d'une famille catholique, originaire d'une Alsace pieuse, traditionnelle et pas mal étriquée, dont une cousine (du côté paternel) était entrée au Carmel, et un petit cousin (du côté maternel) avait été évêque.

Un évêque que jamais Marcus ne connut (il était passé de vie à trépas peu de temps après sa naissance), mais dont il sut qu'il avait correspondu avec leur mère. Adolescente, elle devait trouver noble et fortifiant d'avoir un parent – même de trente ans son aîné – qui, tous les cinq ans, entreprenait un voyage à Rome, et à qui le pape avait légué la charge d'autant d'âmes. Marcus regrettait de n'avoir pu retrouver l'une de ces lettres. Il ignorait ce qu'elles contenaient, mais devinait que leur mère, quand elle préparait son sac pour un nouveau feu de camp, devait en glisser une entre une paire de chaussettes et son bœuf en conserve. Ce fut l'évêque aussi qui les avait bénis, Wilhelm et elle, au moment de leur mariage, prodiguant aux jeunes époux ses conseils de vieux garçon. Ainsi en avait-il été dans cet autre monde : la morale à l'école, le catéchisme au fond d'une crypte, les dames patronnesses, la pratique du scoutisme, les feux de camp, les confidences au prélat, la bénédiction de leur union. Tout cela, pensait Marcus, s'était passé avant son existence – avant celle de Carl aussi – mais leur mère avait bel et bien été cette jeune fille.

À cette époque, elle s'appelait Heintz, Esther Heintz. Ses parents, natifs d'un village du Bas-Rhin qui, faute de vignes, avait peu prospéré, étaient venus s'installer à Metz dans l'entre-deux-guerres. Ce n'était pas pour changer de région, encore moins de religion ou de mœurs, mais pour y chercher du travail. Si Metz en ce temps-là méritait sa réputation de ville kaki (offrant à des générations de Français un an de sains divertissements : corvée de soupe et de latrines, exercices de tir en forêt, décapage de chambrée à la paille de fer), elle était aussi un foyer actif du commerce, et c'est dans le commerce que les grands-parents Heintz, rompant avec une lignée de producteurs d'asperges et de modestes éleveurs de porcs, avaient tenté de s'enrichir. Une quincaillerie fut ouverte, qui périclita, puis une boutique de confection dans une rue en pente peuplée de familles venues de Pologne. La petite Esther n'en fut pas moins nourrie au lait de son pays d'églises et de retables vert-de-gris.

Lorsque Wilhelm, Esther et leurs deux fils quittèrent l'appartement du centre-ville pour emménager dans une maison du quartier du Sablon, et que, l'automne suivant, Marcus eut quinze ans, les séances s'arrêtèrent d'un coup. Carl en avait douze. En somme, leur mère leur avait imposé le « petit examen » dans le but de les aider à grandir, de les rendre plus responsables, plus humains. Ça n'allait pas plus loin. Elle fut dans leur tribu scoute la cheftaine, d'où les conflits avec leur père, ses cris dans la cuisine. Comme beaucoup de mères, elle espérait que le jour où ses garçons seraient des hommes, ils seraient forts sans abuser de leur force, passionnés sans que la passion ne les dévore. En tout cas, bien des années après ces drôles de séances, le souvenir de leur mère disant : « Et toi, Carl, qu'as-tu dans ton cœur, cette fois ? » avait fondu chez Marcus comme un pain de glace.

2

La chute

Le jour où il tomba dans le coma, Carl avait quarante-neuf ans. Marcus, qui avait passé la cinquantaine, avait longtemps cru que sa différence d'aîné l'exposerait davantage. Mais comme les enfants peuvent mourir avant leurs parents, les cadets peuvent être frappés avant les aînés. Cette logique de l'âge n'en était pas une, elle était aussi absurde que trompeuse. Parce qu'il était plus vieux de trois Noëls ou de trois Concours Eurovision de la chanson, la mort ou la décrépitude auraient-elles dû d'abord s'abattre sur lui ? Pourtant, quand il apprit la chute de Carl et ses conséquences dramatiques, il ne put s'empêcher de penser que c'était arrivé à son « petit frère », à celui que leur mère appelait ainsi chaque fois que les deux garçons sortaient ensemble pour un après-midi de défoulement au square du Luxembourg : « Veille bien sur ton petit frère », lui disait-elle. Et même plus tard, après qu'il eut pris son indépendance pour de bon, et que, donnant peu de nouvelles, il était devenu le chien errant de la famille, les rares fois où, depuis un endroit de la planète, il lui prenait l'envie de téléphoner, venait toujours le moment où sa mère lui disait : « Marcus, je te passe ton petit frère ? »

Mais Carl était encore vivant. Son crédit sur terre

n'était pas tout à fait épuisé. Même s'il s'était dangereusement rapproché du terme et que ses chances de rétablissement, après une chute de trois étages sur la chaussée d'une rue du centre-ville de Metz, étaient, de l'avis des médecins de Bon-Secours, plus que minces, tout espoir n'était pas ruiné. Ce qui troublait en fait Marcus, c'étaient les circonstances de l'accident. Rien de plus idiot qu'une chute à travers la fenêtre d'un bureau, pensait-il. Il était capable d'imaginer celle d'un enfant laissé sans surveillance, d'un vieillard victime d'une commotion, ou d'un individu paniqué dans un immeuble en flammes, mais la chute d'un homme dans la force de l'âge qui, une nuit douce de septembre, regarde une foule déambuler dix mètres au-dessous de lui, c'était stupide. Si cet accident devait déboucher sur la mort de Carl, ce serait une mort bâclée.

Le soir où il retourna dans le Nord, après trois jours passés auprès de son frère à l'hôpital, Marcus, dans le TGV, se rappela un après-midi printanier à Roubaix, il y avait quatre ans de cela. C'était une semaine avant les examens du second semestre, il n'avait plus qu'un petit groupe d'étudiants, à qui il avait proposé de travailler dehors, à l'ombre des arbres du parc Barbieux. Tout ce qui était de nature à chambouler le déroulement normal d'une journée de cours était en général bien accueilli. Ils s'y étaient rendus en tram, trois stations depuis l'Institut, l'ambiance était animée, gaie même, et ils n'avaient pas tardé à dénicher dans un coin du parc l'endroit idéal. Quelques hêtres pleureurs, un tapis d'herbe, une pièce d'eau, les étudiants avaient fait cercle autour de lui, les garçons en tee-shirt XXL, les filles en débardeur si serré que ses yeux glissaient forcément sur leurs gros seins ronds. Marcus ne se déplaisait pas en leur compagnie. Dans l'air tiède et parfumé, il leur parla des civilisations non paysagères, évoquant l'Inde traditionnelle, qui fait de son environnement naturel une réalité davantage destinée à l'alimentation qu'aux délices du regard. Les terres dites sèches, *jangala* en sanskrit, y sont vues à travers les animaux qu'elles attirent, telles les cailles et les perdrix, dont les chairs légères sont beaucoup plus digestes que celles des animaux vivant sur des terres dites humides, mais toutes ces terres, leur expliqua-t-il, ne sont jamais vues comme des paysages à l'instar de chez nous. Les étudiants se réjouissaient de ce cadre informel, de l'exposé « sympa » de Marcus, les inhibitions tombaient, les rires fusaient. Ils étaient là depuis une demi-heure, lorsqu'un garçon du groupe, nommé Kevin, fut pris de malaise, vomissant puis perdant connaissance. Sur le moment, Marcus fut contrarié par cet imprévu. Voici qu'il n'était plus l'objet de toutes les attentions, et les étudiantes aux gros seins ronds, qui avaient d'abord laissé échapper une exclamation de dégoût, s'inquiétaient maintenant de leur camarade au menton souillé. Comme personne ne réussissait à le ranimer, Marcus se décida à appeler les secours, un véhicule hurlant traversa le parc, trois pompiers en jaillirent, l'un d'eux pratiqua sur Kevin un massage cardiaque, un autre s'essaya au bouche-à-bouche, ce fut sans résultat, et l'étudiant, pris de nouveaux vomissements, mourut au cours de son transport à l'hôpital. Il avait vingt-deux ans.

La mort brutale de Kevin fut un drame pour ses camarades, les filles aux gorges nues geignirent comme des agneaux au service des urgences, les garçons en tee-shirt XXL affichaient un visage livide. Ce fut aussi un drame, semble-t-il, pour les professeurs qui disaient le connaître, ceux qui le préparaient à un master « ethnologie urbaine » qu'il était tout près d'obtenir. Un drame pour l'Institut, déclara le directeur, qui repoussa de quatre jours la date des examens. Puis l'été déboula, l'école ferma ses portes, Kevin fut oublié.

Quoi de plus idiot que de mourir dans un parc ? se disait Marcus. Chuter de trois étages dans une rue piétonne ? D'autant que Carl, jusqu'à ses quarante-huit ans, avait mené une vie d'une parfaite sobriété. Rien qui ne laissait deviner un tel accident. Ni acrophobie, ni vertige, ni alcool, ni drogue (Kevin, lui, s'injectait régulièrement de l'héroïne, avait-il appris plus tard). Jamais de risque inconsidéré avant ces derniers mois, jamais la moindre aventure. Une vie sans histoire, en somme. L'existence d'un homme froid et tranquille à qui rien ne devait arriver. Or à présent l'avenir de Carl se trouvait entre les mains de médecins dont Marcus ne savait quoi penser. Est-ce que je l'ai assez protégé ? Ai-je fourni, quand la situation l'exigeait, les efforts suffisants ? Ai-je été l'aîné que j'aurais dû être ? le frère qu'il fallait ? Il eût pu aussi se demander si, l'année de ses dix-neuf ans, quand il était parti à Barcelone pour rejoindre Lucas et Sarah sans la moindre explication pour son « petit frère », il ne l'avait pas déjà abandonné, mais c'était une autre époque.

Une semaine après l'accident, Marcus se reprochait surtout d'être incapable de se mettre à la place de Carl, de ne pas comprendre à quoi correspondait exactement son état. « Végétatif, lui avait dit le médecin de Bon-Secours qui fut l'un des premiers à l'examiner. Végétatif, mais avec les réserves d'usage. » Qu'est-ce que cela signifiait ? Était-ce un état définitif ou provisoire ? Que savait-on au juste ? Carl souffrait-il ? Percevait-il, même confusément, ce qu'il vivait et endurait ? Ce que voulait savoir Marcus, c'était si le coma, comme toute pathologie, était une affection du bien-être. Et quelle affection alors ? À quelles sensations, à quelles douleurs, à quelles angoisses son frère était-il soumis ? « Le coma, avait dit le médecin, revient à ne plus rien sentir. » Était-il certain de ce qu'il avançait ? « Pour sentir, il faut un système nerveux, avait poursuivi l'homme de science, or celui de votre frère est gravement endommagé, son cortex cérébral est en partie détruit. » Le mal-être de Carl résidait donc dans cette disparition conjointe du sentir et du souffrir ? dans l'impossibilité d'être affecté par ce qui vous entoure : bruits, couleurs, formes, matières, odeurs et saveurs, lumière et obscurité, propos tenus par ceux qui vous visitent et s'inclinent sur votre carcasse ? Toute sensation et toute douleur avaient-elles vraiment disparu chez Carl ? Était-ce possible ? Était-ce même concevable ? Te voilà au moins préservé des âneries qu'on raconte sur toi, aurait pu se dire Marcus.

Si le mal de Carl avait consisté en une maladie ordinaire, son frère aurait sans doute été moins déstabilisé. Il aurait passé des heures à ses côtés en s'imaginant lui faire du bien, en l'aidant à reprendre le dessus. « Te laisse pas abattre, Carlito… » Face au coma, la partie à jouer était beaucoup plus ardue. On avait affaire à un mal sans paroles, sans blessure, sans souffrance perceptible. Un mal introuvable, au fond.

Quand, le week-end suivant, il retourna à Metz, son frère avait été changé de chambre. La nouvelle, plus petite, était plongée dans une semi-pénombre et meublée d'appareils inquiétants dont les voyants évoquaient la lueur de bougies. Dans un couloir qui servait de vestiaire, une infirmière en sabots jaunes lui avait remis une calotte, un masque, une blouse, des gants et des chaussons dans une matière verdâtre, semblable à du papier crépon. Cet accoutrement rendait Marcus méconnaissable. En entrant dans la chambre, son frère lui donna l'impression d'un gisant. Depuis la chaise en plastique qu'il avait approchée du lit, plus il regardait Carl et plus il se sentait désemparé. Ses yeux étaient clos et ses paupières fripées exprimaient autant de vie que la peau d'une volaille en barquette. Marcus, ce jour-là, resta muet. Il tritura avec nervosité le magazine qu'il avait acheté à la gare, il l'enroula, le déroula, jusqu'au moment où il se demanda ce qu'il faisait ici, le cylindre de papier serré entre ses cuisses.

N'aurait-il pas dû préparer sa visite ? N'existait-il pas un manuel de savoir-vivre à l'usage des parents de comateux ? Il n'avait pourtant rien tiré d'une revue scientifique prêtée par un ami pharmacien et commençait à penser que l'univers médical était très éloigné de ce que les hommes vivent. Surtout si l'on tombe sur le crâne et qu'on voit son existence transformée au point de ne plus savoir ce que c'est que d'enlever ses mocassins sous une table, éplucher une orange au-dessus de son assiette, être agacé par le piano de la voisine.

Rentré dans le Nord, il écouta d'une oreille mi-polie, mi-sceptique, les propos d'une collègue de l'Institut dont le beau-père, après un AVC, avait quitté l'hôpital de Lille pour la buanderie de leur maison. « Les médecins nous ont conseillé de lui parler comme s'il entendait, lui dit-elle. – Tu lui parles tous les jours ? – Tous les soirs, en fait. Après le dîner, pendant que les enfants essuient la vaisselle et que mon mari sort le chien, je raconte ma journée au beau-père. Le week-end, on inverse les rôles. Mon mari lui lit le journal. Normalement, ça devrait stimuler son système sensoriel… – Et alors ? Il y a des progrès ? – Pas vraiment, mais on s'accroche. »

Le samedi suivant, à peine assis, Marcus se pencha

au-dessus de son frère et, s'assurant qu'ils n'étaient que tous les deux dans la chambre, lui demanda sur un ton qu'il imaginait affectueux : « Dis-moi, Carl, qu'est-ce qui s'est passé cette nuit-là ? Pourquoi étais-tu encore à l'agence ? Stern était-il avec toi ? C'est toi qui as bu tout ce cognac ? »

À la cinquième visite, il eut envie de lui montrer un film. Il ignorait si sa collègue de l'Institut avait tenté l'expérience avec son beau-père, mais l'infirmière en sabots jaunes l'en empêcha au motif que l'installation d'une télé et d'un lecteur DVD risquait de perturber le fonctionnement des machines qui maintenaient son frère en vie.

Dans le film auquel il avait pensé, c'est un dénommé Walt qui interpelle un certain Travis. Walt est allé chercher Travis près de la frontière mexicaine où, depuis quelque temps, il errait tel un demi-fou après une rupture sentimentale qui l'a pour ainsi dire anéanti. Tous deux sont maintenant dans une Oldsmobile bleu ciel métallisé, et Walt, qui entend ramener Travis en Californie où l'attend Hunter, son jeune fils, n'a pas le goût de voyager avec une momie. « Je ne sais pas si tu as eu des ennuis, Travis, ce qui a pu se passer, mais bon sang, je suis ton frère. Avec moi, tu peux parler. J'en ai marre de parler tout seul. »

Ce film, *Paris, Texas*, représentait moins pour Marcus l'histoire d'une déconfiture amoureuse que des retrouvailles entre frères. On devinait ce qui les avait éloignés : deux frères ont beau avoir été élevés ensemble par les mêmes parents, ils n'ont pas eu la même enfance, et plus tard n'ont pas la même façon d'aimer les gens, de supporter les peines, ils rient rarement des mêmes choses et ne donnent jamais à la vie un sens tout à fait identique. Marcus se disait alors que Metz, cette ville jaune et grise où il était né il y avait bien longtemps et qu'il avait quittée à l'adolescence, était devenue sa frontière mexicaine, une frontière qu'il rejoignait à présent chaque samedi, descendant du train, traversant la place de la gare, déposant son bagage à l'hôtel Métropole, puis marchant jusqu'à Bon-Secours où il se changeait en homme-crépon avant d'entrer dans cette chambre où le frère qu'il connaissait avait en partie disparu. Comme Walt dans le désert mojave.

Il continuait pourtant à lui parler de temps en temps. Il avait lu que des détenus privés de tout contact avec autrui – comme ce fut le cas pour l'otage anglais Terry Waite, placé par le Hezbollah dans un isolement total qui se prolongea plusieurs années – avaient pu conserver leur santé mentale grâce à des conversations fictives avec leurs proches, mais cela concernait-il Carl ? Son frère n'avait-il pas été déclassé au plus bas du règne des vivants, celui des plantes auxquelles n'est dévolue qu'une petite parcelle d'âme appelée « nutritive » ? Et cet état nutritif, n'était-ce pas déjà un prélude aigre-doux à la mort ? La mort peut-être pas au sens biologique, mais au sens proprement humain de la perte de soi, de la dépossession de sa dignité, de ce que signifie être un esprit, une conscience, un *homo loquax*. Aux yeux de ceux qui avaient fréquenté Carl, partagé sa vie, entendu sa voix, connu son regard, ses manières d'être, ses préférences, et ne voyaient plus dans cette chambre qu'un corps inexpressif, maintenu dans ses fonctions élémentaires grâce au secours de la chimie et de l'électronique, n'était-il pas déjà mort ? À la différence de Travis, le frère égaré, dans *Paris, Texas*, qui recommence peu à peu à parler, Carl, lui, n'avait encore jamais répondu quoi que ce soit à personne. Depuis un mois, aucun mouvement des lèvres ni des paupières n'avait été observé chez lui, aucun son n'était sorti de sa bouche, ni mot, ni cri, ni plainte (pas même une réclamation sur la qualité de la nourriture ou de la literie).

Aussi, après chaque visite à l'hôpital, Marcus s'en retournait à Roubaix avec un découragement encore plus grand. Les médecins de Bon-Secours avaient eu raison. Une vie de comateux était bien celle d'un ficus en pot, et les gestes qu'il effectuait sous les yeux clos de Carl, les paroles qu'il lui adressait, des arrosages inefficaces. N'y avait-il donc rien à faire, sinon à contempler des heures durant le clignotement des voyants verts et bleus d'un respirateur fabriqué à Stuttgart ? Bon-Secours le déprimait.

C'est Solange Agassi qui, la première, parla à Gladys de la clinique Scarpone. Elles étaient amies de longue date, ayant suivi ensemble leurs études d'anglais, et Franck, le mari de Solange, était un avocat spécialisé dans les indemnisations de victimes d'erreurs médicales (leurs dernières vacances aux Maldives avaient été entièrement financées grâce à un gant en latex oublié dans un abdomen). Depuis la chute de Carl, Solange cherchait au fond d'elle-même de quoi comprendre la situation de tristesse et de désarroi qui frappait Gladys. Elle n'était pas sûre de pouvoir trouver les bons mots et en même temps elle s'en voulait de la laisser souffrir en solitaire. Un dimanche, elle s'en ouvrit à son mari qui sirotait une Corona devant un match à la télé. Entre deux actions du Bayern, il la mit sur la piste de Frisch. Solange appela Gladys le soir même : « Écoute, ma chérie, Scarpone a d'excellents résultats, largement supérieurs, d'après Franck, à ceux de Bon-Secours, et Frisch, dans son genre, est un petit génie. Il faut vraiment que tu le fasses, Glad ! Pour ton mari, pour toi, pour les enfants. Il faut que Frisch s'occupe de Carl ! »

Solange se sentit soulagée et Gladys, deux jours plus tard, se tourna vers le Dr Lang, leur médecin de famille, afin qu'il se mette en contact avec son confrère et obtienne une admission pour Carl dans les meilleurs délais. Si Bon-Secours ne la déprimait pas autant que Marcus, elle avait toujours trouvé son amie de bon conseil. Dans son existence, il lui était arrivé au moins deux fois de sentir l'imminence d'un danger – il y avait eu, lorsqu'elle était étudiante, cette élection scabreuse de la reine des Mirabelles, puis, plus tard, alors qu'elle était mariée et effectuait des traductions pour le Conseil économique et social, ce chef de service qui la harcelait pour coucher avec elle – et chaque fois Solange lui avait donné la bonne solution.

Le vieux Dr Lang se fit presque prier pour décrocher son téléphone, mais l'assistante de Frisch proposa que Carl entre à la clinique dès le samedi suivant. Gladys fournit l'argent nécessaire à cette nouvelle prise en charge. « Pour les premiers examens et le rendez-vous d'accueil, lui dit l'assistante, le Dr Frisch demande une provision de dix mille euros. Notez que nous n'acceptons pas les paiements fractionnés. – Et pour le prix à la journée ? – Nous vous communiquerons ultérieurement nos différentes formules. »

Elle ne reculerait devant aucun sacrifice, dit-elle à Marcus, quitte à vendre le duplex de la rue de Londres, qu'elle et Carl avaient acquis peu de temps après leur mariage.

Le rendez-vous avec Joseph Frisch eut lieu un samedi après-midi d'octobre dans la banlieue sud de Metz, au rez-de-chaussée d'une grosse maison de maître début de siècle, en pierre de taille jaune amande, comportant de nombreuses pièces dont la moitié étaient aménagées en chambres luxueuses, et qui se dressait du haut de ses tourelles au centre d'un parc planté de chênes et d'acacias, entouré d'une grille en fer forgé et semé de gravier blanc. De ce domaine majestueux, Frisch était à la fois l'autorité scientifique, le principal actionnaire et, se dit Marcus en l'écoutant, le meilleur agent de publicité.

Lorsqu'on avait rendez-vous avec le neurologue de la clinique Scarpone, il était difficile de ne pas prêter attention à l'environnement où il exerçait, en particulier à son bureau. D'une superficie au moins égale à l'idée qu'il devait se faire de ses talents, il ne ressemblait guère à un cabinet de médecin, celui-ci fût-il un chef de clinique auréolé d'une réputation flatteuse et ayant pour clients des familles plutôt argentées. Après que son assistante, une blonde menue à l'œil très bleu, en tailleur de lin pivoine, leur eut ouvert la porte, Marcus se demanda s'il n'avait pas échoué au Salon annuel du design. Il n'avait certes jamais fréquenté la fine fleur des patrons de clinique, ni des toubibs des beaux quartiers avec leurs initiales imprimées sur le paillasson ou gravées sur une plaque dorée à l'or fin, et était prêt à convenir que son généraliste, le Dr Debbecke, comme son dentiste, le Dr Achaoui (dont le père avait été manutentionnaire dans une fabrique de drap), et le gastro-entérologue qu'il consultait une fois par an pour ses problèmes gastriques, n'étaient pas très représenta-tifs des tendances actuelles en matière d'ameublement médical (qui plus est, tous trois avaient leur cabinet à Roubaix, dans un quartier où le taux de chômage frisait le record national), mais il suffit à Marcus de s'installer dans le siège désigné d'un geste ferme par Frisch pour comprendre que si le sort de son frère devait maintenant dépendre de cet établissement, ce serait peut-être moins génial que ce qu'avait prétendu Solange Agassi.

Enfoncé dans un fauteuil de cuir et de bois précieux, avec devant lui une table basse ovale en acajou, au plateau si délicat qu'il osa à peine l'effleurer, et dont les pieds graciles recouverts d'une fourrure fauve suggéraient les pattes d'un animal exotique, il ne put d'abord échapper à un débordement de couleurs sur une surface d'environ trois mètres sur six, juste au-dessus de la tête de Frisch. C'était une forme hémisphérique orangée, traversée de fuseaux mauves et chocolat. Manifestement il s'agissait d'une peinture abstraite au fort potentiel décoratif. Marcus pensa pourtant qu'elle avait été choisie pour son réalisme cru : avec cet aspect compact et spongieux, la bizarrerie orangée n'évoquait-elle pas la coupe sagittale d'un cerveau humain ? Il est vrai que, depuis la chute de son frère, il était devenu un habitué des sites de vulgarisation médicale, s'attardant sur doctissimo.fr, titillant sans vergogne le bouton de sa souris sur maxisciences.com, dévorant maintes pages de medicopedia.net. Il voyait des lobes et des bulbes partout.

En poursuivant l'état des lieux, il releva, à droite du tableau, un canapé dans le même style raffiné que les fauteuils, puis, à gauche, une bibliothèque en fonte d'aluminium où des ouvrages d'anthropologie et d'art primitif se partageaient les rayons avec des traités d'anatomie et de philosophie ancienne, tous reliés pleine peau. Sur les murs latéraux, quatre peintures de format moyen, dans des tons rouges et bleus, de la même main que la composition orangée, comme si ces rectangles plus petits étaient des détails du grand. Plus loin, à l'extrémité gauche de la pièce, masqué en partie par la bibliothèque et un rideau de velours parme, un cabinet de toilette (douche et lavabo), orné de carreaux de marbre tête-de-nègre, brillait de tous ses feux, tandis qu'au sol des tapis aux tons vifs et d'une belle épaisseur amortissaient le moindre bruit, et qu'à plusieurs endroits de la pièce, des luminaires, dans des matières et des lignes variées, composaient un clair-obscur chic et subtil. La place de chacun de ces objets et éléments de décor avait été définie avec soin, rien n'avait été laissé au hasard, rien ne déparait ni ne dépassait, tout était ordonné à la perfection, et Marcus espérait qu'il en fût au moins autant dans l'esprit du neurologue.

Joseph Frisch était un homme déterminé et d'une intelligence notable. Peut-être même était-il plus intelligent que réfléchi. Si son intelligence se lisait d'emblée sur son visage, ses mots pouvaient montrer une impulsivité capable d'engendrer digressions et coq-à-l'âne. Parmi les pensées qui, au cours d'une conversation, naissaient et bouillonnaient en lui, certaines partaient au galop et devançaient les autres sans atteindre leur but. On le surprenait alors à se cabrer afin de contenir cet emballement : « Allons bon, où en étais-je ? Ah oui, sa rigidité décérébrée… »

Ces petits ratés ne l'empêchaient pas de donner une solidité à ses idées et d'incarner un homme de pouvoir, autoritaire à l'occasion. Sa voix grave était là pour affirmer le vrai, le bien – ce qu'il convenait de faire, par exemple, pour avoir une petite chance de résoudre le problème affectant le cerveau de votre frère ou de votre mari. Son physique robuste accentuait le poids de ses propos. On disait que, durant ses années de fac à

Strasbourg, il avait pratiqué l'aviron sur le Rhin pour se sculpter le torse d'un demi-dieu nordique – et cela en avait tout l'air. Le visage hâlé, parcouru sur le front de sillons profonds révélant moins son âge (une petite cinquantaine) que sa tension intellectuelle, marqué sur la joue gauche par un nævus rose-brun qui ressemblait à un mamelon, les yeux bleu acier, les cheveux gris clair taillés selon un style de sénateur virginien (courts sur le dessus, rasés sur les tempes), le tout s'accordant à une mise soignée (ce samedi d'automne : costume trois-pièces marron glacé, chemise crème, cravate en soie émeraude), il avait de quoi être intimidant. Cela dit, pour peu qu'on prît la parole, il pouvait aussi vous écouter.

Quand Gladys, ayant franchi le premier tapis, le vit derrière la table en acajou, droit comme un I, les mains nouées sur la ceinture, le visage impassible, les lèvres closes, la placidité du neurologue fit sauter les verrous de son angoisse. Au lieu de s'asseoir et sans même prêter attention aux personnes debout à ses côtés, elle se mit à le mitrailler : « Où est mon mari ? Vous l'avez déjà examiné ? Et vous pensez le sortir du coma ? » Frisch, pour toute réponse, la gratifia d'un petit claquement de langue qui lui intimait de prendre ses aises dans le fauteuil resté libre. Il allait de soi que l'ordre des questions et des problèmes lui appartenait. « Commençons par faire connaissance », lui dit-il. Sans être désagréable, le ton choisi mettait un terme provisoire à l'empressement de l'épouse de Carl. Puis il ferma lentement les yeux et les rouvrit.

Il voyait cette femme pour la première fois et, malgré son entrée agitée, n'avait pu que remarquer sa silhouette svelte, son port altier, sa peau de lait, ses cheveux blond platine qui n'avaient rien caché, lorsqu'elle s'était précipitée vers lui, de sa nuque désarmante. Les quarante ans de Gladys étaient étonnamment frais, attrayants. Il avait pu aussi observer les mini-vaguelettes (frémissements des lèvres, battements des paupières, tremblements des pommettes) dont le visage de cette femme était par instants la scène forcée. En fait, si Gladys avait jusqu'à présent toujours fait preuve d'un relatif self-control – probablement parce que restait tapie en elle la fillette qui, chaque semaine, reprenait dans son école de danse l'exigeant travail à la barre (petits dégagés pour les chevilles, fondus sur pointes, frappés au genou, pied dans la main) qui forme les corps et les tempéraments –, elle craignait à présent de lâcher prise. Non par faiblesse, mais par un soudain effet de vide. En six mois n'avait-elle pas perdu tout ce qui faisait que Carl était son mari ? Leur aptitude à se comprendre, sa bienveillance à son égard, sa protection et son amour, et, depuis le 18 septembre 2009, son intégrité mentale.

« Vous voulez bien que je vous appelle Gladys ? » Puissant, vibrant, satisfait de lui-même. « Et vous Marcus, ça ne vous dérange pas non plus que je vous appelle par votre prénom ? » Cette familiarité non réciproque, Marcus l'interpréta comme un moyen pour le neurologue de conforter son ascendance. Ajoutée au luxe clinquant des fauteuils, à la collection de peintures, au cabinet de toilette en marbre de premier choix, ainsi qu'au petit cérémonial poseur, il y en avait assez pour déclencher chez lui l'envie de repartir tout de suite. Mais il s'était promis de n'entraver aucune des initiatives que pourrait prendre sa belle-sœur au sujet de Carl. Il acquiesça, tout en pensant : Sois vigilant.

Dans le bureau de Frisch, chacun était maintenant assis. Les stores laqués caramel avaient été descendus à mi-fenêtre, la lumière était tamisée comme dans un club privé, même si les meubles gardaient leur éclat et les visages leur netteté. « J'aimerais vous présenter mon équipe », dit le neurologue en fixant Gladys. Son équipe, comme il disait, c'était d'abord Sofia, la jeune femme blonde et menue qui, après les avoir introduits, s'était installée à quelques mètres d'eux, derrière un petit secrétaire en bois patiné sur lequel chuchotait un ordinateur dont le capot métallique dissimulait des mains aux ongles manucurés. Sur la fine couche de fond de teint rose passa un sourire rapide. Si ses lèvres sont assez pulpeuses pour électriser les hommes, pensa Marcus, il en faudra plus pour un comateux. « Voici le Dr Chang, poursuivit Frisch en se tournant vers l'individu qui se tenait à sa droite. Il nous vient de la faculté de Paris. » Le dénommé Chang, un homme de petite taille, à peine plus grand que l'assistante, était entièrement vêtu de noir (pantalon droit dans un tissu soyeux, chemise boutonnée jusqu'au col, pas de veste mais un gilet sans manches, noir lui aussi, avec des broderies en fil d'argent) ; ses cheveux étaient ras et les lunettes qu'il portait étaient comme une agrafe de fil de fer en équilibre sur son nez. « M. Chang est psychana-lyste, ancien membre de l'Association psychanalytique de France », leur dit Frisch. Ses présentations avaient un air de M. Loyal. Marcus sentait l'argumentaire rodé, la mise en scène conçue pour plaire à la clientèle. Un spectacle qui pour le moment n'offrait pas grand-chose de médical et où tardait à venir un premier diagnostic. « Le Dr Chang a eu longtemps son propre cabinet, puis il m'a rejoint il y a quelques années de cela, et c'est ensemble que nous avons parachevé ma méthode. » En réalité, Marcus l'apprit plus tard, si Chang s'était fait une réputation d'analyste à Strasbourg où, en plus de son activité de thérapeute, il animait un cercle de réflexion proposant régulièrement des tables rondes sur la « psychanalyse du quotidien », il avait vu dans les années quatre-vingt-dix, comme beaucoup de ses confrères, sa salle d'attente se vider au profit d'épiceries bio et de salles de body-building. Une mode en avait remplacé une autre, et sa présence à Scarpone pouvait aussi être interprétée comme une position de repli. Son nom prononcé, il fixa Marcus et Gladys d'un regard intense, tout en gardant les lèvres aussi serrées qu'un gamin boudeur. Frisch parlait à sa place. Avec aisance, aurait dit Gladys ; avec esbrouffe, pensait Marcus. « Le Dr Chang est l'un des meilleurs explorateurs de la *terra incognita* des phénomènes psychiques que je connaisse, dit-il, avant de s'exclamer : Et voici Fatou ! Notre infirmière en chef ! Fatou est née et a grandi au Sénégal, et en a conservé, je crois, tout le mystère et la magie. Mais elle a aussi suivi de solides études chez nous. C'est une jeune fille, comme vous le verrez, pleine de ressources… » De sa main gauche, Frisch se mit à tapoter l'épaule de celle qu'il venait de présenter. Son âge était incertain, comme cela arrive chez les gens de couleur : vingt-deux ou vingt-trois ans, peut-être trente ou plus, dans un corps fluet d'adolescente. Si sa figure à la peau d'un brun sombre et brillant dessinait un ovale parfait, son ossature était d'une extrême finesse, plus fine que ses cheveux tressés qui lui faisaient une sorte de diadème. Ses yeux étaient mobiles, ses sourcils dressés, son nez frondeur. Elle rayonnait d'une bonne humeur communicative, incongrue à ce moment-là. Sa blouse étroite en coton vert tilleul était ouverte jusqu'à la naissance de ses seins, lesquels ne devaient pas être plus gros que deux griottes au fond d'une corbeille.

Quand Frisch eut fini de parler, le visage de Fatou

s'était illuminé et cela n'étonna personne qu'elle s'adresse à Marcus et Gladys d'une voix aussi chantante que si elle appartenait à une église dont les fidèles entonnent chaque matin des gospels en jetant leurs bras au-dessus de leur tête : « Je suis ravie de vous rencontrer ! Vous savez, Carl et moi, nous avons déjà beaucoup parlé hier soir ! »

Dans les dîners messins, la notoriété de Frisch tenait pour une bonne part aux bruits qui circulaient sur sa méthode. Qu'il s'en prétendît abusivement l'inventeur ne changeait rien au fait que la manière qu'il avait de traiter ses patients n'avait aucun équivalent parmi les dix-sept neurologues répertoriés par l'annuaire du département. Frisch donnait l'impression d'être un cas isolé dont les pratiques, carrément magiques de l'avis de ses partisans, charlatanesques, voire criminelles, selon ses détracteurs, étaient, semble-t-il, couronnées de succès. Lorsqu'on citait son nom dans un salon bien fréquenté, il y avait toujours quelqu'un d'assez averti pour vous apprendre, si vous l'ignoriez encore, que la guérison ou le réveil miraculeux d'Untel devait être porté au crédit de Frisch et des soins très spéciaux dispensés à Scarpone.

Certes, jamais les médecins de Bon-Secours n'avaient nié que certaines sollicitations permettent de déclencher chez les individus comateux des réactions plus ou moins spectaculaires. Même dans le cas d'un coma profond comme celui de Carl, qui correspondait à un score de 5 sur l'échelle de Glasgow, des modifications des paramètres physiologiques étaient possibles : accélération de la respiration, augmentation du rythme cardiaque, hausse de la température, déplacement d'un membre, clignement des yeux. Mais, avaient-ils ajouté, il serait déraisonnable d'accorder à ces phénomènes plus de signification qu'ils n'en ont. Aucun de ces médecins n'avait affirmé que, en s'appuyant sur de telles réactions, on était capable d'obtenir du patient des progrès sensibles et constants jusqu'à son éventuel rétablissement. Les raisons en étaient simples : avec un score de 5, il fallait se ranger à l'idée que le cortex cérébral était en morceaux, et comme les états mentaux, c'est-à-dire les pensées, souvenirs, émotions et sentiments d'un individu, n'étaient que des états physiques du cerveau, que pouvait-il se produire d'autre chez Carl sinon des mouvements réflexes, qui n'indiquaient nullement une reprise de son activité cérébrale ?

« Vous voulez dire qu'il y a deux façons de concevoir le cerveau ? demanda Marcus à Frisch. – Je dis seulement qu'il existe une façon de comprendre l'activité d'un cerveau humain, permettant d'augmenter notablement la probabilité de rétablissement des patients qui sont à moins de 10 Glasgow. – Et pour Carl ? » Le patron de Scarpone passa un index sur le nævus de sa joue. Un mécontentement avait brièvement figé son visage. Reprenant la parole, il s'efforça de sourire. « Pour Carl, il en va comme pour tous ceux admis chez nous. Nous prenons toujours leur état au sérieux. Mais ne perdons pas trop de temps avec des considérations théoriques. On n'apprend pas à nager à plat ventre sur un tabouret. Ce qui m'intéresse, voyez-vous, c'est que nous nous mettions sans tarder au travail. Comme de bons petits écoliers. » Frisch s'était incliné vers l'avant, les mains serrées entre les genoux. Même dans cette position, ses collaborateurs dépassaient à peine ses épaules. Marcus se demanda si « petits écoliers » n'était pas ironique. Le neurologue fit un mouvement du menton comme

45

s'il attendait une réponse de Marcus. « De bons petits écoliers, répéta-t-il. Si vous collaborez activement avec nous, nous avancerons très vite, je vous le garantis. – Cela signifie quoi, au juste ? – Cela signifie qu'il faut aimer les poires. – Pardon ? fit Marcus – *Les poires* », confirma Frisch en détachant exagérément les syllabes.

Joignant le geste à la parole, celui-ci tendit un bras vers un plateau en cristal, posé à l'une des deux extrémités de la table en acajou. Un plateau que Marcus avait à peine remarqué, où une demi-douzaine de poires à la peau vert-jaune, en forme de minibouteilles de soda, étaient lovées les unes contre les autres. Frisch en attrapa une avec une agilité qu'on ne lui soupçonnait pas, la frotta avec délicatesse entre ses mains, puis l'offrit à Gladys, qui, après avoir hésité, l'accepta.

« Elle n'est pas encore à maturité, lui dit-il, comme s'il s'excusait. Il faut attendre qu'elle jaunisse. Jaune pâle, ce sera très bien pour une conférence. Vous aimez cette variété, Gladys ? Leur chair est succulente. » Marcus jeta un regard interloqué à sa belle-sœur. Elle fixait le neurologue sans ciller, tandis que la poire conférence avait roulé dans le creux de sa main comme un culbuto. « Savez-vous, reprit Frisch, pourquoi on les appelle ainsi ? » Il regardait à présent Marcus avec un sourire amusé. Chang, lui, n'avait pas quitté son air mi-mystérieux, mi-condescendant, à l'image d'une statuette khmère. Fatou avait glissé une main dans un sac à franges époque Janis Joplin et en avait sorti ce qui s'apparentait à un rongeur, de type hamster ou cochon d'Inde, en fourrure synthétique. Marcus pensa que le Salon annuel du design s'était transformé en une maison de fous.

« Cette variété, poursuivit Frisch, a tout simplement remporté un premier prix à une conférence internationale de la poire qui s'est tenue à Londres dans les années 1880. » Marcus lança de nouveau un regard à Gladys, puis à la poire qu'elle tenait dans sa paume droite comme une mésange tombée du nid. Le neurologue se racla la gorge. « Les botanistes nous expliquent que le poirier qui nous offre cette merveille apprécie particulièrement les sols pas trop calcaires. Ils nous expliquent aussi que la production de conférences est favorisée par d'autres variétés pollinisatrices comme la poire bon-chrétien. Ils nous enseignent beaucoup de choses, voyez-vous, et je pourrais continuer longtemps, je suis intarissable sur le sujet, mais ce n'est pas ce qui m'intéresse aujourd'hui. Ce que je veux vous dire, c'est que les botanistes expliquent cela de la même façon que les biologistes nous expliquent pour quelle raison il nous vient des larmes ou une brûlure à l'estomac, et que les astronomes nous prédisent les futures éclipses de soleil. Tous ces hommes de science sont capables de rendre compte des phénomènes qu'ils étudient en recherchant leurs causes physiques ou chimiques. Au fond, il n'y a rien dans la nature qui, pour l'essentiel, ne se comprendrait comme la production d'une poire sur un poirier. Mais je vous pose la question : que nous apprennent de leur côté les neurologues quand ils se mettent à étudier cette grosse poire qu'est notre cerveau ? »

Marcus se leva de son fauteuil en pensant sauter dans le premier bus en partance pour la gare. Il en avait assez entendu pour la journée et regrettait d'avoir laissé Gladys se faire embobiner par cette secte. Sans doute pouvait-elle dire adieu à ses espérances.

« Rasseyez-vous, Marcus ! » Cela ressemblait à un ordre et Frisch avait cette fois perdu son sourire. Se rappelant sa promesse envers Gladys, Marcus tangua sur une jambe, soupira puis obéit. Le patron de Scarpone poursuivit comme si de rien n'était. « À la différence des botanistes qui peuvent nous parler des poires de manière exhaustive, les neurologues ne savent pas tout du cerveau. De notre poire-cerveau. Ils sont même les premiers à l'admettre. Ils ont l'habitude de dire qu'ils en ont compris l'organisation profonde, mais que la connaissance des détails peut parfois leur manquer, même si, affirment-ils, c'est une simple question de temps. » Frisch marqua de nouveau une pause. « Une question de temps », répéta-t-il en se tournant vers Chang avec qui il échangea un regard de connivence. L'analyste aux traits asiates se dérida. « Ce serait presque drôle si ce n'était pas un sujet aussi important », dit Frisch. Chang mima avec ses lèvres quelque chose comme « ri-di-cu-le », mais c'est Frisch qui continua : « Ce que la plupart des neurologues ne veulent pas voir, c'est que les états mentaux que nous essayons d'expliquer, ce n'est pas du tout la même chose que la production de poires sur un poirier. Les états mentaux, voyez-vous, ont lieu dans une expérience non pas externe mais interne, ce qui signifie qu'ils ne se réduisent pas à des phénomènes physico-chimiques. Par exemple, quand vous éprouvez de l'inquiétude, comme tout à l'heure, Gladys, lorsque vous me demandiez où était Carl et comment il se sentait dans son nouveau foyer, un neurologue isolera sans difficulté les causes matérielles, en particulier chimiques, de votre inquiétude, ce qui se passe par exemple au niveau des cellules nerveuses de votre hypothalamus, mais cette inquiétude, vous l'avez ressentie vous-même d'une façon toute personnelle, n'est-ce pas ? D'une façon singulière, qui n'appartient qu'à vous. Eh bien, cette pensée inquiète qui était absolument vôtre et n'était pas celle de votre beau-frère ou la mienne, comment pourrait-elle s'expliquer par de simples causes physico-chimiques ? Comprenez-moi : par quoi le cerveau de Carl était-il stimulé juste avant sa chute ? Par des influx nerveux ? Par la sécrétion de substances protéiques ? Par des déplacements d'atomes ? La réponse est oui. Tout ceci est exact parce que tout ceci est mesurable et quantifiable. Mais cette réponse, voyez-vous, est largement insuffisante. Ici, à Scarpone, nous disons plutôt : ne faut-il pas admettre que le cerveau de Carl, avant sa chute, était animé par des sentiments, des souvenirs, des émotions ? Voilà les *vrais* états mentaux. Et après le choc qu'il a enduré, je me pose la question et vous la pose aussi, car c'est là-dessus que nous allons travailler ensemble : où sont passés les sentiments de Carl ? où sont passés ses souvenirs ? que sont devenues ses émotions ? ont-ils tous disparu ? qu'est-ce qui se tramait dans sa tête au moment de sa chute ? Et disant cela, je ne songe pas à des processus cérébraux, mais à des *pensées*. Oui, de véritables pensées. Et je dis que ce n'est pas le traumatisme subi par son crâne qui a pu les réduire à néant, ce ne sont pas les lésions constatées sur son corps qui me persuadent que tout est détruit, ce n'est pas parce qu'il ne réagit pas pour le moment sous la pression de mon ongle ou que ses yeux ne s'ouvrent pas à ma demande, que moi, Joseph Frisch, je me hasarderai à dire que l'esprit de Carl s'est perdu ! »

Quand il eut terminé, Gladys regarda sa poire comme jamais elle n'avait regardé un fruit. Marcus, lui, se dit : des conneries. *Des conneries.* Dix mille euros pour entendre de la métaphysique moisie.

Ce vendredi-là – cela faisait un bon mois que Carl avait été admis à Scarpone – Marcus connut un sommeil mouvementé. Le soir, il s'était mis au lit en oubliant de positionner sur « flocon », comme il en avait l'habitude, le thermostat d'ambiance commandant sa chaudière. Celle-ci s'était activée toute la nuit, et la température à l'intérieur de sa chambre qui aurait dû descendre idéalement à huit ou dix degrés s'était maintenue à plus de vingt. Dormir dans une atmosphère fraîche paraissait aujourd'hui à Marcus l'unique manière saine de satisfaire son besoin de sommeil. En tout cas, il s'y efforçait depuis deux ans avec la volonté d'un jeune Spartiate. Cela tenait chez lui du même programme que de courir deux fois par semaine dans les allées du parc Barbieux, d'attendre l'après-midi pour fumer sa première cigarette, de s'attaquer aux excès lipidique et glucidique de son alimentation quotidienne (auparavant, prétextant manquer de temps pour se préparer une salade de poulet-batavia au yaourt 0 % et aux graines de sésame, il était capable d'engloutir, après ses cours de la matinée, deux paquets de Pépito double choc, et le soir, en guise de plateau-télé, des armes de destruction massive telles que kebab-frites-mayo ou mégapizza aux quatre fromages). Peut-être aurait-il pu ajouter à sa liste de résolutions celle de ne plus inhaler de poppers ou de ne plus accepter d'une étudiante avec qui il passait la soirée un comprimé rose ou bleu d'ecstasy. Il conservait de ces expériences émoustillantes le souvenir de lèvres violettes et hypersensibles, de muqueuses nasales irritées, mais y avait-il de quoi en faire un problème ? S'il avait dû répondre avec honnêteté à une enquête sur sa consommation de drogues, c'est la case « occasionnellement » qu'il aurait cochée. Marcus, qui s'était toujours méfié de la moindre performance, qui n'avait jamais cherché à aligner les séries d'abdominaux sur le tapis de sa salle de bains, ni pratiqué un sport de compétition (fût-ce le gin-rami ou le ping-pong), qui, par ailleurs, n'était ni végétalien, ni rosicrucien, encore moins disciple du boulgour, s'était subitement rangé à l'idée qu'une ascèse pourrait ralentir l'inéluctable désagrégation de son organisme. « Subitement », cela voulait dire le matin du 22 novembre 2007 quand, s'extrayant de son lit, cinquante coups de canon avaient retenti au-dessus de sa tête ! Marcus avait vu le jour le 22 novembre 1957. Cinquante coups de canon durant lesquels il s'était dit que son pronostic vital était désormais engagé. Ou bien il se laissait glisser sur la pente savonneuse de l'âge, se condamnant, dans un futur proche, à rejoindre une association de joueurs de loto, à se soucier du dosage de son antigène prostatique, à troquer son regard bellâtre contre des lunettes à verres progressifs, à comparer les différentes mutuelles en matière de remboursement de bridges et de fauteuils relaxants, à calculer de manière compulsive le nombre de ses trimestres et de ses points de retraite, à s'abonner à *Santé magazine*, à solliciter une carte de réduction SNCF, à guigner les places réservées dans les autobus, à ne plus jeter son pain rassis et à gaver chaque dimanche les canards du plan d'eau, à acheter une casquette écossaise, un imperméable molletonné et une laisse rétractable avec un caniche au bout, enfin et surtout, à voir s'éteindre les derniers feux de son pouvoir de séduction. Ou bien alors, suivant en cela les pharmaciens de l'ancienne Grèce qui, en leur temps, avaient conçu un cocktail de quatre ingrédients capable de vous remettre d'aplomb en toute circonstance, Marcus se concoctait son propre *tetrapharmakos*, c'est-à-dire courait un peu plus, fumait un peu moins, buvait et mangeait avec tempérance, avant de s'offrir chaque nuit un sommeil hygiénique dans un air thermostatiquement rafraîchi.

Or voici que ce vendredi 4 décembre, il lui fallut subir, du fait de sa négligence, une nuit hachée, pénible succession d'épisodes bizarres sans liens les uns avec les autres, pareils aux séquences d'un film expérimental. Il s'agita beaucoup sur son matelas. À un moment – ce devait être la dernière séquence – il se vit, lui qui n'en portait jamais, en pyjama à rayures, embarqué dans un voyage en chemin de fer. Le train ressemblait à ces machines brinquebalantes qui, au dix-neuvième siècle, traversaient le Far West dans des expéditions riches en aventures. Son compartiment tout en bois empestait l'ammoniaque et le cigare bon marché. La grosse locomotive arrosait le ciel de torrents de fumée, pendant qu'une douzaine de passagers à la mine patibulaire parlaient un anglais qu'il ne comprenait pas. À travers la fenêtre, c'était un défilé ininterrompu de montagnes, de forêts, de vastes plaines que des tipis en peau de bison tiraient à peine de leur monotonie. Puis le train stoppa à l'entrée d'un canyon. Le temps d'examiner la situation, Marcus s'aperçut que non seulement ses compagnons de voyage avaient tous disparu, mais qu'il n'y avait également nulle part âme qui vive, et aussi loin qu'il portât le regard, il ne distingua ni bourgade, ni ranch, ni bicoque, encore moins une petite gare où, avec la menue monnaie tintant au fond de sa poche, il eût pu s'offrir un bidon d'eau croupie. Sa gorge était affreusement desséchée. Le soleil au-dessus de son crâne était du genre impitoyable. Ses oreilles chauffaient et sifflaient comme une bouilloire sur un fourneau. Poussé par un désir inexplicable, il s'engagea pieds nus dans le canyon. À chaque pas, il frappait le sol du talon avec l'impression que les vibrations produites se répercutaient à des kilomètres à la ronde. C'était, se disait-il, tout en progressant dans ce paysage funeste, une façon de se donner du courage, d'éviter de penser aux scorpions, aux mygales, à la soif, à la faim, à sa nuque qui cuisait, à son dos qui ruisselait, à ses jambes qui fondaient. Il se voyait déjà servir d'en-cas à une clique de vautours. Soudain son pied heurta quelque chose de dur. Il baissa les yeux et découvrit ce qui restait d'un ruminant à cornes. La tête ensuite lui tourna, il trébucha, s'affaissa, son front cogna l'une des omoplates de la vache, une douleur vive se répandit à l'intérieur de sa poitrine. L'omoplate était ferme, lisse, blanche, d'une blancheur si intense que Marcus dut plaquer une main sur ses yeux, des yeux qui maintenant le brûlaient, comme le brûlaient aussi ses joues, son nez, sa bouche, ses tempes, sa langue, sa gorge et ses sinus – il s'éveilla en nage avec un atroce mal de tête.

À sa montre, il était six heures. D'un geste, il se débarrassa d'un fatras de drap et de couverture, puis émergea de sa chambre avec le sentiment que son rêve n'était pas fini. Il traversa le couloir encombré d'étagères où s'entassaient quantité d'anciens 33 tours défraîchis dans des cartons de produits alimentaires, deux machines à écrire hors d'usage (une Mercedes Favorit qu'on eût cru rescapée de l'artillerie allemande, et une chétive Remington à la carrosserie gris métallisé sur laquelle avait jadis avorté sa thèse d'ethnologie), de vieilles tringles à rideaux qu'il s'était souvent promis de remonter un jour de désœuvrement, une paire de patins à glace de fabrication canadienne (pointure huit et demi) qu'il avait récemment assouplis avec une graisse à base d'huile de phoque achetée à prix d'or dans une cordonnerie du vieux Lille, une caisse à outils qui ne lui avait jamais rendu le plus menu service, et d'innombrables revues de rock en piles, parmi lesquelles, certains matins, il puisait un numéro à l'odeur de cave pour le seul plaisir de relire un article sur Pere Ubu ou les Buzzcocks, tout en touillant ses pétales de maïs. Mais ce samedi-là, il ne fit attention ni aux magazines, ni aux tringles, ni aux patins, ni à la petite Remington grise, et fila droit dans la cuisine, pieds nus sur le carrelage, où il ouvrit la fenêtre et repoussa le volet. Roubaix était plongé dans une obscurité phosphorescente comme si la ville avait été retouchée par un logiciel de traitement d'image. Marcus sentit une résistance et, sous ses doigts, une matière froide à l'aspect duveteux. Tandis qu'il refermait la fenêtre, son regard se posa sur les arabesques de glace enjolivant les vitres. Il avait neigé. Il ne neigeait plus mais il avait neigé. Quinze bons centimètres. Vingt peut-être.

Comme tout natif de l'Est, Marcus avait accumulé depuis l'enfance une copieuse expérience de la neige. Il était pourtant toujours fasciné de constater combien ce phénomène avait la propriété de transformer n'importe quelle partie de la Terre en un paysage léthargique et surnaturel, capable de donner, même en ville, une notion de l'ère quaternaire. Au bout de la rue, il entendit un rugissement et vit passer un 4 × 4 à dents de sabre qui patinait dans le blanc. Avec son crâne endolori, sa nuit qui n'en finissait pas, il se dit qu'il n'avait pas neigé par hasard. Pour quelqu'un comme lui qui, depuis la mi-septembre, flottait à la surface des choses, ce champ de neige n'était-il pas la traduction climatique de ses états d'âme ? Il demeura un assez long moment à la fenêtre, scrutant la couette crémeuse que la rue Nain où il logeait, et là-bas, la Grand-Place avaient tirée sur elles, et où, de temps à autre, une forme naissait, se déplaçait, disparaissait. Il supposa que, dans une poignée d'heures, la campagne aux abords de Roubaix aurait l'allure d'exquis petits tableaux flamands – des Bruegel ou des Avercamp animés – à l'intérieur desquels des bandes d'enfants piailleraient sous le regard attendri de leurs mères. Il s'y serait bien vu lui-même, couvert de Polartec, chaussé de patins, batifolant en compagnie de Nastassia. *Nas-ta-ssia*. Il l'imagina dans ce blanc. Sa toque en renardeau. Son corps de rêve moulé dans un fuseau fuchsia en élasthanne. Ses longs cils noirs de suie. Ses grands yeux gris marron où, trois semaines durant, il n'avait vu que la confirmation des paroles émises par sa bouche. Ses lèvres qui avaient été son fétiche de l'été. *Nas-ta-ssia*. N'était-il pas à ce moment-là le jouet de son pauvre cœur ? Ce temps était déjà si loin. Maintenant, lorsqu'il pensait à elle, il ne se demandait plus *quand* il la reverrait, mais *s'il* la reverrait. Si un jour elle serait de nouveau avec lui, dans cet appartement ou dans une chambre d'hôtel, cherchant ensemble le moyen le plus agréable de combiner leurs souffles, leurs membres tièdes, leurs organes palpitants. Il respira profondément et remarqua qu'il était torse nu, vêtu d'un seul boxer marine. Alors il frissonna.

Cette sensation de froid lui rappela l'échange téléphonique qu'il avait eu hier avec sa belle-sœur. Elle rentrait tout juste de la clinique et avait voulu être la première à le lui annoncer. Elle était allée directement au but : « Quand je suis arrivée tout à l'heure dans la chambre, Frisch s'y trouvait déjà. En fait, il m'attendait. – Une mauvaise nouvelle ? – Pas du tout, Marcus. Écoute ça : le score de Carl est passé de 5 à 6 ! Il frôlerait même le 7… Et le plus incroyable, c'est qu'il grogne maintenant. – Qu'est-ce que tu dis ? – Eh bien, une fois que tu t'es assis auprès de lui et que tu commences à

lui parler, il se met à grogner. Quelque chose comme :
Rô rô rô... Rô rô rô... – Quoi donc ? – *Rô rô rô...*
Rô rô rô... – Et c'est bon signe, ça ? – Évidemment
que c'est bon signe ! Cela n'a rien à voir avec un gro-
gnement réflexe. Frisch parle d'un acte préconscient.
Tu regardes Carl, tu lui parles, tu lui touches le front
ou les tempes, et puis : *Rô rô rô... Rô rô...* – Ça va,
j'ai compris. Il ouvre aussi les yeux ? – Non, mais,
d'après Frisch, ça ne devrait pas tarder. En tout cas, il
est sur la bonne voie. On avance, Marcus, on avance.
Après ces mois affreux, quand j'y songe. Comme quoi,
Scarpone et les méthodes de Frisch... – Attendons la
suite, Gladys. Je ne suis pas sûr qu'il faille s'emballer.
Ça reste une amélioration modeste. – Sans doute, mais
Frisch nous a demandé d'être confiants. Et moi, j'ai
envie de l'être. Si tu savais tout ce que j'ai enduré
depuis janvier. Et sans toujours comprendre pourquoi
les choses se sont passées comme ça. Pourquoi Carl
s'est soudain enflammé pour ce Stern. Et pourquoi nous
avoir fait autant de mal ? Avec quelles conséquences
pour lui... – Tu oublies l'agence, Gladys. L'agence,
c'était d'abord ce qui l'animait. Il n'était plus heureux
à Toul... – Non, Marcus, tu sais bien que ce n'est pas
l'agence... Elle n'aura été qu'un prétexte. Mais c'est
mon problème, après tout... L'important, c'est que Carl
récupère. Tu vois, je suis une brave fille. Pas rancunière
pour un sou. Et aujourd'hui, plus que jamais confiante.
Toi aussi, tu es confiant, non ? Tu ne veux pas l'avouer
mais tu y crois. Frisch m'a expliqué que ces progrès, on
les devait surtout au travail que Chang a pu faire avec
Carl après ta visite de dimanche. – Qu'est-ce que tu
racontes, Gladys ? » La voix de Marcus s'était crispée.

Selon Frisch (et selon Gladys qui rapportait scrupu-
leusement les quasi-oracles du neurologue), ces résultats

prometteurs avaient été obtenus après que Chang eut mené une semaine durant auprès de Carl une série d'activités plus ou moins mystérieuses dont on supposait néanmoins qu'elles avaient été consacrées aux relations que le frère de Marcus entretenait avec leur père à la fin de sa vie. « Au moment de son déclin, m'a dit Frisch », précisa Gladys. Marcus, au bout du fil, se tendit encore plus. « Chang semblait satisfait de votre dernière collaboration. En tout cas, tu lui aurais fourni beaucoup de matériaux. Toutes ces questions concernant votre père, son veuvage, son caractère difficile, ses maladies, sa mort, votre héritage, le conflit à propos de la maison, votre dispute, ce seraient d'excellentes pistes, d'après Frisch, pour remonter à l'origine de l'accident et vivifier l'esprit de Carl… Pourquoi tu ne m'as rien dit ? »

Le téléphone contre l'oreille, Marcus avait levé les yeux vers la surface jaunâtre du plafond. Adossé au seul mur de son bureau dépourvu de rayonnages de livres, son épaule gauche avait fait vaciller la reproduction sous verre d'une affiche de film, où Martin Sheen et Sissy Spacek étaient quant à eux adossés à la carrosserie d'une Ford Fairlane 500 (c'était l'affiche de *La Balade sauvage*). Il rajusta le cadre.

« Tu aurais pu m'en parler, Marcus. » Marcus se rappela qu'on était vendredi, et la soirée qui débutait serait une soirée morne de plus s'ajoutant à toutes les soirées mornes de cet automne calamiteux. Il voyait déjà le tableau : plateau-DVD en solo, lui s'efforçant autant que possible de ne pas loucher sur sa collection d'alcools forts. Et voici que Gladys s'était mise en tête de lui tirer les vers du nez.

Pour commencer, lui répondit-il, jamais il n'avait, au sujet de leur père, prononcé le mot « déclin ». En tout cas, il ne l'avait pas fait en présence de Chang, ni même de Frisch. Peut-être l'avait-il employé à une ou deux reprises avec Carl, à l'époque où le vieil homme avait perdu la vision de son œil droit ou quand il avait contracté cette infection rénale pour laquelle il avait fallu l'hospitaliser – mais avec Chang et Frisch, sûrement pas. Ensuite Frisch avait menti à Gladys, car, à cette séance qu'elle évoquait, où Chang attendait de Marcus qu'il débobine le film des souvenirs familiaux pour pouvoir mieux traduire, disait-il, l'intimité psychique de Carl, Marcus ne lui avait jamais parlé de leur père, ni de l'homme âgé, fragile et compliqué, qu'il était devenu avec le temps. En réalité, cet après-midi-là à Scarpone (et ça il se garda de le dire à Gladys), Marcus n'avait parlé à Chang que de son frère et tout particulièrement de ce qu'il appelait sa métamorphose. Sa métamorphose affective. Il n'aurait pas dit, comme Gladys, que l'agence n'était qu'un prétexte (il était sûr que son frère, en dépit de ses bravades, en avait par-dessus la tête de Toul), mais le soir de Noël, lui aussi avait deviné qu'il y avait autre chose.

« Une métamorphose ? lui avait demandé Chang. Quelle métamorphose ? » Son regard était pointu comme une aiguille. « Disons une rupture d'équilibre, avait dit Marcus. Suivie de changements si radicaux qu'on peut parler de métamorphose. – Vous pouvez me donner des détails ? » Avec une impudeur qui l'avait lui-même surpris, Marcus avait alors livré ce qu'il savait – ou croyait savoir – à propos des changements survenus dans la vie sentimentale de son frère. « Vous voyez, avait-il dit ensuite à Chang, ce qui m'incite à parler de métamorphose, c'est que mon frère a été attiré du jour au lendemain par un homme qu'il connaissait à peine. Un collègue de travail avec qui il n'avait pour ainsi dire pas de relations. Jusqu'au jour où ce type-là lui a proposé qu'ils s'associent. Et dès lors mon frère s'est mis à préférer cette aventure rocambolesque à tout le reste. Voilà la rupture d'équilibre. Sans parler de ce qu'elle a engendré et qui demeure incompréhensible.

– Moi, je comprends ça très bien », lui avait dit Chang.

Marcus avait eu le sentiment déplaisant que l'analyste était surtout expert pour ne pas l'écouter et déformer ses propos. Il qualifiait la métamorphose de Carl de phénomène banal. S'il employa le mot « surabondant », ce fut pour ajouter : « un phénomène surabondant mais tout à fait banal, qui s'explique bien par le jeu naturel des pulsions ». Mais Marcus s'était rebiffé. Il n'avait jamais parlé de pulsions. Il entendait simplement savoir ce qui avait pu bouleverser l'existence apparemment heureuse de son frère. Aussi haussa-t-il le ton : « Mon frère a laissé s'effondrer ce qu'il avait mis des années à construire : son métier, sa famille, sa réputation, et ça vous paraît banal, tout ce qu'il y a de plus naturel, c'est pour vous une simple question de glandes ? C'est la façon d'agir de la plupart des gens ? – Pas des gens, reprit Chang, mais des individus frappés par ce phénomène surabondant qu'on appelle passion. – Une passion ? répéta Marcus. Mais je me fatigue à vous dire que mon frère n'est pas un homme passionné ! Il ne l'a jamais été. C'est un homme tout ce qu'il y a de plus paisible. Jamais je ne l'ai connu exalté. Il n'est pas cette personnalité psychotique que vous vous obstinez à décrire. Encore une fois, c'est un homme tranquille, un simple…

– Oui ? – Un simple… un simple assureur, merde ! »

Un peu plus tard dans la salle de bains, après s'être enfin réveillé, Marcus passa sur ses joues, son menton et son cou ornés de mousse la lame d'un rasoir. Son regard suivait les mouvements sinueux du petit rai de métal. Il fut surpris de découvrir qu'il dessinait des 6.

Carl grognait, donc. Était-ce réellement un progrès ? Un premier palier vers son rétablissement ? Un retour à l'humanité sans rechute possible ? L'image d'un animal pointant son museau à la sortie d'un terrier lui vint à l'esprit. Un terrier tout équipé, songea-t-il. Un nid douillet à trois mille euros la semaine. Il était à 6 et il grognait. J'aimerais bien voir ça ! Et qu'est-ce que Frisch attend pour lui donner 7 ? Et 8 ?

Marcus n'ignorait pas que le score de Glasgow pour un sujet parfaitement conscient, jouissant de l'ensemble de ses facultés, s'élevait jusqu'à 15. Tout à l'heure, en me réveillant, je devais me situer à 12 ou 13. Un sourd-muet peut difficilement obtenir plus de 11, un tétraplégique plus de 9. Et un nourrisson ? Un abruti ? Marcus sourit faiblement. Carl grogne ! Mais qui grogne ? Le chien. Le sanglier. L'ours grogne ! Carl a donc de la marge. Dimanche il était encore un ficus et aujourd'hui le voici au stade d'ours mal léché. Combien Frisch réclamait-il par échelon ? Marcus n'avait pas songé à le demander à Gladys. L'échelle de Glasgow, c'était un peu comme celle de Darwin, non ? Il se représenta de nouveau un animal sortant de son terrier. Les ours, eux, habitent des cavernes. Et les sangliers ? Les sangliers vivent en plein air, ils se grattent le cuir contre l'écorce des arbres et se vautrent dans leurs déjections.

Sous l'ailette gauche de son nez, la lame du rasoir échappa à son attention – une mauvaise coordination des mouvements, je dois être encore à 12, pensa-t-il – et une goutte de sang perla. Avec l'index de sa main libre, il appliqua un peu d'eau à l'endroit de la coupure, puis la tapota pour s'assurer qu'elle était infime.

Si Carl se trouvait à demi nu comme lui dans cette salle de bains, est-ce qu'il frissonnerait aussi ? Ce n'était peut-être pas un bon exemple. Frissonner était encore un mouvement réflexe, mais est-ce qu'il sentirait le froid, au moins ? Le froid, avec le chaud, cela ne fait-il pas partie des conditions fondamentales de nos expériences ? Dans notre vie, il n'y a pas grand-chose que nous ne fassions sans qu'il y ait au départ une sensation de chaud ou de froid. Enfiler un manteau et une paire de gants pour sortir dans la rue, entrer dans un café, puis retirer gants et manteau, se rapprocher d'un brasero ou d'un radiateur, tremper ses lèvres dans un chocolat, se lever, dénouer son écharpe, aller aux toilettes, uriner, ouvrir un robinet pour se laver les mains, les sécher, réenfiler ses vêtements, poser quelques pièces sur la table, ressortir dans la rue : le chaud ou le froid sont toujours déjà là, non pas dehors ou dans l'air mais bel et bien à l'intérieur de nous. Il y a le froid parce que ma sensibilité est affectée, le chaud parce que j'ai chaud, non en surface, mais dans l'intimité même de mon être. Puis Marcus pensa qu'on grogne aussi dans le sommeil. Il aurait dû en toucher un mot à Gladys.

Le mois dernier, il avait revu le film d'Almodóvar, *Hable con ella*, sorti au cinéma quelques années plus tôt, et dont il se souvenait comme d'une œuvre optimiste. Pendant qu'il sélectionnait, télécommande en main, le menu du DVD, il s'était rappelé les scènes de danse, qu'il s'agisse de danse contemporaine sur le plateau d'un théâtre ou du ballet d'une femme torero dans l'arène d'une corrida. Deux des principaux personnages du film sont des jeunes femmes pour qui la danse est le centre de l'existence, et qui se retrouvent, à la suite d'un accident, plongées l'une et l'autre dans un coma au moins aussi profond que celui de Carl. Marcus fut satisfait de constater que son souvenir était fidèle. Le film débute et s'achève bien par une chorégraphie. En revanche, il s'aperçut qu'il avait effacé de sa mémoire la plupart des scènes qui se déroulent à l'hôpital, notamment celle où un personnage masculin, l'amant d'une des jeunes femmes (la torero), engage une conversation avec le médecin qui la soigne : « Docteur… Lydia va rester comme ça combien de temps ? Il n'y a aucun espoir ? – Un médecin vous dira que non. Toutefois… » Et le médecin d'ouvrir comme par enchantement un magazine où l'on peut lire en gros caractères RESUCITADA, et où il est question d'une Américaine, Meryl Lazy Moon, sortie du coma au bout de quinze ans alors que tout le monde disait qu'elle resterait inconsciente à vie. « Il y a donc un espoir ? – Scientifiquement, non, répète le médecin, mais si vous voulez y croire. »

Marcus baissa les yeux et remarqua les minuscules hérissons de poils gris qui flottaient dans l'eau du lavabo sur des filaments écœurants de mousse. Il s'aspergea le visage, l'essuya avec une serviette à bouclettes, se gifla les joues puis y appliqua une noisette de crème after-shave au gingembre. *Rô rô rô*, fit-il en se regardant.

C'était toujours le même rituel. Il avait fait le voyage en train depuis Roubaix. Aujourd'hui, grâce au réseau TGV qui rétrécissait avantageusement le territoire, il lui fallait une heure jusqu'à Paris. Il était assis en compagnie d'agents commerciaux dont les cravates s'arrondissaient sur leur bedaine, de couples qui partaient gaiement en week-end et de jeunes gens tractant dans les couloirs d'énormes sacs remplis de linge sale qu'ils échangeraient contre un plat bourratif préparé par leur mère. Puis une heure vingt de Paris jusqu'à Metz. Au milieu du trajet, il s'était assoupi en écoutant dans la bulle de son MP3 un album de PJ Harvey. La voix aérienne de PJ faisait « *Grow grow grow* » – « Pousse, pousse, pousse ». Elle chantait qu'elle avait semé une graine, l'avait enfoncée dans la terre, puis avait tassé le sol sous ses pieds. « Pousse, pousse, pousse. » Il était un peu plus de vingt heures quand il arriva à sa frontière mexicaine.

La place devant la gare de Metz était défigurée par un campement de boutiques en bois. Ouvertes le jour pour vendre de la camelote, elles ressemblaient, la nuit tombée, à des W.-C. de chantier. Le ciel, d'un noir brunâtre, coiffait la ligne d'immeubles laissés en 1918 par les Prussiens, et un sapin immense, planté au centre de la place, ployait sous ses oripeaux. Il avait aussi neigé à Metz, mais cela remontait à deux ou trois jours. Des blocs marronnasses s'amassaient au coin des trottoirs, et dans les caniveaux fondaient de gros granités charbonneux. À l'hôtel Métropole, Marcus se contenta d'une assiette de moules et d'un pichet de muscadet, avant de regagner sa chambre. La mauvaise nuit de la veille le tirait par la manche. Une fois couché, il sortit pourtant un livre de son sac et l'ouvrit au-dessus de sa poitrine, la tête calée sur l'oreiller. Je lis une page et puis j'éteins, se promit-il.

L'ouvrage en question était un recueil d'enquêtes qui vous emmenait un peu partout sur la planète à la rencontre d'hommes et de femmes plongés dans la pauvreté jusqu'au cou, et sur lesquels, au lieu de s'apitoyer, l'auteur – un certain William T. Vollmann que Marcus n'avait jamais lu (il avait acheté le livre, intrigué par le titre) – ouvrait des yeux d'explorateur plus ou moins bienveillant. Le livre plaisait à Marcus et il prévoyait d'en tirer quelque chose en vue d'un cours à ses étudiants. Il en avait déjà lu les trois quarts et entama ce soir-là (tandis que le muscadet, lui, entamait son estomac) l'histoire d'un Américain qui s'était établi à Manille où il gagnait chichement sa vie en transportant la nuit à moto, pour le compte de la mafia locale, des feuilles de pari (même si Vollmann supposait que Gary – c'était son nom –, qui s'était débrouillé pour se faire construire une maison pas trop bancale où il nourrissait à peu près correctement les siens, devait transporter aussi de la drogue sous son siège en Skaï).

Marcus lut le récit d'une traite, puis recommença en soulignant plusieurs passages. Au bout d'une demi-heure, la nuque douloureuse, vidé par la fatigue, il déposa livre et crayon sur la moquette, éteignit l'applique et sombra dans le sommeil. Vers cinq heures, un groupe de buveurs qui avait dû participer à la fermeture d'une boîte de nuit voisine se livra sous sa fenêtre à un pugilat aussi inoffensif que braillard. Le gardien de l'hôtel sortit avec un bouledogue, le groupe se changea en fantômes, et Marcus ne se rendormit pas.

Le temps qui le séparait du petit déjeuner, il l'employa à reprendre sa lecture de Vollmann et, pour la troisième fois, s'intéressa à l'histoire de Gary. Malgré ses activités illégales et le fait qu'il apparaisse comme un pauvre gars dans la débine, il était manifestement un bon mari et un bon père. D'ailleurs, s'il était venu vivre à Manille, c'est qu'aux États-Unis, disait-il, il aurait été à un niveau si bas de l'échelle sociale qu'il n'aurait pas pu faire autrement que de croupir dans un quartier sinistre et d'envoyer ses enfants dans d'horribles écoles où non seulement ils n'auraient rien appris mais auraient vu leur vie menacée. Après un rapide calcul, Marcus évalua que les revenus mensuels de Carl étaient au moins vingt fois supérieurs à ceux de Gary. Et pourtant son frère avait quitté Gladys, il avait quitté ses fils Tom et Paul, comme il avait quitté Anna, la petite dernière, qui venait d'avoir onze ans et pour laquelle, avant cette histoire avec Stern, il eût donné un bras. Maintenant c'étaient les deux bras de son père qui manquaient à Anna chaque fois qu'elle se rappelait qu'il ne rentrerait plus.

Qu'est-ce qui expliquait cette fuite ? cet abandon ? cette cruauté même ? Vollmann, pour cela, n'aidait pas beaucoup Marcus. Son livre s'intitulait *Pourquoi êtes-vous pauvres ?* Gary était pauvre, mais en disant oui à la vie et en acceptant sans jamais se plaindre ce que d'autres auraient jugé inacceptable, il n'était sûrement pas malheureux. Est-ce que Carl l'était ? À Chang, dimanche dernier, Marcus avait demandé ce qui avait pu ruiner le bonheur de son frère. Mais peut-être sa question était-elle mal posée. Et si Carl avait joué pendant toutes ces années ? Joué au père de famille, puis au mari. Et si pendant tout ce temps il avait fait semblant ? Quelle tristesse ! Pour mieux conquérir à quarante-huit ans son indépendance. Quelle misère ! Marcus remarqua qu'il avait davantage de compassion pour le vaillant Gary. Gary qui disait oui à la vie. Gary qui désirait le bonheur de sa famille. Gary qui n'existait peut-être que dans le livre de Vollmann (comme les « cas numérotés » que Marcus, enfant, découvrait dans le journal de son père), mais qui nous éclairait sur l'abîme.

À six heures trente, il prit une douche, puis, à sept, fut l'un des premiers clients à s'installer dans la salle à manger du Métropole, où il but deux cafés (noirs et amers), avant de traverser la place et de grimper dans un véhicule de la société de transports publics qui desservait l'agglomération. Un autobus qui s'arrêterait devant Scarpone.

Quel serait le premier mot de son frère si, après le stade grognal, la parole lui revenait ? « Gladys » ? « Anna » ? « Mes fils » ? « Stern » ? Cette métamorphose affective avait été comme la naissance d'une fiction. Une fiction inédite dans le cours ordinaire des sentiments de Carl. Une fiction dont personne ne pouvait présager la fin.

En entendant les bruits d'éclaboussure du bus sur la chaussée couverte de neige fondue, Marcus se dit que jusqu'ici cette fiction n'avait rien eu de statique, elle avait plutôt été une machine en mouvement, à l'image de ce véhicule qui savait où il allait tout en ignorant un certain nombre d'événements pouvant se produire durant le trajet. Marcus regarda la nuque du chauffeur. Saurait-il maîtriser la situation si son pachyderme ripait dans un tournant ? Il reconnut son visage dans un coin du rétroviseur : c'était le même chauffeur que dimanche dernier. Un homme épais avec des lunettes au design enveloppant, semblables à celles d'un cariste dont les verres protègent des éclats de matière. Ça lui faisait une tête de hibou. Comme dimanche dernier, le chauffeur avait réglé la radio sur ce qui devait être son émission préférée, un programme interactif où les auditeurs passaient à l'antenne afin de faire partager leurs expériences (cette fois, c'étaient, après des auditrices qui la semaine précédente racontaient leur IVG, des chefs d'entreprise se lamentant sur le coût salarial des ouvriers français en comparaison des bras polonais). Comme dimanche dernier, il avait monté le son de la radio à un volume insupportable. C'était un véhicule censé assurer un service public et c'était une punition.

Marcus posa son front contre la vitre où ruisselaient

de grosses gouttes bleutées. Ses yeux suivaient l'alignement des bâtiments militaires (caserne Raffenel, quartier Colin, caserne Reymond) qui faisaient de cette rue Franiatte l'une des plus frustes de l'agglomération. Si des touristes en goguette arrivaient par là, ils repartaient aussi sec. Sous le soleil d'hiver, les toits nappés de neige laisseraient bientôt apercevoir de petites îles marron. Mais pour l'heure le monde extérieur était surtout gris et blanc, et un homme seul, vêtu d'un pardessus kaki, se déplaçait sur le trottoir. Il venait de sortir d'une caserne. Sa démarche rappela à Marcus celle de Carl.

Quinze ans auparavant, l'après-midi du 24 décembre 1994, Marcus avait déjà fait le voyage jusqu'à Metz pour être avec son frère et sa famille. L'événement n'était pas anodin, c'était un jour de retrouvailles, et Carl était venu à sa rencontre. Il avait franchi la place de la gare enneigée, beaucoup plus enneigée que ce dimanche matin, et Marcus, qui n'avait pas vu son frère depuis des lustres, avait été frappé par son pas droit et ferme, impeccablement solide. Ses bottes aux semelles crantées semblaient d'une stabilité étonnante sur la neige, tandis que lui, l'aîné, progressait par courtes glissades, comme avec des patins sur un parquet.

Carl avait toujours marché droit, au fond. Cela avait-il un rapport avec son métier, son tempérament, son éducation, ses bottes aux semelles crantées, les costumes qu'il portait depuis qu'il exerçait ses talents dans cette compagnie d'assurances et qui lui donnaient ce sérieux, cette raideur quasi militaire ? Des deux frères, il était le seul à avoir accompli son service, et ses camarades de régiment l'avaient affublé du surnom de « coton-tige ». Marcus n'avait pas oublié ce détail. Qu'est-ce que cela signifiait coton-tige ? Cela évoquait-il un trait de caractère ? Était-ce une allusion anatomique ou sexuelle ? Marcus ne voyait pas. Ce qu'il voyait, en revanche, c'est que la vie de Carl, jeune homme, était déjà réglée. Résolument réglée. Durant presque cinquante ans, son frère avait marché droit, droit comme un soldat, si droit que cela paraissait incroyable, et voici que, fin 2008, quelque chose s'était produit avec le dénommé Jean-Jacques Stern – une rupture d'équilibre, une métamorphose – et Carl s'était mis à danser.

3

Sainte famille

À la fin du caniculaire été 1994, Marcus et Nelly, qui vivaient alors en couple, en partie du fait d'une attirance réciproque, en partie grâce au budget des affaires sociales de la ville de Draveil – lui était l'un des quatre éducateurs de rue payés par la commune pour être aux petits soins de la jeunesse locale et circonscrire autant que possible les incendies de voitures et les caillassages d'abribus, elle travaillait comme aide-cuisinière à la cantine scolaire des Marmousets –, se séparèrent.

Depuis un an et demi ils partageaient le même F3 au cinquième étage d'un immeuble quelconque de l'avenue de Villiers. L'appartement, réservé aux agents de la mairie, leur était loué pour un loyer dérisoire, et c'était visiblement son seul charme. « Appart merdique, boulot merdique, banlieue merdique », disait Nelly. Pourtant elle supportait assez bien son sort. Non en raison d'une rare abnégation, d'une volonté quasi stoïcienne, mais à la faveur de deux ou trois compensations, parmi lesquelles ce qu'il fallait de Meteor dans le frigo et d'herbe afghane au fond de l'armoire à pharmacie.

Elle le supportait d'autant mieux que, de tous les garçons qui avaient été son *love* (c'est ainsi qu'elle appela Marcus dès la deuxième nuit qu'ils passèrent ensemble, comme elle avait appelé chacun des hommes avec lesquels il y avait eu, d'après elle, « un peu plus qu'une baisouille »), Marcus était le premier dont la personnalité n'était pas, selon son expression, « amok » ; beaucoup moins « amok » en tout cas que ne l'avaient été les précédents *love*, avec qui il avait toujours été compliqué de cohabiter ou d'avoir un échange sur les sujets qui lui tenaient à cœur, sans que le *love* en question ne finisse par lui dire : « Nelly, là, tu me les brises. » Marcus, à trente-six ans, était une personne fondamentalement placide. Était-ce dans sa nature ou parce que son emploi à Draveil le mettait chaque jour aux prises avec des individus hypernerveux, voire agressifs, quoi qu'il en soit, lorsque, fatigué et affamé, il rentrait le soir à l'appartement et trouvait Nelly vautrée sur le canapé, un casque Bose sur les oreilles, occupée à fumer son herbe en attendant qu'il lui prépare à manger, il n'était pas du genre à avoir des poussées homicides. Outre que leurs ébats sexuels présentaient un coefficient de satisfaction supérieur à la moyenne, Marcus appartenait à cette catégorie d'hommes qui ne confondent pas la vie à deux et l'art de la guerre, et peuvent même se montrer altruistes. Il s'installait une demi-heure sur le balcon pour écouter les pépiements des moineaux, *tchissik, tchissik*, et, s'il avait de la chance, le cri en vol d'un pinson à la jolie calotte gris-bleu, *yup yup, yup yup*.

Des sujets qui tenaient à cœur à Nelly, Ibiza, la petite île des Baléares, dominait largement. Au point qu'on pût dire qu'avec Ibiza, Nelly rêvait à voix haute – elle fantasmait même à plein tube. Elle n'y avait jamais mis les pieds, ne connaissait personne parmi ses proches qui y ait fait un séjour, le seul guide d'Espagne qu'elle eût une fois ouvert (un ouvrage graisseux et hors d'âge acheté aux puces d'Ivry) la mentionnait à peine, il lui était donc difficile de savoir à quoi ressemblait la tour de Babel touristique qu'était depuis les années soixante ce Katmandou en Méditerranée, et cependant Ibiza ne valait pas moins à ses yeux que la Terre sainte aux yeux d'un chrétien. Il y avait à cela une raison : l'idole de Nelly – disons même son « Grand Être » –, née Christa Päffgen, y avait vécu et y était morte.

Pour être le « Grand Être » de Nelly, Christa Päffgen était bien plus que Christa Päffgen. Si elle avait vu le jour à Cologne juste avant-guerre, elle avait été mannequin à Berlin dès l'âge de quatorze ans quand sa beauté se montrait déjà étincelante, puis, peu après, s'était fait engager à Paris par Coco Chanel, et à New York par Eileen Ford, avant une brève apparition à Rome dans *La Dolce Vita* de Fellini, à la suite de quoi elle avait traversé l'existence de Dalí, illuminé une couverture de *Vogue*, puis traversé à Londres la vie de Brian Jones et celle de Jimmy Page, à New York la vie de Jim Morrison, celle de Dylan dans sa chambre du Chelsea, puis rencontré Andy Warhol, été son égérie, jusqu'à jouer dans l'un de ses films une sorte de madone avec des sanglots pour de vrai. Mais pourquoi donc ces larmes, Christa, à qui tout semblait réussir ? À ce moment-là, après toutes ces rencontres et toutes ces traversées, elle était enfin décidée à devenir ce qu'elle voulait vraiment : une chanteuse reconnue et non une groupie de luxe pour des baisades *backstage*, une artiste sur scène et non une couverture de *Vogue*. Alors, sont-ce ses sanglots ou l'intuition légendaire de Warhol, il lui permit d'enregistrer en cette année 1967, avec sa voix bizarre, pas vraiment expressive, pas vraiment gaie non plus (« une voix de croque-mort », dira Lou Reed), plusieurs chansons du premier album du Velvet Underground, le disque à la banane. Même si elle traversa cette histoire-là aussi vite que les autres, ainsi que la vie de Lou Reed et la vie de John Cale, elle chantait désormais, réalisait ses propres disques (quoique moins illustres que les disques du Velvet), tout en continuant à parcourir de sa beauté unique et à moitié détruite d'autres histoires et d'autres ciels, et en vivant maintenant à Ibiza où elle possédait sa maison et qui, de tous les lieux du monde, était le seul où elle était elle-même, celle qu'on appelait Nico.

Ainsi Nico, jamais Nelly ne se lassait-elle de l'écouter. À Draveil comme ailleurs. Surtout le disque à la banane. Ses chœurs dans « Sunday Morning », sa voix funèbre dans « Femme Fatale », dans « I'll Be Your Mirror », qui valait pour Nelly comme le chant d'Ibiza :

I'll be your mirror
Reflect what you are, in case you don't know
I'll be the wind, the rain and the sunset.
Je serai ton miroir
Te dirai qui tu es, si jamais tu l'ignores
Je serai le vent, la pluie et le coucher de soleil.

L'existence embourbée à Draveil ne lui offrant guère les mêmes *sunsets*, c'était forcément vers Ibiza que se portait la pointe de son désir (rien n'est jamais plus excitant que ce qui manque). La conscience de Nelly, quoique embrumée, formait jour après jour l'idée d'un avenir radieux, qu'elle voyait sur cette île montagneuse : parfums d'amandes, de figues trop mûres, de citrons pourrissants, moirures d'huile de bronzage, bouffées de chanvre indien.

Marcus, s'il n'était pas attiré par l'argent, savait néanmoins calculer. Pour lui, un pécule de vingt mille francs était le minimum pour atterrir à Ibiza, y louer une fermette au pied d'un promontoire coiffé d'une église blanchie à la chaux, et vivre sur place six mois, un an, sans rien faire d'autre que de jouir des amandes fraîches, des figues et des citrons, du chanvre (surtout du chanvre). Vingt mille, ce n'était pas une somme, comme on dit, mais ni elle ni lui n'en avait le premier billet. Un second calcul, suivant une équation qui incluait leurs maigres salaires, la consommation exponentielle d'herbe chez Nelly, le prix des alcools à Intermarché, les réparations réclamées par leur vieille Taunus, leur tendance aux achats inutiles, leur répugnance à épargner, leurs découverts périodiques à la banque, permettait de penser que ce pécule, comme la vie qui allait avec, n'était qu'un château en Espagne.

En juillet de cet été 1994, Marcus participa à Montreuil, dans la banlieue est de Paris, à un colloque sur les banlieues françaises. Depuis des mois, il caressait le projet de reprendre quelques travaux d'ethnologie qu'il avait laissés en jachère. Lorsqu'il fut avisé des préparatifs du colloque par un courrier adressé à la mairie de Draveil, il réussit à faire valoir son diplôme de maîtrise, obtenu jadis à Nanterre, et l'expérience acquise sur le terrain draveillois, pour être autorisé à produire à Montreuil une communication. Un matin, vers onze heures, devant une assemblée d'élus, de professionnels de la médiation, d'étudiants et de « grands frères », il lut un texte qu'il avait rédigé dans la minuscule cuisine de l'avenue de Villiers. « Sentir sa vie en milieu urbain difficile », tel était le titre de sa contribution, où il défendait l'idée que « sentir sa vie » constituait la condition nécessaire pour que tout individu subissant une situation socialement mutilante soit stimulé à sortir de son état présent. On pouvait distinguer, d'après Marcus, de nombreuses sorties négatives (les toxiques, tous types d'addictions, le suicide, la religion) et quelques-unes positives (le travail choisi, l'art, la politique). À partir de là, il analysait différentes trajectoires de vie vécues par des jeunes gens et des jeunes filles de banlieue, et les moyens qui, selon lui, leur avaient permis de sentir pleinement leur vie et de lui donner une destination différente.

Après sa communication, qui suscita à vrai dire peu de réactions dans le public, ce fut l'heure du déjeuner. Le hasard des cheminements, plateau-repas en main, dans la salle polyvalente surchauffée, l'ordre aléatoire des chaises libres autour des tables nappées de papier, plaça Marcus entre une jeune fille brune, stagiaire dans une radio locale, qu'il avait repérée en arrivant, et un conseiller municipal qui se présenta spontanément à lui comme le nouvel adjoint aux affaires sociales de la ville de Roubaix : « Willy Bommaers ! lui lança-t-il d'une voix chaleureuse et fortement accentuée. Je vous ai écouté tout à l'heure à la tribune et j'avoue que ça m'a plu ! » Willy Bommaers était un homme jovial, aux grosses joues glabres et au regard franc, quelqu'un que Marcus eût classé sans hésitation parmi les tempéraments actifs qui possèdent une vision optimiste de l'histoire. Il le remercia de l'intérêt qu'il portait à ses « modestes travaux », dit-il, et s'apprêtait à faire connaissance avec la jeune brune, seule avec son magnétophone à cassettes et son céleri rémoulade, quand Willy Bommaers enchaîna d'une voix claironnante : « Eh ! Vous faites quoi au juste dans la vie, à part des colloques ? » Marcus lui répondit par quelques phrases brèves, puis se tourna de nouveau vers la journaliste stagiaire pour lui demander son prénom, lorsqu'il fut une troisième fois harponné par le conseiller roubaisien : « Et Draveil, ça vous botte ? » Comme cette situation contrariante ne semblait pas prendre fin, Marcus recula brusquement sa chaise pour aller s'asseoir de l'autre côté de l'apprentie journaliste au magnéto, quand il entendit : « On va ouvrir chez nous un nouveau centre social ! Avec des moyens et le désir de faire de grandes choses ! Et pour ça j'ai envie d'une direction à deux têtes ! Une pour gérer, une pour penser ! Dites-moi, ça vous intéresse ? »

Tandis qu'il attendait son RER pour Draveil, un sang neuf coulait dans les veines de Marcus. Certes Roubaix, ce n'était pas Ibiza (ce n'était même pas la direction d'Ibiza), mais avait-il envie de croupir en banlieue parisienne ? Avait-il même envie de louer une ferme dans une île empestant l'huile de bronzage, l'essence de 4 × 4 et la ganja ? Il se dit qu'Ibiza n'était rien d'autre qu'une de ces usines à produire des devises qu'il avait toujours fuies. Willy Bommaers, dans la salle polyvalente de Montreuil, ne lui avait-il pas fait sentir sa vie ? Aussi, le soir même, il ne cacha rien de ses nouvelles intentions à Nelly. « Ça va pas, Marcus, tu dérailles ? – On m'offre un vrai boulot, Nelly. Plus d'argent, plus de responsabilités, un projet ambitieux, quelque chose d'enfin gratifiant. J'ai trente-six ans et je n'ai pas envie de m'éterniser ici. – Ça veut dire quoi, gratifiant ? Tu deviens vulgaire, Marcus. – Non, la vérité, c'est qu'on crève à Draveil. Tu comprends ? On crève. – Et Ibiza ? Et notre ferme ? Et nos journées sous les palmiers ? – On en reparlera plus tard, Nelly. Essaie d'être raisonnable pour une fois. Allons d'abord à Roubaix. On pourra se remplumer là-bas. – Raisonnable ? Non, cette fois, Marcus, tu déconnes vraiment. Roubaix, c'est une ville de nazes ! – Nelly, c'est toi qui déconnes, et tu veux savoir ? Là, tu me les brises ! »

Marcus avait compris que son idylle draveilloise ne le suivrait pas. Y tenait-il, d'ailleurs ? Dans son nouveau plan de vie, il l'avait déjà gommée. Comme si elle était devenue une option trop coûteuse, genre frigo américain ou toit ouvrant électrique. Dès lors, entre leur lit, le canapé, la salle de bains et le balcon où, presque tous les soirs, en débardeur à l'effigie de Siouxsie Sioux, Nelly allumait joint sur joint tout en proférant des insanités et en empêchant Marcus d'écouter ses pinsons, ce fut une bataille de tranchées. L'atmosphère devint lourde. Et le premier dimanche d'août, où la température dans la grande couronne parisienne monta jusqu'à 39 °C, Marcus loua une fourgonnette et la remplit à la hussarde. Vêtements froissés, meubles démontables en panneaux de particules, cartons remplis de disques, de livres et de revues, qui étaient ses seules possessions. Une heure plus tard, il s'engageait sur l'autoroute du Nord.

À la même époque, Carl aurait été bien ennuyé s'il avait dû miser sa collection de bourgognes sur la vie de son frère. À ceux qui lui demandaient s'il était encore de ce monde (la mère de Gladys, en particulier, était plusieurs fois revenue à la charge peu après la naissance de Tom : « Je n'arrive pas à croire, Carl, que notre bout de chou a un tonton qu'il n'a même jamais vu »), il eût pu répondre que Marcus lui écrivait de temps en temps et vivait probablement en France, mais il préférait se taire.

Depuis deux décennies, à chacun de ses anniversaires (le 19 juin, jour de la Saint-Romuald), Carl trouvait dans la boîte aux lettres de la maison familiale du Sablon une carte postale signée Marcus. Leur mère en reçut aussi quelques-unes, en plus de coups de téléphone ; leur père eut moins ce bonheur, et quand il devint veuf, les nouvelles de son fils se firent nettement plus rares. Compte tenu de la distance et des aléas de la poste, les cartes du frère aîné n'arrivaient pas toujours le 19 juin, mais aucune ne manqua jamais à l'appel.

La première fut envoyée cinq mois après que Marcus, à dix-huit ans, s'était planté un mercredi glacial de décembre sur un bord d'autoroute à la sortie de Metz, hélant tous les camions qui lui semblaient filer vers Barcelone ; la deuxième provenait du Pays basque ; la troisième, d'Essaouira, au Maroc ; la suivante, de la côte de Jade, sur l'Atlantique ; deux autres, de l'île de Groix ; trois furent postées d'Amérique du Nord – New York, Colombus (Ohio) et Québec (Québec) ; une autre confiée à un *postkantoor* du centre historique de Delft, à quelques rues d'un bâtiment en brique transformé en pension, que Vermeer en son temps avait fait entrer de manière admirable dans un petit rectangle coloré où le ciel perçait joliment ; plusieurs furent envoyées de Nanterre ; quant aux plus récentes, elles avaient été tamponnées à Draveil.

À Draveil, Carl ignorait ce que Marcus faisait, comme il n'avait jamais su à quoi ressemblaient ses journées à Colombus, à Groix, à Delft. S'il pouvait souhaiter que son frère, en ces différents points du globe, menât une vie décente et pourquoi pas heureuse, il n'en savait rien. En dehors du fait que ces cartes constituaient des preuves de vie et le signe d'une existence ambulante, elles apprenaient peu de chose à Carl. Que la carte représentât des promeneurs en chemisette à fleurs sur la Rambla, le port de Pornic à l'heure de la criée, une vue de la baie de Saint-Sébastien, la reproduction surexposée du petit rectangle de Vermeer, ou un coucher de soleil rouge et or sur l'East River avec au premier plan l'inamovible Brooklyn Bridge, voire la face grimaçante d'un babouin de Guinée photographié à son insu au zoo de Vincennes, jamais n'y figurait autre chose que « Bon anniversaire, mon frère », sans la moindre adresse, le moindre numéro de téléphone, le moindre indice qui pût rapprocher les deux hommes. C'était comme si Marcus vivait dans un univers parallèle.

Par quel coup de chance le cadet eût-il pu savoir que, à l'été 1994, l'aîné s'était lancé dans un nouveau départ ayant pour cadre une ville industrielle où tout ou presque était à faire et que, malgré ses trente-six ans, il n'avait toujours pas amarré son existence à un ponton tel que le mariage, la famille, un véritable métier ? Il fallut pour ça le sentiment de rancune d'une femme qui s'estimait trahie.

Entre 1984 et 1985, Patricia Garcia, âgée de vingt ans, avait connu, sous le nom artistique de Ginger Nelly, une popularité aussi tonitruante qu'éphémère sur la scène punk française. De cette période de nihilisme provocateur, des témoins gardaient le souvenir d'un concert mémorable à Londres (l'un des assistants du producteur McLaren se trouvait, dit-on, dans la salle, qui fut évacuée après une bataille rangée), d'un disque édité chez Barclay, de pas mal d'excès côté poisons et côté sexe, ainsi que d'une facilité à passer d'un timbre de voix éraillé à des éructations impressionnantes. Nelly se distinguait surtout par son sale caractère. « Tu sais ce que c'est qu'être nihiliste ? déclara-t-elle à l'automne 1984 à une collaboratrice du fanzine *Rage*. C'est aimer détruire, bousiller, mettre en miettes ! Et tu sais ce qui me démange ? L'envie de t'éclater la tête ! » Si, dix ans plus tard, elle avait perdu une partie de son charisme et de sa jeunesse, elle croyait pourtant que Marcus la préférerait à toute autre tentation. Elle avait confiance en son *love* et pensait que, même s'ils n'iraient jamais à Ibiza, elle continuerait à nourrir son rêve avec un compagnon capable de lui montrer assez d'affection pour que la vie, même à Draveil, soit supportable. Ce en quoi elle s'illusionnait. Et quand Nelly comprit ses illusions, la descente fut brutale. Mais elle n'était pas le genre de fille à avaler les descentes en silence.

Une nuit d'octobre, le téléphone que Carl avait au pied de son lit l'arracha soudain au sommeil. Quand il décrocha, les nombres 3 et 17 rougeoyaient sur le cadran de son réveil de poche, et une salve d'aboiements lui fora les tympans. L'ancienne interprète de « The Man I Hate » s'étant rappelé, dans sa névrose alcoolisée et le dépit qu'elle ressassait depuis trois mois, que Marcus avait un frère à Metz, elle s'était précipitée pour dire à cet homme qu'elle ne connaissait pas, qu'elle n'avait même jamais vu, tout le mal qu'elle pensait des hommes en général et de Marcus en particulier. Ce fut une tornade qui s'abattit dans la chambre à coucher du duplex de la rue de Londres. Le petit Tom fut réveillé. Gladys s'était assise au milieu du lit et lançait à Carl des regards moitié effrayés, moitié incrédules : « C'est maman ? Ils ont eu un accident ? Mais dis-moi ce qui se passe, Carl ! » L'appartement fut en effervescence pendant une dizaine de minutes. Dix bonnes minutes pendant lesquelles Carl, ayant réalisé qui lui hurlait dans les oreilles, fit le gros dos, subit l'averse d'avanies comme un hérisson une attaque de guêpes, en espérant pêcher quelques poissons au cœur de la tornade. Ce coup de fil allait lui apprendre que son frère était bel et bien vivant, qu'il travaillait dans le secteur social et qu'il venait de poser son sac à Roubaix. « Une ville de nazes, rota Nelly, de nazes et pour les nazes. »

Le lendemain, Carl se mit en rapport avec les services municipaux de Roubaix et n'eut aucune difficulté à obtenir l'information souhaitée. Son initiative était la première de cette sorte depuis l'hiver 1975. S'il n'hésita pas à le faire, son cœur, dans l'intervalle de temps pris par une secrétaire pour lui passer Marcus, palpita. Depuis la dernière fois que les deux frères s'étaient parlé, beaucoup d'eau avait coulé dans la Moselle, rivière que Carl, l'hiver, lorsque les arbres du jardin botanique étaient dépouillés, apercevait de son balcon. Beaucoup d'eau mais aussi pas mal de nitrates, d'anguilles sous roche, de gardons pas très frais. Comment, après toutes ces années, Marcus allait-il réagir ?

Comme dans les romans, il arrive dans la vie réelle qu'une situation soit moins inextricable que ce qu'on craignait. Dans le cas de Carl et Marcus, quatorze Noëls depuis cette fameuse nuit étaient passés. Quatorze Noëls où tous deux avaient fait de nouveau l'expérience de la fraternité, quatorze réveillons et quatorze déjeuners de Noël où chacun avait eu l'occasion de revivre ce sentiment unique d'un autre si différent de soi et néanmoins si proche. « J'ai un frère, pouvaient-ils se dire à présent. J'ai un frère et je suis un frère. »

Treize Noëls, en réalité, si l'on exceptait l'année 2000 où, affaibli par une angine l'empêchant d'avaler le moindre aliment solide, Marcus était resté chez lui pour se soigner à coups de grogs et de comédies italiennes. Sinon, chaque 24 décembre, en début d'après-midi, il quittait Roubaix pour rejoindre Metz et le duplex de la rue de Londres, qu'ils étaient cinq dorénavant à occuper. Carl et Gladys avaient bien prospéré : en plus de Paul et Tom, il y avait maintenant Anna, la toute petite, la favorite. Et Marcus faisait partie de la famille.

De ses Noëls d'enfant, Marcus conservait maints souvenirs qui n'étaient pas désagréables, même si, pour l'adulte qu'il était, plusieurs prêtaient aujourd'hui à sourire : Carl et lui côte à côte, vêtus de robes de chambre comiquement identiques en laine rouge vif (avec de petits motifs clairs comme des nuages flottant dans un ciel d'incendie), plantés tels des piquets devant leur mère au sourire rayonnant, habillée de soie pâle, l'écoutant raconter la naissance de Jésus, l'arrivée des Rois mages ; le disque de chants de Noël qu'une cousine, une année, leur avait expédié d'Angleterre et qui, des jours durant, était passé et repassé sur l'électrophone familial, répandant dans les pièces les airs de *Jingle Bells*, *O Holy Night*, *Amazing Grace*, dont ils ne saisissaient qu'une partie des paroles ; le timbre grêle de la clochette posée sur la cheminée de marbre noir dans le salon, qui précédait l'apparition surnaturelle de leurs cadeaux, tandis qu'on les retenait sur un prétexte à la cuisine ; puis le trajet à pied dans la neige fraîche, sous un rideau de flocons, quand tous les quatre se rendaient à la messe de minuit... Voici à quoi songeait Marcus lorsque Carl l'invitait.

De messe de minuit, il n'était plus question pourtant. Si Marcus se doutait que les morts, à la différence des vivants, sont rarement en repos et aiment se lancer dans des opérations d'ensorcellement, leur mère avait cessé d'exercer sur eux son emprise. Après les baptêmes de ses enfants, Carl n'était plus retourné dans une église, excepté pour les funérailles de leur père, et Marcus, lui, n'y entrait jamais qu'un guide touristique à la main. Noël lui offrait surtout l'occasion d'avoir sous les yeux le tableau vivant, ramené aux dimensions d'une salle de séjour, de Carl et sa famille. Ce n'était pas seulement touchant, c'était très instructif.

« Tout le monde, mon frère, veut une vie heureuse », dit Sénèque, le philosophe. Un bonheur que les hommes se représentent d'ordinaire comme l'addition d'une vie agréable et d'un certain nombre de succès. Ces succès, s'ils les obtiennent, c'est d'abord dans les domaines qui ont leur préférence (amour, métier, argent), et ce, dans la mesure de leurs aptitudes, de l'énergie qu'ils y consacrent, de la dose de chance dont ils héritent, telle la série de feux verts qui nous échoit lorsque, pressé au volant de notre voiture, il nous faut traverser une ville. De l'existence de son frère, Marcus pensait que, pour être sans histoire et avancer sur des rails, elle n'en était pas moins réussie. Carl n'avait pas été en reste toutes ces années où ils avaient vécu éloignés l'un de l'autre.

En ex-concubin, Marcus estimait qu'il y avait quantité de couples qui donnaient envie de prendre ses jambes à son cou, des couples où l'un des deux accable l'autre de son affection : « Tu m'aimes ? » « Et combien tu m'aimes ? » « Tu m'aimes encore ? » ou des couples où règne une indifférence tout aussi ravageuse, parce que celle ou celui qu'on aimait ou prétendait aimer a perdu, pour un motif qui change selon l'humeur, l'éclat d'antan, les couleurs d'origine (de l'origine même de l'amour), et est devenu, à force, un étranger dans sa propre maison. « Fais ce que tu veux. » « De toute façon c'est toi qui décides. » « Je me fiche royalement de ce que tu peux faire. » Enfin il y avait, pensait Marcus, des couples qui se consument d'une détestation vorace où l'objet de plaisir s'est transformé en objet de perversion, où l'on fait d'autant plus souffrir qu'on est soi-même meurtri. Mais, en presque vingt ans de vie partagée, Carl et Gladys n'avaient-ils pas fabriqué un couple et engendré une famille où chacun se trouvait à sa place ? Dans leur quotidien le plus prosaïque, tout n'avait-il pas un sens, une raison d'être ? Et cette raison d'être, c'était d'abord leur existence commune. Pour ce que Marcus constatait, aucun temps ne paraissait y être gaspillé en reproches, regrets inutiles, offenses ou jalousies ; aucun espace n'était ni vacant ni gâché, et, par ailleurs, ni les enfants, ni Gladys, ni Carl lui-même ne s'accaparaient tout l'espace disponible. C'était une famille et c'était une liberté. C'était une liberté et c'était une joie. L'enthousiasme et la vitalité d'un seul n'étouffaient jamais ceux des autres, et lorsque l'inquiétude ou la tristesse en gagnait un, elle ne gâtait pas l'affectivité de tous. Leurs plaisirs comme leurs douleurs étaient tempérés, et c'était ce qui, selon Marcus, offrait au tableau de la famille de Carl sa vérité touchante.

Outre les responsabilités de son métier dans les assurances, son frère endossait celles de trésorier d'un club de football amateur, le Sporting messin. C'était une activité bénévole mais non désintéressée, car elle lui permettait, en suivant les progrès de ses fils, de surmonter l'impression de vacuité qui frappe les cadres le week-end. Chaque samedi, affublés d'un maillot indigo et d'un short blanc à liseré lui aussi indigo, les joues rosies par le froid et par l'excitation, les cuisses à l'air, Tom et Paul faisaient des allers et retours ponctués de surprenantes figures (bonds, culbutes, roulades, pirouettes, plongeons) sur des terrains à l'herbe grise, boueux l'hiver, poussant une boule de cuir avec leurs pieds bandés de cuir, cherchant à la heurter du front en se catapultant au-dessus de leur mètre quarante-cinq, ou bien à l'enrouler sur leur poitrine, à la cogner avec les genoux, et puis braillant, hurlant, battant des bras, s'interpellant, s'époumonant, se pliant subitement en deux, pétrifiés sur le sol, tancés par un homme chauve engoncé dans un survêtement outremer qu'on appelait l'entraîneur, sinon encouragés par des pères en blouson encerclant une partie du terrain, eux-mêmes braillant, hurlant, sifflant, s'égosillant, vociférant des jurons à l'endroit de l'équipe adverse, de l'arbitre, de leur propre lignée.

Gladys, qui avait pratiqué la danse classique jusqu'à son mariage, eut envie, après le sixième anniversaire d'Anna, de s'y consacrer de nouveau. La mère et la fille étaient inscrites au Tutu Club, qui occupait tout un étage d'un immeuble moderne et triangulaire, juste à côté de l'ancienne gare, et y allaient chaque mercredi et un samedi sur deux.

Et ces moments de plaisir, comme l'essentiel du temps passé ensemble, étaient des moments positifs, lumineux, dont profitaient aussi les journées sans football et les journées sans danse. On était loin des vies de magazine que l'on feuillette chez le dentiste en attendant d'ouvrir la bouche, loin de ces existences maquillées qui respirent l'imposture, la soumission à la publicité. Carl, se disait Marcus, a une femme qu'il aime et trois enfants qu'il chérit. Gladys aime Carl et les enfants qu'il lui a faits. Tom, Paul et Anna adorent leurs parents. Et les parents adorent ces enfants qui les aiment.

Chez Carl et sa famille, dans le portrait que Marcus observait chaque Noël, se vérifiait aussi la force du site. Auraient-ils pu être heureux ailleurs ? À Toul, par exemple, où Carl travaillait mais n'aurait jamais voulu vivre ? À Nancy, plus proche de Toul que Metz, et qui n'était pas une ville laide ? Comme Gladys avait souhaité rester en Moselle parce que ses parents y résidaient et qu'elle n'envisageait pas sa propre vie éloignée de la leur, c'est à Metz que la famille de Carl était née, puis s'était développée, avait embelli, et le frère de Marcus pensait lui-même qu'il s'agissait d'un bon terreau.

Cela dit, la famille n'était pas pour Carl le seul motif de joie. Après des études conclues par un diplôme en mathématiques et finance, il avait, lentement mais sûrement, gravi un certain nombre d'échelons au sein d'une mutuelle spécialisée dans les assurances des professions de commerce et d'artisanat, la MACE, société qui depuis avait été absorbée par un groupe international, Arcadia, où il croyait encore, à ce moment-là, pouvoir trouver sa place, continuer à y jouer le rôle d'un élément déterminant, faisant en sorte que l'entité économique qui l'employait aille de l'avant, surtout que le temps n'était pas au beau fixe et que, dans le domaine de la bancassurance, ça soufflait et tanguait un peu partout sur la planète.

Lorsque Marcus, un ou deux ans avant la chute de Carl, le questionnait afin de savoir comment les choses se passaient dans son métier, celui-ci avait l'habitude de répondre que son secteur d'activité n'était jamais à l'abri d'une tempête. « Le genre de tempête qui vous nettoie une boîte en moins de deux », disait-il. Ou bien, quand il parlait d'une concurrence venue d'Allemagne ou d'Italie, il affirmait : « Il faut qu'on y aille au lance-flammes, à la bombe. » Une langue guerrière sortait de la bouche de son frère, et Marcus le soupçonnait d'insinuer par là que son emploi chez Arcadia, à la différence du sien, n'avait rien d'une situation protégée. Il y a travail et travail, voulait lui dire Carl.

Quand, l'été 1994, il quitta Draveil, l'image que Marcus avait de Roubaix se résumait à une course cycliste appelée « l'enfer du Nord » et à deux ou trois marques comme La Redoute ou Les Trois Suisses. Sociétés de vente par correspondance que les nouvelles générations commençaient à dénigrer au profit d'enseignes internationales de sportswear, et dont les catalogues, connus pour les jeunes femmes déshabillées de leurs pages « Lingerie », avaient cessé d'incarner cet érotisme de pacotille dont les adolescents des années soixante-dix se souvenaient fugacement. Mais si Roubaix, c'était La Redoute (ou le souvenir de La Redoute), issue des anciennes fabriques de laine créées par un certain Joseph Pollet, ç'avait été également l'un des foyers les plus avides du capitalisme français. L'un des plus pathétiques aussi, où s'étaient consumés à la fois les idéaux des coopératives ouvrières et les promesses sociales d'un patronat paternaliste. C'était, aujourd'hui encore, dans le quartier résidentiel à l'ouest du parc Barbieux, et jusqu'à l'oasis incroyable de Croix, une taupinière de grosses fortunes, de richesses à peine concevables et vraiment offensantes. « Rends-toi compte qu'on trouve là-bas plus d'assujettis à l'ISF qu'à Cannes ou à Neuilly », avait dit un jour Marcus à son frère, d'un ton moins acide qu'il ne l'eût voulu. Ailleurs, ç'étaient des quartiers prolétaires bâtis à la va-comme-je-te-pousse et devenus insalubres, en particulier celui de l'Alma-Gare, dont l'état de confort et d'hygiène, découvert par un Premier ministre en visite express à la fin des années soixante, avait laissé celui-ci sans voix, flageolant sur ses jambes pourtant musclées de tennisman des courts coquets de la villa Primrose (dans le Bordeaux bourgeois), se demandant si son Mystère 20 ne l'avait pas parachuté à Bangalore ou à Lagos, mais non, Chaban se trouvait ce jour-là en France, à Roubaix, dans le Nord, parmi les courées misérables de l'Alma, où s'entassait le peuple des travailleurs.

L'Alma, Marcus y avait vécu au cours de la période où Willy Bommaers lui faisait confiance pour codiriger le CSS, le centre social et de secours, ouvert au cœur du quartier que la municipalité entendait remettre sur pied. Marcus, à ce moment-là, pensait être un agent utile. Sa méthode n'avait rien à voir avec celle de Rachel, sa secrétaire, qui, ayant su qu'un collègue du service des affaires scolaires était soigné pour un cancer, avait conseillé à ce dernier de répéter plusieurs fois par jour : « J'enveloppe chaque cellule malade d'une boule de lumière verte et je l'évacue hors de mon corps pour atteindre la guérison. » Marcus aurait pu demander à Rachel où le collègue se fournissait en lumière verte, mais il n'avait pas voulu la gêner. Et puis il n'avait guère le temps pour ça. À ses nouvelles fonctions, il se voua avec un optimisme et une énergie dont lui-même ne se croyait pas capable, énergie qui ne décrut pas pendant quatre ans. Willy Bommaers pouvait se dire qu'il avait déniché l'oiseau rare. Sans faire de prodiges, le CSS adoucissait mois après mois le sort de l'Alma et de ses habitants, comme si Marcus avait repoussé aussi loin que possible les cellules malades de nombreux hommes, femmes et enfants qui se trouvaient dans cette zone-là. Il repoussait également le jour où lui-même – fatalement – serait gagné par le découragement. L'expérience lui avait appris que soulager la misère est un travail d'Hercule, que les gens n'ont pas toujours envie de vouloir sentir leur vie, que la désespérance est un sentiment qui existe. Son frère pouvait-il en avoir une idée ? Pire qu'un travail d'Hercule même : une fois que notre héros à sandales a nettoyé les écuries d'Augias et récupéré la ceinture dorée de la reine des Amazones, il en a fini pour de bon, tandis qu'à l'Alma, c'était chaque matin qu'il revenait à Marcus de nettoyer la même – disons le même chemin envahi d'herbes –, comme si rien n'avait été fait la veille.

À l'été 1999, l'Institut des sciences urbaines de Roubaix – que les étudiants appelaient l'ISUR, et le personnel, l'Institut – se mit en quête d'un nouvel enseignant afin de remplacer au débotté l'un de ses spécialistes en ethnologie qui s'était tué sur une route du Cantal. L'ISUR se tenait à deux pas de la station de métro Roubaix-Grand-Place, dans un spectaculaire bâtiment à la façade néo-Tudor incrustée de fins alignements de brique rouge qui semblaient avoir été prélevés sur un immeuble ouvrier de Leeds. Dans les années soixante-dix, ce château d'industrie stockait encore des monceaux de laines que l'on transformait en chandails ou en couvertures urticantes. C'est récemment qu'il avait été reconverti en un établissement universitaire privé. Salles modulables tout équipées, mobilier ergonomique coloré, médiathèque bien garnie. Son propriétaire descendait d'une famille d'industriels de la grande époque roubaisienne. Très tôt, il avait senti le vent tourner et compris que la production de diplômes serait une affaire plus juteuse que celle de velours ou de gabardine.

Au colloque, à Montreuil, Willy Bommaers avait avoué à Marcus que, vu l'état de sa ville, tout ce qui serait entrepris pour inverser une tendance au défaitisme général contribuerait à sa renaissance. Mais en faisant du bien à Roubaix, Marcus ne s'en faisait-il pas à lui-même ? Sa décision de s'installer dans le Nord s'expliquait-elle seulement par sa vie à Draveil et ses rapports avec Nelly ? Si les chimères de l'ex-chanteuse l'avaient plus d'une fois accablé, lui aussi avait besoin d'huile pour sa serrure mentale. Quand Willy Bommaers lui en avait parlé, Roubaix s'était présenté comme une issue possible et un dépaysement – une sorte d'Ibiza. Une fois sur place, c'est vrai, Marcus était tombé de haut. Roubaix ! se disait-il intérieurement. Roubaix ! Mais ça ne prenait pas. Il lui avait fallu au moins trois mois pour se convaincre que la ville aux briques rouges n'était pas sans atouts.

La direction de l'ISUR, qui connaissait son action dans le cadre du CSS, examina de près sa candidature. Le temps pressait, la rentrée de septembre était proche, on ne trouvait pas un ethnologue sous le sabot d'un cheval, Marcus fut donc retenu. Comme il n'était pas professeur en titre, on lui signifia que son engagement ne se prolongerait pas au-delà d'une année, mais Marcus voulait des garanties, qu'on finit par lui promettre. Le fait est qu'il satisfaisait l'administration comme les étudiants. Prenant son nouveau métier à cœur, il enseignait une vingtaine d'heures par semaine à des jeunes filles et des jeunes gens qui provenaient de milieux populaires. Ses cours s'intitulaient notamment « Du religieux dans l'espace urbain » ou « Un citadin africain est-il encore un citadin ? ».

Derrière la concurrence latente entre les deux frères se jouaient la querelle bien connue opposant les professions dites sérieuses (Carl, dans sa société, était responsable des études statistiques) et les autres, la querelle entre les responsabilités qui relèvent du domaine de l'argent (les montants que ses compétences l'amenaient à estimer pouvaient se chiffrer pour Carl à plusieurs centaines de milliers, voire des millions d'euros) et celles liées à l'éducation et à la culture. Quand Marcus se voyait infliger par son frère des images soldatesques ou viriles (« des tempêtes qui vous nettoient une boîte en moins de deux »), lui brûlait l'envie de lui répondre qu'il fallait être aussi bon marin pour conduire au port des étudiants qui n'étaient pas des fils de famille. Mais Carl aurait souri ou haussé les épaules. Depuis l'enfance, n'était-ce pas lui qui savait mener son navire au mieux de ses intérêts, œuvrant avec lucidité et réussite dans toutes ses entreprises ?

En débarquant au beau milieu du Luna Park crépusculaire et verglacé qu'était la gare de Metz en cette veille de Noël 2008, Marcus fut étonné de voir que Carl s'était déplacé en personne. Les mains dans les poches de son duffel-coat, il l'attendait sous l'un des lampadaires de la place – lampadaires que les Messins comparaient à des brosses à dents monstrueuses mais qui, ce soir de décembre, apparurent à Marcus comme de grandes et gracieuses aigrettes dans leur phase foncée, oiseaux silencieux des eaux saumâtres et peu profondes.

Depuis leurs retrouvailles, presque quinze ans auparavant, Carl n'était plus jamais venu à sa rencontre. Aussi Marcus fut-il tenté d'interrompre sa marche, comme si la présence insolite de son frère avait son explication dans un événement fâcheux, assez fâcheux pour perturber le déroulement de leur Noël. Peut-être un des enfants était-il malade ? Ou pire encore.

Chaque fin d'année, une fois qu'il avait sonné rue de Londres, puis émergé de l'ascenseur pour se diriger jusqu'à leur duplex, c'était tout de suite des embrassades, un assortiment d'éclats de rire, de crépitations d'allégresse. Les plus petits le tractaient par le bras, les plus grands le serraient aux épaules, et il était projeté au centre du vestibule au papier à rayures grises et roses, tel un joueur congratulé par des supporters frénétiques avant de rejoindre les vestiaires. Il déposait sa valise, retirait son manteau, se laissait étourdir par le lustre paré de boules colorées et brillantes, accueillait volontiers l'excès d'intimité et d'affection qui lui était offert, les odeurs agréables qui sortaient de la cuisine, détaillait le grand tapis chamois au milieu du salon, les meubles clignotant sous la lumière nerveuse des guirlandes électriques, le fauteuil rembourré que la chienne Gilda lui cédait volontiers, le sapin décoré comme un général mexicain, les assiettes et couverts géométriquement posés sur la table dans la pièce d'à côté, les plats de service et ustensiles inhabituels, genre ciseaux à volaille ou piques à escargot, appréciait les premiers tintements de verres, le champagne flottant doucettement dans son seau, les feuilletés tièdes et croustillants, le brouhaha, l'excitation, Gladys dramatisant l'apparition des coquillages, Carl débouchant ses bourgognes avec ostentation, un changement brusque de dimension et de voltage, qui au fond lui plaisait.

Or ce 24 décembre 2008, il n'avait pas fait vingt mètres sur la place de la gare qu'il eut l'impression que son frère était un Carl assez différent du Carl de Noël dernier, et pas seulement parce qu'il était venu l'accueillir à pied, mais parce qu'il arrivait vers lui dans une attitude légèrement tremblée, déboîtée, comme sur ces photos d'amateur où le personnage a bougé au mauvais moment et où un second visage, une seconde silhouette se sont superposés à l'image qu'on avait dans le viseur.

Après s'être embrassés dans un frottement de gants et

de manteaux, au cours duquel Marcus fut rassuré sur la santé de ses neveux (« Tout va bien chez vous ? *C'est sûr ?* »), Carl lui annonça qu'il avait pris la décision de quitter Arcadia, la société internationale où, disait-il encore récemment, il fallait y aller « au lance-flammes, à la bombe ». Le débit de ses phrases était précipité. Il confia ensuite à Marcus que, en mars prochain, il créerait ici même à Metz, dans le centre-ville, une agence d'assurances d'un « concept nouveau », et que cette agence, il l'ouvrirait avec un associé. « Qui ça ? demanda Marcus. – Stern. Jean-Jacques Stern. Un ami. – Je suis censé le connaître ? – C'est un collègue d'Arcadia, mais je ne crois pas t'en avoir déjà parlé. – Hmm. Donc, si je comprends bien, au printemps, tu vas voler de tes propres ailes ? – Tu peux voir les choses comme ça. » (Mais Carl ne parut guère goûter l'image.) « En fait, dit-il, on a encore à finaliser quelques éléments. Le mois prochain, on visite des locaux, et il nous faudra aussi calibrer de manière plus précise la garantie financière de notre futur bébé, mais on peut dire que l'accouchement est déjà bien engagé. Si tout se passe comme prévu, dans trois mois, je serai mon propre patron. – Je suis sûr que Gladys voit ça d'un très bon œil », fit Marcus. Carl ne saisit pas tout de suite l'ironie. « Justement, reprit-il sur un rythme où la fièvre initiale avait diminué, c'est là que j'ai pensé à toi. – Ah ! Il y a un problème. – Disons que si les choses se compliquent, c'est mieux que tu sois là. – Un gros problème, alors. – Non, Gladys est au courant. Il y a un mois, avant de prendre ma décision, nous en avons parlé, mais la discussion s'est envenimée. Tout ce qu'elle a trouvé à me dire, c'est qu'il fallait que j'ouvre les yeux, que mon analyse de la situation n'était pas bonne et que j'allais à la catastrophe.

Toutes ces mises en garde qu'on fait à un gamin. J'en avais assez entendu. – Tu as donc un sacré problème, Carl. – Ce n'est pas un problème, je te dis ! Il faut seulement que tu la tranquillises. Tout à l'heure, je t'expliquerai notre projet en détail, et demain, je ferai en sorte de remettre le sujet sur le tapis, c'est là que tu m'aideras, en intervenant en tant que frère aîné, elle aime ton esprit clair, le prof de fac qui sait de quoi il parle. Je suis certain qu'elle t'écoutera. – Là n'est pas le problème, Carl. Comment tu veux que je sache si ton projet est bon ? – Hein ? Je te dis que tu auras demain des arguments pour la convaincre. Le simple fait que ce soit toi qui lui parles changera beaucoup de choses. Le reste suivra, je ne m'inquiète pas. – Moi je m'inquiète, Carl. Comment je saurai que tu n'es pas en train de te tromper ? – Tu te fiches de moi, Marcus ! Je t'ai pas commandé un audit ! Je te demande seulement de me soutenir ! »

Les deux frères longeaient maintenant le paquebot vieux rose de l'hôtel des postes. Dix mètres au-dessus de leur tête planait un couple de rennes illuminés qui tractait un traîneau. Ce que Marcus trouvait curieux dans le projet de son frère, c'est qu'il y adhérait sans nuance, sans précaution. Ne s'étant jamais frotté au risque (le calculant uniquement pour les autres), il avait donc suffi qu'un collègue fort en gueule (comment déjà ? Stern ?) agite sous son nez une idée séduisante pour que Carl l'avale toute crue. C'était quoi, cette histoire d'agence, d'association, de concept nouveau ? Au lycée, Carl n'avait jamais été capable de monter le moindre groupe avec des camarades. Une guitare en main, c'est vrai, il faisait mieux que se débrouiller avec son style à la Robbie Krieger, mais il était trop exigeant avec tout le monde, et le côté destructeur du rock l'effrayait. En fin de compte, c'est seul qu'il avait joué des années dans la cave des parents. Et puis, après ses études, il était resté fidèle pendant vingt ans à son premier employeur. La MACE était devenue Arcadia, mais lui n'avait pas changé. Qu'est-ce qui se passait, cette fois ?

« Bon. De quoi il a l'air, ton Stern ? – De quoi il a l'air ? – Oui, dis-moi un peu à quoi il ressemble. Ça pourrait m'aider pour demain. – Eh bien, je ne sais pas comment te répondre, Marcus. Je crois que c'est un homme que tu apprécierais, voilà tout. – Ça ne m'éclaire pas, ça. – Il ressemble à Michael Caine. »

Sur le moment, Marcus prit la réponse de son frère pour une plaisanterie. La ressemblance sur laquelle il l'avait interrogé, c'était évidemment la ressemblance morale, celle de la conduite, du comportement. Est-ce que Stern, par exemple, était du genre fonceur ou mercenaire ? ou était-ce plutôt un type raisonnable ? quelqu'un qui avait la tête solidement plantée sur les épaules et qui savait ce qu'il faisait ? Voilà ce que voulait apprendre Marcus. Et sa curiosité n'était en rien liée à la discussion de demain avec Gladys. Encore une fois, l'annonce surprenante de Carl et sa manière tout aussi surprenante de lui présenter son agence, comme si c'était déjà chose faite, le troublaient. Il avait toujours imaginé que son frère demeurerait jusqu'au bout le cadre fidèle de la Mutuelle, comme d'Arcadia. Si Marcus, à sa majorité, avait, sur un coup de tête, quitté la maison familiale, il pensait malgré tout être resté le frère unique de cet homme de trois ans son cadet, et l'un de ceux qui le connaissait comme personne. Pourtant, ce soir de réveillon, alors qu'il avait envie d'apprendre qui pouvait bien être ce Stern, Carl, contre toute attente, lui avait répondu sur la ressemblance *physique.* « Il ressemble à Michael Caine. – Comment ça, à Michael Caine ? »

Marcus avait beau affectionner le cinéma, il n'idolâtrait pas les acteurs. Si, dans un film, les personnages comptaient pour lui par leur présence ou leur justesse, il était rare que le nom de l'acteur s'imposât à lui. Il était tout aussi bien capable de l'ignorer, ce nom, ou, l'ayant lu au générique, de l'oublier. Et quand il pensait à des films, même à des films qu'il plaçait haut dans sa liste, il n'était pas habituel qu'un nom d'acteur ou d'actrice lui vînt d'abord à l'esprit. S'il estimait un acteur, et éventuellement se rappelait son nom, c'était en général pour sa capacité à incarner une voix, un texte, à exister de façon charnelle à travers les monologues et les dialogues écrits pour lui, à devenir lui-même ce texte comme s'il s'agissait d'un pan de son existence. Par exemple, en songeant à *Scènes de la vie conjugale* de Bergman, qu'il s'était repassé la semaine dernière dans son salon, Marcus revoyait de manière précise Erland Josephson interprétant le personnage de Johan, Erland Josephson sirotant une bière et grignotant dans une cuisine de petits sandwichs au pâté et aux cornichons avec Liv Ullmann, ou la serrant dans ses bras dans l'obscurité d'une cabane de pêcheurs. Il voyait Josephson dire dans sa langue maternelle le texte de Bergman. Voici ce qu'il voyait. Mais Michael Caine ? Là, il ne voyait pas. Il ne voyait rien. Il était troublé.

Carl et lui continuaient à marcher sur le sol aux trois quarts gelé de cette ville où tous deux étaient nés au milieu du siècle dernier, ils avaient sous les yeux la flèche en béton de l'église Sainte-Thérèse dans un ciel bleuâtre clouté d'étoiles, ils n'étaient plus très loin de la rue de Londres, et Marcus ne savait plus ce qu'il devait dire à son frère.

Au carrefour suivant, après l'hôpital Bon-Secours, les rais jaunes et blancs des phares de voitures, dont les passagers allaient fêter le réveillon quelque part, s'affolaient par instants. En brassant ses souvenirs, Marcus eût pu retrouver une image de Caine, dans un film qu'il avait vu il y a des années de cela, où l'acteur britannique à la chevelure rousse tenait le rôle d'un mari infidèle, *Hannah et ses sœurs*. C'était lui, justement, l'époux de la crédule Hannah. Michael Caine, dans ce film, était un homme qui, comme Marcus, affichait une petite cinquantaine ; mais Carl, si Marcus le lui avait demandé, lui aurait dit que son Stern n'était pas ce Caine-là, qu'il était en fait beaucoup plus jeune que lui.

Quatre heures plus tard, Marcus tenta un exercice d'adresse pour se débarrasser de sa serviette. Il se leva, repoussa sa chaise dont les pieds miaulèrent sur le sol et, une fois debout, exécuta avec son poignet droit un mouvement rapide et tournoyant à la manière d'un lanceur de lasso. Le carré de tissu blanc finit son vol au fond d'un saladier où surnageaient deux morceaux de mangue. Ensuite, pivotant sur lui-même, il prit en titubant le chemin du salon, manqua de trébucher sur le tapis chamois, se rattrapa au vaisselier dans un cliquètement de soucoupes et de tasses, puis s'écroula dans un fauteuil pour y entamer une séquence somnolente. Quand il ouvrait un œil, c'était pour dire « Hein ? Hon ? », puis il se rendormait. Cela dura un bon quart d'heure, et c'est Gladys qui, la première, le remarqua en sortant de la cuisine. Avec l'aide de Carl, elle avait gavé le lave-vaisselle d'assiettes et de couverts souillés. Elle s'avança sur le tapis et se pencha au-dessus de son beau-frère. « Ça va aller, Marcus ? – Hein ? Hon ?

– Je t'ai préparé ton lit dans la chambre d'amis. Moi, je monte me coucher, demain je dois être en forme. » L'escalier en bois qui grimpait aux chambres gémit sous ses ballerines. Les neveux et nièce, après le déballage tourbillonnesque de leurs cadeaux, avaient eux aussi disparu. Il n'y a plus que moi, pensa Marcus, mais c'était une pensée pâteuse. De la cuisine lui parvenaient par vagues des ruissellements et des grincements, comme dans un rêve marin. Plus que moi, songeait ce moi évanescent, ce moi sans véritable substance, ce moi qui n'était plus vraiment un moi mais pouvait encore constater que l'alcool en grande quantité, décidément, ça n'était pas la meilleure chose du monde. En incluant le champagne, Marcus avait au moins ingurgité l'équivalent de deux bouteilles de vin. Il eût pu se demander à quoi rimaient, à cinquante et un ans, ces agapes un peu tristes, et n'aurait pas refusé qu'une paire de mains le hisse de son fauteuil pour lui permettre de se glisser sous sa couette à l'étage. Il vit cette paire de mains. Ça n'était pas un songe, c'étaient deux mains musclées qui s'agitaient au-dessus du canapé en face de lui. Il reconnut les mains de Carl. Elles s'étaient emparées d'une bouteille trapue et la manipulaient avec souplesse. « Alors, Marcus ? Un scotch ? »

Sur la table basse laquée blanc et fraise, composée de trois plateaux superposés comme pour une tranche napolitaine, un liquide mordoré fit tanguer deux glaçons dans un verre. Marcus fournit un effort pour se redresser. Dans son esprit obscurci clignota faiblement le mot *tetrapharmakos*. Une bonne année qu'il tâchait de s'y tenir, mais des tentations, il est vrai, étaient plus fortes que d'autres. En outre, ce n'était pas la première fois qu'il remarquait qu'en y succombant, il éprouvait non un sentiment de honte mais un désir irrépressible de nouveaux excès. Un gloussement jaillit de sa gorge : il était impatient de goûter au nectar.

La chaleur sèche des radiateurs saturait l'atmosphère et l'odeur mentholée du sapin se mêlait à l'arôme anisé des biscuits que Gladys et Anna avaient cuits la veille. Les guirlandes électriques grésillaient en sourdine, colorant la pièce et la figure de Carl, tantôt en jaune et vert, tantôt en rouge et bleu. De ses lèvres daltoniennes s'écoulaient des mots tels que « absorption », « fusion-acquisition », « déréglementation ». Manifestement, Carl avait décidé de reprendre la discussion commencée à la gare. Marcus, qui s'efforçait de trouver un intérêt à ce que disait son frère (et aussi de garder les yeux ouverts en se passant de temps à autre une main sur le visage), se mit à réfléchir au sens que pouvaient avoir dans un univers où il existait du pain de seigle, du beurre salé, des coquillages et du meursault, de la viande de chevreuil mariné, une salade de mangue et du chambertin, des bouteilles de scotch sur des linéaires de supermarché, des films suédois en DVD, une soirée au Saint-James à Valenciennes avec une étudiante que l'on essaie de baratiner dans un décor de briques et de tonneaux – toutes choses qui lui paraissaient tangibles – oui, quel sens pouvaient bien avoir, à côté de cela, les mots qui sortaient de la bouche de son frère.

Si Marcus ne possédait pas une franche passion pour tout ce qui concernait l'économie et les affaires, il avait l'impression, en essayant de se mettre à la place de Carl, que la société Arcadia qui l'employait n'incarnait peut-être pas (bien qu'il en ignorât le détail) le pire qu'il était donné de voir dans ce monde de prédateurs. D'abord, Carl y était décemment payé (sa rémunération devait être le double sinon le triple du maigre salaire que l'ISUR concédait à Marcus) ; ensuite, il avait trouvé dans cette entreprise combative et internationalement réputée de quoi se construire une image positive de soi, qu'auraient eu raison de lui envier nombre de cadres beaucoup plus mal lotis dans l'univers flottant de la bancassurance. Surtout, ne pouvait-on pas estimer que Carl était redevable à ses employeurs de l'existence équilibrée et confortable qui était aujourd'hui la sienne, confort dont bénéficiaient aussi Gladys et leurs enfants ? Si l'on s'en tenait à ce seul point de vue, n'était-il pas permis de penser que la Mutuelle qui l'avait engagé il y a vingt ans de cela, avant d'être absorbée par Arcadia, avait été pour eux une mère nourricière, à laquelle Carl avait certes voué son temps et ses compétences, mais en recevant d'elle en retour de précieux bienfaits ?

Marcus rassemblait tant bien que mal ses idées dans son esprit ensuqué. Quelque chose le chiffonnait. Il ne parvenait pas à accorder les différents chapitres de l'histoire : l'ancienne Mutuelle et Arcadia, Stern et Michael Caine, le projet de l'agence, Gladys et les enfants, Toul et Metz, être son « propre patron », la clause de non-concurrence et l'étude de marché dont son frère lui avait touché un mot dans l'ascenseur et qui justifiait le choix de Metz. Il se redressa encore pour conserver les yeux ouverts. Il lui était difficile de fixer durablement les lèvres de Carl, qui ne prononçaient plus seulement des notions abstraites mais un véritable argumentaire.

« Dans une économie fortement concentrée, à l'intérieur de laquelle quatre ou cinq compagnies détiennent à elles seules plus de la moitié du marché national, une petite agence conviviale, une agence d'assurances à visage humain, partageant de manière clairvoyante avec ses clients une gestion rationnelle de leurs risques, les invitant à les connaître, ces risques, à les évaluer, à les relativiser, à avoir sur eux une maîtrise – une agence comme ça, dit Carl, a toutes les chances de faire son trou. Eh ! Tu m'écoutes, Marcus ? » Son frère s'ébroua comme un chien mouillé.

Carl a raison, pensa-t-il, je devrais me sentir concerné. Son crâne était douloureux à force d'écarquiller les yeux. Il inspira profondément. La vie de mon frère. « Ton petit frère », disait leur mère. Ne pourrais-je pas m'y intéresser davantage ? Jouer à Monsieur Candide, lui poser des questions, comme celles que lui posera demain Gladys. Si j'étais moins ivre. Deux bouteilles, peut-être deux et demie. Je pourrais lui dire, Carl, lui dire que la santé économique du pays, tous les gens sérieux en conviennent, je pourrais lui dire, Carl, tous les gens sérieux, que la situation est, comment dire ? chancelante. Qu'est-ce que Carl attend d'un change-ment aussi hasardeux ? Si sa situation est stable chez Arcadia, aussi stable qu'on peut l'espérer, pourquoi lâcher la proie pour l'ombre ? Et pourquoi ce strata-gème pour en parler à Gladys ? Était-ce tant un sujet d'angoisse pour elle ? Bien sûr que oui. Leurs trois enfants encore à charge, et Gladys, ce n'est pas son travail à mi-temps chez Berlitz. Voilà le problème. Où vas-tu trouver l'argent, Carl ? Je n'aime pas ça, tu vas commettre une catastrophe dont on va tous pâtir. Gladys, un esprit angoissé ? Le genre à s'inquiéter au moindre changement d'air ? Marcus ne le pensait pas. Sauf que son mari, l'homme qui lui avait donné jusqu'à présent une existence solide et agréable, s'était mis tout à coup à lui parler de vie nouvelle, d'audace, d'aventure. Avec, en plus, le sosie de Michael Caine.

Mais y avait-il encore quelque chose à faire si le projet, comme Carl lui-même l'affirmait, était sur le point d'aboutir ? Y avait-il même encore quelque chose à dire ? Carl et ce Stern avaient déjà tranché, non ? Ils avaient décidé pour eux et pour les autres. Marcus n'avait donc plus qu'à jouer le rôle de caution pour la paix des familles. Carl se moquait bien de son avis, en fait. Il lui réclamait seulement d'écouter et de mémoriser son petit argumentaire pour le resservir demain à Gladys. En attendant, il n'avait qu'à regarder le remuement des lèvres de son frère, son visage teinté tantôt en jaune et vert, tantôt en rouge et bleu, sous la grosse horloge du salon qui indiquait minuit vingt-cinq, minuit trente, bientôt une heure moins le quart. Les minutes qui passaient éloignaient toujours plus l'occasion d'émettre le moindre jugement à l'endroit du projet. Je suis fatigué, songea Marcus, je vais me laisser couler entre les bras du fauteuil, et puis reprendre un de ces scotchs pur malt qui vous garnissent voluptueusement la bouche, tandis que flottent autour de moi des mots tels que « fonds propres », « provisions », « placements », dans un bourdonnement légèrement ennuyeux, des mots qui vont s'évanouir dans l'atmosphère un peu écœurante de la pièce, comme de petits amas savonneux et rosés sous le jet frais d'une douche, une douche dont j'aurais bien besoin pour me laver de mes faiblesses.

Telles étaient les ruminations de Marcus vers une heure du matin quand Carl lui annonça qu'il allait sortir à peu près tout l'argent qu'il détenait à la banque – soit la bagatelle de trois cent mille euros.

Ce qui tira Marcus de sa torpeur alcoolisée, ce fut moins l'importance de la somme que ce qu'elle signifiait. Trois cent mille euros, c'était, à quelques euros près, le chèque qu'en juillet dernier, maître Alfred Wentzor, le notaire de famille, leur avait remis à chacun, cinq mois après la mort de leur père. Déduction faite des frais de succession et de la ponction légale effectuée par l'étude Wentzor & Wentzor, ces trois cent mille euros représentaient, leur avait expliqué le notaire, trois moitiés. D'une part, la moitié du capital d'une assurance-vie que leur père avait contractée le jour de sa retraite, ensuite, la moitié des valeurs contenues par ses différents comptes bancaires, enfin, la moitié du produit de la vente de la maison que leurs parents avaient acquise dans le quartier du Sablon au printemps 1972, et que Carl et Marcus avaient vendue en mai dernier, soit à peine dix semaines après l'accident. C'est ce que leur rappela Alfred Wentzor, un homme d'une soixantaine d'années à la crinière neigeuse, qui parlait d'une voix douce et caressait du plat de la main les documents qu'une secrétaire dans un tailleur moucheté venait poser sur son bureau. Trois moitiés pour Carl et trois pour Marcus. Trois moitiés pour chacun des deux fils. Trois moitiés pour les rejetons Vogelgesang. Mais, aux yeux de Marcus, quand maître Wentzor en eut terminé, il n'y avait qu'une moitié, une seule moitié qui méritait le digne nom de moitié : celle de la maison.

L'assurance-vie et le contenu des comptes bancaires allaient leur rapporter à l'un et à l'autre moins de cent mille euros (soixante-quatorze mille exactement), une somme certes rondelette, mais pas le Pérou non plus. « Un bon petit matelas », avait dit Carl en quittant l'étude notariale. Lui et Marcus avaient traversé un long hall plongé dans la pénombre et, débouchant en pleine lumière, c'est spontanément qu'ils avaient posé une paume en visière sur leur front, puis s'étaient regardés un moment, la main au-dessus des yeux, ne bougeant plus, chacun se demandant ce que seraient les premiers mots de l'autre. « Un bon petit matelas », avait dit Carl.

Marcus se doutait que son frère ne ferait aucun commentaire après cette heure passée chez Wentzor & Wentzor, comme il n'en avait pas fait sur tout ce qui s'était produit depuis février et la mort de leur père, et pourtant il eût aimé qu'à cet instant il lui dise que ce qu'il avait sur le cœur, ce n'était pas seulement ce « bon petit matelas », ces soixante-quatorze mille euros. Mais Carl n'ajouta rien. Il dit seulement : « Je te ramène à la gare ? »

Soixante-quatorze mille euros, en tout cas, qu'ils brûleraient et oublieraient, que Marcus lui aussi ne tarderait pas à brûler. Il avait même déjà commencé. La raison en était que ce qu'il appelait, lui, « le pactole » (ces soixante-quatorze mille euros) représentait à ses yeux la petite mémoire, la mauvaise mémoire même. Pour lui, ce n'était pas cela, l'héritage. À côté de l'héritage biologique – le legs du sang –, il pensait que l'héritage substantiel – le legs du temps et des années passées ensemble – c'était la maison. Rien d'autre que la maison. Cette maison qu'il avait pourtant été le premier à fuir l'année de ses dix-huit ans, mais qui, aujourd'hui, quand il y songeait, l'entraînait irrévocablement vers cette question : *Qu'en avons-nous fait ?* Oui, qu'avons-nous fait de la maison ? se dit-il encore ce soir de Noël 2008, tout en reposant son verre sur la table basse blanc et fraise.

Une année plus tôt, à Noël 2007, leur père, veuf depuis presque vingt ans, coulait des jours apparemment paisibles dans son quartier du Sablon, à quelques rues du duplex de Carl. Est-ce le quartier lui-même qui en était la raison ? Offrait-il un tel havre de paix ? À cause de la circulation automobile, que le vieil homme considérait de plus en plus menaçante par la présence accrue, se plaignait-il, de motos hurlantes et d'engins énormes aux vitres noires fumées qu'on se serait attendu à croiser dans une mégalopole américaine, l'atmosphère dans les rues, combien elle était suffocante ! Suffocante et viciée ! Son potager ne s'était-il pas transformé, au fil des saisons, en un curieux laboratoire où il prélevait sur les feuilles fripées de ses haricots et sur la peau à peine rosâtre de ses tomates un mucus collant qui confirmait, d'après lui, toutes les saletés dont l'air devait être empli, et qu'on respirait, avalait, et qui vous rongeait et vous pourrissait du dedans.

Combien de fois raconta-t-il à ses fils l'histoire, sans doute exagérée, de ce couple résidant à deux pas de chez lui, dont la fenêtre de la cuisine, constamment ouverte sur le flot ininterrompu de pots d'échappement nauséabonds, expliquait, selon lui, qu'ils aient été, à soixante ans seulement, emportés l'un et l'autre par un cancer de la gorge, eux qui n'en avaient jamais grillé une. Du reste, il n'y a plus personne sur qui l'on puisse compter, se lamentait-il, évoquant ce qu'il appelait la défiance voire l'agressivité de ses voisins, et cela valait pour ceux installés récemment comme pour ceux qu'il connaissait et saluait depuis plus de trente ans. « La population du quartier a vieilli, nuançait Carl, et les vieilles personnes ont tendance à se recroqueviller sur elles-mêmes. – Ça n'a rien à voir, répliquait leur père d'un ton qui ne prêtait pas à discussion, tout le monde aujourd'hui se méfie parce qu'il y a de bonnes raisons de se méfier ! »

Il est vrai que la délinquance, au pied des immeubles locatifs, sur les parkings sans grâce, comme dans les squares publics aux bacs à sable truffés de déjections canines, aux allées semées de canettes de bière vides et cabossées, de préservatifs et de seringues usagés, était aujourd'hui aussi endémique que dans la plupart des quartiers populaires. « Il suffit de quelques énergumènes dans un bloc, disait-il, et cette mauvaise herbe se répand partout ! » « À quand le grand nettoyage ? demandait-il chaque Noël à Marcus, dont il n'ignorait pas les idées progressistes. Quand est-ce qu'on va passer la serpillière sur toute cette crasse ? » Marcus en général ne se risquait pas à répondre, il le laissait vider sa bile, pensant qu'il jouissait malgré tout d'une retraite paisible.

D'ailleurs, tout ce qu'il y avait de belliqueux en lui, toute l'énergie qu'il était capable de déployer pour sortir de ses gonds et cracher ses centimètres cubes de fiel, avait changé de cible. Après la mort de sa femme, qui avait fait de lui un veuf à cinquante-huit ans, il avait longtemps été un homme en colère, mais ses sentiments blessés, allant jusqu'à une forme d'ivresse dont s'inquiétaient ses fils, s'exprimaient à ce moment-là contre la maladie et les médecins, contre l'hôpital, contre la science ou Dieu, contre le mauvais sort – contre lui-même aussi. Deux décennies plus tard, on pouvait dire que si cette mort qui lui était apparue injuste et cruelle l'avait transformé, elle ne l'avait pas anéanti. Pendant toutes ces années, il avait continué à vivre – ou recommencé à vivre, tel un homme qui eût été enfermé dans une cave le temps d'un cataclysme. Et vivre, ce ne pouvait être que vivre dans sa maison allemande.

Cette maison allemande ou de style allemand, bâtie à l'époque où Metz (entre 1871 et 1918) se trouvait sous le joug du Kaiser Guillaume II (lequel avait dû vouloir en faire un Potsdam miniature et moderne), il l'avait achetée afin d'accomplir sa promesse de posséder un jour une demeure à soi assez vaste pour y installer, sinon fastueusement du moins confortablement, sa famille, une demeure qui n'était pas, il est vrai, sans cachet, sans charme même, avec son architecture néo-Renaissance de petit castel, pourvu d'une curieuse tour d'angle et de vitraux bleutés aux fenêtres du premier étage qui lui donnaient l'allure d'une maison de conte ou de rêve d'enfant, et à laquelle il avait consacré la plupart de ses week-ends, une partie de ses vacances, et combien d'efforts et d'argent – de sacrifices, disait leur mère – pour l'entretenir et lui rendre l'éclat qu'elle avait au siècle du Kaiser, et dont il était désormais le dernier occupant.

Un an avant qu'il eût pris sa retraite, la mère de Carl et Marcus était morte d'une maladie du sang. Les garçons, eux, étaient partis depuis longtemps. Cette maison familiale, qu'il avait acquise pour les siens, mais dont ses enfants comme sa femme n'avaient tiré qu'un maigre bénéfice, il en était à présent le gardien. Le gardien naturel, pensait Marcus, qui voyait des correspondances entre l'architecture prussienne de la demeure, le nom et le prénom que portait son père – le même prénom que celui du Kaiser ! –, et son goût, à la fin, pour les chemises vert bouteille et les pantalons en velours côtelé, comme s'il avait été de la même race que sa maison : un homme susceptible de vous accueillir chez lui par des *Kommen Sie herein, bitte schön ! Kommen Sie, bitte sehr !* En réalité, il n'en était rien, et si vous aviez laissé traîner sur sa table de chevet un numéro du *Bild* ou du *Frankfurter Algemeine Zeitung*, il n'en eût pas déchiffré trois mots. (De toute façon, quelle que fût la langue, jamais il ne vous aurait accueilli avec force *bitte schön* ou *bitte sehr*, ça n'était pas son style.)

Carl voyait son père au moins deux fois par mois et le disait volontiers à Marcus. Lorsque, à Noël, les deux frères en parlaient, le cadet s'autorisait à dire à l'aîné : « Tu pourrais au moins passer de temps en temps un coup de fil », tout en sachant que le vieil homme était capable de laisser sonner dans sa maison sans jamais décrocher. Wilhelm le misanthrope, Wilhelm le taciturne, n'ouvrant sa porte qu'à ses fils, ou plutôt qu'à son fils resté proche et qui peut-être lui ressemblait davantage que l'autre. Dans sa bouche, « aujourd'hui on m'a appelé deux fois » ne signifiait pas forcément « aujourd'hui j'ai répondu deux fois ».

« Je sais bien », disait Marcus à Carl. Comme si l'affection du père pour chacun des deux fils pouvait être la même. Pour le cadet qui non seulement n'avait pas trouvé saugrenu d'habiter à quelques rues de son père, mais qui, deux ou trois fois par mois, se manifestait à l'interphone du portail (« C'est moi, papa, tu peux ouvrir »), et lui rendait quelques services ; et pour l'aîné qui, dès la fin de l'adolescence, avait pris le large, puis donné si peu de nouvelles, s'écartant de la route que son père avait voulue.

S'il survenait quelque chose de neuf dans l'existence de Wilhelm, Carl pouvait le partager avec Marcus, mais, sauf cas rarissime, il ne lui téléphonait pas spécialement pour ça. Comme la fois où le vieil homme était allé retirer de l'argent à un distributeur automatique de billets, c'était la fin de l'après-midi, il faisait déjà sombre, et un type à moto, reconnaissable au casque orné d'autocollants réfléchissants qui lui couvrait la tête, avait fondu sur lui, un tournevis en main. L'affaire aurait mal tourné si leur père n'était parvenu à neutraliser l'espèce de petite frappe en lui écrasant les bourses avec son miniparapluie. « Comme au Tonkin, avait-il dit à Carl, quand il fallait faire vite, un coup, un seul, on ne voyait pas les gens, on entendait les corps tomber et on savait si on avait frappé juste. » Ou comme la nuit où des inconnus avaient incendié une partie de son garage qui donnait sur la rue. Sa vieille Mercedes en était malgré cela ressortie sans dommages (« Avec le réservoir plein, tu te rends compte de l'explosion ? Ç'aurait pulvérisé le quartier ! Un fichu nettoyage ! ») et Carl avait fait le nécessaire pour que la porte roulante, aux trois quarts calcinée, fût remplacée dès le lendemain. Ou encore comme le jour où il s'était luxé la hanche, le bus qu'il avait emprunté pour se rendre à l'autre bout de la ville chez un ophtalmo qui devait pratiquer sur lui un fond d'œil ayant redémarré avant qu'il fût assis. « Mais pourquoi diable n'y est-il pas allé en taxi ? demanda Marcus. – Il avait prévu d'en prendre un, mais seulement pour le trajet du retour, escomptant réaliser une petite économie. – Tu parles d'un profit ! – Il veut maintenant un avocat pour traîner en justice la société des autobus. »

La dernière fois que Marcus avait vu son père vivant, c'était il y a tout juste un an, donc, à Noël 2007. Comme Carl, il n'avait pas oublié le convive volubile qu'il avait été ce jour-là, enchaînant des histoires désuètes du temps – c'était la fin des années cinquante – où il travaillait comme chef comptable dans un établissement de viandes et salaisons en gros, au cœur du quartier Chambière. Ce quartier, en dépit d'une richesse architecturale attestée par des photos anciennes et la mémoire de vieux Messins, allait être entièrement rasé dans les années soixante, à l'initiative du maire de l'époque, ancien résistant, ministre du général de Gaulle, qui était resté inflexible devant les arguments de l'opposition locale et ceux du parti des esthètes. L'essor économique, selon lui, justifiait toutes les entreprises. Aussi rien ne l'avait-il dissuadé de cette destruction offerte sur un plateau aux affairistes immobiliers. Le vandalisme municipal contraignit ensuite l'établissement de viandes et salaisons où travaillait Wilhelm à s'installer ailleurs, exil qui ne fut sûrement pas étranger à ses difficultés financières, puis à son extinction. Leur père dut se trouver un autre emploi. S'il ne dit jamais mot de ce dépiautage architectural (son gaullisme indéfectible le poussa même à donner sa voix à ce politicien qui n'eut que mépris pour le passé de Metz et un possible vivre-ensemble), il ne manquait ni d'ardeur ni d'inspiration pour faire partager à ses enfants et petits-enfants ce qu'avait pu être ce quartier populaire, abondant en négoces, artisanats, surprises, drôleries, histoires émouvantes ou tragiques. Lui qui s'était si peu battu pour sauver ces vieilles rues, il aimait tant en parler !

Il y avait ces mariages les longs samedis d'été, les olives vertes énormes dont les cafetiers arabes faisaient profiter les passants, toutes ces musiques ruisselant des fenêtres ouvertes, les solidarités lorsqu'une famille était touchée par un malheur, les courses perpétuelles d'enfants, les jeux sur les trottoirs, une liberté, un métissage, des amours, des passions adultères aussi, des jalousies, les cris et les violences qui s'ensuivaient – comme ces deux employés de sa société de viandes, avait-il maintes fois raconté, qui, en raison du penchant de l'un à s'occuper de la femme de l'autre, s'étaient asticotés un soir et assommés à coups de jambon à l'intérieur d'une chambre froide, d'où on les retira in extremis.

111

Cette chambre froide se tenait d'ailleurs sous le bureau de Wilhelm, là où il faisait tourner la petite manivelle de sa machine à calculer tout en acier, alignait des nombres avec virgule dans les colonnes de grands registres, remplissait des chèques pour les fournisseurs, rédigeait des factures à destination des clients. C'était là aussi que le patron de l'établissement, un certain Amedeo Pironi, venait le voir le samedi à seize heures, juste avant la fermeture, pour l'entretenir de ses affaires. Il ne dédaignait pas de lui demander son avis à propos d'un client, d'une transaction en cours, et si la conversation durait, il lui faisait cadeau, pour s'excuser de l'avoir mis en retard et d'avoir rogné sur sa vie familiale dont Pironi disait qu'elle était le premier des trésors, d'un chapelet de saucisses, de places pour un match de football ou encore d'un petit transistor de marque autrichienne qu'un de ses compatriotes, sicilien comme lui, avait un jour apporté par dizaines dans des cartons trouvés on ne sait où. « J'étais l'homme de confiance », disait-il à ses fils.

De sorte que, après des histoires de bouchers, tout le monde, ce jour de Noël 2007, eut droit à des histoires de comptables. Leur père avait continué jusqu'au dessert, déroulant un lot fourni d'anecdotes, de récits dont on ne saisissait pas toujours la force comique ou nostalgique, mais qui faisaient de cet homme, misanthrope une partie de l'année, un convive soudain enjoué, exubérant même, comme si ce déjeuner du 25 décembre à la table de Carl était surtout le sien et que ses fils, sa bru (comme il disait) et ses petits-enfants n'en étaient que les pâles figurants.

Que se passe-t-il une fois qu'un père « ouvre la bouche, remue la langue, pousse son haleine » ? Il parle. Il parle et parle encore. Les pères vivent dans un monde permanent de paroles, ils traitent leurs fils comme des oreilles ou des micros. Dès qu'ils sont pères, ils se reconnaissent à leur voix, un ou deux tons plus grave, et parfois plus rugueuse ; et les fils, dès qu'ils sont assez grands pour entendre cette voix, existent à travers les paroles de leur père. Même quand les pères ne parlent pas, ne parlent pas beaucoup ou parlent peu, même s'ils sont sombres ou taciturnes, ils parlent encore, leurs paroles muettes tournent autour de leurs fils comme des renards dans une forêt. Enfin, lorsqu'il arrive qu'un père ne parle plus du tout, qu'il ferme la bouche, que sa langue pend, qu'il a l'haleine des fleurs fanées, ce sont les fils qui parlent pour lui, qui parlent de lui, rapportent ses paroles, ses histoires de bouchers, de comptables.

Mi-février 2008, après la cérémonie à la chapelle, une vingtaine de parents, de voisins et d'amis s'étaient joints aux fils Vogelgesang pour prendre une collation légère, avant que tout le monde ne se disperse. Carl avait apporté quelques bouteilles de vin d'Alsace et du kouglof. Le petit groupe avait suivi Marcus et son frère dans une demi-douzaine de véhicules, effectuant sans le savoir le même trajet – mais en sens inverse – que leur père la dernière fois où il s'était mis au volant.

Cette toute dernière fois, dans sa maison allemande, il s'était préparé, comme il en avait l'habitude, pour aller déjeuner à l'Institution Sainte-Marie. Avec des intentions plus ou moins philanthropiques, la directrice de Sainte-Marie acceptait de recevoir, dans la vaste et plutôt attristante salle à manger qui pouvait accueillir jusqu'à cent cinquante convives, des hôtes n'ayant pas forcément la qualité de pensionnaires. Le prix du déjeuner était modique (sept euros trente) mais, avec une salle entièrement remplie, cent cinquante dentures, véritables ou non, broyant et mastiquant les crudités, le plat du jour, la portion de brie prédécoupée et le dessert aux abricots, le personnel de cuisine avait de quoi mériter son salaire. L'institution achetait deux fois par an dans les pages du *Républicain lorrain* un encart publicitaire vantant les attraits du restaurant, ouvert, était-il écrit, « aux seniors retraités, couples et personnes seules » – une « cantine améliorée », disait Wilhelm. L'autre avantage, c'était que, par la même occasion, l'institution se dotait d'un vivier de futurs pensionnaires. Pour être chrétienne, Sainte-Marie ne possédait pas moins l'esprit de commerce : dès que l'âme d'un résident montait au ciel, elle pouvait compter sur l'un des habitués de sa cuisine pour le remplacer au pied levé. Un an avant son accident, Wilhelm n'avait-il pas dit à ses fils : « Un jour, il faudra bien que je me décide à y prendre une chambre. » Manière pour lui de consentir à l'idée que Carl et Marcus lui suggéraient depuis longtemps : louer sa maison et prendre ses aises dans un studio de Sainte-Marie. « On te permet même d'avoir avec toi deux ou trois meubles personnels », lui avait dit Carl. Mais *consentir à l'idée* était pour leur père le meilleur moyen de ne plus discuter d'une chose qu'il n'avait pas envie de faire.

Carl lui avait passé un coup de fil trois jours avant ce jeudi de février. C'était un matin, vers onze heures, il laçait ses chaussures. « Je me prépare pour Sainte-Marie », avait-il dit à son fils du ton contrarié de l'homme qu'on dérange. À présent, il lui fallait un temps incroyable pour se vêtir. Enfiler un slip, une paire de chaussettes, un maillot de corps, s'asseoir sur le canapé, puis passer ses jambes, aussi raides que des bûches, dans un pantalon dont il constatait, après coup, qu'il n'était pas celui qu'il désirait, soit parce que, entre-temps, son avis avait changé, soit parce qu'il se sentait comprimé à la taille. Lui qui avait toujours été un homme mince, et même, à la soixantaine, encore athlétique, s'était un peu laissé aller après la mort de sa femme, ne pratiquant plus dans sa chambre les exercices quotidiens d'assouplissement et de musculation dont il aimait se flatter auprès de ses fils.

Réussir son nœud de cravate lui prenait maintenant une dizaine de minutes. S'il découvrait ensuite un faux pli sur sa chemise, il allait jusqu'au cagibi, sortait tant bien que mal l'immaniable planche à repasser (écaillant au passage une plinthe ou le bas d'une porte), la transportait jusque dans la salle de séjour, dénouait sa cravate, retirait sa chemise, puis s'appliquait à lui donner, d'un bras moins sûr qu'avant, « un bon coup de fer », comme il disait. Le jour où Marcus lui avait fait remarquer que, pour ce genre de corvée, il ferait mieux de recourir aux services de quelqu'un formé pour ça (on trouvait fréquemment dans les boîtes aux lettres des imprimés où une association proposait, pour un coût raisonnable, des heures de travaux ménagers), son père lui avait répondu : « Mais qu'est-ce que tu me chantes, là ? Est-ce que je n'ai pas toujours été un homme méticuleux ? »

Il avait raison. Enfant, Marcus le voyait, dans leur appartement voisin de la cathédrale, faire reluire le cuir des paires de chaussures avec une petite brosse qu'il brandissait uniquement le dimanche, juste avant le dîner. Et c'était, il est vrai, le travail le plus méticuleux qu'on puisse imaginer. Il y avait ses chaussures, celles de leur mère, ainsi que les leurs. Comme les parents pouvaient porter plusieurs paires la même semaine, il arrivait qu'il y en ait sept ou huit rassemblées à ses pieds, dans des couleurs et des qualités de cuir différentes. Tout se passait dans le vestibule. D'un tiroir de la commode, leur père sortait les boîtes de cirage adéquates, quelques chiffons et d'anciennes chaussettes de laine qui permettaient d'étendre avec un soin particulier la quantité de cirage voulue sur de grandes surfaces (en hiver, bottines et bottes) ou sur de plus petites (escarpins et sandales). Du tiroir, il extirpait aussi la brosse aux poils très doux, à laquelle était réservée l'opération finale de polissage. Cette brosse, apprit-il un jour à Marcus, s'appelait une polissoire. Seul dans la pièce, il ne consacrait jamais à cette activité moins d'une heure. C'était pour lui un moment de vraie quiétude. Sa pensée ne se relâchait pas pour autant. Chacun de ses gestes était accompli avec l'attention la plus scrupuleuse. Jamais on ne trouvait la moindre tache sur le tapis, jamais le résultat ne présentait la moindre bavure. Peut-être était-ce autre chose que de l'attention : une forme de respect, voire de sollicitude pour ces êtres prosaïques et précieux que sont nos chaussures.

Cette habitude chez son père finit par associer dans l'esprit de Marcus l'objet banal qu'était la brosse à la fin mélancolique des dimanches. Curieusement, l'opération de polissage parvenait à faire reluire leurs dernières heures de liberté, à préparer le lundi qui s'annonçait pour tous. Marcus avait sept ans, il en avait huit ou neuf, il savait que demain il retournerait à l'école, mais il savait aussi qu'il serait fier d'avoir aux pieds des chaussures propres et bien cirées, des chaussures qui lui donneraient confiance, parce qu'elles avaient été polies par son père.

Un jour – beaucoup plus tard – Marcus, ouvrant la

porte d'une armoire dans la maison allemande, était tombé sur le nécessaire à chaussures. Il avait été rangé dans une caissette en bois conçue à l'origine pour un magnum de champagne. Leur mère était morte. Pour des raisons qu'il n'arrivait pas encore à comprendre, il en voulait à son père, qui lui aussi lui en voulait. Les paroles que tous deux échangèrent ce jour-là furent tendues et injustes. Fouillant machinalement dans la caissette, Marcus sentit la polissoire. Il l'empoigna, l'approcha de son visage et aussitôt un sentiment de reconnaissance toucha son cœur. Ne lui devait-il pas au moins ça ?

Mais le matin où Carl avait téléphoné, combien avait-il fallu de temps à Wilhelm pour nouer ses lacets ? Il était devenu un gamin de maternelle à qui l'on boutonne son manteau avant que sonne la cloche. « J'ai été un idiot », pleura Carl, le jour où les deux frères se retrouvèrent à l'hôpital. Marcus avait demandé à l'interne qui s'était occupé du vieil homme de les laisser seuls dans la chambre. Ce n'était pas une chambre, d'ailleurs, mais un coin carrelé au milieu du service des urgences. L'interne avait tiré un rideau sur une tringle fixée au-dessus du lit. Derrière eux avait continué le va-et-vient du personnel en blouse, mais leurs voix étaient maintenant assourdies. « Pourquoi tu dis ça ? lui demanda Marcus. – Pourquoi ? Papa avait un mal de chien à enfiler sa veste et moi je le laissais conduire. »

Le corps de leur père était étendu sous un drap. Il devait être nu là-dessous. Il s'y trouvait depuis midi et demi. À Lille, Marcus avait pris le premier train. C'est vers dix-huit heures trente qu'il était arrivé à l'hôpital Bon-Secours, où une hôtesse lui avait indiqué le bâtiment où l'attendait son frère. Semblable à un gros médaillon, on distinguait nettement une croûte de sang séché à la base de son cou fripé. Sa chemise avait dû être tachée, mais depuis on la lui avait retirée. L'interne avait expliqué à Carl, qui l'avait répété à Marcus, qu'une hémorragie thoracique massive, consécutive à l'accident de circulation qui s'était produit au carrefour de la rue Saint-André et de la rue Franiatte, était la cause principale de sa mort, survenue à dix-sept heures quarante-cinq. Ce midi-là, sa chaise fut vide à Sainte-Marie.

Une fois au Sablon, les voitures avaient cherché une place dans la rue, puis parents, voisins et amis s'étaient retrouvés ensemble sur le trottoir, à deux pas de la maison. Dany, un cousin du côté de leur mère, « le gros Dany » comme on l'appelait, s'était arrêté à la hauteur du portail, dont un battant seulement était ouvert. Ceux qui marchaient derrière avaient été un peu surpris, il y eut même un moment où plus personne ne savait comment avancer. Marcus était déjà dans l'allée et se demandait ce qui se passait. « Ça va aller, Dany ? » Malgré ses quarante-sept ans, leur cousin ressemblait, trait pour trait, à l'enfant balourd et à la peau rose qui, à l'époque, venait une ou deux fois par mois jouer chez eux. Il jouait surtout avec Carl, Marcus était déjà trop vieux. Le même front, les mêmes oreilles, les mêmes yeux que trente-cinq ans auparavant. « Des yeux de chiot apeuré », avait dit un jour Marcus. Carl, qui marchait devant son frère, le carton de vin contre sa poitrine, s'était retourné. « Qu'est-ce qui se passe, Marcus ? » Tout le monde regardait Dany maintenant, lorsque, de sa voix aiguë et larmoyante, il s'était exclamé en hoquetant : « Putain, cette maison, c'est la dernière chose qui va rester de Wilhelm et d'Esther ! »

« Oh, c'est tout Dany ! » soupira plus tard quelqu'un à l'intérieur. Si Marcus avait trois ans de plus que son cousin, ce dernier lui rendait facilement trente kilos. Il était obèse. Est-ce que des hommes faits comme lui n'étaient pas plus enclins que les autres à des expressions de sentimentalité théâtrales ? À cause de leurs mouvements ralentis ne voyaient-ils pas la réalité autrement ? ne la voyaient-ils pas plus intensément ? n'étaient-ils pas davantage émus par ses changements, grands ou petits ? Mais à présent que le ventre de Dany poussait contre la table où une de leurs tantes avait découpé plusieurs morceaux de kouglof en forme de quartiers de lune et les avait disposés sur des assiettes que Carl avait sorties du buffet, que des bouteilles de pinot blanc avaient été débouchées, qu'un autre cousin, le grand Jean-Pierre, penché en avant, remplissait les verres, que Dany n'attendrait plus longtemps avant de se servir, Marcus s'était souvenu comment certains après-midi, où il était venu à la maison, leur cousin déjà grassouillet engloutissait comme si ç'avait été de minuscules réductions sucrées les tartes pourtant plantureuses que cuisinait leur mère, et ses grosses joues tressautaient alors sous les rires et les gloussements, comme elles tressautèrent ce jour-là, mouillées de larmes, tandis qu'il se remémorait des plaisirs disparus.

Mais le gros Dany se trompait.

Un quart d'heure plus tôt, la Citroën C5 de Carl avait stoppé le long du trottoir avec Marcus comme passager. Les deux frères s'étaient à peine parlé pendant le trajet de la chapelle à la maison. Sur le tableau de bord, un coin de chamoisine pendouillait et en rangeant le tissu à l'intérieur de la boîte à gants, Marcus avait jeté un coup d'œil sur les CD qui s'y entassaient, mélangés à des cartes routières, des crayons Ikea, des emballages froissés de bonbons, des factures de garage, un chiffon poisseux, un éthylotest qui n'avait jamais servi. « Je ne sais pas comment toi, tu vois les choses, dit Carl, mais moi, j'ai bien réfléchi, je veux vendre la maison. » Parmi les CD, Marcus avait reconnu la pochette de *On the Beach*, un album que Neil Young avait enregistré à une époque où beaucoup de ses amis étaient morts. Sur ce disque, sa voix, se rappela Marcus, était encore plus lessivée que d'habitude. « Si on décide de vendre, ajouta Carl, il ne faudra pas attendre, l'immobilier est en train de repartir à la hausse, et je doute que ça dure. » Est-ce que Carl n'écoutait pas ce disque, l'année où je suis parti ? « Toi, tu veux attendre ? Tu préfères la garder ? Mais qu'est-ce qu'on fera avec ? » Marcus tourna les yeux vers son frère. Carl ne le regardait plus, il avait remis le contact et engagé la marche arrière. « Je me gare plus près du trottoir, la rue est tellement étroite ici. » Puis il le regarda de nouveau : « Alors, Marcus, tu en penses quoi ? Tu veux encore réfléchir ? » Garder la maison, pourquoi pas ? se disait Marcus. Bien entendu, il n'était pas question que Carl et sa famille s'y installent. La louer alors ? Attendre quelques mois, une ou deux années ? Prendre soin de recouvrir les meubles de grands draps blancs ? Il y avait dans l'album *On the Beach* un passage où Neil Young chantait :

> *The world is turnin'*
> *I hope it don't turn away.*
> Le monde tourne, tourne
> Pourvu qu'il ne me tourne pas le dos.

Est-ce que Carl l'écoutait encore aujourd'hui ? La mélodie revint spontanément à Marcus : le son émietté et stridulant de la guitare, le martèlement clair et traînant de la batterie. Son frère s'y reprit une seconde fois avec la marche arrière, et alors qu'il concluait sa manœuvre, Marcus chercha sur le pignon qui se découpait au-dessus du grand saule la fenêtre de sa chambre. Trois autres maisons du quartier étaient comme la leur, affublées d'un pignon joliment dentelé. Le saule. Depuis combien d'années ne l'avait-il pas vu ? L'arbre avait encore grandi. C'était de loin le plus imposant du jardin. Leur père envisageait régulièrement de le couper, redoutant que ses racines vigoureuses n'occasionnent des dégâts aux fondations de la propriété, ou que, avide d'eau, l'arbre n'envoie ses radicelles jusqu'à l'intérieur des canalisations et finisse par les délabrer. Mais c'est le saule qui était toujours là. « Alors, tu en penses quoi ? – Fais ce que tu veux », lui avait répondu Marcus.

Cette maison, leur père n'en avait-il pas rêvé ? Locataire durant plus de quinze ans du même appartement, il avait attendu de posséder assez d'économies pour se hisser au rang de propriétaire. À cette époque, dite des trente glorieuses, c'eût été pour des Français de la classe moyenne, enfants d'ouvriers et de petits commerçants, devenus employés ou, s'agissant de leur père, cadre moyen, un échec que de rester les occupants d'une centaine de mètres carrés qui ne leur appartenaient pas, et de ne pas pouvoir, un jour, disposer de murs, d'un plancher, d'un toit, d'un grenier, d'une cave, d'un jardin, d'une clôture, qui fussent à eux. Finalement le rêve de liberté de leur père ne rejoignait-il pas en partie le sien ? Pouvait-on en faire si peu de cas ? Maintenant qu'il était mort, n'avait-il pas envie, Marcus, de se réapproprier cette maison ? D'y vivre seul, même ? Ce serait aussi une bonne raison de quitter Roubaix. Revenir à Metz, près de sa famille et du souvenir de ses parents. Entretenir la mémoire et la propriété. C'est-à-dire la maison et le jardin. Tailler la haie, éclaircir la ramure du saule, éviter que les ronces ne dévorent la clôture, remettre en état l'allée empierrée, réparer la mangeoire des mésanges, *titiu*, *titiu*. Ces travaux qu'il avait toujours refusé de faire. Ces travaux qui étaient ceux de son père.

« Fo-gueul-gue-zang ! »

Adolescent, son père l'appelait Marcus, plus rarement « mon fils », mais, de temps à autre, il l'appelait par son nom : Vogelgesang. Même les instituteurs de Marcus et, plus tard, ses professeurs (hormis M. Brettnacher (brette-na-cœur) qui, en classe de sixième, cinquième puis quatrième, s'évertua à lui enseigner l'allemand) s'adressaient à lui en disant : « Marcus », ou bien : « Vous », ou bien : « Toi, là-bas ! », plutôt que Vogelgesang. Leur père, lorsqu'il l'appelait Vogelgesang, prononçait le nom de la façon la plus germanique qui soit, avec un accent robuste. Dans ce qui était à la fois son nom et celui de son père, Marcus percevait toujours l'écho d'un proverbe allemand : *Den Vogel erkennt man an Gesang*, un proverbe qu'on lui avait fait connaître dès l'enfance, parce que son nom s'y cachait (comme dans ces images d'Épinal où un bonhomme avec une canne à pêche et un chapeau est camouflé dans un feuillage). C'est à son chant qu'on reconnaît l'oiseau, dit le proverbe, mais *Den Vogel erkennt man an Gesang* se traduirait plutôt par : C'est à ses fruits qu'on voit l'arbre. Ainsi les dimanches où son père taillait la haie, tondait la pelouse, soignait ses plantations de tomates et de haricots, il avait coutume, une fois remisés ses outils, de passer sous la fenêtre de la chambre de Marcus, parce que c'était l'aîné, et de lui décocher : « Vogelgesang ! » D'où il était, il ne pouvait pas le voir, mais sans doute l'imaginait-il, couché sur son lit, dévorant un roman, ou fouettant le vide avec une paire de baguettes à bouts ronds, tout en écoutant les roulements tonitruants de John Bonham ou de Keith Moon que déversaient les baffles de son électrophone. « Vogelgesang ! »

Pensait-il déjà que les fruits de Marcus prenaient une mauvaise couleur ?

Marcus a posé son verre de scotch, puis s'est levé. Il s'est efforcé de garder l'équilibre et un ton calme. Reste sage, s'est-il dit, ne t'emporte pas, mais ne te censure pas non plus, dis seulement ce que tu dois. Il s'est encore une fois récité la somme mentalement : trois cent mille euros. Pour commencer, il a dit à Carl qu'il se trouvait mal placé pour lui donner un conseil, il était le premier à admettre que Carl avait toujours été beaucoup plus à l'aise pour évoluer parmi les réalités financières, qu'il ne l'avait été lui-même, dépourvu, dès le berceau, du sens des affaires. Leur différence ne s'expliquait pas seulement par leur histoire personnelle, par le fait que son frère avait suivi des études appropriées, obtenu des diplômes qui ressemblaient à des aspirateurs à stock-options, tandis que Marcus avait grappillé des connaissances inutiles avant de s'intéresser à l'ethnologie où, ce n'était un secret pour personne, il s'était enlisé dans une thèse qui ne lui avait pas permis d'aspirer grand-chose (sinon une étudiante de temps en temps).

« Tu connais mieux que moi, a-t-il dit à son frère, la valeur de l'argent et l'usage qu'il convient d'en faire. »

Marcus s'est souvenu aussi de ce que lui disait leur mère. Comme leur père, elle était une femme au comportement mesuré, au jugement prudent. Or il y a trente ans de cela, lorsqu'il téléphonait occasionnellement à la maison pour prendre de leurs nouvelles, il arrivait toujours dans la conversation qu'elle lui vante les qualités de Carl. Marcus, lui, à l'époque, se débrouillait comme il pouvait pour être à la hauteur de ses désirs, de son indépendance, agissant parfois, il est vrai, stupidement, mais comme il s'était éloigné de la famille et était devenu, à cause de cela, le fils perdu, le mauvais fils, il n'avait guère les moyens de rivaliser avec celui que leur mère louait si volontiers. Le petit frère. L'adolescent économe, disait-elle. Le jeune homme avisé. L'adulte responsable. Elle devait penser que Marcus avait été conçu dans un autre moule. N'était-il pas le fils gaspilleur, le fils imprudent, le fils irresponsable même ? « L'argent m'a toujours brûlé les doigts, a-t-il encore dit à son frère. J'aime l'argent parce que j'aime le dépenser. »

D'ailleurs, l'argent n'est-il pas fait pour ça ? La plupart des hommes ne voient-ils pas en lui le dieu le plus concret et le plus efficace ? Ils savent que tous les autres dieux sont des amateurs quand le dieu argent leur assure une puissance immédiate. Pour les plus riches, un palace flottant, une collection époustouflante d'œuvres d'art, un harem. Quel autre dieu nous offre autant ? Même la vertu et la sainteté s'achètent : il suffit de brandir un chèque face à une caméra. « Dépenser peut nous donner sur le moment une force sans pareille », a assuré Marcus à son frère.

Il lui a raconté comment, en apportant dans une soirée de la bonne herbe ou une bouteille de Ballantine's, il en retirait du prestige. Il avait ce soir-là des amis, distribuait du plaisir, devenait séduisant.

Mais plus tard, en y réfléchissant, il avait compris

que ce dieu-là était aussi jaloux que les autres dieux. Si l'argent, comme on dit, était capable de lui procurer vingt-quatre jambes, encore fallait-il qu'il ait en poche vingt-quatre billets tout neufs. Ce qui n'est pas donné à tout le monde. Il lui eût fallu des sommes qu'il n'avait jamais touchées. Et ses rêves de puissance s'étaient évanouis. Si aujourd'hui l'argent lui brûlait les doigts, ce n'était donc pas pour la puissance, mais pour la satisfaction immédiate. « Tu comprends, Carl ? je me suis mis à dépenser pour porter les vêtements que j'aimais, avoir les objets qui me plaisaient, voyager où je voulais, m'enivrer sans retenue, distraire les jolies filles. »

« C'est ma morale, a ajouté Marcus. La morale de ceux qui n'ont pas cinq cents millions pour se faire construire un yacht vaste comme un terrain de football ou s'acheter tout ce qui se vend et le montrer dans un palais de Venise. Pour tous ceux qui n'ont pas une telle fortune, la dépense ne peut être qu'une jouissance immédiate. »

Or Carl, Marcus le lui a rappelé, trouvait son plaisir dans l'épargne. Enfant, que dépensait-il de l'argent que lui donnaient leurs parents et leurs oncles ? Ce qu'il recevait pour sa fête, son anniversaire, à Noël, aux étrennes, pour ses résultats scolaires, il le thésaurisait. Marcus n'avait-il pas souvent entendu : Tu as combien, toi ? Le cadet était fier d'en avoir plus que l'aîné. Ce goût qu'il avait d'amasser pièces et billets à l'intérieur d'une vieille boîte à biscuits s'étendait aussi à leurs possessions enfantines : friandises, jouets, livres et magazines illustrés. Ce que Marcus engloutissait en un après-midi, Carl le conservait des semaines, ce que l'aîné usait sans vergogne, détruisait pour en avoir joui, le cadet le choyait, l'entourait de mille précautions, s'appliquait à le faire durer. Après l'âge de la boîte, un âge sans grande dépense, sans circulation, avait succédé l'âge du livret de Caisse d'épargne, que leurs parents avaient ouvert à Carl, comme ils l'avaient fait auparavant pour Marcus, le jour de ses dix ans.

« Je repense à ce livret, a-t-il dit à son frère au milieu du salon, à cette boîte, à la gêne que tu éprouvais pendant ces séances que nous imposait maman. Le petit examen du cœur, tu te souviens ? »

Si Carl n'y révélait rien, n'est-ce pas que cela lui coûtait ? Et cette histoire puérile de vol de parfum ? Marcus y repensa aussi. « Tu t'en souviens, Carl ? » Et ces disputes entre eux à propos de babioles que Carl parfois lui dérobait ? Et l'été où, adolescents, ils avaient fait de la musique ensemble et que Carl avait voulu être payé comme un professionnel, même en jouant pour des amis ?

« Tu t'en souviens ? » lui a demandé Marcus.

Comme il n'avait sûrement pas oublié ses débuts dans la spéculation. Dès l'université, Carl, lui a rappelé Marcus, s'était intéressé au monde de la finance. Il pensait déjà que le prix des choses reflète le monde réel, et il entendait y participer. C'est de cette façon que, sans se détourner de l'épargne et des joies qu'elle lui procurait, il s'était lancé, à dix-huit ans, dans des opérations de boursicotage. Assez vite, il avait été détenteur d'un portefeuille d'actions, suscitant chez leur père un contentement d'orgueil. Spéculer, c'était se confronter à une incertitude. Les événements de la Bourse ne sont pas prévisibles – « l'avenir est ouvert », disait Wilhelm. Mais il le disait en souriant. Car si Carl était désormais capable de perdre un peu, c'était avec la conviction de gagner demain, de pouvoir parier sur l'existence des entreprises qui étaient pour lui la vraie réalité. Gagner, bien sûr, ce n'était pas gagner beaucoup – Carl n'avait jamais été riche – mais assez pour satisfaire un appétit pour les placements et les mises sur le marché, sans jamais s'exposer soi-même, ni plus tard faire courir de risques à sa femme et à leurs trois enfants.

« Les risques, a déclaré Marcus à son frère, tu les auras toujours calculés. »

Marcus se disait que lui-même les avait davantage connus, les risques, mais avec allégresse et sans mauvaise conscience. Lorsque, chez Wentzor, il y a six mois de cela, ils avaient chacun touché leur part, Marcus n'ignorait pas que cet argent représentait ce que leurs parents avaient capitalisé durant leur vie, que c'était l'argent de leur travail, et un travail plus conséquent que le sien, mais dès que Wentzor lui avait remis ce qui lui revenait (le pactole), il s'était senti absolument libre de s'offrir les plaisirs qu'il voulait. Vêtements, objets de prix, voyages, jeunes filles. La jouissance.

Et, toujours dans le salon, debout sur ses jambes qui ne tremblaient plus maintenant, il a raconté à son frère ses séjours fastueux à Paris, ses six semaines l'été dernier en Amérique du Nord, ses achats dispendieux. C'était avec ça. Avec l'argent des parents, et il aurait été stupide, a-t-il dit à Carl, de s'en priver. La jouissance sans mesure, sans limites.

« Mais il y en avait pourtant une, a-t-il précisé à son frère, qui lui aussi s'était levé au milieu du salon. Je n'aurais pas touché à la maison. »

« Quand tu m'as posé la question le jour des funérailles de papa, je n'y avais même pas songé. Je regardais le portail rouillé, le jardin, le saule, la cuisine de maman et son bureau à l'étage, je regardais la fenêtre de ma chambre où je n'ai vécu que trois ans, mais à laquelle jamais je n'ai cessé de penser, je regardais le garage où nous jouions ensemble, et pendant que, dans la voiture, tu attendais mon approbation pour tes petites affaires, je me disais qu'une maison, ce n'est pas des centaines de milliers d'euros, une maison c'est une maison. C'est un lieu riche d'histoires et de fantômes, un monde en miniature, un endroit plein de vie, de vie passée, présente, future. Ce n'est pas de l'argent. »

Les deux frères se tenaient face à face et c'étaient maintenant les jambes de Carl qui tremblaient.

« Vois-tu, a dit encore Marcus à son frère, j'avais pensé qu'elle pouvait rester avec nous, cette maison, qu'elle pouvait attendre. Non qu'elle fût taboue ou sacrée, mais elle méritait, je crois, quoi qu'il en coûtât, qu'on la laisse un moment en paix. Pourquoi fallait-il brusquer les choses ? Pourquoi cette vente précipitée ? Pour cette agence ? Pour ce projet auquel, tu m'excuseras, je ne comprends rien ? Et puis pour qui, au juste ? Pour toi ? Pour ta famille ? *Pour Michael Caine* ? »

Le lendemain, Marcus, dès son réveil, se vêtit rapidement. S'il avait besoin de prendre une douche et de trouver de l'aspirine, il se dépêcha de boucler sa valise, laquelle avait été à peine défaite. Il avait passé le reste de la nuit dans la petite chambre d'amis où il était monté après que Carl l'avait frappé au visage. Vers sept heures, ayant peu dormi, il descendit en silence l'escalier, traversa le salon, puis se glissa jusqu'au fond du couloir où flottaient des effluves de cuisine. Gladys lui tournait le dos. Il s'approcha, lui toucha une épaule, puis lui dit qu'il partait. « Quoi ? » fit-elle. Elle ne remarqua pas sa joue tuméfiée. « Qu'est-ce que c'est que cette histoire ? Carl dort encore. – Je sais, lui dit

Marcus. » Et Gladys laissa échapper la petite casserole en aluminium qu'elle fouettait de la main droite, et une partie du contenu rouge-brun où un émincé d'échalotes barbotait se répandit sur l'émail de la cuisinière.

C'est idiot, pensa Marcus, mais il était déjà sorti de l'ascenseur et se pressait de rejoindre la gare.

4

L'arrivée de Jean-Jacques Stern à Toul

Quatre ans avant cette fête de Noël, à l'automne 2004, Jean-Jacques Stern était arrivé en Lorraine.

Ce jour d'octobre, place des Trois-Évêchés, sous les fenêtres à crémone du vieil immeuble en pierre qui abritait la MACE (où Carl dirigeait alors les études statistiques), les tilleuls frissonnaient par à-coups, secouant leur feuillage au-dessus de têtes diversement couvertes (casquettes à carreaux, capuches de sweat-shirt, bonnets péruviens), de dos protégés par des matières duveteuses, laineuses, imperméables. Toussotements et reniflements mettaient en sourdine les borborygmes du jet d'eau central. Sur son terre-plein, une famille de pingouins ne tarderait pas à faire son apparition, décor en résine installé chaque hiver par le service espaces verts et embellissement, qui convoitait un triple A au concours national des villes et villages fleuris. Le thermomètre extérieur de la pharmacie affichait 4 °C. Les matinées encore douces et vaguement prometteuses de septembre avaient bel et bien disparu, le ciel étalait une mine désolée, le soleil végétait, un fin brouillard nappait la place la plus fameuse de Toul.

Devant l'agence immobilière, le marchand de fleurs et le bar La Cigogne (où un homme au visage poupin et en sarrau rayé calligraphiait sur une ardoise

« Filet de biche spätzele »), les semelles des passants et passantes heurtaient avec zèle le trottoir. De petits groupes donnaient l'impression de se dépêcher, marchaient droit devant eux, puis changeaient soudain de direction, entraient dans une rue à la hâte. Ceux qui se connaissaient se saluaient sans ralentir le pas et leurs civilités s'emmitouflaient de nuages de vapeur. Un pick-up transportant du sable et des pelles s'était rangé à l'angle de la boulangerie Blondot, et les soupapes de son moteur s'exaspéraient pendant qu'à l'intérieur de la boutique un homme en bleu de travail montrait du doigt un sandwich à la dinde décoré d'une dentelle de laitue. Un trio de pigeons, tortillant du croupion, s'aventurait sur la chaussée en quête de miettes perdues par un amateur de croissants, tandis qu'à quelques pattes de là, une balayeuse-aspiratrice faisait tourner ses brosses dans un vrombissement de robot mixeur. Les phares allumés des voitures effilochaient le brouillard. Un peu partout se propageaient des claquements de coffres et de portières, des éclats de voix, des bribes de ritournelles publicitaires versées par des autoradios, des klaxons impatients. Où que portât le regard, pas de visage fripé, ni de paupières gonflées, ni de gestes somnolents, pas de gamins hirsutes traînant les pieds jusqu'au porche d'une école, pas de flâneurs ni d'inactifs, pas de flemmards ni de touristes, pas d'érémistes assis sur l'un des bancs de la place, tournant les pages d'un supplément télé – même les chiens, à voir leurs yeux exorbités, s'étranglaient en tirant sur leur laisse. Nous étions bien lundi, il était huit heures trente, la semaine démarrait dans la petite sous-préfecture lorraine, et toute une vie industrieuse, après le relâchement dominical, repartait de plus belle : des ambitions germaient, des perspectives brillaient, des conquêtes s'amorçaient, des possibilités d'émancipation et de joie renaissaient, des appétits voulaient être rassasiés, et si une feuille jaunie se détachait d'un arbre, amorçait sa descente par paliers, tourbillonnait de manière langoureuse devant la façade d'un immeuble, puis se collait dans l'encoignure d'un caniveau, un ouvrier municipal, une souffleuse thermique à l'épaule, courait la déloger.

Ce fut d'ailleurs le rugissement d'une souffleuse de ce genre qui fit sursauter Luc Zazza. Il venait de déboucher du parking souterrain avec son Mercedes ML, véhicule imbattable à l'épreuve d'escalade des trottoirs (« Soixante mille euros de ferraille ultrapolluante », lui avait reproché sa fille Belinda, après la semaine développement durable organisée par sa fac). Stoppant devant la rue Saint-Waast, il fit couiner ses freins et, au lieu de la souffleuse, il aperçut deux uniformes bleu police qui pénétraient sous terre par l'escalier réservé aux piétons. Saint-Waast n'allait-il pas encore défrayer la chronique ? Que n'avait-on entendu depuis l'été à propos du parking ! Un soir, sortant du cinéma voisin où l'on projetait le dernier Tim Burton, une étudiante en secrétariat y avait été violentée ; le mois suivant, en plein après-midi, c'était un juilletiste hollandais, retourné seul vers son Toyota familial où ses blondinets avaient oublié leur K-way, qui avait été frappé à l'arrière du crâne avant d'être dépouillé d'une chaîne en or et de son portefeuille ; puis un matin, le directeur adjoint de l'agence du Crédit agricole, un nommé Paul Bertaud (Luc le croisait parfois aux cocktails de la chambre de commerce), y avait trébuché sur le corps sans vie d'un inconnu tatoué. « Un toxicomane », avait-on lu dans les colonnes de *L'Est républicain*. Mais était-ce une consolation ? Cela changeait-il quelque chose à l'affaire ? Le mauvais sort ne s'acharnait-il pas sur la sous-préfecture ?

Toutes ces questions devaient traverser l'esprit des Toulois qui marchaient rue Saint-Waast. Parmi eux, certains avaient pu reconnaître en Luc le président-directeur général de la MACE – la Mutuelle des artisans et commerçants de l'Est. Si, par prodige, ces mêmes Toulois avaient réussi à percer ses pensées, ils auraient appris que le parking, creusé au cours des années quatre-vingt afin d'offrir à Toul un nouveau souffle économique, et dont on disait aujourd'hui pis que pendre, avait représenté pour Luc ces quinze dernières années un lieu positivement stimulant, sorte de sas magique entre le monde des devoirs filiaux et celui des succès financiers. Jeune sexagénaire, il restait une personnalité écoutée de plusieurs cercles, membre de Parole d'entreprises, administrateur de la chambre de commerce, et son ardeur au travail ne donnait pas l'impression d'avoir faibli. Seules ses orientations stratégiques, disaient ses collaborateurs, étaient entrées dans une période de mue.

En vérité, depuis plusieurs mois, Luc était en proie à des bouffées de ressassement dépressif et, bien que les apparences fussent toujours flatteuses, il était permis de s'interroger : l'an prochain, son nom figurerait-il encore au palmarès publié par *L'Express* des « Cinquante qui font bouger Toul » ?

La première cause de son ressassement dépressif résidait dans le souvenir de son frère et d'un après-midi de mai 1967.

En ce temps-là, Primo travaillait déjà aux côtés de leur père, place des Trois-Évêchés, tout en ayant pour passion le saut en parachute qu'il pratiquait en décollant d'un petit aérodrome régional, lorsqu'un samedi son corps de vingt-six ans se fracassa contre un massif rocheux. L'après-midi des funérailles, Luc et son père étaient allés s'asseoir sur le lit d'adolescent du frère trop tôt disparu, ce lit à la couverture à grands carreaux marron et jaunes où Primo ne dormait plus depuis longtemps (il louait un studio en ville et s'était fiancé avec cette fille, Barbara, qu'il devait épouser en août prochain). Dante avait parlé à Luc avec une affection inaccoutumée, lui confiant qu'il avait toujours été fier de Primo parce que Primo était l'aîné.

« Comme le premier arbre qu'on plante dans son jardin, c'est d'abord Primo que je regardais, dit-il, et chérissais plus que tout. Peut-être n'ai-je pas toujours été pour toi, je m'en rends compte à présent, le même père que pour lui. » Mais maintenant que cet arbre était foudroyé, c'est de son fils cadet qu'il se sentait le plus fier, c'est Luc qu'il voulait entourer de l'attention que lui aussi méritait. « Comment se passent tes études, mon fils ? » Luc terminait son droit à Strasbourg, et cet après-midi-là, sur la couverture à grands carreaux marron et jaunes, son père lui dit que son vœu le plus cher était qu'il continue ce qu'il avait entrepris, il le soutiendrait pour cela, l'aiderait à s'installer dans son futur métier, comme il avait aidé Primo à se faire une place à la Mutuelle. « Mais en même temps ce serait une bonne chose, ajouta son père, que tu te rapproches de moi en entrant au conseil d'administration. » Dante le souhaitait vivement et en avait déjà parlé aux autres membres. « Cela représentera un bon terrain d'expérience pour le juriste que tu te prépares à devenir, tu pourras confronter tes connaissances théoriques à l'activité concrète d'une entreprise, et puis nous apprendrons ainsi à mieux nous connaître. »

En l'écoutant, Luc pensa qu'il n'avait pas du tout envie de cette expérience ni de cette main tendue, il n'avait guère envie non plus de faire partie d'un conseil d'administration pour mieux connaître son père, il préférait rester l'arbre du fond, l'arbre le plus à l'ombre. Néanmoins, parce qu'il le vit pleurer pour la première fois, il n'eut pas la force de lui dire non. Un peu plus tard, il se persuada que son engagement n'en était pas un, que les paroles qu'il avait prononcées dans la chambre de Primo ne valaient qu'en raison de l'atmosphère poignante qui y régnait cet après-midi-là, et qu'avec le baume du temps, une accalmie dans le ciel des sentiments, le chemin encore inconnu qu'allait prendre sa vie, elles perdraient forcément de leur substance. Il s'en persuada mais au fond n'était sûr de rien. À vingt et un ans, il commençait seulement à prendre conscience de ses propres désirs. Comment aurait-il pu déchiffrer les désirs de son père ?

Dante Zazza était un Italo-Français qui, à la fin des années vingt, était arrivé en Lorraine avec une valise dans chaque main. Selon la légende, la première contenait ses vêtements, un sac de farine de châtaigne et un fromage en forme de cloche, emmailloté comme un poupon dans un linge ; l'autre transportait des pinceaux et des brosses. Les mauvaises langues, envieuses de l'ascension rapide de ce *macaroni*, firent courir le bruit que les valises dissimulaient de l'argent volé, des marchandises de contrebande et même un revolver. En fait, Dante Zazza était diplômé de l'École commerciale de Brescia, en pays lombard, et rien ne le vouait à émigrer. Cependant, peu de temps après ses études, alors que le gouvernement de Mussolini démantelait les libertés civiques comme les fioritures inutiles de feu la monarchie constitutionnelle de Victor-Emmanuel III, Dante avait participé à des manifestations antifascistes et l'une d'elles s'était transformée en émeute sanglante, entraînant la mort d'une dizaine d'opposants et de deux *carabinieri*. Recherché par les autorités, devenu ennemi dans sa propre patrie, le jeune homme avait sauté dans un train à Milan en partance pour l'est de la France. Depuis la fin du dix-neuvième siècle, la Lorraine exerçait sur le peuple italien une attraction proportionnelle à son industrialisation galopante. Dante se rappelait aussi qu'un cousin du côté de sa mère avait été embauché, il y avait quelque temps de cela, par une cimenterie de Toul.

Quand il descendit du train, il découvrit un paysage de plateaux balayés par les vents et la pluie, où dominaient des teintes brun-noir qu'adoucissaient à peine la vallée voisine et ses villages qui l'été verdissaient. Rien à voir avec Brescia et les îles Borromées. Toul, en plein hiver 1928, où Dante ne trouva ni cimenterie ni la silhouette d'un cousin, mais où il resta. Montrant d'autres talents, il accepta tous les travaux, les moins attrayants comme les plus pénibles, ceux dont personne ne voulait, ceux honteusement payés, ceux pour lesquels il fallait avaler quantité de kilomètres à vélo et puis dormir sur place, emballé dans une couverture comme un fromage dans un linge. Après quoi, lui-même se mit à engager deux, puis quatre, puis vingt, puis cent compatriotes, d'autres Italiens vaillants, faisant flotter au-delà de Toul et de son introuvable cimenterie son petit drapeau d'artisan habile. Ses affaires marchaient,

Dante gagnait de l'argent, des valises d'argent même – et il savait déjà ce qu'il en ferait.

« Est-il besoin de remonter jusqu'aux origines du malheur humain et à notre instinct de conservation pour savoir que la notion d'assurance est liée à celle d'entraide ? » Tels avaient été en octobre 1924, à l'École commerciale de Brescia, au dernier étage d'un immeuble jaune paille du corso Garibaldi, les premiers mots du cours semestriel du *dottore* Giacomo Rufo. Après ce préambule, le *dottore*, devant des étudiants serrés les uns contre les autres dans une salle trop petite dont les fenêtres regardaient l'église Saint-Jean l'Évangéliste, leur avait raconté le grand incendie de Londres, qui ravagea en septembre 1666 plusieurs quartiers de la ville. « Les années suivantes, avait-il poursuivi, on vit naître en Angleterre des sociétés qui n'avaient pas d'équivalent dans l'histoire du royaume, ni même partout ailleurs, et dont le rôle était de permettre à d'honnêtes propriétaires, dont la maison pouvait être exposée à un risque de dommage ou de destruction, de transférer ce risque, moyennant une cotisation calculée sur la valeur du bien en question, aux dites sociétés. Et ce, avait souligné Rufo, en vertu de règles taillées dans le bois de la solidarité et de la justice. L'une de ces compagnies ne s'était-elle pas choisi comme nom *Hand in Hand* ? » Ainsi Rufo avait-il exposé les prémices de l'aventure mutualiste, se montrant incollable sur l'histoire du mouvement coopératif, passant des heures à détailler le fonctionnement des premières associations de secours, des unions charitables, des caisses de crédit, et Dante fut son étudiant le plus passionné.

En 1939, lorsque la guerre éclata en Europe, Dante l'ingénieur commercial, Dante l'entrepreneur, devenu Dante le traître à cause des errements du gouvernement italien, connut une situation délicate, mais en participant de manière héroïque à la résistance contre les Allemands, il obtint un certificat de bravoure tout en nouant des liens avec des notables locaux. La paix revenue, il découvrit que nombre de commerçants et d'artisans avaient vu dans la guerre leur outil de travail détruit. Si, à ses yeux, la liberté constituait l'une des conditions du bien-être social, il savait aussi que, sans sécurité, ce bien-être était une chimère. La sûreté du pays, la garantie que soient respectées les frontières et la propriété de chacun à l'intérieur de ces frontières, c'était l'affaire de l'État. Le danger que tel quartier de Toul fût bombardé par des avions ennemis s'était éloigné pour un temps, on pouvait l'espérer. Mais que la boutique d'un horloger-bijoutier fût mise à sac, qu'un charcutier intoxiquât involontairement plusieurs de ses clients, qu'une apprentie coiffeuse brûlât des cuirs chevelus à cause d'une teinture mal appliquée, cela relevait des épreuves courantes de la vie, à quoi l'État ne pouvait pas grand-chose. L'État, non, mais une société d'assurance mutuelle, si ! disait Dante aux artisans et commerçants à qui il expliquait ses intentions. « Unissons-nous pour plus de justice ! » « Justice ! » était la devise de cet Italo-Français. « Justice ! », la bannière de son aventure entrepreneuriale. « Justice ! », la philosophie qu'il était décidé à opposer aux coups du sort et à une bourgeoisie industrielle cupide, devenue en moins de cent ans la classe dominante en Lorraine. Justice ! Justice ! Justice !

Est-ce son sens de la justice qui le pousserait des années plus tard à ressusciter les paroles prononcées en 1967 sur la couverture à grands carreaux marron et jaunes du lit de Primo ? Quoi qu'il en soit, alors qu'il était octogénaire depuis peu, Dante avait décidé de rappeler à son fils cadet sa promesse. Et le souvenir de cet épisode-là – non de la promesse elle-même mais du rappel de la promesse – était la deuxième cause chez Luc de son ressassement dépressif.

Dante, ce jour-là, lui avait donné rendez-vous à l'étang, monde d'eau douce abritant sandres, brochets et écrevisses pattes grêles à la carapace brunâtre, que le vieil homme avait acheté à la mort de Primo. On le découvrait peu après un village niché à l'ouest de Toul. Il suffisait de quelques kilomètres de départementale, puis de se laisser porter par un chemin de terre tout juste carrossable. C'était une fin de journée. Derrière un rideau de peupliers, Luc engagea sa voiture sur une portion de champ fauchée et la rangea à côté du Range Rover de son père. L'étang se composait de quatre bassins de tailles différentes, soudés les uns aux autres de manière symétrique, comme les quatre ailes d'un papillon de nuit. Tout autour, hormis les quelques ares d'herbe coupée, une végétation à hauteur d'enfant poussait librement, et çà et là, parmi les bassins, de minuscules îlots couverts de broussailles formaient des aigrettes plus sombres sur la surface verdâtre. Il entendit une série de cris faibles, *kourouk kourouk*, puis *kaak kaak kaak*, et devina que c'était un coin à poules d'eau, mais, ne discernant aucune petite tête ardoisée, il poursuivit sa marche jusqu'au ponton fait de planches et de piliers gris. Un busard au plumage brun-roux tournait maintenant au-dessus du champ fauché. Il était environ dix-neuf heures, ce moment singulier au milieu de la saison d'été où l'on peut encore jouir des douceurs de l'après-midi avant que tout s'estompe sous le grand drap du crépuscule.

Debout dans l'eau, à une dizaine de mètres du bord, chaussé de cuissardes, une main agrippée au ponton, un drôle de chapeau mou posé sur le crâne, le vieil homme avait l'extrémité de son autre main fourrée dans la gueule d'une chose vaguement rose, que son fils identifia comme une carpe. Une carpe ? Curieusement, c'était la première fois qu'il venait ici, dans ce monde à part, et il ignorait que son père n'aimait rien tant que d'entrer dans l'un des quatre bassins en remuant doucement l'eau stagnante pour obtenir un clapotis, sa façon à lui de se faire entendre par ces gros poissons, qui, dès qu'il les aperçut, soulevèrent le cœur de Luc. Les carpes. La forme particulière de leur bouche leur permettait d'aspirer au fond de l'étang les œufs et les larves d'autres espèces dont elles faisaient leur ordinaire, et quand l'une d'elles s'approchait de Dante (cela ne manquait jamais d'arriver), elle se laissait caresser le dos et les nageoires jusqu'à ce qu'il introduise son pouce et une partie de sa main entre les fausses lèvres lippues de chanteur de rock anglais de l'animal, tout en se concentrant sur le mouvement de succion auquel le poisson rose se livrait avec innocence. « Tu vois comme elle tète ! » lui cria Dante en guise d'accueil. Puis un souffle rauque s'échappa de ses narines. Luc ne comprenait pas ce qui pouvait se passer entre le vieil homme et la carpe. Depuis la berge où il l'observait, son père avait une tache dans le regard. Luc lui répondit par un demi-sourire. Est-ce pour cela qu'il l'avait fait venir ? pour l'étang ? pour les carpes ? pour la séance de la tétée ? Mais Luc eut beau attendre, il n'y eut pas de partie de pêche, pas de sandres à assommer d'un bon coup de masse puis à vider de la pointe d'un couteau avant de jeter leurs entrailles aux corneilles, *krè krè krè*, pas d'écrevisses à frire vivantes dans un poêlon pour mieux déchirer leur chair élastique, pas d'œufs en grappes à écraser sous les molaires avec un gorgeon de blanc – pas de rite initiatique.

Quand Dante fut sorti de l'eau, il saisit Luc par le bras et l'entraîna vers la cabane en tôle qui se tenait en face du bassin le plus vaste. On y trouvait du matériel de pêche, des seaux emplis de bouteilles vides, une table et deux pliants de camping. Le vieil homme s'assit sur l'un des pliants et invita son fils à l'imiter. Puis, brusquement, il lui demanda si son cabinet de gestion de patrimoine à Nancy marchait comme il fallait, si Geneviève et les enfants se portaient bien, et s'ils avaient encore des projets de vacances cet été, avant de lui dire : « Primo aurait eu quarante-huit ans aujourd'hui. » C'était donc ça, se dit Luc. Dante l'avait fait venir pour qu'ils contemplent ensemble les lambeaux du passé. Il hocha la tête et le laissa parler, puis, très vite, comprit qu'il lui parlait de Primo pour lui parler en fait d'autre chose, non du fils perdu, mais de cet après-midi de mai 1967, de l'échange que tous deux avaient eu assis sur la courtepointe à carreaux dans la chambre de chagrin, de ce que Luc cet après-midi-là avait dit à son père, pas seulement dit d'ailleurs, mais promis, juré, en sorte que Dante, assis cette fois sur son pliant dans la petite cabane en tôle, pouvait lui réclamer son dû, un dû qui n'engageait ni plus ni moins que l'existence d'un homme marié et père de trois enfants, qui avait déjà fait une bonne partie de sa vie, et n'était plus l'étudiant fragile et ému de la fin des années soixante. « Je veux que tu me succèdes », lui dit Dante. L'entendant, Luc pensa aussitôt : mon père est fou, c'est un vieux fou, mais il hocha encore la tête, garda le silence, fixa l'étang de l'intérieur de la cabane où il était toujours assis. Il entendit ensuite son père lui dire : « Tu n'as pas pu oublier, Luc, tu es seulement un peu ennuyé, n'est-ce pas ? Ce que je comprends, tu sais. Rien ne presse, tu as encore deux ou trois mois pour préparer tout cela. » – Ennuyé ? » fit Luc dans un murmure, comme s'il avait été aussi fragile et ému qu'au printemps 1967. Ses yeux ne quittaient pas la surface de l'étang dans le jour qui tombait. Il vit alors son père s'affaisser sur son siège de camping, glisser tel un tronc mort vers la berge gluante, plonger dans l'eau verdâtre, rejoindre le fond de l'étang – et les carpes le bouffer.

Depuis plusieurs mois, ce qui avait changé dans le regard que portait Luc sur l'idéal mutualiste incarné durant quarante ans par son père trouvait aussi une explication du côté de son Filofax. L'époque n'était pas si lointaine où, chaque matin, lorsqu'il sortait de sa résidence Diamant 2 pour se rendre au parking Saint-Waast, son agenda en vachette ivoire s'ouvrait sur trois, quatre, cinq rendez-vous prometteurs. Un imprimeur de Pont-à-Mousson qui s'était équipé d'une nouvelle Heidelberg et qui avait besoin d'une réévaluation de ses risques. Un gros fabricant de charpentes du nord du département qui lui avait téléphoné l'avant-veille en employant un ton bourru, dissimulant mal sa curiosité au sujet de leur nouveau contrat incendie « Triple S » (Sérénité, Soulagement, Satisfaction). Un importateur d'épices et de spécialités thaïlandaises, récemment installé dans la zone Croix d'Argent, et qui escomptait avoir à Toul (à Toul, pas à Nancy !) son banquier, son garagiste, son médecin, sa pédicure, son caviste, son pressing, et même son assureur. Ou encore l'un des meilleurs viticulteurs de la région, médaillé au concours agricole de Paris, qui semblait mûr pour quitter la SAMDA, si du moins on était prêt à lui faire, selon la formule consacrée, une bonne proposition. Et bien sûr Luc la lui faisait, cette bonne proposition, et le viticulteur s'assurait à la MACE, et des cotisations supplémentaires rentraient. Car cette époque était celle de l'audace, de la réussite, de la prospérité.

Cette prospérité, la Mutuelle la devait au tournant idéologique que Luc avait su négocier dans les années quatre-vingt-dix. Des heures d'âpres discussions avec Dante avaient été nécessaires pour le persuader de l'avantage qu'il y aurait à doter la compagnie d'un capital social. Il avait fallu que le fils déplace habilement quelques pions sur l'échiquier des rapports faits de suspicion réciproque qu'il avait avec son père, mais ses certitudes en la matière avaient eu le dernier mot. Luc était convaincu qu'une privatisation offrirait à la Mutuelle un tremplin olympique, des impulsions nouvelles et de belles envolées. Plonger dans le grand bain du marché. Se frotter pour de bon à la concurrence. Rechercher la compétition. « On ne touchera pas au nom », lui avait-il promis afin d'apaiser le vieil homme qui y voyait une trahison. Place des Trois-Évêchés, la Mutuelle resterait la Mutuelle, mais derrière ses fenêtres à crémone, on ferait davantage de commerce, on se lancerait dans les affaires avec la faim au ventre, le désir de remplir les caisses, les assurés ne seraient plus tout à fait ces sociétaires débonnaires que Dante, en quatre décennies, avait réunis un par un : petits artisans, petits commerçants, petits entrepreneurs à petites ambitions – Romagnesi, le boulanger de la rue des Quatre-Fils-Aymon, Au minou chic, le toiletteur de la place du Marché, Franken père & fils, couvreurs-zingueurs depuis trois générations à Dommartin-lès-Toul, Impéra'tif, le salon de coiffure tendance du quartier Saint-Gengoult – mais des clients, avait dit Luc, de vrais et bons clients, qu'on ravirait aux autres compagnies, qu'on saurait garder avec soi, et grâce à qui on obtiendrait de vrais et solides bénéfices. En moins de cinq ans, les gains de la Mutuelle n'avaient-ils pas été multipliés par deux ? Les nouveaux cotisants n'avaient-ils pas afflué sans discontinuer, stimulés par des publicités, alléchés par des offres étonnantes, entraînés par l'énergie que déployait le fils Zazza. Une énergie elle aussi étonnante, comme si Luc avait eu quelque chose à prouver.

À cette époque, il n'aimait rien tant que de débuter sa journée en allant à la rencontre d'un nouvel assuré. Il mettait un point d'honneur à connaître tous ceux dont la valeur en garantie appelait quelques égards et, chaque matin, c'est avec l'esprit des néopionniers de la Lorraine économique qu'il rejoignait le parking Saint-Waast. Quinze mètres sous terre, au niveau RÉSERVÉ, il louait depuis 1989 un emplacement à l'année. Les abonnés étaient des habitués de longue date – commerçants du quartier à la mine florissante, cadres du secteur privé ne comptant pas leurs heures dans leur bureau climatisé, entrepreneurs ayant la fringale des affaires – et leurs véhicules aux formes sombres et plantureuses présentaient un air de famille. Malgré l'obscurité régnante, ces abonnés se comportaient comme des voisins courtois qui, deux fois par jour, promènent leur cabot de race dans les allées du même jardin public : lorsqu'ils se croisaient, ils s'adressaient un « bonjour » ou une inclination de la tête. Plus qu'un simple salut, c'était, se disait Luc, le signe de reconnaissance des esprits bâtisseurs. Vêtu d'un costume élégant, d'une cravate rouge ou à larges rayures sur une chemise immaculée, il déverrouillait son objet de piété du moment – Mercedes 300, BMW série 7, Saab 9000 – dans un éclair jaune-orange qui crevait la pénombre, et une fois la portière refermée, ses narines chatouillées par les odeurs de cuir et d'acajou, son Filofax ouvert sur le siège passager, il se plaisait à faire ronfler le moteur, positionnait la marche arrière, puis, en deux ou trois mouvements de volant, s'extrayait du parking, traversait le centre-ville, s'engageait sur l'une des avenues périphériques de la sous-préfecture où la circulation se densifiait, longeait les immeubles de bureaux construits sur la ceinture routière – avenues Victor-Hugo, Colonel-Péchot, Pinteville – qui s'étirait au-delà des fortifications dues à Vauban, puis, remontant l'avenue Albert 1er en direction des zones d'activités du Toulois où nichaient une bonne partie de sa clientèle et de ses futurs bénéfices, accélérait, accélérait, accélérait.

Cependant, au début des années deux mille, cette jolie mécanique connut des ratés. De manière imprévue, la MACE perdit un nombre substantiel de contrats. Même parmi ses vrais et bons clients, plusieurs ne résistèrent pas à la tentation d'aller voir ailleurs, comme l'imprimeur de Pont-à-Mousson qui avait complété son parc de presses Heidelberg par une impressionnante rotative offset Goss, et le fabricant de charpentes du nord du département dont la maison mère s'était laissé séduire par des capitaux chinois. La compagnie dut aussi faire face à un taux anormalement élevé de sinistres, en particulier plusieurs incendies d'enseignes spécialisées dans la vente de mobilier à bas prix, du genre cuisines intégrées en bambou ou canapés en cuir tanné au chrome avec assise en mousse de polyuréthane, matières ô combien inflammables. Enfin, deux des meilleurs commerciaux de la compagnie furent débauchés à quinze jours d'intervalle par une succursale du groupe Generali, qui s'était installée sans pudeur à deux cents mètres de l'immeuble des Trois-Évêchés, sous l'enseigne Assurtoul.

Pour noircir encore le tableau, un plumitif de *L'Hebdo de l'assurance* écrivit que les affaires de la MACE montraient un net ralentissement. Luc lui téléphona le jour même et lui dit qu'on ne pouvait pas publier des informations aussi catégoriques en se fondant uniquement sur des chiffres, qu'il existait d'autres éléments pour apprécier la bonne santé d'une entreprise. « Ah bon ? Lesquels ? » fit le journaliste avec ironie, et la conversation devint aigre, puis se conclut par un « Je vomis ton torchon, pauvre mec ! »

Ce lundi d'octobre 2004, une fois que le duo policier eut disparu dans les profondeurs du parking, Luc aperçut enfin la souffleuse. Son Mercedes ML n'avait pas avancé d'une roue, il mordait toujours sur la chaussée, la carrosserie enduite d'une pellicule grisâtre et le pare-brise souillé par un double arc-en-ciel de crasse (le réservoir du lave-glace était aussi vide que son agenda), mais à une vingtaine de mètres sur la gauche, au centre d'une placette, un homme de taille moyenne, avec une casquette mandarine, une combinaison orangée et des Pataugas assorties – trousseau réglementaire de la brigade touloise de propreté –, pointait son canon vers le sol. Il progressait avec circonspection, imprimant à son instrument de petits mouvements circulaires qui lui permettaient de propulser des gerbes de feuilles mortes jusqu'à un gros tas qui se dressait en bordure du trottoir. Luc gardait un pied sur la pédale de frein et le moteur de son dieu Métal était devenu silencieux. Voir la souffleuse en action l'avait mis de bonne humeur. Les Toulois qui passaient rue Saint-Waast pouvaient remarquer sa mine réjouie derrière le pare-brise sale. Le ressassement dépressif qui l'assombrissait hier encore s'était en partie éloigné. Luc savait maintenant qu'il existait une solution à ses problèmes, et il savait que cette solution s'appelait « souffleuse à feuilles ».

Les mains posées sur le volant, il réfléchit à ce qu'il dirait tout à l'heure à son père. La situation n'était-elle pas limpide ? S'il n'y avait plus de nouveaux clients et si les cotisants n'étaient pas prêts à s'assurer une deuxième fois (on peut toujours rêver), si la question de l'attractivité de l'entreprise n'était pas la vraie question, si les délégués commerciaux n'avaient pas baissé les bras dans leurs missions de prospection (une brouettée d'heures supplémentaires leur restait d'ailleurs impayée), si les ratios du dernier bilan ne mentaient pas comme Luc aurait voulu qu'ils mentent, si le fouille-merde de *L'Hebdo de l'assurance* avait eu raison au fond, si la réduction des dépenses dites incompressibles (téléphone, frais de déplacements, mise à jour du matériel informatique, primes contractuelles) avait montré ses limites, si, pour ne rien arranger, l'ouverture du concurrent Assurtoul constituait un succès insolent, alors Luc estimait que les seuls gains réalistes ne pouvaient dépendre que de la capacité du service contentieux à rogner, plus que cela même, à piler les indemnisations. C'était l'unique issue possible : tous les dossiers susceptibles d'entamer sérieusement la trésorerie de la MACE seraient propulsés sur un gros tas de feuilles devant lequel trônerait un triangle blanc et rouge avec écrit dessus : PAS D'INDEMNISATION ! Autrement dit, il fallait à la Mutuelle une souffleuse. Un professionnel régleur de sinistres d'un type très spécial, capable de débarrasser la Mutuelle de tout dossier mortel. C'est précisément ce que Luc avait réclamé au cabinet de chasseur de têtes Franklin Associates, qui lui avait trouvé un certain Jean-Jacques Stern. Et l'entretien avait lieu aujourd'hui. À onze heures. Place des Trois-Évêchés. En présence de son père.

Luc passa la première et fut en une pression du pied au bout de la rue Saint-Waast.

Le village de Bruley où vivait Dante était l'un des premiers à l'entrée du Parc naturel régional, à moins d'une demi-heure en voiture du centre-ville de Toul. À Bruley, il existait des vignes depuis la colonisation romaine et on y produisait un vin sec, très sec même, et rose pâle, baptisé « gris », mais le vieil homme n'avait plus de plaisir, disait-il, à en boire, et dans sa cave macéraient des douzaines de bouteilles contenant un liquide devenu aigrelet et roussâtre. Désormais, à quatre-vingt-dix-sept ans, il habitait seul dans la grande maison qui, avant lui, avait appartenu à une famille de vignerons du nom de Lerenard, un nom bien différent du sien, mais un nom qui lui serait allé aussi et lui rappelait le chemin parcouru depuis l'École commerciale de Brescia et le corso Garibaldi. Veuf, Dante était aujourd'hui sous la surveillance constante d'une garde-malade, qu'il se plaignait de payer à prix d'or.

Quand Luc eut rangé sa voiture dans l'allée puis coupé le moteur, il entendit un bruit d'aiguilles, comme dans un atelier de machines à coudre. Une pluie froide et fine s'était mise à tomber et pianotait sur les tuiles de la véranda, sur les toits métalliques du Mercedes et de la petite Fiat jaune canari de l'infirmière, sur la toiture en plastique ondulé du local à outils. Des geais se chamaillaient aussi dans un arbre, *schrak schrak schrak schrak*, mais c'était plus loin. Luc s'avança jusqu'au perron, les épaules de son manteau en vigogne mouchetées de points d'humidité. Sous ses semelles, la pierre beige de l'allée était glissante, lavée comme une âme de pécheur. Il constata que le bout de sa chaussure droite était taché et s'accroupit pour le frotter du pouce. Dès qu'il eut sonné, l'infirmière lui ouvrit la porte et le salua. « Il vous attend dehors », dit-elle. Luc se retourna et aperçut son père en costume de velours moutarde qui revenait du haut du jardin. « Il n'aime pas que je l'accompagne, dit la jeune femme. – Je sais », dit Luc. Les choses que son père n'aimait plus formaient maintenant une liste infinie.

Le terrain était en pente mais d'une belle superficie – quarante ares au moins. La promenade avait mené Dante à petits pas serrés vers les rangées de ceps jaunâtres, tordus et squelettiques qui bordaient la propriété. Si le grand âge n'est pas une maladie, il voyait malgré tout ses forces physiques lui faire chaque jour de plus en plus défaut, ses muscles et ses os s'affaiblir. « Je me demande comment tout ça tient ensemble », disait-il à l'infirmière au moment de sa toilette. Les derniers temps, son élocution s'était ralentie et sa surdité rendait difficiles la plupart des conversations. Mais rien n'empêchait Dante de garder l'œil sur son navire.

Luc fit monter précautionneusement son père à l'arrière du Mercedes Luxury, puis s'installa au volant comme s'il était le chauffeur de cet homme ratatiné et autoritaire. Un silence pieux s'installa d'abord entre le père et le fils, puis, à un moment, sur la route, Dante lui demanda s'il se souvenait du jour où il avait embauché Pellegrin. « Non. Et pourquoi je m'en souviendrais ? C'est toi qui l'as choisi, non ? À l'époque je débutais. Tu reconnaîtras que je l'ai gardé depuis tout ce temps. – Tu l'as gardé parce que c'était le meilleur, dit Dante. Tu prétends aujourd'hui qu'il est bon pour la casse. Il a seulement vieilli… Comme moi, comme toi aussi… – Ce n'est pas ça, papa, c'est une question de tempérament. De race, si tu préfères. »

Un peu plus tard, au pied de l'immeuble de la compagnie, Luc l'aida tout aussi précautionneusement à poser le pied sur le trottoir, puis les deux hommes traversèrent la cour d'un pas lent jusqu'à la cage de l'ascenseur, se hissèrent au troisième, pénétrèrent dans la salle de réunion, où l'entretien, comme tous les autres, ainsi que l'avait toujours voulu Dante, même après sa retraite, allait se dérouler. Jean-Jacques Stern était arrivé de Nice par un train de nuit.

Lorsque Luc reconduisit son père à Bruley, il l'entendit, depuis l'arrière de la voiture, prononcer le mot *bellimbusto*. Un mot italien. « Qu'est-ce que tu dis, papa ? » Leurs regards se croisèrent. Dante était recroquevillé sur la banquette tel un enfant endimanché. Ses yeux autrefois d'un bleu métallique et qui avec les années étaient devenus deux petits boutons ternis brillaient d'un éclat étrange. « C'est un *bellimbusto*, ce Stern, répéta-t-il. – Ça veut dire quoi ? – Un joli cœur. »

Dante Zazza mourut l'hiver suivant.

Quatre ans depuis étaient passés. Quatre ans pendant lesquels Jean-Jacques Stern, sa journée de travail terminée, évitait de prendre racine à « Toul-les-Boules » (comme il disait). Chaque soir de la semaine, il ne s'écoulait jamais plus de cinq minutes avant qu'il ne s'assoie au volant de sa MG pour se rendre directement par l'autoroute jusqu'à son presbytère à la cam-

153

pagne. Comme la plupart des salariés, il nourrissait une relation ambivalente avec son travail, conscient que son employeur lui offrait la possibilité d'exprimer un certain nombre de ses talents – en particulier, celui de savoir lire jusque dans leur âme les dossiers, à l'avantage exclusif de la compagnie d'assurances –, mais lucide aussi sur le fait que les deux tiers de son existence étaient sacrifiés à ce Léviathan financier qui n'appréciait en lui que le moyen d'augmenter ses profits. Ainsi, lorsque, vers dix-neuf heures, il quittait l'entreprise, Stern ne regardait jamais en arrière, il filait droit devant lui, sans atermoiement ni regret, comme si, sur les panneaux dressés au bord de la route, scintillait le mot « liberté ».

Comme beaucoup, il aurait pu jouir de cette liberté en s'envoyant dans un bar du centre-ville un ou deux verres d'une boisson forte derrière la cravate, ou en courant dépenser son argent dans l'un des temples illuminés de la distribution dont ne manquait pas l'agglomération, mais il préférait se glisser dans le siège chauffant de sa MG, diffuser dans l'habitacle capitonné un air d'opéra anglais, puis attraper l'entrée de l'autoroute 31, par quoi il s'insérait dans le flot des véhicules circulant vers le nord, ne cherchant à doubler que les camions et les caravanes, jusqu'au moment où, à la hauteur du panneau de sortie 28 qui indiquait Pont-à-Mousson, il bifurquait sur une dizaine de kilomètres tranquilles et boisés, au bout desquels il arrivait chez lui – à Saint-Jure – avec le sentiment de retrouver, pour une soirée ou un week-end, une partie substantielle de lui-même.

Le presbytère où vivait Stern était une grosse et enviable maison en pierre grise, à la sortie d'un village de trois cents habitants. À l'image de la plupart des communes alentour, ce qui auparavant s'appelait vie religieuse ou dévotion n'était plus à Saint-Jure que choses anciennes et moribondes. Les processions (comme celle des Rameaux ou de la Fête-Dieu), les chants, les messes, les angélus et orémus, tout cela avait depuis longtemps décliné, pour ne pas dire disparu. Il ne restait plus que les enterrements, quelques rares mariages et de rarissimes baptêmes (où Dieu s'apparentait à un cousin vieux jeu, toléré en bout de table). L'église du village n'étant plus fréquentée, elle n'était plus chauffée non plus, et le prêtre qui, de temps à autre, y célébrait un office pour un pool de paroisses avait moins de succès qu'un bateleur venu exhiber un lama ou une femme à barbe.

Pour ces raisons, l'évêché, au début des années quatre-vingt, avait décidé que le presbytère devait être vendu. L'ennui, c'est que personne n'en voulait. Le bâtiment, inoccupé depuis des lustres et mal entretenu, s'était démantibulé à vue d'œil. La « ruine aux corbeaux », disaient les Saint-Juriens. L'agent immobilier y fit très peu de visites, le prix de vente fut revu deux fois à la baisse, puis le presbytère tomba dans l'oubli.

Quelques années plus tard, un couple de peintres animaliers, originaire d'une banlieue urbaine de Nancy et qui souhaitait se rapprocher de ses sujets d'inspiration, traversa Saint-Jure à moto. Remarquant l'écriteau À VENDRE fixé par des torsades de fil de fer rouillé à la grille tout aussi rouillée, ils notèrent le numéro de l'agence Century 21, appelèrent dès le lendemain l'agent immobilier, lequel mit une journée à retrouver la fiche du presbytère et le nom de Saint-Jure sur sa carte Michelin.

Le couple peignait des *Cerfs en rut*, des *Portée d'épagneuls bretons*, des *Pouliches couchées au soleil*. À l'époque, chez les galeristes et encadreurs de la région, ça s'écoulait comme l'eau au robinet et les deux artistes en vivaient confortablement. Ils ne reculèrent devant aucune dépense pour remettre en état l'ancienne « ruine aux corbeaux ». Ils s'y installèrent l'été suivant et tout alla, semble-t-il, pour le mieux : les cerfs septuplaient, les épagneuls lapinaient, les pouliches poulinaient.

Malheureusement, dans les années quatre-vingt-dix, les influences dans le domaine des arts devinrent multiethniques. Même dans les galeries bourgeoises et conventionnelles de Nancy, on vit aux cimaises de nouvelles images, des peintures sauvages et provocantes, des graffitis impulsifs, des figures puisées dans l'art indien ou nigérian, des illustrations pour romans d'*heroïc fantasy*. Les cerfs et les pouliches rencontraient de moins en moins d'amateurs ; quant aux épagneuls bretons, ce n'était même plus la peine d'y songer. Les peintres animaliers avaient mangé leur pain blanc. Ils tentèrent de changer de style, puis de sujet, se consacrant aux fleurs, aux champignons, aux légumes traités de façon hyperréaliste, mais rien n'y fit : leurs ventes étaient en chute libre, leurs économies fondaient, les dernières traites pour rembourser le presbytère se muèrent en boulet. Un lundi, ne sachant plus à quel saint se vouer, ils prirent rendez-vous avec leur assureur.

Stern, récemment embauché, les reçut l'après-midi même. Le couple étala dans son bureau divers documents sortis d'un sac Samsonite en vachette champagne. Stern s'en saisit, les palpa comme de faux billets, puis les posa dans une sorte de panière. Les artistes réclamaient une indemnisation en raison d'une perte d'exploitation, prétendant avoir souscrit un contrat qui les garantissait contre ce risque. « Quel risque ? quel contrat ? » leur demanda Stern en dressant un sourcil derrière son écran. « Tenez, tout est là », dit le plus grand des deux. Stern sifflota tout en agitant la masse de paperasse. « Où voyez-vous un contrat ? » Puis il tripota sa souris et ouvrit un fichier. « Ah oui, dit-il. Mais il y a un hic. – Un hic ? répéta le plus petit des deux. – Oui, un hic », fit de nouveau Stern. Il leur promit de réfléchir à leur problème et leur fixa un autre rendez-vous. Et puis, de rendez-vous en rendez-vous, un soir, au lieu de regagner ses pénates à l'hôtel Crystal où il louait une chambre au mois, il les retrouva à Saint-Jure. Le village était sous la neige. Il y régnait un vent glacial qui soulevait d'étranges silhouettes blanches. Sur place, Stern accepta un apéritif, l'atmosphère se réchauffa, la conversation s'anima, et les artistes lui présentèrent leurs œuvres, celles qui séchaient à l'atelier, celles accrochées dans les chambres et la cage d'escalier, celles entreposées à la cave et au grenier, des murs entiers de peintures avec la ménagerie de la Création. Au moment de repartir, il leur proposa un prix pour racheter le tout (les peintures qu'il avait à peine regardées, le terrain, le presbytère et ses dépendances). « À titre personnel », précisa-t-il. Sa proposition les indigna. « Je ne vois rien d'autre pour vous », dit Stern.

Au printemps suivant, il prit ses aises à Saint-Jure. La maison était grande mais son besoin d'espace aussi. S'il détestait la peinture, il était passionné de cinéma et espérait depuis longtemps pouvoir disposer de conditions idéales afin de profiter pleinement des centaines de films 8 mm, 16 mm et 35 mm qu'il avait achetés ces dernières années et, qu'en attendant, il entreposait dans un garde-meubles.

Il fit transformer l'ancien atelier du couple, qui occupait la quasi-totalité d'un étage, en une salle de projection. Quand bien même en serait-il l'unique spectateur, il y installa, comme dans un vieux cinéma, une rangée de fauteuils en velours prune, puis, sur les murs latéraux, demanda à un menuisier de lui aménager des mètres de rayonnages, grâce à quoi il aurait sous les yeux ses centaines d'œuvres rares, connues exclusivement des amateurs, rangées par thème ou par pays, qu'il appelait ses « petits Mickey », et qu'il se procurait auprès de sites spécialisés, trouvés la nuit sur Internet.

Lorsqu'il fut recruté par Zazza père et fils et affecté au service contentieux pour devenir la « souffleuse » des dossiers gangrenés ou toxiques de la Mutuelle, Stern eut d'abord peu de rapports avec Carl, son homologue du service prospective. C'est de manière occasionnelle que les deux cadres se croisaient au sein de la compagnie. L'une des seules choses que Carl remarqua alors chez son nouveau collègue était son goût vestimentaire. Les tenues de cet homme grand, mince, harmonieusement bâti, à la chevelure d'un blond-roux chatoyant, et qui n'affichait pas plus de trente ans, ne tranchaient-elles pas avec le complet trois-pièces gris ciment et les chaussures noires à bout carré qui constituaient l'uniforme des employés de la MACE ? Si Toul et ses vingt mille habitants ne ménageaient pas leurs efforts pour être audacieux sur le plan économique (en particulier, avec la création de Pôle Progrès, l'organe stratégique et relationnel de la communauté de communes), cela ne leur évitait pas d'être conservateurs sur à peu près tous les autres plans. Que pouvaient penser ceux qui le découvraient un matin, vêtu de clair de la tête aux pieds, en costume de crêpe ivoire et chemise bleu pervenche en coton légèrement gaufré, le tout rehaussé d'une paire de bottines en chevreau tabac, et ne quittant son panama qu'une fois sorti de l'ascenseur, avant de franchir d'un pas résolu les couloirs du vieil immeuble de la place des Trois-Évêchés ? Un autre jour, il arborait un costume croisé en flanelle de laine et cachemire marron-gris, une chemise oxford jaune safran, une cravate aux tons feuille-morte et des mocassins à glands en daim pourpre, ou alors c'était un pull en mohair à col roulé indigo, assorti à un pantalon à pinces coupé dans une flanelle tête-de-nègre, l'un et l'autre associés à un blazer discrètement écossais dans un soyeux lainage bleu nuit. Cette mise soignée et aussi peu intégriste que possible était de nature à provoquer regards en coin et torticolis. Elle n'eût été chez Stern qu'une vaine extravagance si toute son attitude – ses gestes, ses paroles, ses prises de position – n'avait manifesté une vraie vitalité, la volonté de maîtriser toutes les situations qui se présentaient à lui, de se hisser au-dessus des imprévus et des contingences – marque d'un esprit hardi.

L'étage réservé aux cadres, à la Mutuelle, était composé pour l'essentiel de trois vastes pièces qui ressemblaient à des plateaux agencés en cellules individuelles, séparées les unes des autres par des paravents translucides. Un ordinateur dernier cri bourdonnait sur chaque table, alors qu'à proximité une secrétaire se montrait toujours disponible pour les tâches d'exécution. Stern et Carl n'œuvraient pas sur le même plateau. Cette organisation de l'étage, et par suite du travail, était une idée que Luc Zazza avait mise en place à l'époque où il prit les rênes de la compagnie. Chacun des trois plateaux (« Clientèle », « Prospective », « Contentieux ») était conçu comme une entreprise distincte à l'intérieur de laquelle les membres exerçaient leurs compétences sous la conduite d'un leader. Cela correspondait à une vision coopérative du travail, devant conduire à des relations franches et égalitaires, et à un progrès constant des performances aussi bien personnelles que collectives. Au centre des plateaux était aménagé un espace ouvert (sans paravent), occupé par une table ronde en bois blond. Chaque équipe se réunissait autour de sa table au moins deux fois par jour. Les échanges prenaient la forme de : « Comment pourrions-nous faire mieux ? », « Qu'est-ce qui n'a pas marché dans le dossier Untel ? », « Est-ce que Guy ne devrait pas y mettre un peu plus du sien pour atteindre ses objectifs ? » Les différents plateaux communiquaient rarement entre eux. Luc regrettait d'ailleurs de n'être pas parvenu à ce niveau d'éthique du travail. C'est pour cette raison que Stern, leader du plateau « Contentieux », et Carl, leader du plateau « Prospective », bien que se saluant au détour d'un couloir, n'allaient jamais jusqu'à échanger un point de vue. Leurs rapports étaient quasi inexistants, et rien ne permettait de penser qu'un matin, au réveil, couchés dans le même lit d'une villa de la banlieue messine, ils se regarderaient dans le blanc des yeux en se disant : « Ne faudrait-il pas que tu y mettes un peu plus du tien ? »

Surtout, le travail demandé à Stern n'était pas qu'un travail de bureau et l'obligeait régulièrement à être à l'extérieur.

Quelques mois après le rachat du presbytère, la SCAGE – acronyme de Société coopérative d'approvisionnement du grand Est – vit disparaître dans un incendie son entrepôt principal, sis à Saint-Martin-sur-le-Pré, au nord de Châlons-en-Champagne. Quand un bâtiment de vingt-trois mille mètres carrés part en fumée, c'est une catastrophe, mais si, par-dessus le marché, ce bâtiment stocke des milliers de palettes de produits frais destinés à ravitailler une quarantaine de grandes surfaces du nord-est de la France, c'est l'estomac de la communauté qui est frappé. En matière de valeur d'indemnisation, le sinistre de la SCAGE surclassait de loin les classiques cambriolages de bijouteries, les roulés-boulés de semi-remorques quittant leur voie d'autoroute et défonçant des glissières de sécurité, et même les dégâts des eaux dans un palais des sports en construction où un apprenti plombier (cela s'était produit une fois à Bar-le-Duc) omet de refermer une vanne. Peu de temps après, des bruits de couloir firent état d'une confidence de Luc à son directeur financier : « Je crains que la SCAGE ne soit notre Amoco Cadiz. » Plusieurs jours de suite, la une de *L'Union*, le journal de Châlons, ne s'illustra-t-elle pas de bouquets d'étincelles aveuglantes, de colonnes de fumée d'une noirceur de ténèbres, de paysages lunaires ? L'indemnisation représenterait un beau paquet de millions. Le piquant du drame était que l'incendie s'était déclaré le samedi de la Saint-Jean. Ce fut, à en croire les clients de deux boîtes de nuit voisines qui s'étaient déplacés en nombre, le plus beau brasier de la soirée. « On avait l'impression que les flammes mangeaient le ciel », dit le commandant des sapeurs-pompiers, qui avait le sens de la formule. Tandis que retentissaient détonations, explosions et autres craquements monstrueux, ses hommes inondèrent copieusement le site, achevant de transformer en bouillie ce que le feu n'avait pas consumé. Une odeur nauséabonde et nocive flotta sur la zone pendant un mois, et durant une période au moins aussi longue il y eut, dans les hypermarchés du grand Est, pénurie de yaourts aux fruits, de jambon découenné sous vide, de bâtonnets de cabillaud panés, de filets de dinde en barquette. La Mutuelle ne pouvait échapper à ses responsabilités. D'autant que les différentes enquêtes, celles diligentées par le juge, comme celles des experts missionnés par la compagnie, concluaient toutes à un court-circuit dans le système de réfrigération, système que la SCAGE faisait contrôler deux fois par an. L'affaire était entendue : ce serait la chute de la maison Zazza.

Stern disparut deux semaines. Même Luc ignorait où il se trouvait. Ses collègues constatèrent seulement qu'il avait emporté avec lui le dossier et l'ensemble des procès-verbaux. On supposa qu'il était allé voir ce qu'il appelait des hommes de l'art, ingénieurs, techniciens, bricoleurs de toutes sortes, auprès de qui il se faisait parfois expliquer des raffinements techniques dépassant les compétences du commun des inspecteurs. Selon certaines sources, on l'aperçut sur place – à Saint-Martin-sur-le-Pré – en train de fouiner, fureter, fouiller ce qui pouvait l'être encore. Quelqu'un de la SCAGE prétendit l'avoir reconnu dans un night-club de Châlons, partageant une bouteille de champagne avec une huile de la sécurité civile. Ces deux semaines, en tout cas, il avait annulé tous ses rendez-vous et ne répondit jamais au téléphone. Dormait-il à l'hôtel ? Dans sa MG décapotable ? Personne ne le croisa à Saint-Jure, personne ne le vit non plus à Toul ni à Nancy. Quand il réapparut un vendredi, il tomba sur Pichon, l'un des rédacteurs de la Mutuelle, un ancien sur qui l'on pouvait compter pour les ragots. « Eh Stern ! Le revenant ! Dis donc, ça donne quoi, la SCAGE ? On va y laisser nos plumes ? » Depuis l'absence de Stern, Pichon avait eu tout loisir de feuilleter la dernière édition spéciale de *L'Union* avec ses images aériennes fournies par la gendarmerie et, sous la montagne de cendres, d'y voir sa prime de fin d'année carbonisée. Pour toute réponse, Stern ricana. Avait-il permis à Pichon de le tutoyer ? Puis il se dirigea vers la machine à café et y pressa la touche THÉ CITRON.

162

Depuis la veille, il savait qu'il pouvait démontrer que le système sprinkleur de l'entrepôt de la SCAGE ne respectait pas la norme 12 845, mais il voulait garder encore l'information pour lui, le temps de siroter son gobelet pendant que les autres bûchaient à leur bureau, et d'en éprouver de la satisfaction.

Le répit fut pourtant de courte durée. Trois ans presque jour pour jour après l'arrivée de Stern à Toul, la MACE, dont les difficultés financières s'étaient subitement aggravées, fut absorbée par la banque belgo-luxembourgeoise Degrif et, au cours des semaines qui suivirent, changea à la fois de nom et de site. Ayant quitté l'immeuble historique de la place des Trois-Évêchés, la nouvelle compagnie rebaptisée Arcadia migra dans un bâtiment racheté à une société pharmaceutique allemande, récemment compromise dans un scandale de molécules frelatées et dont la valeur de l'action avait dévissé à la Bourse de Francfort.

En forme de M trapu, le bâtiment se dressait à l'entrée de la zone Croix-de-Metz. Le potentiel économique de ce secteur situé au nord-est de Toul était mis en évidence par les plaquettes en quadrichromie que diffusait la communauté de communes du Toulois. Autour d'images avantageuses et de slogans plus ou moins attractifs (du style « une zone boosteur des synergies ») gravitait une pléiade de nombres, comparables aux mensurations d'une miss : superficie en hectares, quantité d'entreprises implantées, somme des emplois salariés, volume global du chiffre d'affaires, évolution du taux de développement.

« Vous qui pénétrez ici, commencez par abandonner vos préjugés », avait coutume de clamer Yolande

Printz, la directrice de Pôle Progrès, chaque fois qu'elle accueillait à Toul de nouveaux visiteurs. Yolande était une grande femme blonde, sportive, à la charpente osseuse et au nez fort. Pôle Progrès, structure semi-publique financée par le département et la chambre de commerce, était le fer de lance de la communauté de communes.

Vues d'avion, les zones d'activité – on en comptait trois, contiguës et nommées respectivement Croix-de-Metz, Croix-d'Argent et Taconnet – ressemblaient à un mur carrelé. Un carrelage alternant le gris souris et le bordeaux, avec çà et là des trous olivâtres, veloutés, comme si, pour cause d'humidité, des plaques de mousse avaient poussé sur la brique ou le plâtre de ce mur vu du ciel. Les carreaux colorés représentaient les entreprises nouvellement implantées, dont les bâtiments en majorité parallélépipédiques recouvraient, année après année, les espaces de végétation. Une chocolaterie entièrement automatisée, filiale d'un groupe chinois. Une société suisse d'emballages adhésifs. Une robinetterie haut de gamme d'origine italienne. Une société allemande de construction de portes. Un fabricant autrichien de vitrages isolants. Une usine cent pour cent lorraine de traitement des déchets. « Tous ces établissements ont été attirés, se vantait Yolande au cours des petits déjeuners de presse organisés dans la *meeting room* du siège de la communauté de communes à Écrouves, non à coups de subventions mais grâce à nos seuls atouts. Lesquels ? Un réseau de communications route-fer-rivière tout à fait performant, une offre locative et foncière imbattable, des services publics fortement impliqués, enfin, ouvrez les yeux, chers amis, regardez autour de vous : un cadre de travail *en-chan-teur…* » L'imprimerie chinoise n'avait-elle pas colonisé un lieu ancestral de pique-nique ? La société allemande de construction de portes n'érigeait-elle pas ses hangars en profilé dans une zone historique de promenades au bord de la Moselle ? « Si la nature, disait Yolande, a façonné ici un paysage de côtes et de vallées de toute beauté, nous, Toulois de cœur et d'esprit, avons fait le reste. »

À l'automne 2007, un mardi, une fois son petit déjeuner de presse terminé, Yolande s'enferma dans son bureau pour dicter une demi-douzaine de courriers et passer autant de coups de téléphone, à la suite de quoi elle rajusta sa robe, se repoudra le nez et plia son mètre soixante-dix-neuf dans sa Mini Cooper vert pomme afin de rejoindre Le Dauphin pour un repas d'affaires avec le directeur général de Kléber, qui souhaitait la voir en urgence. À l'horloge de la cathédrale de Toul, il était midi quinze. En ville, de petits employés d'agences bancaires, des fonctionnaires de catégorie B ou C de la mairie et de la sous-préfecture, des vacataires du centre hospitalier Saint-Charles, des étudiants en BTS « Transport » au lycée Majorelle, qui devaient trouver leur cantine infecte, faisaient la queue devant Bingo Kebab. Didim Kebab, à quelques enjambées de là, n'était pas moins apprécié, tandis que Toul Kebab entendait damer le pion à ses deux concurrents en affichant depuis samedi sur sa vitrine : CHAQUE SOIR DIFFUSION DE MATCHES INTERNATIONAUX et, une ligne en dessous : SUPER SAUCE SAMOURAÏ.

En sortant du Dauphin où elle avait picoré une aiguillette de sandre, sauce à l'oursin, Yolande avait maintenant la confirmation que le groupe Michelin, l'une des stars du secteur, allait fermer Kléber. L'usine employait ici huit cent vingt-six personnes et produisait, grosso modo, deux millions de pneus dans l'année.

Mauvais coup pour Toul, pensa-t-elle, mauvais coup pour la communauté de communes, pour Pôle Progrès et les plaquettes en quadri, mauvais coup pour moi. Les avertissements pourtant n'avaient pas manqué depuis que le capital de la firme au boxer (race musclée et élégante) avait été muselé par la multinationale au bibendum (mascotte obèse et à l'air tarte). Pour commencer, il y avait eu la fermeture du site de Colombes, puis l'intégration de Kléber dans le système commercial de Michelin, puis la suppression du siège de Laxou, puis la fermeture de l'atelier chambre à air de Toul, ensuite l'arrêt progressif de l'usine sarroise de Saint-Ingbert, puis le retour forcé aux quarante heures pour tous les employés du site, puis le transfert des activités du centre technique de Toul aux ateliers de Clermont-Ferrand, enfin le choix de confier à des ouvriers de Michelin la fabrication de la nouvelle gamme de pneus vendus sous le nom de Kléber. « Après ça, que pouvons-nous faire… ? dirait Yolande à son prochain petit déjeuner de presse. La rentabilité de l'industrie automobile reposait sur l'idée que nous achèterions jusqu'à la fin des temps deux voitures au moins par famille et de puissants 4 × 4. » Puis elle loucherait à travers la fenêtre sur sa Mini aux pneus jouets.

Rien en fait n'aurait dû surprendre les salariés toulois. Leurs licenciements auraient même dû leur apparaître comme un phénomène aussi prévisible que la hausse des tarifs du gaz et la neige à Noël. Cependant, huit cent vingt-six emplois directs supprimés dans une ville de vingt mille habitants, cela fait forcément du grabuge. La nouvelle se répandit comme la foudre et le gouvernement déclara aussitôt s'en soucier. Le chef de l'État donna même l'impression d'être concerné, chargeant l'une de ses plus loyales hussardes au casque blond, députée de la circonscription, de s'occuper à temps plein du dossier.

« C'est un cas humain douloureux, dirait-il, mais nous trouverons une solution, personne ne sera laissé sur le bord de la route. » Le superprésident était un homme qui savait faire des promesses, qui savait aussi montrer qu'il n'était jamais indifférent aux drames de son peuple, un homme surtout qui savait décider, « agir avec courage », disaient ses partisans. Ah ! toutes les décisions qu'il n'aura pas hésité à prendre, chacun des jours fastes et moins fastes de sa mandature, des décisions qui auront résolu d'interminables controverses, conclu promptement des débats, transformé sa pensée en acte héroïque, des décisions qui auront d'abord et surtout mis fin au parlotage fatigant de ceux qui jamais ne savent de quoi l'on parle et de quoi il importe et font ainsi perdre du temps à ceux qui savent et doivent conduire le destin des nations. « J'ai tant à faire ! disait-il souvent. Mais, comme un père pour ses enfants, un capitaine pour son équipe, un chien pour son troupeau, je tâche de donner le meilleur de moi-même. »

La députée de la circonscription était presque taillée dans le même bois, avait presque le même courage, la même affection pour les gens. Connaissez-vous les mamans grizzlis qui se dressent sur leurs pattes arrière quand quelqu'un s'attaque à leur petit ? Non ? Alors vous ne connaissez rien. Mais si vous savez ce qu'est une maman grizzli, vous n'avez sans doute pas envie d'avoir affaire à elle. Oh que non ! Et que dit notre députée casquée à ceux qui osaient jeter comme des moins-que-rien huit cent vingt-six travailleurs ayant œuvré aux jolis profits de la mascotte gras du bide ? Eh bien, elle reprit mot pour mot les paroles sacrées de son superprésident. L'idée que les marchés avaient toujours raison était une idée délirante, la rentabilité financière à court terme dans l'industrie était une politique stupide, des rendements de plus en plus exorbitants sur le dos des salariés étaient un objectif pour le moins insensé. Elle ne mâcha pas ses mots, maman grizzli. « Tout ça est une folie dont le prix se paye aujourd'hui ! » Une folie, lança-t-elle aux idolâtres du superprésident et aux naïfs qui l'écoutaient encore. *Une folie.* « Il faut revitaliser le site, dit à son tour le superprésident, chercher de nouvelles pistes, employer autrement les énergies et les capacités, inventer, oui, inventer… – Inventer quoi ? demandèrent les délégués syndicaux. – Retraiter. – Retraiter quoi ? – Retraiter les déchets. – Les déchets ? – Oui, cinquante mille tonnes par an de déchets de pneus. – Retraiter des déchets de pneus ? – Oui, cinquante mille tonnes par an. – Le problème, c'est que les pneus, nous on veut bien les fabriquer mais pas s'occuper de leurs déchets. – Je sais. C'est un cas humain douloureux. Mais nous trouverons une solution, personne ne sera laissé à l'abandon. »

Huit cent vingt-six salariés, à qui le groupe à la mascotte mamelue proposa, s'il s'agissait d'ouvriers encore jeunes, pleins de sève, de rejoindre d'autres usines. Au bord de la mer. Comme des vacances. À tous furent versées des indemnités. « C'est pour acheter une caravane ? demanda un syndicaliste. C'est pour des articles de plage ? » Ceux qui n'eurent pas la chance de voir la mer découvrirent l'ANPE, les affiches d'offres squelettiques et inadaptées, les files devant les guichets, les promesses bidon, les entretiens pour rien, les phrases creuses du superprésident et de ses affidés : « le laissez-faire, c'est fini, le marché qui a toujours raison, c'est fini, la moralisation du capitalisme financier, c'est la priorité » – le répertoire inépuisable des humiliations.

Cette année-là, Michelin jouissait de cent cinquante millions d'actions cotées en Bourse et annonça une hausse de trente-cinq pour cent de ses bénéfices, à sept cent soixante-quatorze millions d'euros.

Le monde de la finance, il est vrai, était entré dans une des périodes les plus troubles de son histoire. Restructurations, fusions, absorptions affectaient sans discrimination compagnies d'assurances et établissements bancaires. Chacun se livrait à une concurrence sans merci dans un mouvement de concentration accrue des capitaux. En même temps, les appétits de goinfre des entreprises capitalistiques entraînaient celles-ci dans des spéculations et des tripatouillages qui débouchaient en général sur des déconfitures. Les États devaient y faire face par des opérations de sauvetage hors de prix. Les gouvernements les justifiaient en invoquant devant leurs opinions la nécessité de garantir la continuité du système bancaire. « Jamais les épargnants qui ont eu confiance dans les institutions financières ne verront leur confiance trahie. Pas un seul déposant ne perdra un seul euro parce qu'un établissement financier se révélerait incapable de tenir ses engagements. » En fait, ces coups d'éponge s'avéraient ruineux pour les populations que les États étaient censés protéger. Partout, l'emploi se délabrait, et ce jusque dans les domaines qu'on croyait à l'abri. Les cols blancs subissaient une violence qui était auparavant le lot de la classe ouvrière, les employés se trouvaient eux aussi, au nom de la flexibilité, livrés à eux-mêmes, puis mis en pièces, les droits des plus faibles étaient passés à la moulinette, et les programmes sociaux rétrécis, quand ils n'étaient pas supprimés, ne remplissaient plus, en cas de crash, leur rôle de toboggans d'évacuation. Pour une quinzaine de milliards d'euros, BNP Paribas avait pris le contrôle des activités du bancassureur, également belgo-luxembourgeois, Fortis.

Concernant la Mutuelle, les sommes en jeu n'avaient certes rien à voir, mais l'attaque avait été tout aussi brutale. Au milieu du grand champ, le mulot voit-il l'ombre des serres de la buse qui soudain fond sur lui ?

Ce rachat, auquel ne put s'opposer la famille Zazza, consterna le personnel. Une diminution des effectifs, comme des changements d'affectation, était à craindre. Un jeudi, pour la troisième fois dans l'histoire de l'entreprise, l'ensemble des services débrayèrent. Comme en 1968 et en 1979, l'année des grandes grèves de l'assurance, des hommes et des femmes qui, pour la plupart, n'entretenaient que des rapports hiérarchiques et sommaires se parlèrent autrement, ouvrirent leur cœur, partagèrent l'incompréhension teintée de colère qui les gagnait. Ils n'étaient plus de simples agents économiques, ils redevenaient des citoyens. Saine et juste colère, disait le dieu Travail. Colère, moteur de l'action, moteur de la lutte. Allaient-ils faire comme les Kléber ? Apostropher le superprésident ? Occuper l'entreprise ? Mobiliser les habitants ? Bloquer les routes ? Incendier des collines de pneus ? Sortir la députée au casque blond de leur manif ? Retourner sur le toit la Mini vert pomme de Yolande Printz ?

La semaine suivante, la grande majorité des salariés de la Mutuelle, parmi lesquels plus de la moitié des cadres, répondirent à l'appel à la grève lancé par deux centrales syndicales. Neuf jours de suite, le mouvement de protestation fut reconduit. L'immeuble de la place des Trois-Évêchés fut occupé jour et nuit, des tables et des chaises apportées dans les couloirs et sur le trottoir, face au rond-point où le service espaces verts et embellissement faisait pousser cet automne-là une végétation des étangs et des mares, où l'on devinait les crânes jaunâtres d'une famille de canards siffleurs, *oui-ou oui-ou oui-ou*. Neuf jours de suite, des sandwiches jambon-fromage et pâté de campagne furent préparés en grande quantité, du café et du thé servis sans discontinuer, des sacs de couchage et des couvertures étendus dans la salle de réunion.

Luc était présent chaque matin. Vers huit heures trente, venu à pied depuis sa résidence Diamant 2, il saluait avec le plus de naturel possible tous ceux qui n'étaient pas à leur poste de travail, les secrétaires comme les rédacteurs, les agents de sécurité comme les délégués commerciaux. Dans la salle de réunion, où une vingtaine de salariés étaient assis autour de trois grandes tables rapprochées les unes des autres et constellées de cercles bruns, témoignages de tournées de chocolat et de cappuccino, il venait écouter, discuter, s'efforçant d'expliquer comment les choses en étaient arrivées là, répétant une fois de plus qu'il avait remué ciel et terre pour éviter le rachat, que la Mutuelle c'était, personne ne pouvait en douter, une affaire de famille, qu'il avait veillé du mieux qu'il pouvait aux intérêts de cette famille, pas seulement la sienne, disait-il (lui qui, dans l'affaire, allait empocher quelques millions d'euros), mais la famille au sens large. La compagnie. L'équipe.

Carl, qui ne s'était pas déclaré gréviste mais participait à ces échanges, pensait que cette histoire de famille c'étaient des fadaises. Maintenant que la fin du match était proche, il se rendait compte que les Zazza et lui n'avaient jamais joué dans la même équipe et il en était dépité. Quant à Stern, qui avait de nouveau disparu, quelle était la couleur de son maillot ?

En fin d'après-midi, lorsqu'une atmosphère désolée s'emparait de l'immeuble, ceux des grévistes qui ne rentraient pas chez eux se regroupaient dans la salle de réunion. Il y avait là autant d'hommes que de femmes qui, après s'être nourris de sandwichs, se livraient à une séance de thérapie de groupe plus ou moins spontanée, les uns et les autres se racontant leurs angoisses, leurs désirs, leur vie personnelle. Souvent les gorges se nouaient. Il suffisait que quelqu'un parle de ses enfants, de la maison dont le crédit courait encore, d'un conjoint ou d'une mère malade, avec tout ce que ces confidences renfermaient de douleurs tapies. Personne ensuite ne dormait vraiment ou alors c'était d'un bloc, deux ou trois heures massives, irrévocables. Le lendemain, l'enthousiasme revenait peu à peu, une minorité continuait à y croire, encourageant ceux qui doutaient, disant que leur existence ne pouvait être ainsi sacrifiée. Le petit déjeuner, avec les croissants offerts par la boulangerie Blondot, était toujours un moment d'autostimulation où l'on concoctait des mots d'ordre vindicatifs (NON AU RACHAT, PAS D'OPA SUR ZAZZA, LA MACE OUI DEGRIF NON) que l'on peignait sur des banderoles ou imprimait sur des tracts, distribués ensuite en ville par des volontaires. S'ils avaient été plus nombreux, peut-être auraient-ils tenté de bloquer l'autoroute, voire l'aéroport. Mais ils n'étaient même pas cent. C'est ce petit nombre aussi qui expliquait que les élus locaux ne réagissaient qu'avec mollesse, que les responsables belgo-luxembourgeois de la banque Degrif faisaient la sourde oreille, que tous les décideurs refusaient de les recevoir, comme s'ils n'existaient pas. Le superprésident, qui avait donné l'impression d'être touché par le sort des ouvriers du pneu, n'eut même pas un mot pour les salariés de l'assurance. Aussi, une nuit, l'idée surgit de faire un coup. « On n'a qu'à jeter les ordinateurs par les fenêtres », suggéra une dactylo. « Foutu pour foutu, il faut séquestrer cet escroc de Zazza et brûler les bureaux de la tôle », dit un coursier qu'on n'avait encore jamais vu. Personne ne franchit le Rubicon. Le lundi suivant, alors qu'une partie des bureaux était sens dessus dessous, qu'il commençait à faire froid place des Trois-Évêchés, où les canards siffleurs s'étaient pétrifiés, que le trottoir au pied de l'immeuble se dépeuplait d'heure en d'heure, que la boulangerie Blondot n'offrait plus de croissants, que plus grand monde n'avait foi en la lutte, la vie reprit son train.

Le déménagement de la Mutuelle sur la zone Croix-de-Metz eut lieu huit jours après la Saint-Sylvestre. Trente-huit salariés – trente-huit sur les cent vingt qui chaque matin avaient cru donner le meilleur d'eux-mêmes – reçurent une lettre de licenciement.

Cela dit, au cours de la décennie précédente, la fusion des banques américaines Chemical Banking et Chase Manhattan n'avait-elle pas mis au rebut plus de douze mille personnes ? « Ils ne mouraient pas tous, mais tous étaient frappés. »

Un vendredi de novembre 2008, ayant terminé sa journée de travail, Stern ne rejoignit pas tout de suite le siège chauffant de sa MG. Il lui préféra le confort moelleux d'un des fauteuils du hall d'Arcadia, au rez-de-chaussée du M trapu. Après avoir détendu ses jambes et s'être servi un gobelet d'eau qu'il vida par petites tétées, il se mit à attendre Carl. Il l'attendait tout en réfléchissant aux confidences que son collègue lui avait faites deux heures plus tôt.

À ce moment-là, Stern était descendu fumer à l'arrière du bâtiment. En sortant par l'issue de secours, il évitait l'agent de sécurité, d'éventuels clients qu'il n'avait nulle envie de croiser et surtout les autres fumeurs. Arcadia n'en comptait plus qu'une quinzaine sur ses quatre-vingts salariés, ce qui, pour une société vendant de l'assurance-vie à de probables futures victimes du tabac, représentait une proportion encourageante. Cependant, les conditions dans lesquelles cette minorité assouvissait son penchant, en se retrouvant aux mêmes heures dans un renfoncement discret du parking, avaient fini par donner naissance à un groupe, au sens psychosociologique du terme : le fait d'inhaler et d'expulser ensemble de la fumée générait une intimité où se développaient des échanges qui débordaient le cadre des sujets courants (météo, événements sportifs, commérages de couloirs) pour explorer des thématiques plus culturelles (« Qui a été voir le dernier *Batman* ? ») ou politiques (« C'est vrai que le pape revient à Toul cette année ? »). Or pareille connivence était tout ce que détestait Stern.

Cette fois, il fut surpris de reconnaître la silhouette de Carl sous le halo jaunâtre qui éclairait l'entrée du local à poubelles. Le bec du lampadaire, fortement busqué, rappelait celui d'un flamant rose, et le statisticien d'Arcadia était aussi immobile que ces grands échassiers, à ceci près que, à travers les cônes de fumée qu'il propulsait devant lui, il ne cessait de jurer : « Fumier, quel fumier… » Stern se rapprocha de son collègue, puis coinça un petit Cortès entre ses lèvres. « Quelque chose ne va pas, Vogelgesang ? – Cette ordure de Luxembourgeois est encore venue tout à l'heure. – Dietrich ? »

Six mois après le rachat de la Mutuelle par la banque Degrif, on avait prévenu Carl que, désormais, il aurait à collaborer avec les cadres stratégiques du groupe. Régulièrement il recevait un coup de fil de ceux installés de l'autre côté de la frontière, pour lesquels il n'éprouvait pas une grande sympathie. C'était surtout un nommé Oscar Dietrich qui lui téléphonait. Les premières semaines, Dietrich se contentait de chipoter un point de détail dans une évaluation que Carl lui avait fournie par mail, puis ses critiques étaient devenues de plus en plus frontales, jusqu'à ce qu'il dénigre carrément ses compétences, et ce sans le moindre tact, en faisant preuve d'une vulgarité qui consistait à réduire la discussion à la question exclusive de savoir comment Carl allait s'y prendre pour augmenter de manière substantielle les gains d'Arcadia. Le tout dans un français approximatif, enlaidi par un accent de péquenot : « Maintenant, faut can crèche du quèche. – Pardon ? – Can crèche du quèche ! »

Comme ses injonctions téléphoniques ne lui permettaient pas d'obtenir, semble-t-il, les résultats qu'il escomptait, l'idée vint à Dietrich de se déplacer en personne.

De Luxembourg à Toul, il y a environ une heure et demie d'autoroute, mais beaucoup moins pour un ressortissant du Grand-Duché dédaignant les panneaux de limitation de vitesse et considérant les radars automatiques comme « *en gudden witz* » de ces tocards de Français.

Ce qui avait d'abord été pour Carl une contrariété prenait maintenant la forme d'une intrusion, et celle-ci était d'autant plus insupportable qu'elle s'accompagnait d'une effarante étroitesse d'esprit. Carl avait consacré vingt ans de sa vie à effectuer des calculs et des prévisions ayant montré leur justesse dans un monde où il existait encore des règles et des principes, et où il avait le sentiment de contribuer aussi rentablement que possible à la réussite financière de ses employeurs, tout en recherchant avec sincérité le bien de la clientèle. La famille Zazza s'était-elle plainte de lui ? Des clients s'étaient-ils un jour plaints ? Les tarifications qu'il avait établies pendant deux décennies s'étaient-elles montrées erronées ? foireuses ? Mais que croyaient-ils, ces fumiers ? Pourtant, devant cet Oscar Dietrich qui lui jetait à la figure le mot *cash* qu'il prononçait inlassablement « quèche », il se retrouvait dans la situation d'un garçonnet puni à cause d'un accroc à son pantalon.

Ce jour-là, vers midi, Dietrich était venu une fois de plus pour, comme il disait, « laver la tête » de Carl. Il l'avait même menacé, arguant que si lui et ses semblables « ne se bougeaient pas les fesses, il y aurait une OPA » (il avait prononcé : Hop et ha). « Et vous croyez qu'avec des gugusses comme vous nos positions sont blindées ? Bougez-vous les fesses, merde ! Plus de nerf ! » (Il avait dit *nêêêêr*.)

« Dans ce qu'on peut supporter, il y a toujours une limite », a fait Stern en inclinant son Cortès vers la flamme du briquet que lui tendait son collègue.

Lorsque, deux minutes plus tôt, Carl avait vu arriver Stern à l'arrière de l'immeuble, il avait d'abord ressenti une irritation qui s'ajoutait à sa colère envers Dietrich. Il y a toujours de la peur dans la colère, et Carl qui connaissait Stern assez mal finalement aurait pu, anxieux comme il l'était, se dresser contre lui. Mais les paroles de Stern, le ton de sa voix l'avaient déjà un peu réconforté, et Carl s'est mis à recouvrer son calme. Reste sage, s'est-il dit, ne t'emporte pas. Il s'est souvenu de ce que lui avait expliqué Gladys, que le problème ne venait pas de lui, qu'il n'était pas un cadre en situation de surmenage, ni un cadre trop vieux, ni encore un assureur qui ne faisait plus son métier comme il aurait dû, mais que, s'il s'était infligé ces critiques et ressentait une culpabilité, c'était à cause de la mort de son père. Oui, à cause de la mort de son père, c'est ce que lui avait dit Gladys. Il eut envie de s'ouvrir à Stern :

« Mon père est mort en février dernier. Dans un accident de voiture. »

Tandis que Stern le fixait avec étonnement, il lui a dit qu'il ne se considérait pas responsable de sa mort. Après tout, c'est lui qui avait brûlé ce feu rouge. Peut-être aurait-il pu l'empêcher de conduire. Et cette pensée l'avait fragilisé à l'époque. Puis il y avait eu cette affaire de succession. « Quelle succession ? » lui a demandé Stern. Et Carl, qui se trouvait maintenant en confiance, presque rasséréné, a évoqué devant Stern la maison familiale dont Marcus et lui avaient hérité. Une assez grosse maison, à Metz, qui le mettait mal à l'aise. C'est qu'il ne voulait pas la garder, a-t-il dit à Stern, il voulait la vendre le plus rapidement possible. Il avait l'impression qu'il aurait pu la vendre le soir même de la mort de son père. Il pensait que chaque semaine de plus qui passerait, il se verrait comme le propriétaire de cette maison dans laquelle son père vivait encore avant son accident. Il l'avait eu au téléphone trois jours plus tôt, et sans doute voulait-il, en vendant la maison, liquider ce souvenir. « Vous l'avez vendue, alors ? » s'est enquis Stern. Carl a acquiescé. Son frère aîné y était favorable, cela avait facilité les choses. « Après, je me suis senti mieux. »

Les deux hommes se tenaient toujours à l'arrière du bâtiment, sous le bec du lampadaire à l'allure d'oiseau. « J'avais moins d'idées noires, moins de mauvaise conscience. Je me sentais solide pour affronter les coups de fil de Dietrich. – Vous faisiez votre travail, c'est tout », lui a dit Stern.

Mais quand le Luxembourgeois avait cessé de lui téléphoner pour débarquer ici en l'accusant de fixer des tarifications qui ne permettaient pas, selon lui, de « pisser assez de quèche », Carl avait compris que ce type-là n'aurait jamais que l'insulte à la bouche. « Dans ce qu'on peut supporter, il y a toujours une limite », a répété Stern.

Puis Carl lui a expliqué que, un peu plus tôt dans l'après-midi, quand il avait vu arriver Dietrich, le ton était monté tout de suite, suffisamment haut pour que Carl pense qu'il allait avoir des ennuis. « Mais je m'en fous. Cette boîte marche sur la tête. » Stern a souri pour l'approuver, puis a sorti d'un étui argenté un nouveau cigarillo. Avant de l'allumer, il a dit à Carl : « L'autre jour, dans le hall, il y avait trois clients que j'observais depuis la coursive du premier. Une jeune femme qui se présentait avec sa Clio emboutie, un père de famille venu déplorer un dégât des eaux, une institutrice qui s'était fait mordre, je crois, par une mère d'élève. Derrière son comptoir, notre hôtesse priait chacun de garder patience, le temps de dénicher quelqu'un de disponible. Les clients s'impatientaient dans leurs fauteuils. Mes cotisations explosent et il y a de moins en moins de personnel pour me recevoir, devaient-ils penser. Sur la table basse, je les ai vus feuilleter notre catalogue. Vous connaissez notre catalogue, Carl ? Vous croyez qu'ils avaient envie d'un carré de soie ou d'une semaine à Agadir ? En fait, ils s'exaspéraient de ne pas savoir encore dans quel bureau un conseiller les écouterait. Les écouterait vraiment. Ne serait-ce qu'une dizaine de minutes. » Carl a ébauché un sourire, puis a sorti à nouveau de quoi fumer. « C'est comme la déco, a dit Stern, tous ces faux-semblants. – Vous parlez du hall ? – Du hall et du reste », a fait Stern.

Dans le hall d'Arcadia, les fauteuils à accoudoirs anthropomorphiques et en tissu de couleur quetsche avaient été dessinés par un architecte suisse. Six fauteuils exactement, constituant avec une table basse en sycomore et Plexiglas, trois plantes vertes s'échappant de bacs en aluminium et une fontaine pourvue d'un distributeur de gobelets à la façade quetsche lui aussi, un échantillon du décor que les actionnaires d'Arcadia avaient commandé à une agence publicitaire d'Anvers, Cox Communication. Le mot fétiche de Cox, qui scintillait sur chaque page en anglais de son site Internet, était conviviality. L'agence se donnait pour rôle de favoriser au sein des groupes et organisations, et plus particulièrement des entreprises à gros capitaux, les rapports entre les employés et la clientèle, l'amélioration des aptitudes des uns, de la compréhension des autres, et ce grâce à une mise en scène personnalisée, conçue à partir d'expériences psychométriques. De tout cela, il résultait que la couleur quetsche s'étalait à peu près partout. Outre sur le tissu des fauteuils et la façade du distributeur, on la trouvait sur les stores des fenêtres du rez-de-chaussée, la douzaine de suspensions éclairant le hall, le tailleur-uniforme de l'hôtesse qui vous accueillait derrière une immense console en forme de haricot (elle aussi en sycomore et Plexiglas), puis, si l'on montait dans les étages, sur les parois de la cabine de l'ascenseur, la face extérieure des portes de bureaux, la moquette tapissant les couloirs... Des esprits chagrins eussent pu regretter qu'il y ait chez Arcadia assez de quetsche pour vous soulever l'estomac, mais les responsables de Cox eussent rétorqué que les données objectives, collectées pendant la phase de préparation, attestaient l'influence positive de cette couleur sur le bien-être des salariés. « Le quetsche tue le stress », tel était le slogan.

Derrière sa console, l'hôtesse avait maintenant disparu, et ceux qui débouchaient de l'ascenseur filaient tout droit vers la sortie. Depuis son fauteuil, les yeux de Stern glissèrent des portes métalliques à l'escalier de service. Carl était en retard. Avait-il oublié leur rendez-vous ? Une nouvelle fois, le voyant orangé cessa de clignoter, puis les deux portes bâillèrent et expulsèrent trois personnes : deux femmes vêtues d'un tailleur clair, accompagnées d'un homme en costume cintré bleu marine et aux cheveux légèrement grisonnants. C'était Carl. Son trois-quarts en lainage marron pendait sur son bras gauche. Il brandit sa main libre en direction de Stern qui lui rendit aussitôt son sourire. Après s'être débarrassé de son gobelet, Stern se leva, attrapa sa mallette en cuir et son imperméable burberrien posés sur le fauteuil d'en face, puis, s'extrayant de la forêt de caoutchoucs, s'avança vers Carl. « Ça tient toujours pour ce soir ? – Oui. J'essayais seulement de prévenir ma femme, mais ça ne répond pas... – Un problème ? – Non, il n'y a pas de raison. On prend chacun sa voiture ? »

Carl fut surpris d'avoir parlé aussi fort, comme s'il avait voulu être entendu de tout le monde. Mais à cette heure le hall était vide. Sous peu, l'immeuble serait livré aux employés des entreprises de propreté,

180

aux vigiles avec rottweiler des sociétés de surveillance, à tous les visiteurs du soir : chats errants, araignées, courants d'air. Sous la lumière vive des suspensions, les visages montraient une peau rougeâtre, comme sur des Polaroid ratés. Stern et Carl se dirigèrent ensemble vers le parking. Une fois dans leur voiture, chacun mania son téléphone. Stern, pour réserver une table au Commerce ; Carl, pour tenter de joindre Gladys.

Gladys avait beau être l'épouse de Carl et la mère de leurs trois enfants, elle enseignait aussi l'anglais à des cadres supérieurs pour le compte de l'école Berlitz. Comme il n'existait pas de centre Berlitz dans la région messine, son emploi dépendait des demandes que le centre de Strasbourg pouvait enregistrer en provenance de sociétés domiciliées à Metz ou dans les environs. Un *chief executive manager*, une *chairwoman* ou un *business manager* ayant appris qu'il lui faudrait prochainement s'exiler à Dublin ou dans la banlieue d'Atlanta, une remise à niveau linguistique s'imposait. Gladys était alors contactée et se déplaçait au moins deux fois par semaine pour dispenser une leçon en tête à tête dans le bureau dudit manager. On pouvait lui confier jusqu'à sept ou huit élèves par trimestre, et elle bénéficiait d'assez de liberté pour élaborer elle-même son emploi du temps en fonction de la localisation des entreprises et de la disponibilité de ses apprenants. Nombre d'entre eux travaillaient d'ailleurs sur le technopôle de la ville et préféraient en général les heures de fin d'après-midi, ce qui facilitait les choses. Gladys en tirait des revenus irréguliers, qu'elle aurait eu tort de négliger car ils lui permettaient de s'offrir une indépendance économique, et de participer, par petites touches, à l'optimisation de leur confort familial (un appartement plus spacieux que ce qu'ils auraient acquis avec le seul salaire de Carl, un budget loisirs n'ayant rien de mesquin, une seconde voiture toute neuve, estampillée « véhicule écologique de l'année »).

Quand l'un de ses élèves avait atteint une maîtrise correcte de la langue, un lunch pédagogique était organisé. C'était l'occasion pour l'apprenant de se familiariser avec le vocabulaire de la table et des mets, d'assimiler des locutions telles que « je préfère une cuisson à point » ou « est-ce du saumon d'élevage ? » ou « quel vin me conseillez-vous avec les piccata de veau au citron ? ». Celui qui prenait la commande n'était pas forcé de parler la langue de Jamie Oliver, mais étant donné que l'établissement choisi était toujours le même (un restaurant italien du vieux Metz) et que Gladys était devenue une assez bonne cliente (il lui arrivait aussi de s'y rendre en famille pour leur fameux osso-buco aux petits pois), ses serveurs supportaient de bon gré ces exercices parfois lassants. L'objectif était de simuler un repas professionnel et d'anticiper diverses situations que le manager était susceptible de rencontrer, tant il est vrai que, même sous des cieux étrangers, nombre d'affaires se tranchent devant une assiette.

Lorsque Gladys avait été engagée par Berlitz, le directeur du centre de Strasbourg avait insisté sur les conditions dans lesquelles le lunch devait se dérouler. C'était à l'enseignante qu'il revenait de sélectionner le restaurant dans une liste fournie par Berlitz, c'était elle aussi qui fixait le rendez-vous à son apprenant directement dans la salle de l'établissement (Berlitz déconseillait fortement d'arriver ensemble), puis une fois assis l'un *à côté* de l'autre (recommandation supplémentaire de Berlitz), le lunch pouvait commencer et l'enseignante soumettre son élève à une batterie de questions au sujet des activités de son entreprise, corriger si besoin ses réponses, perfectionner son lexique, améliorer sa syntaxe, et, bien entendu, le repousser s'il s'intéressait de manière lourde à son corsage ou lui faisait du pied sous la table. Enfin, c'est toujours l'enseignante qui payait la note, que Berlitz facturait ensuite au client, majorée de la prestation pédagogique.

Ce vendredi, Gladys n'avait pas un lunch mais, événement rare car formellement réprouvé par Berlitz, un *dinner*. Ce dîner devait avoir lieu avec un certain Raphaël Sovana, directeur commercial régional chez Leroy-Merlin. Trentenaire à l'allure athlétique, il avait été retenu pour faire fructifier les intérêts de son employeur en Australie. Gladys lui donnait des leçons depuis trois mois et si, pour la première fois, elle avait cédé à cette proposition dînatoire, c'est que le lunch prévu la veille avait été annulé en partie à cause d'elle. Mercredi, leur chauffe-eau de la rue de Londres était tombé en panne, et le technicien réclamé auprès de Chauffage Assistance s'était présenté le lendemain avec tellement de retard que Gladys avait dû décommander auprès de Sovana leur rendez-vous de midi. Or Sovana devait s'envoler la semaine prochaine pour Sydney, et vendredi matin il avait une réunion à Paris à la direction générale du groupe. Pour la première fois depuis qu'elle enseignait, elle avait dit oui à ce *dinner* pédagogique. (À Carl, en revanche, elle n'avait rien dit.)

Contrairement au dogme berlitzien, Gladys avait aussi accepté que ce dîner ait lieu dans un restaurant choisi par Sovana lui-même et qu'elle soit son invitée. Ayant évalué les risques que comportait un tel consentement, elle s'était dit que son évaluation était fondée sur un coefficient exagéré de ses attraits personnels et un coefficient tout aussi contestable de la concupiscence de Sovana. Le directeur commercial de Leroy-Merlin s'était toujours montré bienséant à son égard. Et puis n'avait-il pas dix ans de moins qu'elle et un physique avantageux ? Il n'avait sans doute aucune difficulté à séduire des femmes plus jeunes et plus jolies. Gladys pouvait donc supposer que ce dîner serait, hormis ses objectifs pédagogiques, un moment seulement agréable et sans conséquences.

Le restaurant – elle aurait dû s'y attendre – était le plus cher de la ville. Le genre d'institution capable de prétendre, dans les guides touristiques, au label « temple de la gastronomie ». Il s'agissait en outre – violation supplémentaire du code Berlitz – d'un établissement disposant d'un hôtel (le plus cher aussi de la ville). Le seul véritable risque, en fait, songea-t-elle en observant le profil grec de Sovana accentué par des favoris noirs taillés en forme de petites serpes, était qu'elle y croisât une connaissance, mais si tel était le cas, elle aurait une parade immédiate, elle demanderait une table pour quatre et, suivant la règle berlitzienne, s'assoirait *à côté* de son élève.

Le Magasin aux Vivres (où Carl ne l'avait jamais invitée) se présentait comme un lieu moyennement tape-à-l'œil, combinant patrimoine (le bâtiment datait du XVe siècle) et nouveauté, jusque sur sa carte. Sovana en était probablement un habitué ; c'est du moins ce que supposa Gladys en remarquant le sourire complice du maître d'hôtel qui les accueillit et vérifia leur réservation. Elle était vêtue ce soir-là d'une robe en lainage parme qui affinait sa silhouette et mettait en valeur la blondeur de ses cheveux ; elle arborait aussi un poncho court en cachemire dans un camaïeu de bleu et avait glissé ses jambes dans des collants gris perle et des chaussures bicolores (noir et jaune) à hauts talons. Au moment où Sovana actionna la fermeture électrique de la capote de sa BMW, Gladys jeta un coup d'œil sur le téléphone qui palpitait dans son sac à main. Elle constata que Carl l'avait appelée à deux reprises. Elle pensa qu'il avait voulu la prévenir (comme cela lui arrivait parfois) qu'il était en train de rentrer et qu'elle pouvait commencer à préparer les toasts au concombre qu'ils aimaient grignoter le vendredi soir avec un verre de chardonnay. Elle songea à le rappeler pour lui annoncer qu'elle ne serait pas de retour avant vingt-deux ou vingt-trois heures et qu'ils pourraient manger leurs toasts plus tard, mais comme Sovana lui ouvrait déjà la portière de son roadster avec un sourire charmeur et son meilleur anglais, elle se ravisa en se disant que Carl et les enfants se débrouilleraient cette fois sans elle. L'épisode déplaisant du chauffe-eau ne lui offrait-il pas cette permission ? Si des particules de mauvaise conscience flottaient dans l'air, elle en fut préservée.

Quatre clients parlaient fort dans la partie la plus avancée de la brasserie. Debout au comptoir, ils échangeaient des arguments simplistes au sujet du réchauffement climatique. Mais le fond du Commerce, où Carl et Stern avaient déjà pris place, était beaucoup plus calme. La table qu'ils avaient élue était éclairée par un faux bougeoir électrique et recouverte d'une nappe en vichy bleu et blanc. En attendant qu'on leur apporte les entrées, ils s'étaient servi un verre du madiran « vieilles vignes » recommandé par le garçon. C'était la première fois qu'ils dînaient ensemble et Carl avait l'impression de voir Stern sous un autre jour. Tous deux soulevaient leur verre dans une atmosphère détendue, avalaient de petites gorgées, commentaient brièvement ce qu'ils avaient en bouche, quand Stern, sans ambages, dit à Carl : « Je vais quitter la boîte. »

Carl ressentit aussitôt dans la nuque une piqûre d'insecte. Avant même d'en savoir davantage, il fit mentalement mauvais accueil à cette annonce qui lui rappelait son naturel velléitaire. Si la vie ressemblait à un jeu télévisé, il appartiendrait à cette catégorie de joueurs qui, tout en connaissant les réponses aux questions, aplatissent leur buzzer avec un temps de retard. Au lieu d'envoyer paître Dietrich et de se mettre en quête d'un autre emploi, il se complaisait à supporter ses propres tergiversations. Et maintenant qu'il y songeait, les yeux plongés dans le liquide grenat qui emplissait son verre, cela provoqua chez lui une douleur supplémentaire, une deuxième piqûre d'insecte. Voici qu'il était de nouveau conscient de sa faiblesse, et quand ça lui prenait, il était son juge le plus sévère. En découvrant chez Stern ce qu'il avait pressenti dès le début – un aplomb et une liberté que lui ne possédait pas –, il éprouva de la jalousie. À côté de ce caractère entreprenant, il était forcé d'admettre que ses désirs les plus pressants n'étaient que de pauvres espoirs.

« Ah oui, fit-il avec moins d'intonation que tout à l'heure dans le hall. Puis il ajouta : Il y a toujours de bonnes raisons de partir. » Disant cela, il se trouva niais, et pour éviter le regard de Stern, tourna la tête vers les tartares de thon qui venaient d'arriver. « Mais vous, Carl, ça ne vous démange pas ? » « Quoi ? » répondit-il d'une voix soudain aigre. Il aurait voulu être ailleurs. Que faisait-il avec ce vaniteux ? « Si, bien sûr, j'y pense… Dietrich m'aide à y penser. – Quelque chose de précis ? lui demanda Stern. – C'est en gestation.

– Je vois. Dans ces cas-là, il ne faut rien brusquer. Mais quand même… Dietrich… – Je sais », fit Carl, puis il réprima un soupir.

Le projet de Stern était non seulement d'ouvrir, d'ici au printemps, une agence à soi, mais aussi de s'adresser aux clients en revenant, dit-il, aux « fondamentaux ». « Pour stimuler la demande, j'ai l'intention de mener l'ensemble des opérations de marketing en direction de ce que Coq appelle la "cinquième silhouette". – La cinquième silhouette ? fit Carl en écarquillant les yeux. – Ça vous rappelle quelque chose ? – Il s'agit des démissionnaires inquiets ? » Carl venait d'immobiliser sa fourchette au-dessus de son tartare à l'aspect rouge sang. « C'est tout à fait ça », dit Stern, en accomplissant un petit mouvement brusque et éloquent de la main droite, qui permit à Carl de se rendre compte combien ses gestes étaient précis et élégants. « Donc, vous connaissez l'enquête Coq ? – J'en ai entendu parler. – Je m'en doutais », dit Stern en découvrant ses incisives qu'il avait blanches et régulières.

Dans la vie télévisée de Carl, plusieurs points s'étaient soudain additionnés à son compteur. *Gling, gling*. Il se sentait beaucoup mieux. Il pensa qu'il avait finalement eu raison d'aller dîner avec son collègue. Stern le volontaire, Stern l'audacieux. « Comment un assureur qui se respecte pourrait ignorer l'enquête Coq ? » lança-t-il d'une voix de nouveau haut perchée. Puis il empoigna la bouteille et remplit copieusement leurs verres.

C'est à la fac d'économie de Nancy, l'année où il achevait son DESS de mathématiques et finance, que Carl avait entendu parler pour la première fois de l'enquête Coq. Du nom d'un sociologue, Georges Coq, elle avait été réalisée au milieu des années soixante-dix pour le compte de la Fédération française des sociétés d'assurance. À l'époque, les résultats avaient été accueillis avec enthousiasme par la profession. Selon Coq, il existait en France sept catégories ou « silhouettes » d'assurés, qu'il avait déterminées en se fondant sur de nombreux critères. Son étude n'était pas qu'une thèse brillante destinée à moisir au centre de documentation et d'information de l'assurance, mais elle apparaissait aussi – c'était même là son principal intérêt – comme un instrument irremplaçable, capable de simplifier le travail des agents et courtiers qui quadrillaient le pays. Dorénavant, ceux-ci pourraient adapter leur argumentaire selon qu'ils avaient affaire à un « exigeant conformiste », à un « contestataire dilettante », à une « expérimentée indocile », ou encore à un « progressiste confiant »… Grâce à Coq, tout semblait désormais limpide et contrôlable. Toutefois, dans le même temps, les sociétés d'assurances avaient entamé une autre mutation. Afin de répondre à une concurrence de plus en plus âpre, elles se préparaient à devenir de grands groupes monolithiques. Dans ce contexte, la segmentation coquienne de la clientèle rendait très difficile la simplification et l'harmonisation des contrats que les dirigeants réclamaient à cor et à cri. Après l'avoir chanté toute une année, on passa Coq à la casserole.

« Alors, dit Stern en commandant une deuxième bouteille de madiran, vous les voyez comment aujourd'hui, les démissionnaires inquiets ? – Comme des gens immatures ou inadaptés, dit Carl. Des gens qui ont peur de pas mal de choses. – Ce sont en effet des clients qui réclament beaucoup d'attention. Mais ce n'est pas très compliqué, au fond. C'est même intéressant. Les 15 ou 20 % qu'ils représentaient dans les années soixante-dix se sont multipliés d'après moi par deux, peut-être même par trois. Il y a eu les crises économiques à répétition, l'explosion du chômage, toutes ces catastrophes qui nous sont tombées dessus, le sida, Tchernobyl, l'amiante, le sang contaminé, la vache folle, le 11-Septembre, la grippe aviaire... Les gens, en vingt ou trente ans, n'ont jamais eu aussi peur. Ils ont peur de ce qui change et de ce qui ne change pas, ils ont peur de travailler trop et peur de leur liberté, peur de devoir entrer à l'hôpital et peur de prendre l'avion, ils ont peur des inconnus dans les lieux publics et peur des lieux publics quand ils sont déserts, ils ont peur de leurs voisins et peur des étrangers, peur de la campagne et peur de la ville, peur de ne pas trouver une place de parking quand ils font leurs courses le samedi, et peur le dimanche de tomber sur un bouchon au milieu de l'autoroute, ils ont peur de ne pas avoir d'enfants, puis peur de les perdre, ils ont peur que leurs parents vieillissent trop vite ou peur qu'ils vieillissent trop longtemps, ils ont peur des chiens, peur des voitures, peur de ce qu'ils mangent, peur de l'eau du robinet, peur de la neige, peur de la canicule, peur de se baigner, peur de faire du sport, peur de respirer, et peur, bien sûr, de ne plus respirer. Or toutes ces peurs, voyez-vous, Carl, sont enfoncées en eux et les accablent. C'est, croyez-moi, sans limite. C'est donc d'abord à ces gens-là qu'une agence digne de ce nom doit s'adresser. Ce n'est pas votre avis ? – Oui, fit Carl, un peu troublé. – Je me réjouis qu'on puisse se comprendre. – Moi aussi. – Parce que, voyez-vous, cette agence idéale, je la vois à Metz. – À Metz ? Mais c'est chez moi... – Je sais bien, Carl ! Vous n'avez pas encore compris que c'est avec vous que je veux l'ouvrir ? »

À soixante-quinze kilomètres de là, Gladys badinait en anglais avec Raphaël Sovana. Elle venait d'avaler la dernière bouchée de ses cannellonis d'escargot, quand son élève insista pour commander une deuxième bouteille de rully. « *Are you serious ?* » fit-elle en riant, puis elle lui demanda, en posant sa main sur son poignet viril, de traduire pour elle « soufflé glacé ». Les sensations qui se succédèrent à cet instant dans sa poitrine, elle ne se rappelait pas les avoir éprouvées depuis la naissance de Tom.

Le lendemain, dans un kimono rouge et noir, elle surveillait les trépidations du presse-agrumes électrique. À l'autre extrémité du plan de travail, le café ruisselait à son rythme dans la verseuse en verre, avec un bruit de siphon. Embrasser sa femme sur la nuque et lui marmonner quelque chose qu'elle ne comprit pas, furent les premières choses qu'effectua Carl en entrant dans la cuisine, puis il s'assit devant une tasse au décor de jonquilles, qui n'était pas sa préférée. Comme elle était vide, il fit mine de s'intéresser au journal qui traînait sur la banquette recouverte de tissu écossais. Il était résolu à parler à Gladys en toute franchise. Il attendait seulement la fin du *varoum varoum* du presse-agrumes et du *chrrrraa chrrrraa chrrrraa* de la cafetière, qui avait besoin d'un sérieux détartrage. Le premier article qui tomba sous ses yeux était consacré au déclin des abeilles domestiques aux États-Unis. « Si l'on continue encore trois ou quatre hivers avec des mortalités de plus de 30 %, lut-il, on va commencer à voir des apiculteurs mettre la clé sous la porte. » Une fois de plus, Carl remarqua que la valeur de référence n'était pas fournie. Combien y avait-il de ruches aux États-Unis ? Cinq cent mille ? Deux millions ? Combien d'abeilles par ruche ? Dans l'absolu le chiffre de 30 % ne signifiait rien du tout. Carl admit que les abeilles américaines étaient sans doute plus délicates à compter que des électeurs écologistes, mais n'en regretta pas moins que les journalistes manient les statistiques avec désinvolture. Dans un article voisin, il releva : « La Californie produit 80 % des amandes consommées dans le monde. » Là encore, pas plus de valeur de référence que de café dans ma tasse, pensa-t-il. C'est alors que Gladys, un verre de jus d'orange dans chaque main, surgit au-dessus de lui. « Il faut vraiment qu'on remplace cet appareil, chéri. » Il dodelina de la tête, puis l'interrogea pour savoir si elle se souvenait de Stern. « Stern ? – Ouais. – Pourquoi ? Je devrais m'en souvenir ? – Le dossier de la SCAGE, dit-il. Le dernier goûter de Noël. »

C'était avant Arcadia – avant l'invasion des Luxembourgeois –, du temps où le comité d'entreprise de la Mutuelle organisait chaque mi-décembre un goûter pour les enfants du personnel. La collation avait toujours lieu dans la salle de réception d'un hôtel situé à la sortie sud de Toul, que ses propriétaires avaient crânement baptisé Le Parc. Hormis un jardin miteux sur l'arrière, l'établissement n'offrait guère d'appas, mais pouvait être choisi en raison des dimensions de son parking qui s'apparentaient à celles d'une piste d'aéroport. Le samedi de décembre où la MACE louait la salle, une comédienne, engagée pour la circonstance, avait coutume de se produire sur une estrade en bois dans un accoutrement qui rappelait davantage Nina Hagen que la mère Noël : salopette rouge, cheveux hirsutes et flamboyants, yeux cerclés de noir, blouson de motard, après-ski en poils crème. Elle commençait par passer aux enfants de la musique (c'était toujours la même cassette où défilaient sans discontinuer : « Douce Nuit »,

« Ding ! Dong ! », « Vive le vent »…), puis leur lisait un conte, jouait une saynète, après quoi les cadeaux étaient distribués dans une effervescence juvénile. Parmi les salariés qui avaient une progéniture âgée de deux à douze ans, peu manquaient ce rendez-vous annuel. Le goûter n'avait rien d'extraordinaire, le spectacle de Nina Noël était gentiment ennuyeux, mais beaucoup pensaient, même confusément, que c'était une façon de se sentir appartenir à quelque chose de plus vaste que soi – une communauté qui vous témoigne son attachement et vous donne plus de force.

« Il y a trois ans », précisa Carl. À cette époque, les déficits de la Mutuelle avaient connu une rémission inattendue, et le comité d'entreprise s'était montré plus généreux que d'habitude avec les jeunes pousses du personnel. Tandis que les cadeaux étaient déballés par la troupe bruyante des enfants qu'on avait conviés sur scène, plus d'un parent s'était mis à évoquer le rôle joué par Stern dans le redressement (malheureusement sans lendemain) de la compagnie. Si 2005 avait été l'année de l'incendie de la SCAGE, le nouveau venu avait révélé ses talents dans d'autres dossiers straté-giques, les retournant au profit de la Mutuelle. Stern, qui n'avait pas d'enfants, ne devait pas être présent ce jour-là, mais Luc Zazza, qui tenait à le féliciter devant ses collègues afin que ce moment de fête fût aussi un moment de remotivation générale, lui avait demandé de faire une apparition après le spectacle, quand serait servi le champagne. « Alors, tu le remets maintenant ? » dit Carl à Gladys. Stern avait été applaudi, puis s'était éclipsé. « Oui. Un grand roux, plutôt bel homme. Et alors ? »

En gros, l'activité de cette agence idéale, que Stern voulait créer à Metz, consisterait à représenter ses clients auprès de plusieurs grands groupes d'assurances, avec lesquels Carl et lui travailleraient de manière régulière en s'efforçant de trouver pour chaque nouvel assuré le contrat le mieux adapté, c'est-à-dire le plus protecteur et au meilleur coût. Mais, avait-il expliqué à Carl (et Carl l'expliquait maintenant à Gladys, couvrant de sa voix les *chrrrraa chrrrraa chrrrraa* de leur cafetière), pour que son projet voie le jour, il avait besoin d'un associé. Un associé capable d'apporter une jolie somme d'argent. « Combien ? avait demandé Carl (« Combien ? » demanda à son tour Gladys qui s'était assise en posant les jus d'orange sur la table) – Au moins deux cent mille euros », avait dit Stern en le regardant droit dans les yeux. Une somme qui s'ajouterait aux deux cent mille euros que lui-même comptait réunir. « Quatre cent mille euros, c'est le minimum pour que l'agence dispose d'une garantie financière destinée à couvrir les fonds qui lui seront confiés. Mais si c'est plus, avait poursuivi Stern, disons cinq cent ou six cent mille, c'est encore mieux. – L'argent ne fait pas de l'argent comme le prunier des prunes, avait dit Carl. – C'est vrai, avait conclu Stern. Mais une agence comme ça va faire des merveilles. »

Depuis que Carl avait épousé Gladys, il savait que la question vitale, celle de la satisfaction des besoins, était pour elle l'affaire des maris. Cela signifiait qu'il appartenait aux hommes de conduire une lutte permanente avec le monde hostile et de travailler assez pour remporter cette lutte, et cela signifiait également qu'il était impossible de survivre – surtout avec trois enfants – si l'on succombait à la passivité ou, pire encore, si l'on abandonnait le combat. C'est tout cela que Carl entendit quand sa femme lui dit d'une voix tendue : « Mais comment allons-nous vivre ? »

Depuis que Gladys avait épousé Carl, elle s'était rendu compte que les arguments qu'elle était capable de développer pour défendre, sur n'importe quel sujet, la position à laquelle elle croyait n'étaient que de petits ballons flasques qui se déchiraient sur les phrases de son mari, surtout quand celui-ci avait décidé de convertir en entêtement la faiblesse qu'il se reprochait par ailleurs.

Pour cette raison, leur conversation s'emballa, prit un tour passionné, leurs arguments de part et d'autre atteignirent leurs limites et, de guerre lasse, Gladys lâcha à Carl : « Si tu t'obstines, je pars avec les enfants. »

Carl fit d'abord comme s'il n'avait rien entendu. Il supposa que la peur et la colère s'étaient emparées du jugement de sa femme. Il repoussa vivement sa tasse – toujours vide – et se leva. « On en reparlera plus tard », dit-il.

Dans l'après-midi, alors que, le front soucieux, prostrée sur le canapé, elle n'arrivait pas à se concentrer sur la page d'un roman policier suédois, il s'assit auprès d'elle et lui demanda à brûle-pourpoint : « Au fait, tu étais où, hier soir ? – J'avais un rendez-vous pédagogique. – Jusqu'à minuit ? – Onze heures et demie ! » Puis elle quitta la pièce.

Carl se doutait que la menace de partir avec les enfants avait été formulée dans l'exaspération d'une conversation épuisante, et qu'une telle menace coûtait beaucoup à Gladys. Elle s'était mise dans la situation d'un joueur qui, pour pouvoir entamer une partie et avoir une chance, même infime, de la remporter, accepte de payer au casino un droit d'entrée exorbitant. De fait, contre toute attente, et d'une manière qui paraissait à Carl un peu folle, elle s'était placée sur le terrain du mariage et des enfants, c'est-à-dire de leur vie affective, amoureuse, sexuelle, le terrain de leur existence dans ce qu'elle avait de plus plein. « C'est moi ou ce projet », lui disait-elle au fond. L'énorme et téméraire enjeu qu'elle posait là, le considérable droit d'entrée qu'elle acceptait de payer pour pouvoir affronter son mari avaient pour but de lui faire comprendre que ce n'était pas négociable, comme on dit, et que ce projet d'agence devait être oublié au plus vite.

Quand elle eut quitté le salon, elle fit seule un tour de l'appartement pour jeter un œil dans chacune des chambres de leurs enfants. Elle songea que les efforts qu'elle avait accomplis dans sa vie d'adulte avaient presque toujours été pour eux. Pour leur bien. Pour leur bonheur. Elle les aimait et savait qu'ils l'aimaient. « Qu'est-ce que tu fais, maman ? » lui demanda Anna depuis son lit où, assise, elle écoutait de la musique en feuilletant une bande dessinée. – Rien, ma chérie. » Tom et Paul étaient partis au stade pour l'après-midi.

Carl, de son côté, fut touché par ce mélange de cran et de peur. Il était marié avec Gladys depuis dix-neuf ans, et la veille ils auraient tout aussi bien pu, après le dîner, réfléchir ensemble à la façon qu'ils envisageaient de fêter, dans quelques semaines, le vingtième anniversaire de leur mariage. Or à présent, pour la première fois, lui venait l'idée qu'il ne finirait peut-être pas sa vie avec elle. Ce n'était pas un trouble désagréable, mais un trouble où il percevait une forme d'ivresse.

Il pensa à ce reportage qu'il avait vu dans l'émission *Envoyé spécial*. Depuis que l'armée américaine s'était déployée en Irak, le nombre de désertions n'était pas négligeable. Elles n'avaient pas lieu là-bas mais sur le territoire des États-Unis d'Amérique. Au début de la guerre, les soldats qui prenaient la décision d'abandonner leur unité le faisaient à l'occasion d'une permission effectuée au pays, après des mois d'enfer où ils avaient vécu la peur au ventre, où plusieurs de leurs camarades avaient trouvé la mort, déchiquetés en passant à proximité d'un véhicule farci d'explosifs ou abattus d'une balle au cours d'une opération qui avait mal tourné. Ensuite, au fur et à mesure que la situation réelle en Irak pouvait être connue par le moins informé des Américains qui ne se contentait plus des boniments de l'administration Bush, des soldats désertèrent avant même d'être projetés sur le sol irakien. La veille de rejoindre leur commandement à Austin ou à Colombus, ils bouclaient leur paquetage, passaient une dernière nuit avec leur femme ou leur petite amie, embrassaient leurs parents, puis s'arrangeaient pour franchir la frontière canadienne.

Carl se dit que ce qui inquiétait Gladys, c'était tout simplement le changement, la nouveauté – en un mot, l'aventure. La seule qu'elle eût jamais connue n'avait-elle pas été sa participation, l'année de ses dix-neuf ans, à l'élection de la reine de la Mirabelle, événement phare des fêtes dédiées à ce fruit, et qui, depuis des décennies, sortait chaque mois d'août une partie des Messins de la neurasthénie estivale ? Gladys s'était inscrite à l'élection à la suite d'un pari avec un groupe d'étudiantes de la fac d'anglais. Elle avait raté la couronne d'une marche et fut désignée première dauphine. Puis la reine en titre, un soir de match de gala, fut surprise dans les vestiaires du club de hand-ball de la ville en train de faire une fellation au meilleur marqueur du championnat. Il s'ensuivit une cérémonie, sans doute la plus discrète de l'histoire de l'élection, au cours de laquelle Sandrine II fut déchue de son titre, tandis que, le lendemain, dans les colonnes du *Républicain lorrain*, on apprenait que, la reine ayant choisi, pour convenance personnelle, de renoncer à sa couronne, celle-ci venait d'être posée, comme dans les contes de fées, sur la tête blonde de Gladys Ire.

Il y a quelques semaines de cela, Carl lui aurait bien décerné de nouveau la couronne. Malgré les années, le corps de jeune femme qui avait été donné à Gladys était resté étonnamment intact. Ses seins étaient peut-être plus ronds, ses hanches plus larges, ses cuisses plus charnues – et encore : les changements qu'un œil exercé eût pu constater semblaient minimes –, mais n'avaient pas grand-chose à voir avec ce que les magazines féminins appellent un corps épanoui. Quant à son visage, Carl pouvait le comparer aux photos de leurs fiançailles et retrouver la peau délicatement rosée sous la blondeur des cheveux, un visage qui pouvait encore rougir à la moindre émotion en raison de cette délicatesse ou de cette blondeur mêmes. Les traits réguliers, la peau veloutée malgré les petites rides, d'où émanait, après vingt ans, cette joliesse juvénile qui l'avait toujours séduit. Gladys avait été une jeune fille fraîche, gracieuse, sportive (elle avait pratiqué la danse classique jusqu'à la naissance de leur deuxième enfant), elle restait aujourd'hui une femme fraîche, gracieuse, sportive (elle avait recommencé à pratiquer la danse six ans après la naissance d'Anna). Mais Carl, lui, avait changé. Il ne voulait plus de la couronne de bon statisticien, ni de la couronne de bon valet des maîtres luxembourgeois (il eût été capable de remonter un jour l'A31 jusqu'à Luxembourg-ville pour défoncer le crâne d'Oscar Dietrich à coups de cric) – comme il ne voulait plus de la couronne de bon père ni de celle de bon mari.

Lorsque trois semaines seulement après leur dîner au Commerce, Stern décida que Carl devait changer de nom, s'attendait-il à ce que cet homme de plus de quinze ans son aîné, cet homme qu'il connaissait à peine au fond et qui n'était encore pour lui qu'un collègue de travail, lui cédât aussi facilement ?

« Changer mon nom ? – Je suis désolé, Carl, mais c'est un nom impossible. – Comment ça ? – Pense aux clients. Vogelgesang, ils n'y arriveront jamais. Ou s'ils y arrivent, ils ne s'en souviendront plus. Fais-moi confiance. » (Ils se tutoyaient à présent.)

Dans cette brasserie de Toul où ils dînaient pour la troisième fois, et où Carl trouvait toujours insolite qu'on y servît une cuisine du Sud-Ouest faite de ragoûts de saucisses et de haricots blancs frémissants en terrine, il s'émut seulement par principe, comprenant que le problème posé par son nom n'avait rien à voir avec sa personne, mais avec leur projet et sa nouvelle vie. Puis il pensa à Marcus. Il se demanda de quel œil son frère verrait un tel changement. Le changement de métier, le changement de vie, le changement de nom aussi. Oh, pour le nom, ce n'est pas un vrai changement, lui dirait Carl, c'est juste une question de marketing… Il voyait d'ici son sourire caustique. Son sourire de monsieur-je-sais-tout.

Ils en étaient maintenant au dessert. Stern mordait dans une part de tarte aux pêches, tandis que Carl, l'air songeur, n'avait pas encore touché à la sienne. Il voyait déjà la petite plaque de cuivre qui serait vissée en bas de l'immeuble, les cartes de visite et le papier à lettres imprimés à grands frais (« il faut ce qu'il faut », lui avait dit Stern), comme il entendait déjà sa voix au téléphone, quand il se présenterait ou quand quelqu'un lui demanderait : « Vogel ? » et qu'il répondrait simplement : « Oui, Vogel (vo-gel et pas vo-gueul, ni même vo-jeule et encore moins fo-gueul),

Vogel, je vous écoute, madame. » L'agence n'était plus seulement une idée, elle possédait désormais un nom, un nom qui lui appartenait, un nom double, efficace, attrayant – un nom, avait dit Stern, promis à l'aventure :

STERN & VOGEL
ASSUREURS-CONSEILS

5

L'amour est un souvenir de l'amour

Chaque mi-juillet, l'Institut se vidait comme un ferry-boat. Les étudiants, dès qu'ils avaient glané sur les tableaux des examens les résultats qui les intéressaient, n'avaient aucune raison de s'attarder à l'intérieur du bâtiment. Une fois que les admis s'étaient congratulés en se tapant dans les mains, que les collés avaient manifesté leur déconvenue presque aussi bruyamment (certains allant jusqu'à passer leurs nerfs sur le distributeur de confiseries ou un rétroviseur au milieu du parking), tous finissaient par décamper. Ils rappelaient à Marcus les novices d'une tribu de Nouvelle-Guinée qui, le corps barbouillé de peinture, étaient forcés de se rendre chaque matin dans des cases cérémonielles pour y apprendre à tresser des masques, mais qui n'aimaient rien tant que retourner dormir dans la case de leur mère.

Lorsque, il y a dix ans de cela – à l'été 1999 –, Marcus avait été engagé par Bulteau, le responsable des études n'ignorait pas quelques-uns des faits d'armes du codirecteur du centre social de l'Alma. Trois mois plus tôt, des élus d'opposition avaient vivement protesté qu'on ait pu entendre « Fuck Tha Police », le tube mythique de N.W.A., à l'occasion du premier festival roubaisien de gangsta rap dont il avait été l'initiateur. Cependant, comme l'Institut, cet été-là, devait recruter un enseignant au plus vite, Bulteau n'avait pas été mécontent de le débaucher. S'il voyait en Marcus l'un des agents les plus actifs de la nouvelle municipalité socialiste qu'il exécrait, son calcul était de s'en servir deux semestres, puis de le jeter comme un vulgaire stagiaire. Marcus n'avait d'ailleurs été coopté par personne et sa démission du centre social lui avait fait perdre tous ses soutiens. L'adjoint Willy Bommaers, quand il apprit la nouvelle du départ de son protégé et son passage à l'ennemi (l'Institut appartenait à un nommé Maxence Leclercq, rejeton de la dynastie Mulliez qui finançait par tradition les campagnes électorales du camp conservateur), ne lui cacha pas son dépit. Qui plus est, Marcus n'était titulaire d'aucun doctorat, et les garanties verbales de Bulteau au moment de son embauche n'avaient été que de fausses promesses qui ne pèseraient pas lourd devant un conseil de prud'hommes.

Malgré tout, le nouveau chargé de cours plut aux étudiants, il leur plut même au-delà de ce que Bulteau pouvait imaginer. Le fait est qu'il ressemblait peu aux enseignants mercenaires vivant pour moitié du temps à Paris, pour l'autre sur une ligne de TGV, et qui, la mine renfrognée, traversaient les amphis telles des étoiles filantes. Et il ressemblait encore moins aux professeurs en titre, pseudo-pédagogues blanchis sous le harnais, perroquets de leur propre cours, appartenant depuis toujours à l'école, où ils étaient devenus des statues.

Pour les nombreux étudiants qui se trouvaient dans des situations décourageantes, Marcus était comme un camarade. N'était-ce pas avec une attention bienveillante qu'il recevait dans son bureau tel beau parleur à dreadlocks sollicitant un certificat de scolarité afin d'obtenir de la CAF une aide au logement, même si tout le monde savait (et Marcus le premier) qu'il passait ses journées à se remplir le nez ou à fumer du teush ? N'était-il pas enclin à ne jamais dénigrer les étudiantes qui rataient leurs partiels et à être toujours disposé à remonter, si elles savaient s'y prendre, leur note d'ethnologie ? Ne fréquentait-il pas des lieux dont ces jeunes gens avaient fait leurs repaires, comme le Bazooka Night et Le Djoloff, bars africains réputés pour leurs nuits *sound system*, qui, chaque semaine, mettaient le feu au quartier populaire de Wazemmes ?

Même s'il n'en connaissait que la partie immergée, Bulteau avait eu vent de ces compromissions. Au début, il avait songé à en faire grief à Marcus, puis s'était dit qu'il gardait ça au frais pour mieux le licencier. Seulement, Maxence Leclercq, qui veillait aux comptes de son Institut et n'était pas insensible au fait que les taux d'inscription et de réinscription n'avaient jamais été aussi hauts depuis le recrutement de cet enseignant hors normes, désapprouva Bulteau et Marcus conserva son poste.

C'est à la rentrée 2008 que sa réputation se détériora brusquement. Le dernier week-end où il était allé boire au Djoloff quelques dés à coudre de rhum, Marcus avait reconnu plusieurs visages familiers à une table voisine, mais les filles ne lui avaient montré que de l'indifférence et les garçons une franche hostilité. Les avait-il déçus ? trompés ? La qualité de ses cours était-elle en cause ? Comme si le contenu d'un cours était capable de semer la discorde parmi eux ! Comme si des idées pouvaient enflammer leurs esprits et les faire réagir ! À moins que l'explication ne fût dans leur différence d'âge, différence qui, chaque année, telle la température moyenne à la surface du globe, augmentait.

À son arrivée à l'Institut, il avait quarante ans (quarante et un exactement), soit l'âge d'être leur père, mais il s'était débarrassé de cette idée en se convainquant qu'on peut être père aussi bien à quinze ans qu'à soixante. Et puis cela se remarquait-il tant ? N'était-il pas toujours mince ? Sa chevelure noire n'était-elle pas encore drue, et rares les zones qui grisonnaient ? Ne portait-il pas les mêmes jeans que ses étudiants, des chemises cool dont il ne boutonnait pas les poignets et des vestes anglaises à la coupe cintrée qui lui donnaient l'allure d'un manager de rock des années quatre-vingt ? D'ailleurs se voyait-il lui-même en adulte ? Pas plus qu'il ne se voyait en père, en mari, en préfet des mœurs. Même s'il ne le partageait pas en totalité, il avait l'impression de comprendre l'univers de ses étudiants. Il se croyait capable d'avoir de l'empathie pour leurs problèmes, que ceux-ci fussent liés à l'argent, à la drogue, au sexe, à la reconnaissance sociale. Mais cette connivence remontait à dix ans, quand il avait débarqué à l'ISUR avec le prestige d'avoir fait venir à Roubaix des groupes comme Suprême NTM et Blackstar. Aujourd'hui Marcus allait sur ses cinquante-deux ans, ce n'était plus du tout la même chose, c'était comme si l'on avait changé de système métrique.

Récemment, un incident s'était produit pendant une séance de TD. Un mercredi, une étudiante assez imbue de sa personne – le type grande blonde à hauts talons, hypermaquillée, dont les ambitions devaient se limiter, pensait-il, à l'exhibition de ses obus dans une émission de télé-réalité – avait poussé la porte de sa salle de cours avec un quart d'heure de retard et, après avoir grommelé de vagues excuses, lui avait déclaré, son oreille droite vissée à un smartphone, qu'elle n'avait pas encore fini l'étude de cas qu'il fallait lui remettre ce jour-là. Bon prince, Marcus lui demanda, sur un ton à peine ironique, si vendredi lui conviendrait. « Vendredi ? » glapit-elle en se tordant la bouche. Son rouge à lèvres était du genre indélébile. « Je peux vous accorder jusqu'à lundi, dit-il en gardant son calme. Sinon je me verrai obligé de vous placer dans une situation embarrassante (c'était sa formule pour le zéro). – Et de quel droit ? » hurla-t-elle, comme s'il s'était jeté sur ses seins. Plusieurs fans de la blonde donnèrent alors de la voix en disant que, de toute façon, il ne leur rendait jamais leurs copies avant plusieurs semaines et que cela les autorisait, eux aussi, à remettre leurs travaux quand ils le voulaient. D'autres en profitèrent pour se lever, un début de bousculade eut lieu, la situation faillit tourner au vinaigre, et il s'écoula dix bonnes minutes avant que tout le monde regagne sa place.

Une heure plus tard, encore contrarié, Marcus s'en ouvrit à Nowicki, un collègue de sociologie qui, seul dans sa salle, analysait un numéro de *L'Équipe*. Nowicki lui conseilla de n'attacher aucune importance à ce qui s'était passé. Des incidents similaires lui étaient arrivés. La dernière fois, dit-il, une étudiante à qui il reprochait de se limer les ongles, alors qu'il venait de commencer son cours sur Durkheim, lui avait répondu aussi sec : « Lâchez-moi la grappe ! » « Je ne vois qu'une interprétation possible, lui dit Nowicki. – Laquelle ? – Les études les emmerdent. – Ce n'est pas nouveau, ça. – À ce point-là, si ! » dit le sociologue, tout en aplatissant sur son bureau une double page consacrée au Grand Prix de formule 1 au Nürburgring.

En fait, si Marcus s'était épanché auprès de Nowicki, c'est qu'il avait ressenti le besoin de ramener l'incident à un problème pédagogique. Après cela, il pourrait être de mauvaise foi et regarder ses étudiants en songeant à des nourrissons dont les os du crâne attendent d'être soudés. Chez la grande blonde, par exemple, il se disait que toutes les connexions mentales n'étaient pas finies.

Et leur angoisse de se sentir ainsi démunis, pensait-il, devait les rendre agressifs. Que cette fille hystérique et ses camarades lui aient manqué de respect, il ne cherchait pas à en faire tout un plat, mais au moins voulait-il qu'on le sache. Que Nowicki lui témoigne sa solidarité et que la direction prenne conscience qu'enseigner n'était pas toujours une partie de plaisir. Pourtant, au fond de lui, Marcus savait que cette prise de bec et, de manière plus générale, le refroidissement des étudiants à son égard avaient leur origine dans son ancienne liaison avec Cindy Caprou.

À l'époque, Cindy Caprou était une rousse de vingt-deux ans et d'un mètre cinquante-trois. Par sa taille, son air faussement apeuré et son habitude de porter une tresse, elle lui rappelait Natalie Wood dans *La Prisonnière du désert*. Sur un autre plan, si elle ne comprenait quasiment rien aux règles de la parenté chez Lévi-Strauss, auteur que Marcus avait mis au programme du premier semestre 2007-2008, elle était inépuisable au lit.

De la part de Marcus, il n'y avait eu ni flirt, ni tentative d'approche, ni enlèvement comme dans le western de John Ford. Cindy Caprou s'était simplement débrouillée pour obtenir son e-mail (ce qui n'était pas difficile) et lui avait écrit en le priant de bien vouloir lui donner son avis sur le contenu d'un fichier PDF qu'elle avait joint. Le fichier avait pour titre « L'échange généralisé » et se présentait en deux parties. La première contenait ce qui ressemblait à des notes de lecture concernant plusieurs articles de Lévi-Strauss sur le « mariage matrilatéral » et « l'échange et l'achat dans le système katchin », notes qui n'avaient absolument aucune valeur scientifique, alors que la seconde partie, où Cindy montrait une demi-douzaine d'images d'elle-même qu'elle avait dû réaliser dans sa salle de bains juste avant de prendre sa douche, offrait un certain intérêt. Ayant écarté l'hypothèse que la présence de ces images dans sa boîte mail pût être le fait d'une méprise, Marcus répondit par le même canal à la jeune Cindy, dont il eût été incapable, quelques heures auparavant, de mettre un visage sur le nom. Maintenant qu'il pouvait y mettre plus qu'un visage, il lui suggéra de passer chez lui, rue Nain, un après-midi où il n'avait pas cours et où il serait tout à fait disponible, lui écrivit-il, pour lui expliquer dans les moindres détails les règles de l'échange dans le système katchin.

À l'occasion d'une réunion rassemblant l'ensemble des enseignants de l'Institut, Arbogast, vieux garçon chargé d'enseigner l'ethno-démographie, avait raconté qu'une étudiante de troisième année était venue l'affriander en décolleté plongeant pour qu'il rajoute cinq points à un devoir d'une indigence honteuse, d'après lui. « Brader le diplôme pour cette pétasse m'aurait empêché de dormir ! » s'était exclamé Arbogast, à la suite de quoi il avait posé sur ses collègues masculins un regard méfiant. Depuis, par une sorte de règle non écrite, que Nowicki et Marcus appelaient « l'arrêt Arbogast », il était exclu qu'un professeur mâle reçoive en audience privée une étudiante dans son bureau – en tout cas, pas plus de cinq minutes.

C'est dans ce climat de suspicion générale que Marcus avait invité Cindy chez lui. Mais avec une fille majeure et émancipée, qui, de surcroît, l'avait elle-même provoqué, comment eût-il pu être accusé de harcèlement ? Ce jeudi-là, il disposa sur le guéridon de son salon *Les Structures élémentaires de la parenté* de Lévi-Strauss, dans sa vieille édition de chez Mouton, un carnet, un stylo, plus une bouteille de gin, du Schweppes, deux verres et des glaçons dans un bol en faïence. Quand il la fit entrer, il la trouva au moins aussi excitante que sur son fichier PDF. Elle était même plus que cela. Il y avait chez elle un charme à la fois enfantin et voluptueux. Ce n'est pas qu'il recherchait chez les étudiantes qu'il attirait dans ses filets de quoi assouvir un fantasme de femmes-enfants, genre Lolita ou modèle de Balthus, mais il fut émoustillé de voir s'allonger sur son divan la sœur jumelle de Natalie Wood. Rarement le nom et la personne des actrices comme des acteurs, avons-nous dit, importaient chez Marcus. Son penchant pour le cinéma s'exprimait autrement. Cependant, dans le cas de Natalie Wood, dont il n'avait oublié ni le visage émouvant sous le tipi du chef comanche Scar ni la fin tragique, il était prêt à faire une exception.

Depuis qu'il enseignait à l'Institut, Cindy Caprou était la huitième étudiante avec laquelle, sans que les choses soient toujours explicites, il avait conclu un pacte. Un pacte bas et vil certes, mais dont il n'éprouvait aucun dégoût. La partie éthique de son moi ne possédait pas assez de ressources, semble-t-il, pour juger méprisable sa partie désirante. Il y avait d'abord eu Nadia, dont la croupe était une œuvre d'art qu'il s'offrait en récompense de tout le temps passé sur « l'évolution des manières urbaines de consommer et les nouvelles formes de distribution », Marie-Cécile, un peu trop sainte pour lui (mais la sainteté avait aussi du bon) et qui préparait un mémoire de master sur « Élites et démocratie », il y avait eu Fiona, dont l'agilité sur un fauteuil valait toutes les heures dédiées à l'œuvre de Marcel Mauss, il y avait eu aussi Jessie, Virginie, Alice et la troublante Malika. Avec Cindy, à la libido sans limites, il avait

210

plaisir à outrager la vertu dans le dos d'Arbogast, dont il n'appréciait guère la posture déontologique. Il était d'ailleurs persuadé qu'il n'était pas le seul enseignant de l'Institut à coucher avec une étudiante (ou un étudiant). Que ceux qui n'avaient jamais péché lui jettent la première pierre, se disait-il. En ces temps d'indignation morale, l'institution universitaire était-elle moins un lieu de stupre que l'institution politique ou l'institution religieuse ? La différence peut-être, c'était que coucher dans un esprit vénal, troquer son petit pouvoir d'enseignant contre les faveurs d'une élève bien faite de sa personne mais peu adroite dans le maniement des concepts, monnayer son capital culturel contre le capital sexuel de ces gentilles filles qui ne demandaient qu'à s'abreuver de connaissances pouvait paraître abject. Il ne le pensait pas pourtant, et ces étudiantes dégourdies n'avaient pas l'air de le penser non plus. Chacune et chacun donnaient l'impression d'y trouver son compte. C'était l'esprit du pacte. Un pacte qui en valait un autre et n'était qu'une clause, pensait-il, dans le grand contrat global d'une société corrompue. Jusqu'au moment où, avec Natalie Wood de Roubaix, il tomba sur un os.

Cindy Caprou était une étudiante dont l'ignorance crasse atteignait de telles proportions que Marcus eut tort de ne pas les considérer. Tout en étant inscrite pour la troisième fois consécutive en première année, elle se complaisait à ne pas vouloir apprendre, n'être curieuse de rien, ne jamais s'intéresser à ce qui ressemblait, même de loin, à l'embryon d'une idée. Ce n'est pas que Chombart de Lauwe ou Henri Mendras, pour prendre ces exemples, l'ennuyaient, c'est qu'elle n'avait aucune envie d'être un tant soit peu au courant de ce qu'ils avaient écrit, aucune envie de connaître ce que ces esprits, comme d'autres dont les noms s'enchaînaient dans les bibliographies qui lui étaient remises chaque année, avaient pu penser – aucune envie de savoir qui ils étaient. Elle s'en fichait *royalement*, au sens où sa pauvreté intellectuelle constituait un royaume en soi dont elle était la reine à tresse – reine qui, par ailleurs, ne se faisait jamais prier pour retirer sa jupe avant même que Marcus ait commencé à lui dire un seul mot à propos des origines mythologiques de la société katchin, et qui, au lieu de le questionner sur la signification profonde des entités surnaturelles katchins que sont le Ciseau, la Pointe de Lance, le Grand Couteau, la Grande Aiguille, attendait uniquement qu'il veuille sortir sa pointe de lance à lui.

Au début, il n'y trouva rien à redire, au contraire. Cindy sonnait chez lui tous les jeudis vers quinze heures avec de l'entrain à revendre (et parfois des poppers dans son sac) et Marcus passait avec elle du bon temps. À ce moment-là, il l'aimait bien, Cindy. Elle n'était sûrement pas faite pour suivre des études, mais elle possédait un tel talent pour l'exciter, elle montrait une telle fougue quand elle le chevauchait avec son mètre cinquante-trois et sa tresse virevoltante, un tel zèle pour ranimer ensuite sa sève en se frottant avec lascivité contre sa poitrine et son sexe, que le seul fait de penser à elle quand le jeudi arrivait le mettait en émoi. Si elle n'avait aucun appétit pour les sciences de l'homme, elle avait une vraie vocation pour la science du mâle et sa jouissance, pour toutes les variétés de caresses et les techniques afférentes. De ce côté-là, elle méritait largement les félicitations du jury. *Summa cum laude.*

Fin janvier, Marcus fut informé des résultats qu'elle avait obtenus aux partiels du premier semestre et, même s'il ne s'attendait pas à des chiffres mirobolants, il comprit qu'il allait devoir faire face à une difficulté imprévue. Il avait beau lui avoir accordé la note de 19,5 en ethnologie, la moyenne de Cindy sur l'ensemble des unités de valeur n'avait pas réussi à franchir la barre de 5,5 sur 20. Et cette difficulté prit un tour inquiétant lorsque, quelques mois plus tard, alors qu'elle continuait à récolter des résultats de plus en plus mauvais, il réalisa qu'elle n'attendait de lui ni plus ni moins que son passage en deuxième année. *En deuxième année.* Avec une moyenne de 5,5 sur 20. Avec un 1 chez Arbogast. Un 2,5 chez Nowicki. Un 6 en initiation aux méthodes informatiques. Et le reste à l'avenant. En lui donnant deux fois de suite 19,5 pour sa nullité intégrale (il n'avait pas osé le 20, estimant qu'il y avait quand même des limites), Marcus croyait lui avoir apporté son appui comme convenu, mais cette fille n'espérait ni 19,5 ni même 20, elle espérait tout bonnement un miracle. Et quand, un jeudi après-midi de juin, après une nouvelle chevauchée fantastique dans la chambre à coucher, il se décida à lui dire que ses prétentions étaient complètement irréalistes, elle lui répondit en rajustant son débardeur sur ses tétons rosés que, dès demain, elle irait tout raconter à Bulteau. Oui, demain, à midi, M. Bulteau saurait que Marcus Vogelgesang, chargé de cours en ethnologie, avait exploité sexuellement son étudiante Cindy Caprou pendant deux semestres. Et M. Maxence Leclercq le saurait aussi. Et M. Arbogast et l'ensemble du personnel l'apprendraient à leur tour. Et tous les étudiants et toutes les étudiantes en seraient également avisés. Et non seulement avisés mais cette révélation délierait à coup sûr leur mémoire et leur langue, et il s'écoulerait peu de temps avant que les noms de Nadia, Marie-Cécile, Fiona, Alice, Virginie, Jessie et Malika n'aggravent son cas, comme peut-être aussi d'autres noms, une Rebecca, une Sandy, une Coraline, une Célimène, pourquoi pas ?

noms qui ne lui diraient rien mais dont les intéressées viendraient expliquer dans quelles circonstances elles avaient été victimes de l'espèce de violeur en série qui cachait bien son jeu sous des dehors de « prof sympa ». Et cela signifierait alors pour lui, d'abord l'humiliation et le déshonneur, ensuite la déchéance et la fin. Voici ce dont Natalie Wood de Roubaix le menaça dans son appartement tout en attachant ses sandales en plastique sur ses pieds minuscules, et Marcus prit soudain conscience que son avenir, non seulement à l'Institut et dans l'université en général, mais aussi en ville et probablement dans tout le département du Nord, se réduirait demain – il se rappela les paroles d'une chanson de Lou Reed – à celui d'un chat errant :

I'm just like an alley cat.

Le vendredi, à sept heures, il émergea de sa chambre avec une migraine et découvrit que l'Institut n'était plus son but. C'était comme si un neurochirurgien lui avait dévitalisé pendant la nuit la zone cérébrale correspondant à sa fonction d'enseignant. Sa vie de prof d'ethno était une affaire terminée. Il se demanda même s'il allait passer un coup de fil au secrétariat de Bulteau pour prévenir qu'il ne viendrait plus. En y réfléchissant, il ne voyait pas pourquoi il aurait dû subir l'humiliation promise par Cindy, et s'il se risquait à venir récupérer ses affaires dans son bureau, pourquoi faudrait-il qu'il s'inflige le regard de procureur d'Arbogast ? Comme il n'avait non plus nulle envie de comparaître devant une commission disciplinaire, d'y être jugé, blâmé, réprimandé comme un méchant petit garçon. Il enverrait, se dit-il, sa démission par courrier, puis quitterait Roubaix à la fin du mois.

Vers dix heures, alors qu'il nettoyait son grille-pain, le téléphone sonna. C'était Bulteau. « Vogelgesang ? Vous n'étiez pas là pour votre cours de neuf heures… Vous êtes souffrant ? » Marcus ne répondit pas. « Je vois, fit Bulteau avec un ton cassant, vous saviez déjà que les cours étaient annulés… Une sale histoire, hein ? Trois d'un coup. Celui qui conduisait n'était même pas de chez nous. La BMW était volée, à ce qu'on dit. Littéralement pulvérisés. Mais cette fille, c'était pas un cadeau, non ? – Quelle fille ? – Eh bien, Caprou ! »

L'année universitaire qui suivit fut pour Marcus une année de parfaite abstinence sexuelle. La plus longue période d'abstinence de sa vie d'adulte. En septembre 2008, il avait repris ses cours comme si la mort de Cindy n'avait été qu'un mauvais rêve, mais dorénavant il s'interdisait la moindre tentative d'embardée érotique avec quelque jeune fille que ce soit. De toute façon, il pensait être devenu indésirable aux yeux de ses étudiantes. Les détails de sa dernière liaison n'étaient probablement jamais arrivés aux oreilles de Bulteau, mais des rumeurs devaient circuler dans les amphis et aux tables du Djoloff, peut-être même parmi ses collègues. À la rentrée, il avait été chagriné d'apprendre que le collège des professeurs, qui avait entre autres prérogatives celle de répartir les bureaux entre les enseignants, lui avait pour la première fois imposé une colocataire, Isabelle Lacalmontie, spécialiste en sociologie de l'altérité. Marcus avait vite compris de quelle théorie de l'altérité il s'agissait : si la vie en commun nécessite des contacts, des échanges, une vague sympathie mutuelle, point trop n'en faut. Ce n'était pas avec Lacalmontie qu'il risquait de se faire prendre en flagrant délit d'écart libidinal. Avec son chignon poivre et sel, ses jupes plissées, ses chevilles raides et sèches plantées pour l'éternité dans des mocassins beige, son buste déséquilibré par un cartable en surcharge pondérale, il la soupçonna même d'appartenir au mouvement « No Sex ». Il n'osa pas le lui demander, mais il était à peu près certain que ses collègues lui avaient mis cette fille rigoriste dans les jambes dans le but de l'épier. C'était une situation dégradante et c'était la sienne. *I'm just like an alley cat.* Me voilà pareil à un chat de gouttière.

Si la tresse de Cindy venait parfois le hanter, comme le souvenir de ses sept petites amoureuses, l'année 2008-2009 ne s'en écoula pas moins de manière chaste. Platonique même. Le Sexe n'était plus pour lui qu'une idée pure et abstraite qu'il contemplait, telles les idées du Devoir, de la Justice, de la Charité. L'année s'écoula chastement jusqu'aux résultats des examens. Depuis la porte entrebâillée de son bureau, Marcus regardait les étudiants retourner chez eux.

Ce jour-là, on avait beau être en juillet, le vent du nord soufflait sur la ville. Irascible, il pénétrait à l'intérieur de l'Institut, hululait sous les portes, faisait claquer les fenêtres. Les couloirs résonnaient de bruits provoqués par des courants d'air, et, dans le hall, les escaliers de béton étaient jonchés de papiers souillés. Au rez-de-chaussée, l'amphi Louis-Mulliez évoquait la cale d'un bateau fantôme, d'où bientôt s'échapperaient des grincements sinistres. C'est là que, un mois auparavant, face à une dizaine de jeunes gens faisant figure de derniers Mohicans, Marcus avait mis un point final à son cours du second semestre, « Représentations claniques des minorités culturelles ». En attendant d'être remisée chez lui, la chemise vert chou qui le contenait traînait sur sa table à l'aspect de champ de bataille. Sur l'épais rectangle en verre posé sur deux tréteaux s'entassaient d'autres chemises, des classeurs débordant de documents, de nombreux livres en piles (la plupart d'entre eux emplumés de petites bandes de papier blanc griffonnées), deux dictionnaires de langue (dont un français-indonésien), un pot à crayons renversé, un récipient en terre grouillant d'élastiques marron, des photos encadrées représentant des masques et des totems originaires de différentes ethnies et, au centre de tout cela, son ordinateur portable, sur le capot duquel reposaient ses bras nus. Il avait enlevé sa veste, retiré ses mocassins, retroussé les manches de sa chemise. Lacalmontie était partie la veille dans un coin sauvage du Morvan. Marcus imagina ses épaules maigres rosissant sous le soleil. Il disposait enfin du bureau pour lui seul et pouvait réfléchir à ses prochaines vacances.

L'été dernier, voulant prendre du champ après la mort de Cindy, il s'était envolé pour l'Amérique du Nord. Il y avait séjourné six semaines, atterrissant à New York (où il n'était plus revenu depuis les années quatre-vingt et où cette fois, grâce au pactole des parents, il avait profité à Chelsea d'une jolie petite suite), puis voyageant en train jusqu'à Philadelphie et Washington, où il avait loué une Dodge pour rejoindre Chicago, Oak Park, la région des Grands Lacs, couronnant son périple par trois jours délicieux à Boston, avant de rentrer en France. La semaine où il avait logé sur la rive sud du lac Ontario, pas très loin de la frontière canadienne, il avait acheté dans une boutique de souvenirs une paire de chaussettes massantes, sur lesquelles était imprimée la tête d'un bébé wapiti, et deux CD de Great Lake Swimmers, un groupe de folk-rock local, qu'il comptait offrir à son frère à Noël. Mais après ce réveillon

2008, il s'était aperçu, de retour à Roubaix, que les CD étaient restés dans sa valise. Rue de Londres, il y avait eu tous ces excès. Excès d'alcool et de fatigue, excès de jalousie et de fierté, et surtout sa diatribe et le coup de poing de Carl. Depuis, les deux frères ne s'étaient plus revus ni même parlé. Marcus, ces derniers mois, s'était parfois demandé si Carl l'avait bien créée, son agence. Pour le savoir, il y avait Internet et le service des annuaires, mais quel était le nom de sa société ? Il se rappelait que Carl lui avait dit qu'il l'ouvrirait en mars. Ce Stern était-il devenu son associé ? Carl avait-il dépensé la totalité de l'argent de la maison ? Le désaccord avec Gladys s'était-il conclu par un arrangement ? Marcus en était là : son frère n'existait plus qu'à travers des questions. S'il n'excluait pas de le revoir un jour, il pensait que c'était encore trop tôt. Son abstinence sexuelle à l'Institut avait pris la forme d'une abstinence plus générale dans sa vie.

Cette nuit de réveillon, avant qu'ils ne s'empoignent sous le sapin de Noël, Marcus s'était bien gardé de raconter à Carl son aventure avec Cindy. Au moment où lui-même tentait de se convaincre qu'il y avait peut-être une sexualité plus normale que celle consistant à trouver son plaisir avec des jeunes filles qu'on lui confiait pour qu'il les mène à des diplômes, il n'avait guère envie d'affronter des critiques. Il n'avait d'ailleurs pas oublié un échange qui l'avait agacé, même froissé. C'était déjà un 25 décembre, en 2004. Ce jour-là, après le déjeuner, Carl et lui étaient allés marcher le long du canal de la Moselle. Il était gelé et donnait l'impression qu'on avait déroulé dessus de grandes feuilles de plastique à bulles. Leur père faisait la sieste, rue de Londres. « Et cette année, comment elle s'appelle ? lui avait demandé Carl. – De quoi tu parles ? – Tu sais bien, Marcus, l'étudiante qui te tient chaud. » Le repas, encore une fois, avait été bien arrosé et le ton de son frère n'était guère affectueux. Marcus avait tourné la tête vers une chaussure solitaire, qu'un unijambiste avait dû jeter sur la glace. « Hein ? Dis-moi. – Je ne veux pas en parler. – Oh, excuse-moi si je t'ai choqué. Seulement, tu vois, je ne comprends pas ces filles. Elles font des études, non ? Elles sont intelligentes. – Tu veux en venir où ? – Comment elles peuvent accepter ça ? – Accepter quoi ? Que je couche avec elles alors que j'ai le double de leur âge ? Ça t'épate ? Mais je te rassure tout de suite, Carl, elles savent très bien ce qu'elles font, ce ne sont pas des âmes en détresse. Qu'est-ce que tu imagines ? Qu'elles sont arrivées à Roubaix dans des conteneurs ? Et maintenant j'aimerais vraiment qu'on arrête d'en parler… »

Arrêter d'en parler, c'était sûrement le mieux. Comment Marcus eût-il pu échapper à un jugement moral ? Prétendre qu'il n'exploitait pas la faiblesse de ces jeunes filles était pour le moins contestable. Il savait bien que les sciences sociales n'avaient jamais été la voie royale pour trouver sa place dans la société. L'ethnologie comme la sociologie subissaient depuis quelques années des attaques de toutes parts et une désaffection grandissante. Les étudiants actuels de l'Institut, à la différence de ceux d'avant, avaient beaucoup moins envie d'entendre des discours du type : « vous êtes le produit des institutions », « vos pratiques sont déterminées socialement », « votre liberté est imaginaire ». La nouvelle génération, qui éviterait difficilement le chômage, l'alcoolisme de groupe ou une impécuniosité chronique, comment aurait-elle pu se vouer à des sciences qui lui apprenaient que la réalité sociale, politique, économique, culturelle, était truffée d'illusions ?

Quand il regardait ses étudiants, Marcus se disait que cette jeunesse, autant que n'importe quelle autre, avait besoin de mirages, mais l'époque des mirages idéologiques étant passée – fini le mirage de la révolution, fini celui du tout sexuel, fini celui du retour à la nature, comme celui du travail épanouissant et de l'argent facile –, les mirages d'aujourd'hui se réduisaient aux réseaux sociaux, aux raves universelles, aux apéros géants – des pratiques qui lui semblaient vides de sens. Une telle conception de l'existence permettait de comprendre le succès de formations concernant les arts du spectacle, les sciences du sport, les méthodes de communication publicitaire. Dénominations attractives et consolantes en ce qu'elles faisaient miroiter des études dont le contenu s'apparentait, pensait Marcus, à un gros marshmallow riche en sucre. La formule en 1968 du chanteur des Doors, « *We want the world et we want it now !* », qui correspondait à sa génération, n'était-elle pas devenue : *Nous ne voulons plus du monde, ni maintenant ni jamais* ? Ne plus vouloir du monde, cela revenait à ne plus vouloir connaître le monde et sa réalité, ne plus vouloir plonger dans l'Être ou le Grand Tout, mais se contenter de techniques, de ruses, de machins, de bidules, et forcément s'en tamponner des sciences sociales et d'un zozo qui les gavait avec Bourdieu et Lévi-Strauss.

Il consulta sa montre. Tous les étudiants avaient dû évacuer l'Institut. Ses collègues aussi. Il songea à débarrasser son bureau avant de rentrer chez lui, où l'attendait un coffret de cinq DVD d'Ozu. Le vent du nord continuait de souffler sur la ville et il pleuvait à présent pour de bon.

Cette agitation anachronique des éléments ne fut pourtant pas un obstacle pour la jeune fille qui, surgie derrière sa porte, venait de lui susurrer : « Je suis admise en master 2… Je peux vous parler ? » Ce n'était pas une étudiante qu'il avait eue cette année dans un de ses TD, et il ne se souvenait pas de l'avoir vue en amphi. L'invitant à s'asseoir, il remarqua ses longs cheveux auburn, sa bouche appétissante, sa peau dorée et, sous le trait sombre de ses sourcils, ses grands yeux gris dont les cernes légèrement marqués donnaient une valeur érotique à son visage. Des yeux qui semblaient parfois se changer en petites surfaces tristes. « Alors nous nous verrons sûrement l'an prochain, lui dit-il. Dans le cadre de mon séminaire de lecture consacré à Radcliffe-Brown. Vous connaissez Radcliffe-Brown ? »

Nastassia Elbatal avait vingt-trois ans, et c'est à la rentrée 2005, lui apprit-elle, qu'elle avait rejoint l'Institut, après avoir, selon ses termes, fichu en l'air toute une année. À sa sortie du lycée, bac en poche, elle s'était inscrite, pleine d'espoir, en langue et civilisation espagnoles à l'université de Lille. Bien que marocaine par son père, elle possédait une arrière-grand-tante native de Cadix, et l'arrière-petite-nièce qu'elle était, qui avait grandi dans une banlieue lilloise et n'était jamais allée plus loin que les plages de Bray-Dunes et le centre aquariophile de Dunkerque avec ses poissons bizarres, avait éprouvé le désir de ranimer sa branche andalouse. Pour son malheur, dès la rentrée, la faculté d'espagnol l'avait contrainte, en raison d'un problème de sous-effectif, à suivre à haute dose des cours de chinois. Or le chinois est non seulement impossible à apprendre, lui dit-elle, mais être obligée de s'y colleter vous empêche de faire n'importe quoi d'autre. Tant et si bien qu'à force de chinois, l'espagnol lui fit l'effet d'une langue réellement étrangère. Dans la lecture du *Quichotte*, jamais elle ne réussit à dépasser le prologue au lecteur, et Cadix, ses toreros à la beauté du diable, ses danseurs aguichant les vierges, ses vierges saintes et belles, sa baie qui s'ouvre sur l'Atlantique, s'éloignèrent pour de bon. C'est à ce moment-là que, bénéficiant d'une bourse, elle s'était inscrite à l'Institut, sans savoir grand-chose, lui dit-elle, de l'ethnologie et des « trucs dans le genre ».

Si un scrutin avait été organisé sur son physique, Nastassia aurait sans doute recueilli la majorité des suffrages de l'école. En raison de la longueur de ses jambes et du fait qu'elle était chaussée de ballerines qui, sous la table, ne tardèrent pas à quitter ses pieds, la proportion vêtement/peau nue devait être en gros de un pour trois. Elle était habillée ce jour-là d'un corsage turquoise, dont la fonction principale, pensa Marcus, était de dilater sa poitrine ; elle avait choisi une jupe couleur sable, assez courte pour qu'un esprit tatillon se demande si cette jupe existait vraiment, ainsi qu'un imperméable crème ouvert sur ses cuisses et son buste, au point que Marcus eut le sentiment qu'ils étaient trois dans son bureau : lui, elle et son anatomie.

« Toute mon énergie, je veux la mettre dans le mémoire, lui dit-elle. Je veux l'écrire cet été et le soutenir à la rentrée. La mairie de Lille m'a promis un emploi et pour ça il me faut mon master. J'ai le sujet, les idées, mais le problème c'est que j'aime pas écrire, j'ai jamais aimé ça. Et puis deux mois, c'est court. Vous comprenez ? » Marcus exprima un étonnement qui n'était pas complètement feint. Peut-être étaient-ce les effets de son année d'abstinence. S'il fallait effectivement bien plus de deux mois pour rédiger un mémoire digne de ce nom, lui-même en tant que simple chargé de cours n'était pas habilité à diriger des travaux de master, et les étudiants étaient censés savoir que dans ce domaine il ne pouvait leur être d'aucune utilité. Du moins, officiellement. Dans la mesure où l'on restait sur la ligne tracée par Bulteau. Où l'on respectait l'arrêt Arbogast. Où l'on se contentait de recevoir les étudiantes pulpeuses pas plus de cinq minutes, chronomètre en main, et en laissant sa porte ouverte. « Avez-vous déjà sollicité un professeur ? lui demanda Marcus. – Arbogast, dit-elle. – M. Arbogast, rectifia-t-il. C'est un excellent choix. »

Le lendemain, qui était un samedi, Nastassia monta vers seize heures dans une rame de métro à la station Lille-Flandres, descendit vingt minutes plus tard à la station Roubaix-Grand-Place, d'où elle rejoignit à pied le petit immeuble en brique rouge où Marcus vivait depuis dix ans. Cette visite, comme celles qui, à quelques nuances près, s'enchaîneraient entre la mi-juillet et la mi-août 2009, deux à trois fois par semaine, se divisa en trois moments distincts : le moment du travail, où Marcus prépara, organisa et rédigea, sous le regard plus ou moins concerné de Nastassia, son mémoire de master ; celui d'un repas léger, pour lequel il commanda à un traiteur asiatique des plats chauds dans des emballages en carton, et ouvrit une bouteille de chablis ; celui des ébats enfin, au cours desquels Nastassia ne manqua et ne manquerait jamais d'imagination.

Le sujet de master de Nastassia, tel que Marcus l'avait reformulé, était « Genre et tempérament dans une cité du Nord de la France ». Il lui avait été en partie inspiré, lui dit-elle, par le cours d'introduction à Margaret Mead, « Sexualité et adolescence : un exemple de méthodologie », que Marcus dispensait à ses novices de première année. Les travaux de Mead avaient beau remonter à la période 1928-1935, ils représentaient, pour un enseignant désireux de sensibiliser ses étudiants à une certaine logique de la découverte, un modèle épistémologique encore valable. En simplifiant, Mead, après avoir observé et décrit avec beaucoup de perspicacité trois sociétés primitives d'Océanie, était parvenue à établir qu'il n'existe pas dans notre espèce de « traits tempéramentaux » liés directement au sexe ; autrement dit, qu'aucune qualité morale ou psychologique telle que l'humilité, la compassion, le courage, l'émotivité, le sens de la justice, la paresse, la concupiscence et même l'amour des enfants n'était susceptible, d'après elle, d'être définie comme étant de nature proprement masculine ou féminine. L'anthropologue américaine posait ainsi comme thèse que les tempéraments que nous avons l'habitude de concevoir comme appartenant à un sexe donné ne sont en réalité que les variantes ou les modulations d'un tempérament humain général, et que ces variantes ou modulations dépendent pour l'essentiel de processus de socialisation et d'éducation, dont les formes et les contenus diffèrent d'une société à l'autre.

En réalité, le projet de mémoire de Nastassia se présentait comme un recyclage de ce que Marcus exposait dans son cours et qu'elle entendait appliquer, sans trop se poser de questions, au quartier populaire de la banlieue de Lille où, en 1986, elle avait vu le jour. Il lui fit d'abord remarquer que ces idées-là étaient surtout les idées de Mead, non les siennes, et que c'était un peu gênant, ensuite qu'il n'était pas garanti que le terrain ethnographique choisi convienne, mais cela ne parut pas l'inquiéter. Elle lui renvoya ces difficultés comme un volant de badminton.

Nastassia était une jolie fille, et s'il n'en était pas tombé amoureux dès qu'il l'avait vue – d'ailleurs, avait-il été une fois amoureux dans ses relations estudiantines tarifées ? avait-il été amoureux de Virginie ? de Fiona ? de Marie-Cécile ? de la troublante Malika ? et même de Cindy à la tresse virevoltante –, il aimait chez elle sa voix caressante, son corps tiède et sucré, ses yeux gris. Il les aimait ou se plaisait à les aimer. Du moins à ce moment-là. Si elle n'était pas « son âme », elle était « son péché ». *Mi pecado*, lui dirait-il plus tard. Un bien petit péché pour sa cinquante-deuxième année sur terre.

Le 19 août, le mémoire de Nastassia était sur le point d'être achevé. Restaient seulement les polissages, qui ne prendraient pas plus d'un après-midi. Marcus, excepté deux week-ends à Paris où il était allé écouter des concerts, avait passé tout son été rue Nain. Programme sans surprise : relecture de l'œuvre de Mead, exploitation des matériaux approximatifs fournis par Nastassia, échanges sur le divan, travaux de rédaction et de mise en forme, grappillages sur le guéridon (raviolis à la pékinoise, crevettes chop suey, poulet au curry), vin blanc frais, gin, séances cinéma le soir avec sa collection de DVD, jeux sexuels, agréables délassements – *mi pecado*. Quand, le jeudi, seul dans son appartement, il mit la dernière main à son travail, il eut tout à coup envie de changer d'air. Abandonner Roubaix pour une semaine. Prendre la tangente. Souffler avant de reprendre le collier. Il consulta plusieurs sites de voyagistes, hésita entre Berlin qu'il ne connaissait pas et Lisbonne qui l'avait rarement déçu, se donna la nuit pour décider. Nastassia devait venir le lendemain chercher sa clé USB.

Ce vendredi-là, elle était assise en face de lui avec le fichier dans son sac, et Marcus avait du vague à l'âme. Leur histoire était terminée. Il l'observa de haut en bas avant de l'accompagner jusqu'à la porte, appréciant une ultime fois les charmes de son été.

« On a bien travaillé », marmonna-t-il dans le couloir. C'était sans ironie. Il n'aimait pas les séparations. Il l'embrassa sur le palier, puis, de but en blanc, sans y avoir réfléchi, lui dit : « Ça te dirait un voyage ? Une semaine de bonus pour nous deux ? » Elle le dévisagea et ne répondit pas tout de suite. Elle imagina que ce n'était pas sérieux, qu'il se moquait d'elle ou se moquait de lui, mais, constatant qu'il avait l'air aussi sincère que la fois où ils avaient conclu leur pacte, elle en fut troublée, tout en pensant qu'il était absurde de prolonger une relation dont la raison d'être se trouvait à présent dans son sac. Depuis la mi-juillet, elle avait dû coucher une dizaine de fois avec Marcus et cela lui parut assez. Même plus qu'assez. Et pourtant, sans y avoir elle aussi réfléchi, elle s'entendit lui dire : « Où ça ? – Où tu veux, lui répondit Marcus. J'ai l'argent. » Il avait le pactole et eut envie d'en parler de cette façon. Il se doutait que ça lui plaisait. Et elle, avait-il suffi qu'elle se rappelle à cet instant son arrière-grand-tante native de Cadix, ou se souvienne de cet article de magazine sur le lieu où il fallait être cet été – *the place to be* –, sur la « chaleur des nuits barcelonaises », ou se remémore le film qu'ils avaient vu ensemble un soir dans son salon, *Vicky Cristina Barcelona*, qui l'avait beaucoup amusée (Marcus, moins, préférant chez Woody Allen sa période tchekhovienne), un film qui contait l'aventure de deux Américaines à Barcelone (dont l'une venue y finir son master !) où elles étaient séduites par un peintre vaniteux : drôlerie des situations, paysages pittoresques, romantisme espiègle – quoi qu'il en soit, elle lui fit cette réponse : « Barcelone, ça serait cool. »

Pourquoi donc Nastassia avait-elle consenti aussi vite ? Parce qu'il avait l'argent ? Était-ce la seule explication ? Et pourquoi Marcus avait-il accepté Barcelone ?

Les attraits de cette fille suffisaient-ils à ce qu'il remette les pieds dans cette ville, qu'il croyait morte dans son souvenir ?

Ils quittèrent Roubaix l'avant-dernier dimanche d'août. Depuis plusieurs jours, la température frayait en France avec des niveaux record. À la gare de Lille-Flandres, Nastassia l'attendait sous le grand tableau des départs. Comme elle lui avait confié sa peur de prendre l'avion, Marcus avait opté pour un voyage en train.

À Paris, une chaleur pénible pesait sur la ville. Les rues n'étaient pas désertes mais, dans le quartier de la gare d'Austerlitz, on pouvait croire que, excepté des groupes de touristes en transit, aucun Parisien n'était sorti de chez lui. C'était le cœur d'un après-midi étouffant, et la salle des pas perdus, saturée de voyageurs énervés qui se bousculaient, parlaient fort, transpiraient, n'offrait aucun refuge.

Dans le train heureusement, tout était prévu pour qu'ils fussent transportés de manière confortable. Marcus avait réservé deux Paris-Barcelone dans une cabine grande classe à bord du Joan-Miró. Ce n'était pas l'Orient-Express mais ça y ressemblait. Outre un lit rembourré aux dimensions convenables, ils disposaient d'une douche et d'un lavabo personnels, de linge frais et d'une panoplie complète d'accessoires de toilette. Étendu sur le lit, Marcus contemplait le dos nu, les épaules rondes et agitées de petits soubresauts de celle qui, une semaine durant, allait partager sa vie dans une ville faussement étrangère. Debout, Nastassia se livrait à un brossage de dents énergique et néanmoins gracieux. Elle s'aspergea le visage avant de rejoindre Marcus, lui tendant une serviette de toilette passée sous le robinet. Il s'en couvrit le front ainsi qu'elle l'avait fait elle-même. À Roubaix comme à Paris, ils n'avaient pas cessé d'avoir chaud, et voici que de la grille vissée au plafond – grille dont ils avaient attendu des prodiges – aucun air frais ne jaillissait. Depuis le départ du train, le système de climatisation était défectueux, et le contrôleur, que Marcus était allé chercher au bout de la rame dans un cagibi où il vérifiait passeports et billets, ne leur avait été d'aucun secours. Feignant de s'y connaître, il avait trituré les touches de l'appareil pour finalement maugréer : « *Es rota…* » (C'est cassé.) Cela semblait une affaire sans espoir. « Tu veux que j'aille te chercher un soda au bar ? Tu veux un fruit ou autre chose ? » Nastassia faisait la grimace. Ce n'est sûrement pas comme ça qu'elle s'était imaginé leur semaine de bonus. « J'ai l'impression de ne pas m'être lavée depuis huit jours. » Marcus lui assura qu'avec la nuit et la fraîcheur qui s'ensuivrait, la situation ne pourrait que s'améliorer. Quand les paysages traversés furent noyés dans l'obscurité, la température extérieure commença à décroître ; cependant comme le Joan-Miró, dans le même temps, se déplaçait vers le sud, la baisse fut très relative. Dans la cabine, en fait, rien ne changea. Ils étaient confinés dans six mètres carrés avec une climatisation en rade, l'unique fenêtre était scellée, et la perspective de laisser la porte entrouverte, peu sérieuse. Nastassia voulut prendre une douche, mais la pression était faiblarde et l'eau teintée de rouille. Entre vingt-deux et vingt-trois heures, la chaleur augmenta sans arrêt. Marcus eut le sentiment qu'elle enflait sous le plafond, que leur cabine se transformait en une bouilloire.

Débarrassée du débardeur qui lui poissait le dos,

Nastassia ne portait plus qu'un short en lin couleur limon et un soutien-gorge noir en dentelle. Après ses ablutions, lorsqu'elle vint s'allonger sur le lit, Marcus approcha une main de la zone rectangulaire de chair qui se trouvait entre la ceinture de son short et le bord de son soutien-gorge. Il aimait bien la caresser à cet endroit. C'était, pensait-il, une flatterie où l'on reçoit autant qu'on donne. Les premiers effleurements provoquèrent chez elle une série de frissons qui n'étaient qu'à moitié plaisants, puis la partie touchée accepta peu à peu la partie touchante, elle se détendit, le ventre de Nastassia se mit à onduler, à devenir un petit animal, moitié bougon, moitié joueur. Marcus augmenta son étreinte, passa son autre bras autour du cou de la jeune fille qui commençait à ronronner, puis, de la main droite, titilla son nombril comme si c'était une friandise, une cacahouète sucrée, toujours avec la même patience, la même douceur, il ne fallait pas lui causer de gêne, chercher seulement chez elle l'excitation, le ventre humide et tiède qui se creuserait sous la pulpe de ses doigts, puis s'ouvrirait et réclamerait d'autres frottements, d'autres caresses. La main de Marcus plongea sous la ceinture du short, et le pubis protégé par le slip s'y tendit aussitôt, puis s'amollit, puis s'affermit, puis s'amollit de nouveau. « Tu as envie de moi ? lui demanda Nastassia. Dis-moi que tu as envie de moi. » Marcus n'aimait guère parler dans ces moments-là. Il préférait laisser cela à ses doigts qui s'agitaient sous la dentelle du slip. « Dis-moi que tu as envie de moi. » L'intimité de Nastassia s'y montrait à la fois nerveuse et prête à lâcher prise. Passant sous l'élastique, les doigts de Marcus la découvrirent brûlante, comme il l'avait imaginée, mais une brûlure soyeuse, profonde, plus humide que le linge mouillé passé sous le robinet, et passionnée, décidée à tenir son rôle dans ce duel pré-orgasmique. Sans jamais se relâcher, ses doigts continuèrent leur douce pression, d'abord sur la partie externe du sexe, dont ils touchèrent les chairs renflées, ensuite avec le pouce glissé doucement à l'intérieur, et qui allait et venait dans un mouvement constant, mais tendre et caressant, tandis que la respiration de Nastassia s'était accélérée, que sa tête libérée de la serviette roulait sur l'oreiller, que son dos s'arc-boutait, Marcus allant et venant toujours aussi régulièrement, mais plus vivement aussi, plus rapidement, avec une pression du poignet, et Nastassia soufflait, se tendait par à-coups, poussait des gémissements, et la main libre de Marcus lui décrocha son soutien-gorge, palpa ses seins, les embrassa, les enveloppa et les frotta, palpa ses bras aussi, le creux de son dos, sentit ses muscles se rétracter, ses épaules se cabrer, il la touchait partout, aucun millimètre carré de sa chair ne paraissait lui échapper, puis son regard scruta le sien, ses yeux gris un peu tristes, le battement de ses paupières, et de nouveau sa main emprisonna ses seins, pinça doucement leurs pointes, tandis que l'autre main, du pouce et de l'index, allait et venait toujours à l'intérieur de Nastassia, et que celle-ci soufflait plus fort maintenant, haletait, suait et frissonnait, que sa bouche s'entrouvrait et ses fesses se soulevaient.

Leur rapport fut bref, vingt minutes tout au plus, mais assez actif pour mettre Marcus en nage, augmenter son pouls, provoquer sur sa peau des picotements peu agréables, comme s'il s'était roulé dans une prairie fraîchement fauchée, l'odeur de fenaison en moins. Sa théorie du plaisir sexuel était que celui-ci n'avait rien à voir avec la théorie justement, avec des méthodes ou des techniques, des manières de bouger et de faire, mais dépendait d'une affinité des corps, autrement dit que ce corps-ci et ce corps-là, pour des raisons en partie mystérieuses, étaient capables de produire ensemble ce que les musiciens allemands appellent *ein heller Klang*, un son clair – une belle résonance. Cela dit, Marcus pensa qu'il avait cette fois manqué de conviction en baisant avec Nastassia. Il n'en avait pas tiré une vraie satiété.

Il la regarda se lever, se nettoyer en écartant les jambes, mouiller de nouveau l'essuie-mains pour s'en ceindre la tête. La chaleur était toujours aussi lourde et le train avait curieusement ralenti, il se déplaçait avec une telle lenteur même qu'on pouvait croire les rails fondus, les roues embourbées. Nastassia revint vers le lit, s'y allongea. C'est pêle-mêle qu'elle avait jeté sur le sol son short et ses sous-vêtements noirs, son débardeur et ses sandales. Elle n'avait plus envie de parler maintenant. Elle toussota, se tourna sur le drap, sa nudité était une masse blanche dans la pénombre de la cabine, elle soupira puis s'endormit.

Un peu plus tard, la veilleuse s'éteignit et il ne restait plus comme seule source de lumière qu'un gros néon jaunâtre au-dessus d'un quai de gare, où la motrice avait stoppé. Le quai était désert. Marcus, qui ne dormait pas, se redressa et s'assit sur le lit pour voir où ils étaient. Il aperçut de l'autre côté de la fenêtre sur un écriteau bleu le nom LIMOGES. Il ignorait qu'ils y passaient et se rappela un film où tous les personnages, vivants ou morts, finissent par s'y rejoindre, dans cette ville de Limoges, d'une scène où l'un d'entre eux, qui débouche du cimetière où l'on vient d'enterrer son ami, annonce qu'il va se branler, et l'on entend en fond sonore l'introduction de « Break On Through » :

> *You know the day destroys the night*
> *Night divides the day.*
> Le jour détruit la nuit, tu sais
> La nuit divise le jour.

Il y eut un grésillement puis la veilleuse se ralluma, faisant surgir comme par magie le visage de Marcus sur la vitre du train. Il remarqua ses traits tirés, ses yeux bordés de rouge et ses joues blêmes, et il sentit un poids sur l'estomac. Son cœur battait plus vite, sa nuque était bizarrement raide et sa langue salivait. D'un bond, il se leva et se précipita au-dessus du lavabo. Ça lui prit en tout deux minutes. Il eut une série de spasmes qui lui firent expulser ce qu'il avait mangé en fin d'après-midi dans cette brasserie de la gare d'Austerlitz. Après, il se rinça la bouche avec une bouteille d'eau, s'examina pour voir s'il était présentable, se passa une main dans les cheveux, réenfila son jean par-dessus son caleçon. Ses jambes flageolaient, ses mains et son front étaient moites et il pensa qu'il avait de la fièvre. Il se recoucha puis s'endormit vers une heure du matin. Il faisait jour lorsqu'ils se réveillèrent en entendant hurler les freins du Joan-Miró à la *Estació de França*.

En remontant le quai, Marcus avait encore l'estomac à l'envers. Nastassia, qui tractait une valise à roulettes, découvrait Barcelone avec un étonnement avide derrière ses lunettes papillon. À la sortie de la gare, ils marchèrent jusqu'à la file d'attente des taxis, où Marcus fit signe à une Skoda à la livrée jaune et noir. Il indiqua au chauffeur le nom et l'adresse de l'hôtel. Il y avait réservé une chambre jusqu'au dimanche suivant.

232

Malgré l'heure matinale, la ville était en pleine effervescence, sirènes et klaxons trouaient une lumière ocre qui vibrait comme la lame d'un couteau, amputant les arêtes des immeubles aux façades étirées. Sous l'ombre de corniches et de platanes, une foule se déversait sur les avenues, s'agglutinait devant des marchands de fleurs aux vitrines aveuglantes et des kiosques à journaux tenus par des torses virils. Plus d'une enseigne avait à voir avec le commerce de la mer. Comme le taxi traversait le vieux port qui exhalait les coquillages, ils virent défiler des terrasses de café où des adultes jouaient avec leur téléphone, des coins de trottoir où des athlètes à la peau noire agitaient des sacs contrefaits en riant aux éclats, des autobus à impériale se vidant de touristes aux accents gutturaux, des panonceaux avec Gaudí écrit en catalan.

Une heure plus tard, l'eau de la douche à l'hostal Antaño, établissement confortable, du niveau d'un trois étoiles, que Marcus avait choisi sur un site Internet parce qu'il était apprécié de nombreux clients qui y avaient laissé des commentaires favorables, et qu'il se situait à deux pas du carré d'or où sont concentrés les plus beaux édifices modernistes, parmi lesquels le fameux bloc d'immeubles *Manzana de la Discordia*, dont le nom lui disait quelque chose – l'eau de la douche faisait un bruit de feuillage. Dans le mur d'en face, un oculus haut placé éclairait la pièce d'une lumière lourde qui brunissait leur peau. La douche était spacieuse et sans rideau ni porte. Une fois sortis, Marcus et Nastassia s'essuyèrent le ventre et le dos avec d'épaisses serviettes de bain qu'on avait préparées pour eux sur une console de couleur nénufar, juste à côté du lavabo. Quelques gouttelettes roulaient encore sur leurs épaules et leurs cuisses lorsqu'ils retournèrent dans la chambre. Depuis la gare, ils ne s'étaient pas beaucoup parlé. Pendant la nuit, Marcus s'était remémoré des épisodes de ses années d'adolescence. Quand le taxi avait longé la marina pour s'engager dans la vieille ville et qu'à leur droite avait surgi le monument consacré à Colomb, il l'avait à peine regardé, mais à Nastassia, il avait montré la statue, et la jeune fille avait posé son front contre la vitre, et sa bouche s'était entrouverte en formant un O inaudible. Tout ce qui avait suivi, d'ailleurs, avait été en partie assourdi : les phrases échangées à la réception, les mouvements de l'ascenseur, les deux valises posées dans le vestibule, leurs vêtements dispersés sur les bras des fauteuils, le jet tiède de la douche, la fiole parfumée qu'ils avaient débouchée pour la vider sur leur poitrine, les grappes de mousse déferlant sur leurs jambes, l'eau tiède encore, leurs pieds mouillés sur le tapis à grosses fleurs imprimées, puis les serviettes pour s'éponger, le geste de Marcus tirant le jeté de lit, son corps se glissant sous le drap en lin blanc, où elle l'avait rejoint, pour se tourner aussitôt vers le mur, vers la fenêtre qui donnait sur la rue et le tumulte de la ville.

De voir cette nuque immobile, Marcus éprouva de la contrariété. Il y devinait une forme de bouderie dont il chercha la cause. Le voyage, la chaleur, le taxi et l'hôtel, tous ces changements à quoi elle n'était pas habituée. Il entendait le ventilateur dont les pales jaunes tournaient au centre du plafond. Il réfléchit à ses pensées de la nuit, à son malaise. Heureusement elle dormait et ne l'avait pas surpris dans cette situation gênante. Il se souvenait du contrôleur du Joan-Miró, du chauffeur de taxi et du garçon d'hôtel, de leurs regards envieux. Se sentait-il flatté qu'ils la voient avec lui, qu'elle leur plaise de la sorte ? L'effet qu'elle produisait sur le visage des hommes. À Roubaix, bien sûr, ils avaient évité d'être vus côte à côte. Qu'est-ce que

le désir ? pensa Marcus. Et qu'est-ce que la beauté ?
Il se rappela la première fois où elle s'était assise en
face de lui dans son bureau à l'Institut. Une figure
pleine de charme, un corps qu'on dépeçait des yeux.
Il aimait bien la regarder marcher, il s'écartait parfois
de quelques pas pour jouir de sa silhouette, du jeu
des muscles fins et de la chair roulant sous la peau
si soyeuse – mais était-ce cela la beauté ? Un cours
d'eau délicieux sous le ciel ? Ou bien un fleuve qui
vous empoigne ? Quelque chose que les hommes n'ont
pas, songea-t-il. La grâce, peut-être ? Est-ce donc cela
qui nous emporte et nous fait frissonner ?

Maintenant que sur le lit, il la détaillait, face au
mur, la nuque muette et ses cheveux aux reflets acajou,
encore humides, tombant en avant de ses épaules, il avait
l'impression d'une personne différente. Pourquoi l'avait-il
emmenée ? se dit-il. Ce n'est qu'une jolie fille, au fond.
Qu'allaient-ils faire ensemble pendant toute une semaine ?
De quoi parleraient-ils quand ils ne dormiraient pas, ni ne
dîneraient, ni ne feraient l'amour ? Cette fille, n'était-ce
pas aussi un exemple d'ennui ? de vide ? Pourtant elle
l'attirait. Elle l'attirait de sa force sexuelle qui paraissait
chez elle une propriété naturelle, organique, étrangère
à tout artifice. Il ne l'aimait pas mais elle l'excitait
pour de bon. S'il s'écoutait maintenant, il descendrait
le drap le long de son corps, lui embrasserait le cou et
les épaules, passerait ses jambes au-dessus des siennes
– et puis. Il se demanda s'il avait encore de la fièvre.
Ses idées se mélangèrent et il ferma les yeux. Il entendit
dehors l'emballement d'une moto, le couinement d'un
aspirateur derrière la porte de leur chambre, sa propre
respiration. Il se souvint que ce lundi les thermomètres
à Barcelone passeraient les trente-six degrés.

Les jours suivants, Marcus et Nastassia se déplacèrent exclusivement de lieux climatisés en lieux climatisés. Souvent l'après-midi était déjà bien avancé lorsque, après s'être douchés puis légèrement vêtus, ils traversaient le couloir pour appeler l'ascenseur. Moins d'une minute plus tard, ils étaient dans le hall, qu'ils franchissaient d'une traite pour se laisser happer par la porte à tambour qui donnait sur la rue. Ils embarquaient ensuite dans un taxi commandé par la réception, lequel les conduisait vers l'une des élégantes boutiques du passeig de Gràcia, ou bien au restaurant El Japonés où ils déjeunaient dans une salle toujours fraîche, sinon à l'entrée d'un musée moyennement fréquenté, comme le musée du Cinéma ou bien l'austère écrin dans la vieille ville voué à l'art contemporain, à l'intérieur duquel ils pouvaient profiter, étant donné les soins thermiques dont on entoure en général les objets d'art, d'un air civilisé. Du coup, cela réduisait leurs possibilités touristiques. Il était hors de question qu'ils visitent à pied le *Barrio Gótico*, labyrinthe pourtant renommé de rues médiévales, où ils auraient cuit comme des homards au court-bouillon. De même, l'illustre *Casa Batlló*, chef-d'œuvre moderniste et biscornu de Gaudí, dont les guides faisaient un pèlerinage obligé, les aurait condamnés, en grimpant et descendant ses escaliers retors, puis en pénétrant dans l'intimité de ses pièces exiguës, à supporter une foule en sudation. Parfois le trajet en taxi devenait une excursion en soi. Lorsqu'un feu rouge ou des encombrements leur imposaient une halte, ils aimaient observer tous ceux sortis braver cette atmosphère qui faisait trembloter la ville et pendre les langues des chiens comme de vieux sparadraps. Ils souffraient pour les uns, riaient parfois des autres, en particulier des touristes moroses en tee-shirts trempés, bêtes exotiques à la recherche d'un point d'eau pétillante.

Le soir seulement, ils mettaient le nez dehors. Deux fois ils se rendirent aux fêtes de plage qui avaient lieu autour de bars improvisés, distractions que Marcus n'appréciait que mollement – comme cette boîte, La Terrazza, où, sur une aire à ciel ouvert, une masse de jeunes muscles s'abreuvait jusqu'à l'aube de musique électro. « J'aime danser, dit-il à Nastassia, mais pas sur un orchestre de machines. » Quatre heures du matin s'affichaient dans le hall de l'hostal Antaño quand ils rentrèrent cette nuit-là, se jetant sur le lit après s'être dévêtus comme dans un rêve. Un autre soir, c'est Marcus qui l'entraîna dans une salle de concert, le Razzmatazz, non loin du parc de la Citadelle, où jouaient des groupes de rock locaux, mais Nastassia, au bout d'une demi-heure, lui cria à l'oreille que la musique était beaucoup trop forte, et ils prirent de nouveau un taxi, retraversèrent la ville en direction de l'ouest, où, dans un autre lieu au décor d'ancienne salle de bal, se produisait un DJ soi-disant surdoué. Marcus s'y ennuya, occupa son temps à boire du cava à une table, tandis que Nastassia se tortillait au beau milieu de la piste avec de jeunes garçons grimés et percés aux sourcils, dont les avances étaient tout sauf discrètes. Ce qui les liait maintenant n'était plus le pacte de juillet, mais la rivalité de leurs désirs.

Puis arriva le vendredi, la journée la plus chaude de la semaine. Dans la chambre, les pales jaunes rabâchaient leur mouvement au plafond, des vêtements pendouillaient toujours sur les fauteuils, les douches se suivaient et se ressemblaient. Marcus, en début d'après-midi, commanda à la réception des coupes de fruits et des boissons fraîches. Nastassia regardait la télé, passant en revue les chaînes internationales. La seule chose qui l'intéressait était des clips hypernerveux qu'elle connaissait déjà par cœur. Marcus, couché à côté d'elle, feuilletait des prospectus qu'il avait glanés dans le hall. Peut-être pourraient-ils encore découvrir une curiosité avant leur départ ? Il se risqua à caresser le bas du dos de Nastassia, qui l'évita et réagit par de petites grimaces, des minauderies. Il retira sa main. L'instant d'après, c'est elle qui se saisissait d'une tranche d'ananas et la léchait de toute sa langue, la suçotait, la gobait par morceaux. Marcus tenta une autre caresse. « Tu veux qu'on aille à la piscine ? – Non. » Son désir était de végéter dans la chambre, elle n'avait pas envie du sien. À la nuit tombée, elle retournerait dans cette salle de bal. « Le vendredi, c'est Keb Darge qui mixe, c'est de la folie. » Pour s'amuser avec les types de l'autre soir. Marcus chassa cette idée en ouvrant la brochure du parc zoologique qui proposait des spectacles de dauphins, puis celle de la fondation Antoni Tàpies, dont l'immeuble se dressait à quelques rues de l'hôtel. Dans la pile, il y avait aussi le programme des comédies musicales du théâtre Poliorama et les activités de la saison d'été du CCCB. Il survolait tout cela d'un œil détaché, lorsqu'il tomba avec stupeur sur la brochure du MNAC, le musée national d'Art de Catalogne. C'était un dépliant banal, une plaquette en quatre volets imprimée en noir et blanc, qui montrait en couverture la photo d'une milicienne républicaine armée d'un revolver, un genou à terre, en position de tir. Mais ce n'est pas ça qui stupéfia Marcus, c'est que, au-dessus des dates de l'exposition annoncée : 7 juillet-27 septembre 2009, et l'image de la jeune combattante, il lut, en lettres épaisses et orangées, GERDA TARO.

Ses yeux restèrent fixés une bonne minute sur la brochure, mais sans la voir cette fois. Le seul nom de « Gerda Taro » s'était changé en une large trouée qui le précipitait à toute vitesse vers son passé. Depuis le voyage en train, il se doutait qu'en retournant à Barcelone, il y croiserait des ombres et deux ou trois fantômes, qu'en venant dans cette ville, plusieurs échos de son adolescence ne manqueraient pas de franchir les trente-cinq ans qui s'étaient écoulés. Mais n'était-ce pas le prix qu'il avait choisi de payer pour être ici avec une fille de l'âge de sa jeunesse ? Lorsque, dimanche, dans le taxi, il avait aperçu le monument dédié à Colomb et d'autres facettes de la ville qui lui rappelaient cette époque de sa vie, il n'avait pas cherché à se protéger de sa mémoire, il s'était contenté de promener son regard comme sur de vieilles cartes postales où des barques flottant au large nous laissent froids. Nastassia, qui l'avait entraîné ici, ne lui offrait-elle pas une coquille en laquelle il pouvait s'enfermer ? Mais cette fois c'était différent. Les spécialistes de la mémoire disent que l'expérience de la reconnaissance est un petit miracle. Le souvenir que nous recherchions devient soudain conscient, nous découvrons que c'est lui et nous en sommes heureux. C'est une déflagration, dit Proust, une déflagration délicieuse. Marcus qui lui ne cherchait rien venait d'être surpris par une déflagration beaucoup trop forte pour être délicieuse. Devant le nom « Gerda Taro », ses oreilles se mirent à bourdonner, un mal de tête à gronder, les barques ne flottaient plus au large, il s'était jeté dans les flots.

Un nageur nu et solitaire dans la mer noire du temps.

SOUVENIR DE GERDA TARO
Hostal Antaño, vendredi 28 août 2009, après-midi

Trente-sept ans auparavant, en septembre 1972, l'année même où nous quittons l'appartement du quartier de la cathédrale pour emménager dans cette maison du Sablon que notre mère appelle notre maison allemande, je fais la connaissance de Lucas Valdès. Tous deux sommes élèves de la classe de seconde A2 de l'ancien lycée impérial de la ville. Si c'est depuis l'âge de dix ans et la classe de sixième que je fréquente l'établissement, Lucas est l'un des nouveaux de la rentrée. L'architecture austère du lycée qui affiche une certaine suffisance à cause de son prestige, la discipline qui y règne, la sévérité de ses professeurs comme de ses surveillants (les chamboulements socioculturels du printemps 1968 semblent n'être jamais arrivés jusqu'ici), tout concourt à faire de nos études une période assez ennuyeuse, voire servile. Cependant, dans cette classe de seconde composée de jeunes gens pour la plupart naïfs et vantards, Lucas sort du lot. Disons même que, en regard de mon existence plutôt morne d'adolescent de province au début des années soixante-dix, il est le visage de l'aventure.

Son accoutrement tranche avec ce que nous avons sur le dos. Sur la photo de classe prise en octobre 1972 dans la cour principale du lycée, une trentaine de garçons et filles entourent M. Böhm, notre prof d'histoire-géo, quinquagénaire au physique de boxeur qui, témoin de la destruction de Dresde en février 1945 par l'aviation anglo-américaine, en a fait l'axe de ses cours (la conscience de son passé tragique élève l'humanité à la perception de son destin). Et que voit-on sur la photo ? Pantalons de tergal ou velours côtelé, chemises à carreaux, blousons en gabardine, cabans en drap bleu nuit. Ces vêtements, achetés dans des magasins du centre-ville où l'on vend à des prix abordables une certaine qualité française, sont à peu près les mêmes que ceux portés par nos pères, quand, chaque fin de semaine, ils troquent leur complet-cravate contre une tenue plus confortable. Au lycée, ceux qui, comme moi, appartiennent à la classe moyenne (qu'on ne désigne pas encore par cette épithète) sont fils ou filles de comptables, d'instituteurs, d'employés de banque, de courtiers d'assurances, de petits commerçants. L'essentiel de ce que nos pères possèdent, ils l'ont acquis par leur travail et une conduite honnête, à l'image d'un pays qui s'est reconstruit vaille que vaille sur les décombres encore fumants d'une guerre et d'une occupation ennemie. De Gaulle n'a-t-il pas fait de son mieux, apprenons-nous en classe, pour évacuer du cœur des Français la honte et le ressentiment ? Aussi nos pères, dans ces années soixante et soixante-dix, ne sentent-ils plus sur leurs épaules le lourd fardeau de l'histoire (même si le mien, bien avant ma naissance, a combattu six mois en Indochine). Une atmosphère de relative prospérité s'est durablement installée, les usines produisent, les entreprises font des affaires, les commerces s'enrichissent, et les enfants que nous sommes se voient appelés à un avenir meilleur. C'est l'époque des efforts payés en retour, du plein emploi, de l'ascenseur social. Il n'y a pas si longtemps encore, sur les photos de classe d'avant-guerre, les lycéens, en veste sombre, portant cravate et chemise blanche, passaient déjà pour de petits messieurs (dont certains plus tard rejoindraient, qui les Jeunesses communistes, qui les maquis FTP, qui les Jeunesses nationales populaires), mais sur la photo de notre rentrée 1972, la tenue est sport, d'une sage décontraction, elle manifeste la revanche de la vie, une promesse d'insouciance dans un décor sévère. Sport et sobre, telle est la France qui va de l'avant. Lucas, lui, debout au dernier rang, est vêtu d'un blouson en cuir noir, d'une chemise ocre jaune, d'un jean. Ce n'est pas seulement qu'il est issu d'une couche supérieure de la société où les mœurs peuvent être plus souples et les esprits plus larges, c'est que d'autres histoires, d'autres désirs, vivent en lui.

À l'extérieur du lycée, une fois franchi le portail, il fume. Il a commencé dès l'âge de quatorze ans et tous les hommes de sa famille, dit-il, ont fait de même. Je n'ai pas oublié ce détail, ni son habitude de serrer sa cigarette – une Pall Mall sans filtre, tirée d'un paquet vermillon – au coin gauche des lèvres, de sorte que, derrière la colonne de fumée s'élevant le long de sa joue, sa paupière cligne. Peut-être soigne-t-il cette attitude de jeune homme marginal, peut-être s'entraîne-t-il en secret devant le miroir de sa chambre, tel un acteur se préparant à endosser le rôle d'un rebelle sans cause – mais peut-être pas. Une personnalité n'en est une, ai-je lu, que si elle possède peu de spectateurs, si ce qui la distingue des autres demeure à distance afin qu'on ne puisse découvrir que les différences observées masquent des défauts ou des faiblesses. Est-ce par gaucherie ou par défiance qu'il ne cherche pas la compagnie des autres élèves ? Le fait est qu'il se joint rarement à nos conversations, que ce soit dans la cour ou sur la petite place devant le lycée, abritée par de hauts marronniers. C'est sans lui que, par groupes de quatre ou cinq, nous parlons musique, télé, films, filles, voyages – exceptionnellement politique. Lucas se tient à quelques mètres de nous, en retrait, adossé à un arbre, fumant les deux mains dans les poches ou feuilletant un magazine. J'imagine que ses pensées sont éloignées des nôtres et le vois comme un individu affranchi. Cette puissance de liberté m'attire.

Beaucoup cependant considèrent Lucas comme un poseur. Au début de l'année 1973, au cours d'une violente dispute à la cantine, m'opposant à un élève de terminale ayant doublé la file qui attendait obéissante son tour de remplissage d'assiette, Lucas s'est approché de la mêlée et a retourné un plat d'épinards et d'œufs sur la chevelure du resquilleur. Blache, le censeur, est intervenu. C'est un homme de forte corpulence et craint. Les élèves le surnomment « Main morte » en raison de la paralysie de sa main gauche, grosse masse blanchâtre, inerte et solide, conséquence d'une blessure reçue, dit-on, à Diên Biên Phu, main toutefois pleine de vie lorsqu'elle vous gifle à la volée. Cette fois, Blache s'est retenu. Lucas, pour seule pénitence, sera collé trois mercredis. Lorsque, les jours suivants, nous nous lions, avons quelques premiers échanges dans la cour du lycée, prenons l'habitude de rejoindre ensemble la place de la République d'où partent les bus qui nous ramènent le soir chez nous, des camarades nous dévisagent. L'année précédente, en classe de troisième, n'avais-je pas d'autres amis ? Rizzon, Bloch, Forneris. D'autres sujets de conversation ? La musique, la télé, les potins du lycée. D'autres passions ? Ne jouais-je pas chaque jeudi au basket dans le cadre de l'ASSU ? Ne tuais-je pas mes samedis avec un certain Schmidt ? Nous nous donnions rendez-vous dans une cafétéria du centre-ville, y buvions du jus de pomme en enchaînant les parties de flipper ; il nous arrivait ensuite de déambuler jusqu'à un cinéma où nous choisissions les films en fonction des actrices, presque toujours françaises, ou bien marchions jusqu'à l'avenue Winston-Churchill dans le but d'y contempler, garées sur le trottoir, d'impressionnantes motos. Depuis, j'ai mis fin au basket, et les gros cubes comme le cinéma français me font l'effet de réalités dérisoires. C'est Schmidt qui me dira : « Mais qu'est-ce que tu fous avec cette tête de nœud ? »

Quant aux filles, elles ne peuvent pas ne pas remarquer l'allure athlétique de Lucas. Il domine des épaules n'importe quel garçon de la classe. Et quoique prétendant n'avoir aucun goût pour les sports, il excelle dans tous (ceux du moins pratiqués au lycée : natation, hand-ball, montée de corde, triple saut). Comme elles doivent être émues par ses grands yeux marron, ses cheveux longs aile de corbeau et son sourire à contretemps ! Il doit éveiller chez elles des espérances inquiètes. D'où sort-il ? Pour quelle raison a-t-il changé de lycée ? Quelle est sa vie en dehors de la classe ? A-t-il des amis ? Pourquoi arbore-t-il cet air conspirateur ? Est-il lui aussi ce « jeune dieu mystérieux et insolent », dont la plupart d'entre elles ont dévoré le roman dans une édition de poche à la couverture de paysage forestier ? Rêvent-elles de lui ? Les trouble-t-il ? Mouillent-elles à son sujet ?

Lucas, je l'apprends, a un père médecin, prénommé Ramón, qui, bien que né en Espagne et diplômé de l'université de Madrid, a ouvert au milieu des années cinquante un cabinet à Metz, où, jeune homme, il est venu vivre pour des motifs qui longtemps me demeurent obscurs. Au début de mon amitié avec Lucas, je l'interroge naturellement sur sa famille et sur son nom, mais il se montre évasif. Peu de temps après l'épisode de la cantine, invité à passer un après-midi chez lui, je remarque, tendue sur l'un des murs du salon de leur villa, une grande pièce de soie qui a tout l'air d'un drapeau : trois bandes tricolores horizontales (rouge, jaune et violet) avec au centre des armoiries où figure la devise « *plus ultra* ». Le drapeau espagnol, me dis-je. Lucas, après un crochet par la cuisine où il a fait grande provision de bières, s'est assis en tailleur sur son lit et s'est mis à plaquer des accords. Sa guitare électrique, je n'en reviens pas, est une Gibson. Une superbe demi-caisse en érable d'un noir chatoyant, le fameux modèle 335. C'est la première fois que j'en vois une d'aussi près. Dans le magasin de musique de notre ville, rue des Clercs, il est interdit de manipuler les instruments les plus coûteux. La 335 de Lucas est une 1967 avec un manche en acajou et palissandre. Je lui dis qu'à quelques détails près, c'est la même que celle de Carl Wilson, des Beach Boys, mais il hausse les épaules. Branchée sur un petit ampli Ampeg prévu pour une guitare basse, elle produit une sonorité à la fois âpre et profonde. Sa chambre en est tout de suite emplie. La porte-fenêtre ouvre sur un jardin qui descend en pente abrupte vers un bois luxuriant, bois qui leur appartient aussi. Le paysage change dès que Lucas commence à jouer l'introduction de « Not Fade Away », le morceau de Buddy Holly dans la version réinventée par les Stones (à la manière de Bo Diddley) :

I'm gonna love you night and day,
Well love is love and not fade away.
Je vais t'aimer nuit et jour,
Car l'amour c'est l'amour et ça ne s'éteint jamais.

Les ongles de sa main droite hachent les cordes de l'instrument, tandis que, de la paume, il presse le son, le malaxe, le fait ronfler, en produisant un timbre particulier de grosse râpe à fromage sur laquelle on aurait vissé des micros à bobine. Puis il sourit et me demande si ça me plaît. Je hoche la tête. « C'est quoi le drapeau que vous avez dans le salon ? – Un souvenir de famille, dit Lucas. – Quel genre de souvenir ? » Faisant mine de n'avoir rien entendu, il réempoigne sa guitare, sifflote l'air du deuxième couplet, puis reprend le refrain : *Well love is love and not fade away.* Comme j'insiste, il relève la tête, me fixe de ses yeux couleur de terre, puis chante :

Well family is family and not fade away.
Car la famille c'est la famille et ça ne s'éteint jamais.

Le soir même, une fois rentré chez moi, j'ouvre un dictionnaire pour examiner la planche des drapeaux. Je constate que la bannière du royaume d'Espagne ne ressemble pas à ce que j'ai vu chez Lucas. Celle-ci est de couleur rouge et or, y figurent les armoiries des Rois Catholiques, un aigle de saint Jean et la devise « *una, grande, libre* ». Je ne m'attendais pas à ça et ne sais pas quoi faire de cette différence. La seule chose que j'éclaircis est la signification de la devise du drapeau des Valdès : « *plus ultra* » se traduit par « plus loin ». En réfléchissant à l'exil du père de Lucas, je devine que ce n'est pas le dénuement qui a poussé cet homme à venir s'installer dans une contrée aussi peu attractive, comparée au climat et aux magnificences de Madrid. Peu de temps après son arrivée, il s'est fait bâtir sur les hauteurs de Metz cette élégante villa en pierre de taille, aux larges baies vitrées, au toit en terrasse, qu'il a commandée, dit-on, à un architecte. Tout ceci pourrait m'inciter à faire des recherches. Le drapeau non identifié avec sa devise « plus loin » cache-t-il quelque chose ? Mais est-ce le Dr Valdès qui m'intéresse ? Dès l'instant où j'ai pénétré dans la villa et me suis laissé aller à une certaine fierté d'être peut-être le seul camarade de Lucas, j'ai cru que mon ami allait me confier un secret. Est-ce le plus important ? Au début, l'adolescent que je vois jouer de la guitare dans sa chambre est assez semblable à celui qui se montre distant au lycée. Notre amitié est encore silencieuse. J'interroge mon père qui m'explique que l'immigration espagnole, en Lorraine, a été beaucoup moins importante que l'immigration italienne et celle du Maghreb. Elle concerne surtout les métiers dits domestiques et ceux du bâtiment, de sorte que Ramón Valdès, en faisant graver son nom ainsi que la mention DIPLÔMÉ DE LA FACULTÉ DE MADRID sur la plaque en cuivre de l'immeuble du quartier de la gare où il donne ses consultations, est d'abord apparu comme une curiosité (risquant qu'un certain nombre d'autochtones se demandent quelle étrange médecine ce « bouffeur de chorizo » pratique, ou si son cabinet n'abrite pas une académie de flamenco). Dans un manuel d'histoire que j'emprunte à la bibliothèque du lycée, je tombe sur un paragraphe consacré à la *Retirada* – la retraite de centaines de milliers d'Espagnols, consécutive à la prise en 1939 de Barcelone par les troupes nationalistes – et découvre que cet exode s'est poursuivi jusqu'aux années soixante, ce qui me permet de penser que Ramón Valdès a pu faire partie des derniers républicains ayant quitté l'Espagne pour se libérer d'une servitude que le franquisme, malgré l'essor touristique du royaume et les amicales pressions internationales, n'a jamais adoucie. Mais un doute subsiste. D'autant qu'à quinze ans (je viens de les avoir), les mots « républicain », « nationaliste », « franquisme » sont pour moi des notions vagues et théoriques.

Le jour de mon invitation à la villa, Lucas m'a demandé si je joue d'un instrument, et comme je lui ai parlé de la batterie d'occasion que je me suis offerte avec l'argent gagné en travaillant tout juillet chez un ami de mon père qui avait besoin de quelqu'un pour prendre les appels des clients de sa petite entreprise de plomberie, il m'a dit : « Il faut que tu reviennes chez moi. » Cette fois, je me présente avec ma caisse claire que j'ai transportée dans un sac marin, et Lucas est impatient que je l'accompagne sur sa chanson fétiche. « "Not Fade Away", ç'a été le vrai début des Stones, me dit-il, aussi bien à Londres qu'aux États-Unis. Une chanson de grande classe, leur première marque de fabrique. C'est avec ça qu'ils entamaient à l'époque leurs concerts. »

Je découvre que la musique, dès que Lucas se met à en parler, fait de lui un être différent : il est intarissable sur le sujet et ses propos s'enflamment. Le rock représente à ses yeux davantage qu'un simple genre musical. Je le devine rien qu'en l'écoutant évoquer les musiciens qui comptent pour lui. À seize ans (il est né en décembre 1956), il possède déjà une étonnante collection de disques où dominent surtout le rhythm'n'blues et le rock anglais des années soixante. « Uniquement le rock resté fidèle à la musique noire américaine », me dit-il. Il admire des musiciens tels que T-Bone Walker, Amos Milburn et B.B. King, et n'a pas beaucoup de sympathie pour ce qu'il appelle le psychédélisme agonisant où s'est égarée la pop (mot qu'il prononce avec mépris) à la fin des années soixante. Quand il m'entretient des Stones, il s'agit des Stones de « Not Fade Away » et de « Satisfaction », et de leurs albums *Aftermath* et *Beggar's Banquet*, qui sont ses préférés. Si je n'ai pas les connaissances ni l'enthousiasme de Lucas en ce qui concerne les fondamentaux du rhythm'n'blues, nos préférences musicales ne sont pas si éloignées qu'il y paraît.

Le troisième samedi, nous jouons pour de bon et notre amitié n'a plus rien de silencieux. Désormais je ne songe plus au drapeau que j'ai vu dans le salon. Ce qui occupe à présent mes pensées, c'est la fougue avec laquelle nous interprétons dans sa chambre « Under My

Thumb », « Get Off of My Cloud », « Love in Vain ».
Si le rock nous captive, ce n'est pas seulement qu'il
concentre dans des extases électriques une quantité
incroyable d'énergie, c'est qu'il représente le moyen,
vrai ou illusoire, de s'inventer une autre vie, une vie
nouvelle, inédite, différente non seulement de celle
de nos parents, mais de tous ceux qui, pour diverses
raisons, demeurent sourds à son expression ou n'en
sont que les consommateurs des modes radiophoniques.

Quand nous avons fini de jouer « Love in Vain »,
je ne peux m'empêcher de penser à Dante. Dans
notre classe de seconde A2, qui est une section de
linguistes, j'ai débuté l'apprentissage de l'italien, et
l'enseignante qui vient chaque semaine, une femme
longiligne à la chevelure brune et aux yeux de braise
dont je me rêve amoureux, nous fait lire la *Vita Nova*,
ce texte du XIIIe siècle, récit d'une vie illuminée et
transfigurée par l'amour de Béatrice, une adolescente
de notre âge. Une telle vie, dit Dante, regarde le
monde autrement, avec une volonté et une intelligence
particulières. J'en parle à Lucas, qui m'écoute, avant
que nous nous jetions dans une interprétation très
mâle de « I'm a King Bee » – mon ami a la voix
assez rauque pour cela :

> *Well I'm a king bee*
> *Buzzing around your hive.*
> *Yeah I can make honey, baby*
> *Let me come inside.*
> Le roi des abeilles, c'est moi
> Et je vrombis autour de ta ruche.
> Je peux faire du miel, tu sais
> Laisse-moi donc entrer.

Et tandis que nous reprenons en hurlant le premier couplet, nous sommes convaincus que le rock est notre *vita nova*, qu'en jouant cette musique flamboyante nous développons en nous des forces nouvelles, éprouvons une puissance d'exister que nous n'avions jamais soupçonnée, réalisons que vivre est une expérience physique vibrante, capable de nous conduire aussi loin que possible, et même au-delà.

Aux beaux jours, nous nous rendons dans le petit bois qui jouxte la villa. Lucas a au fond d'une poche ce qu'il a acheté à un gros type nommé Bonny, qu'on rencontre en général le mercredi, dans un bar situé en sous-sol, rue des Clercs, qu'affectionnent les lycéens. Bonny s'installe toujours au comptoir, commande une bière qu'il avale par lampées saccadées, tout en lançant des regards par-dessus son épaule. Il ne se passe jamais plus de cinq minutes avant qu'un garçon ou une fille affalé dans l'un des fauteuils de la salle enfumée se lève pour aller lui parler, puis le suive aux toilettes. Dans le petit bois, nous nous asseyons sur des souches avant de nous étendre sur le sol moussu, protégés par les ramures des hêtres. Nous nous esclaffons comme des déments. C'est durant l'un de ces après-midi que nous fondons officiellement le groupe. « On doit passer à la vitesse supérieure, me dit Lucas. – Je suis à fond avec toi, seulement il nous faut un nom. – Je l'ai le nom. On va s'appeler Gerda Taro. »

Gerda Taro était le nom qu'une femme, Gerta Pohorylle, avait porté un peu plus d'un an, entre mars 1936 et juillet 1937. Fille de commerçants juifs originaires de Galicie, elle était née à Stuttgart en 1910, avait vécu à Leipzig, puis s'était exilée en 1933 à Paris. Là-bas, dans le milieu hétéroclite des artistes dans la dèche, elle avait fait la connaissance d'un jeune homme venu de Hongrie, Endre Friedmann, qui tentait de tirer un peu d'argent des images qu'il faisait avec son Leica. Leur amour allait nourrir assez d'intensité et de grandeur pour irradier au cœur de leur travail et de leurs ambitions. Gerta s'occupa de vendre les photos que Friedmann réalisait et y parvint plutôt bien, ce qui incita Friedmann à en produire davantage et Gerta à les vendre de mieux en mieux. La photographie devint dans leur couple une nécessité aussi impérieuse que manger et faire l'amour. Gerta s'acheta pour elle-même un appareil, se mit aussi à faire des images, des images amoureuses et intenses, puis obtint une carte de presse qui lui permettrait officiellement d'être la photographe qu'elle était déjà. Au début de 1936, les deux amants eurent l'idée un peu folle d'inventer le personnage d'un célèbre reporter américain, débarqué soi-disant en Europe pour réaliser des photos et les vendre plus chères que celles de Friedmann. Ce photographe imaginaire, ce serait Robert Capa. Et comme le jeu était drôle, comme il dupa tout le monde, comme les photos signées Capa firent rapidement le tour des rédactions mondiales (ce qui n'était jamais arrivé à celles de Friedmann), Gerta Pohorylle choisit de devenir Gerda Taro, la compagne du « grand reporter américain Bob Capa ». Peut-être n'y avait-il pas que l'amour et le jeu, d'ailleurs : en ces temps menaçants, haïssables, ne valait-il pas mieux s'appeler Taro ou Capa que Pohorylle ou Friedmann ? La même année, dans un climat politique fortement troublé, de nombreuses garnisons, à Séville, Grenade, Cordoue et Cadix, se soulevèrent dans leurs casernes, la guerre d'Espagne venait de commencer. Robert et Gerda partirent pour Barcelone. Là-bas, se déplaçant aux côtés des Brigades internationales et des combattants républicains, tous deux allaient accomplir pendant une quinzaine de mois l'un des reportages les plus saisissants de toute la guerre civile. Mais, le 27 juillet 1937, durant la bataille de Madrid, un char écrasa Gerda. Transportée à l'hôpital de l'Escorial, elle y mourut le lendemain. Plus tard, Capa devint le photographe mythique que l'on sait, dont le monde entier connaît les images ; quant à Gerda Taro, elle sombra dans l'oubli.

Lucas, au retour du bois, m'attrape par l'épaule. Il y a, punaisés au-dessus de son lit, plusieurs portraits des guitaristes qu'il estime (un B.B. King souriant aux anges, un Peter Green en concert, un Alexis Korner, un Keith Richards millésime 1963) et, dans le coin du mur, un petit cadre en verre qui contient une image en noir et blanc, découpée dans un magazine. Il décroche le cadre pour que je puisse voir de près la jeune et jolie femme aux mèches claires, un béret sur les cheveux, accroupie à côté d'une borne au cœur d'une aride campagne espagnole. « C'est elle », me dit-il.

Un groupe c'est aussi un local, et six mois plus tard, au printemps 1974, alors que nous sommes en première et les camarades les plus inséparables qu'on puisse imaginer, Gerda Taro élit domicile dans une cave du centre-ville – en fait, un réduit bouffé par le salpêtre. Son propriétaire, un certain Ambrosini, qui possède au rez-de-chaussée une armada de photocopieuses dispensant les étudiants messins d'assister aux cours de l'université voisine, nous le loue en échange d'un travail : relier un ou deux jours par mois les exemplaires de thèses ou de mémoires que des jeunes hommes myopes ou pères de famille précoces lui confient avec d'infinies précautions, comme s'il s'agissait des manuscrits de la mer Morte.

Nous jouons dans la cave tout l'été. Nous constituons peu à peu un répertoire qui a de l'allure et nos ambitions grandissent. La semaine avant notre entrée en terminale, Lucas amène pour la première fois Sarah au local.

Je ne l'avais jamais vue. J'ignorais même son existence. Étudiante en deuxième année de lettres, elle est plus âgée que nous. Elle est mince, a des cheveux noirs coupés court, très lisses, qui tournent autour de ses oreilles petites et nacrées, un nez fin, joliment dessiné, et de grands yeux verts. Ce jour-là, où elle me tend d'abord la main, puis se décide à m'embrasser, elle porte une chemise marocaine serrée dans une ceinture en cuir à large boucle. Elle fume beaucoup. Des Benson & Hedges dont elle range le paquet dans une pochette en cuir jaune qu'elle garde au fond de son sac, un cartable à bandoulière avec des fermetures en métal doré. Sa voix est légèrement voilée. « J'ai trouvé une chanteuse », dit Lucas. Pas seulement une chanteuse, mais je ne suis pas contre l'idée d'un trio.

Désormais, chaque samedi, après avoir englouti un sandwich, je m'enterre dans la cave afin de perfectionner mon style. Lucas et Sarah me retrouvent en fin d'après-midi. Dans le local sont réunis nos moyens de production. Des amplis et micros acquis en décrassant à la main des moteurs de voiture. L'immeuble d'Ambrosini se dresse au coin de la rue du Pont-des-Morts, à côté d'un minuscule parking. Sur le mur d'angle aux pierres décrépites, on distingue une flèche peinte en blanc, orientée vers le sol. Pendant la dernière guerre, la cave devait servir d'abri en cas de bombardements, et quand bien même toute cette partie de la ville fut épargnée par les raids de l'US Air Force (ses B-24 préféraient cibler les gares, usines et aéroports), je ne peux m'empêcher de penser, en frappant mes peaux, à des tonnerres de bombes déferlant au-dessus de ma tête. Si la musique affine le bruit des éléments, j'aspire, comme la plupart des batteurs de rock, à amplifier ce bruit, à l'augmenter, à donner à mes gesticulations un sens quasi démiurgique.

Au début du deuxième trimestre de terminale, Gerda Taro donne ses premiers concerts dans des garages privés de la région messine. Sarah, de cuir noir vêtue, chante d'une voix aussi écorchée qu'exaltée, je tape à la manière d'un jeune homme en colère, et Lucas fait le spectacle en triturant sa 335 avec un brio indéniable et en sautant comme un kangourou. Mon père m'a donné son accord pour que, en juillet, nous jouions dans deux festivals du sud de la France qui acceptent les groupes amateurs, mais, en septembre, je devrai m'inscrire en droit et mettre, dit-il, la pédale douce sur les répétitions. Nous donnons encore deux concerts semi-privés en février et mars. Absolument géniaux, disent nos groupies. Nous rêvons déjà à l'été, qui va être formidable : nos visages orneront des façades de théâtre et des chambres d'adolescents. Nous multiplions les séances dans la cave. Au milieu des congés de Pâques, je m'accorde en prévision du bac une semaine de répit pour revoir ma philo et l'allemand. C'est alors que Lucas et Sarah disparaissent. Envolés. Volatilisés. Sans me laisser de message.

Durant une semaine, je m'épuise à passer maints coups de fil (à la villa des Valdès, chez des amis, même à la police en me faisant passer pour Blache, le censeur du lycée). J'explore les bars et les boîtes que je connais, j'interroge tous ceux susceptibles de me renseigner, je rôde à la fac de lettres, retourne chaque après-midi dans la cave où le matériel, à l'exception de ma batterie, s'est lui aussi évaporé. Il faut me rendre à l'évidence : Lucas et Sarah ont quitté Metz pour une destination secrète.

Dans cette période, quand je songe à mon ami, je songe à la jambe gauche d'Elvis. C'est une histoire que me racontait Lucas. À son premier concert, Elvis Presley avait été lui-même surpris de faire hurler les filles. « C'est ta jambe gauche, lui avaient dit ses musiciens, tu n'as pas cessé de l'agiter comme un chien en chaleur. » Pour être des dieux sur scène et toucher le plus grand nombre, me disait Lucas, il faut qu'on trouve notre jambe gauche. Depuis quelques mois, je croyais que c'était nous trois – notre heureuse combinaison – la jambe gauche. Avec l'arrivée de Sarah, je me disais que notre musique avait davantage de réalité que les gens assis dans l'autobus. Ce n'est pas que notre répertoire et notre façon de jouer aient été prodigieux, mais il y avait dans l'énergie que dégageaient nos concerts un truc qui ne se comprenait pas uniquement par les répétitions dans la cave ou le talent. C'est comme si, en interprétant « Mona », « Harlem Shuffle », « You Can't Catch Me », « Not Fade Away », nous avions réussi à établir une relation intime avec une réalité supérieure. Laquelle ? Si j'avais cru en Dieu, c'eût pu être Lui, mais c'était autre chose.

Ce n'était pas seulement autre chose, c'était avant. Je suis seul maintenant. Comme un con, me dis-je. Mes amis sont partis, il n'y a plus de trio, plus de jambe gauche, et le samedi où je me résigne à rapporter ma batterie dans la cave de notre maison, j'ai envie de pleurer.

Les mois défilent, pendant lesquels j'obtiens mon bac, m'inscris en fac d'anglais contre l'avis de mon père, et m'ennuie ferme. Mon frère Carl, qui vient d'avoir quinze ans, s'est mis à apprendre la guitare depuis mars. Son initiative aurait pu me faire hausser les épaules, mais elle m'étonne. Lui qui ne dépense jamais rien vient d'amputer méchamment son épargne. Dans sa chambre, il passe des heures à s'entraîner sur les albums de Kevin Ayers, Soft Machine et Pink Floyd. En juin, je me surprends à l'écouter avec intérêt. À la différence de Lucas, son jeu n'a rien d'instinctif ni de spontané, il est beaucoup plus réfléchi, subtil même, avec des sons étranges produits au moyen de pédales et de longues glissades baroques sur les cordes. Je suis abasourdi par les progrès qu'il a accomplis en si peu de temps et j'ai l'impression de découvrir un frère inconnu. Peut-être veut-il me montrer que lui aussi est capable d'une autre vie.

À la fin de l'été, nous commençons à jouer ensemble dans la cave de notre maison allemande. Carl chante des poèmes de William Blake que je lui ai fait découvrir, et sa guitare au son cristallin tisse nappes et broderies sur mon jeu de baguettes, beaucoup plus velouté qu'avant. Même quand nous ne descendons pas dans la cave, nous passons beaucoup de temps ensemble dans la chambre de l'un ou de l'autre. Nous lisons les mêmes magazines de rock que je réserve à la Maison de la presse. Deux ans plus tôt, j'avais convaincu mon père de nous abonner pour la bonne cause (progresser en anglais) au *Melody Maker*, mais c'était surtout moi qui le lisais. Nous jouons de plus en plus dans la cave. À la fin de l'année, nous envisageons de donner un concert au centre culturel du Sablon. Or Carl se met à insister pour que l'entrée soit payante. Pourquoi payante ? Et pourquoi pas ? me dit-il. De nouveau ces questions d'argent et nous nous disputons. Est-ce pourtant la véritable cause du différend ?

Deux jours auparavant, j'ai reçu sans rien dire à

personne une carte postale signée Lucas. Au verso, trois filles bien en chair, en robes courtes, se tiennent bras dessus bras dessous dans une nuit claire, presque phosphorescente. *A la Rambla* est-il imprimé au dos, et au-dessous Lucas a écrit : *A mi amigo !* Aussi ce dimanche après-midi mou, désœuvré, de décembre 1975, je ne suis qu'à moitié surpris quand, vers dix-sept heures, une sonnerie rompt la torpeur familiale et que ma mère m'annonce : « C'est Lucas. » J'apprends que Sarah et lui sont à Barcelone et qu'ils m'y attendent avec impatience. « Je suis à la fac », dis-je, mais je me rends compte qu'au bout du fil Lucas ne m'écoute pas. « Il n'y a pas une minute à perdre », me dit-il. C'est un monologue confus. Qu'ont-ils fait en huit mois ? Vivent-ils en Espagne depuis Pâques ? Je retiens le nom d'un certain Mariano, agent artistique, propriétaire d'un magasin de disques et d'un club de nuit. Lucas lui a fait entendre une cassette enregistrée dans la cave d'Ambrosini, et il dit aimer notre musique, celle de Gerda Taro. La communication est de moins en moins bonne. « Il ne manque plus que toi, me répète-t-il. Sarah et moi on t'attend. – Tu es où, Lucas ? Où exactement ? – Calle de los Delfins. » Nous échangeons encore quelques phrases puis nous sommes coupés.

Le soir, dans ma chambre, je me parle longuement à moi-même comme je le faisais, enfant, au fond de mon lit, lorsque je cherchais un remède pour résoudre un problème ou affronter la journée du lendemain. Je m'imagine présenter la situation à mes parents. Par quoi commencer ? Les faibles débouchés des études d'anglais ? J'entends déjà mon père répondre : « Je t'avais bien dit de t'inscrire en droit. » Il n'aime guère la musique et ne peut rien comprendre à cette histoire de gens assis dans l'autobus. Avec lui, il n'y a pas de bonne ni de mauvaise manière d'ouvrir une négociation, il faut être de son avis. Je décide de leur cacher la vérité.

Le mercredi suivant, à peine majeur, je suis en route pour Barcelone après leur avoir raconté comme fable que la famille Valdès m'invite à passer la fin de l'année dans leur ferme de Catalogne. Ils ont l'air d'y avoir cru. Carl m'a écouté depuis le couloir et n'est pas sorti de sa chambre le matin de mon départ. Il faudra que je lui écrive, me dis-je.

En France, il est beaucoup question de l'Espagne depuis que le 20 novembre, Franco, qui avait déjà abandonné une partie de ses pouvoirs au roi Juan Carlos, a fini par mourir. Pour économiser mon pécule (les mille deux cents francs que j'ai retirés de mon livret d'épargne), je me fais rembourser le billet SNCF acheté par ma mère et voyage en stop jusqu'à Perpignan. Une fois là-bas, je prends un train pour pouvoir dormir. Quand je sors de l'*Estación de França*, il est sept heures du matin, j'entre dans le premier bar. Autour d'un grand comptoir en U, des hommes en chemise froissée grignotent de petits légumes farcis et des croquettes de poisson. La salle sent l'huile de friture. Je m'avance jusqu'au comptoir, commande un Coca et, dix minutes plus tard, glisse sous le nez du barman le papier sur lequel j'ai noté le nom de la rue donné par Lucas : calle de los Delfins. Le barman me regarde de biais, il a les traits empâtés, le visage luisant, le souffle rapide comme s'il était en plein effort. « Calle de los Delfins », ânonne-t-il à voix haute, sans donner l'impression d'être intéressé. Un client qui, à trois mètres de là, mordille dans un petit pain graisseux redresse la tête puis engage une discussion avec le barman, lequel se décide à aller chercher un plan de la ville qu'il déplie sur le comptoir. Le plan est collant et le client au petit pain déplace ses mains au-dessus des rues imprimées. Cela ne dure pas longtemps. Je paie mon Coca et dis : *muchas gracias !* En sortant du bar, je sais maintenant que la calle de los Delfins est une ruelle du quartier de la Barceloneta, proche d'ici. La rue est en effet étroite, avec, des deux côtés, une quinzaine de maisons tout au plus. À son extrémité, je remarque l'enseigne de ce qui ressemble à un débit de boissons, El Nabo. Cette fois, j'ai une photo à montrer. Elle a été prise au début de l'année devant l'immeuble d'Ambrosini, c'est l'unique photo de Gerda Taro. Sarah est au centre, Lucas à sa droite et j'occupe le tiers gauche de l'image dans un blouson d'aviateur. Au Nabo, une scène presque identique à celle du bar de la gare se reproduit. Le gérant examine la photographie en couleurs, a plus ou moins l'air de comprendre la question que je lui pose, puis se tourne vers un client. Celui-ci s'empare de la photo, dit reconnaître la jeune femme et, m'invitant à le suivre jusqu'au seuil de l'établissement, m'indique avec force gestes un immeuble de l'autre côté de la rue, en prononçant deux ou trois fois le mot « *pensió* ». Je paie ce que je dois et traverse la chaussée. Les événements me paraissent tout à coup plus clairs. Je suppose que le Nabo est un bar que fréquentent Lucas et Sarah, que c'est du comptoir sous lequel j'ai aperçu un téléphone que Lucas m'a téléphoné l'autre soir. Je regrette de n'avoir pas pu les prévenir de mon arrivée mais je pense qu'à l'heure qu'il est – neuf heures du matin –, ils doivent encore dormir.

La pension est une maison au toit plat, à la façade noiraude, dont l'ancienne couleur crème des persiennes, comme celle de la porte d'entrée, a définitivement cédé à la rouille. Elle n'a pas le caractère coquet qu'offrent parfois les établissements de bord de mer, même modestes, qui disposent d'un balcon fleuri, d'un frais patio ou d'une courette carrelée. « Vieillotte » est le premier mot qui me vient à l'esprit, et l'atmosphère aux relents de chair de poisson plus ou moins frais qui flotte dans les parages n'arrange rien. À l'intérieur, une douzaine de chambres meublées sont louées à la semaine. La maison me fait l'effet d'un foyer pour chiens perdus ou mal en point. Comme je ne trouve pas de gardien, je fais le tour des chambres, frappe aux portes et attends qu'on veuille bien m'ouvrir. Le premier résident que je rencontre est tout sauf coopératif, mais le deuxième, un type long et maigre qui a surgi dans un bourdonnement de poste de radio, est moins méfiant et accepte de regarder la photo. Il m'apprend que le grand jeune homme et la jolie jeune fille sont partis. Partis ? Mais quand ? Un pensionnaire qui occupe la chambre d'en face sort à ce moment-là et s'en mêle. Il est assez âgé pour être mon grand-père, a les joues creuses, mal rasées, est vêtu d'un short en nylon vert qui découvre ses cuisses molles. Il confirme les propos du type long et maigre et me dit qu'il faut aller voir señor Costa. « Costa ? – *Big boss* », m'explique son voisin avec un sourire d'enfant.

Comme ce Costa ne se manifeste que le samedi, jour d'encaissement des loyers, je m'installe en attendant dans une auberge de jeunesse située à quelques rues de là, en face de la plage Sant Miquel. Pour un montant quotidien n'excédant pas trois cent cinquante pesetas, je dispose d'un lit dans un dortoir de six, d'une salle d'eau collective, d'un petit casier personnel et d'une serviette de toilette grisâtre qui s'effrange par tous les bouts. L'auberge se nomme Mediterráneo Youth Hostel et sa proximité maritime a dû inciter les propriétaires à peindre leurs dortoirs en un bleu si intense que la première nuit j'éprouve des difficultés à trouver le sommeil, comme si j'étais saisi d'hydrophobie. Mais peut-être n'est-ce pas le vrai motif. Les jours suivants, je ne manque pas de me rendre plusieurs fois à la pension Costa et au bar El Nabo, mais ne récolte toujours aucun indice concernant Lucas et Sarah. L'indigence de mon espagnol limite les questions que je pourrais poser aux habitants du quartier, et à force de montrer ma photo un peu partout, je finis par m'attirer une certaine méfiance. Je décide alors de visiter la ville. En cette saison, les touristes se font rares et je suis frappé de découvrir aux kiosques, dans les cafés, derrière les vitrines de nombreux commerces, les mêmes affiches ou unes de magazines et de journaux portant des titres en capitales comme « EL FINAL TRÁGICO DE FRANCO », « LA MUERTE ! », « EL TESTAMENTO DE FRANCO », « VIVA LA LIBERTAD ! ». Barcelone n'a pas l'air en ébullition pourtant. Sauf que dans les bars où je prête l'oreille aux conversations, j'ai le sentiment qu'on ne parle que de cela. Je sens une joie dense et inquiète. Je suis moi-même gagné par une inquiétude de plus en plus vive et me dis que le climat politique y est peut-être pour quelque chose. Après la déception, puis l'incompréhension de n'avoir pu retrouver Lucas et Sarah, je me demande s'il s'agit d'un simple rendez-vous manqué. Sont-ils partis précipitamment à la suite d'une offre de ce Mariano ? Ou bien pour une nouvelle équipée fantasque dont Lucas a le secret ? Je commence à former d'autres hypothèses. En fait, je ne me souviens plus exactement de la conversation téléphonique de dimanche. Ai-je clairement dit que je venais ? La communication n'était pas bonne. Je me rappelle surtout l'insistance de Lucas, qui me répétait que Mariano était prêt à nous engager pour un mois ou deux, que nous jouerions à Barcelone et aussi à Pampelune, à Burgos, à Saint-Sébastien, qu'une batterie me serait fournie sur place, que tout se présentait pour le mieux. « Je pense que je vais venir », ai-je dû lui dire à la fin (en réalité, je pensais à mon frère, à mes parents). Oui, je pense que je vais venir. « C'est ça, viens tout de suite ! » m'a dit Lucas. Derrière sa voix, j'ai alors entendu un bruit métallique, comme le passage d'un chariot. Je ne vois pas de chariot au Nabo. « C'est bon, ai-je dit, d'un ton hésitant. – C'est une occasion en or, on peut pas la laisser filer ! *Go, mi amigo* ! » Puis la communication s'est interrompue et Lucas n'a jamais rappelé. Et maintenant que trois jours ont passé, que je suis effectivement dans cette ville où devait m'attendre une occasion qu'il était stupide de laisser filer, c'est eux qui ont filé.

Je me souviens très bien du temps qu'il a fait ce samedi-là : une matinée de froid, de ciel bleu dur et de soleil. Costa a l'habitude d'arriver calle de los Delfins vers onze heures. Je suis déjà au pied du petit immeuble quand je le vois surgir dans une canadienne. C'est un type d'une quarantaine d'années au visage couleur de terre cuite. Je devine que ce n'est pas le genre d'homme à conduire ses affaires de manière négligente. Effectivement les choses vont vite. Après une réaction brusque à mon égard, il veut bien m'écouter. Devant ma photo, qu'il tient entre deux gros doigts sales, il me confirme que Lucas et Sarah ont logé dans sa pension. Leur chambre est toujours là, me dit-il. Je ne comprends pas. Costa me précède dans l'immeuble et m'ouvre une porte au rez-de-chaussée derrière laquelle je reconnais, au pied du lit, au-dessus d'un fatras de vêtements qui débordent d'une valise sur un tapis miteux, la demi-caisse en érable noir : la 335 de Lucas.

Nous parlons avec les moyens du bord. Costa semble plus avenant. Peut-être a-t-il un peu pitié de moi ? Mais Mariano est un nom qui ne lui dit rien. Le seul Mariano qu'il ait jamais connu « *se llama Luis* », s'exclame-t-il en riant, sans m'épargner ses dents fichues. Il n'hésite pas longtemps quand je lui propose de reprendre la chambre. Je peux même conserver les affaires qui s'y trouvent, me dit-il, mais je dois lui laisser en gage mon passeport. À la pension, j'attends trois jours de plus. Au début, j'interprète la présence de la guitare de Lucas comme un bon présage, puis je me demande si ce n'est pas plutôt mauvais signe. Les heures passent et mon inquiétude se mue en anxiété. Je ne vois pas d'avenir à ma situation. Une journée de plus et je ne me sens pas bien. Le soir, je téléphone à mes parents. Ma mère est heureuse de m'entendre et c'est une joie partagée. Subitement je lui annonce que les vacances sont finies et que je rentre dimanche par le train. Comme elle m'interroge sur les parents. de Lucas, j'en déduis qu'elle croit toujours à ma fable de la ferme. Je voudrais y croire moi aussi. « Rentre vite, ton petit frère t'attend », me dit-elle.

Le lendemain, je préviens Costa de ma décision et le prie de me rendre mon passeport. Il affiche une mine contrariée, j'insiste et il s'en va. Je ne sais plus quoi faire. Sans passeport, comment vais-je retourner chez moi ? Une heure plus tard, alors que je suis resté dans la chambre, Costa revient calle de los Delfins, surgit au-dessus de mon lit, me regarde d'un drôle d'air, puis, m'entraînant dans la rue, m'invite à monter dans sa fourgonnette. Je refuse et lui redemande mon passeport. « Tes amis », me dit-il en espagnol. Je ne comprends pas, j'insiste encore pour mon passeport, mais il a déjà mis le contact. « Tes amis, là-bas », répète-t-il.

En route, il emploie plusieurs fois le mot *galgos*, dont

j'ignore le sens. *Galgos*, dit-il à bord de sa fourgonnette qui sent l'urine. Nous quittons la ville, traversons une banlieue où des immeubles en construction sont cernés par des bancs de sable. Une demi-heure s'écoule, puis, au bout d'un chemin de terre, apparaît ce qui ressemble à un ranch. Costa stoppe son véhicule à côté d'un puits en pierre sèche, en descend et s'introduit dans le premier bâtiment, où je le suis tout en continuant à me demander pourquoi. C'est un édifice plus long que large, divisé en deux rangées de trois box que sépare un couloir en béton. Le premier box à droite contient quatre chiens. Ce sont des lévriers. *Galgos*, dit-il encore. Cette fois, je comprends. Costa déverrouille la porte grillagée du box, fait sortir tout le groupe, *ratap ratap ratap*, en s'arrangeant pour qu'ils rejoignent une petite pièce au fond du bâtiment. Ils obéissent et leurs longs corps maigres glissent comme des anguilles. Même en voyant leurs congénères dans les autres cages, ils ne jappent pas. Une fois qu'ils sont dans ce qui ressemble à un local à matériel, Costa cale devant un treillis métallique. Les chiens sont de nouveau enfermés. L'Espagnol fait demi-tour, revient vers le box vide et me demande de l'observer. Il déblaye les saletés qui jonchent la cage – déjections, débris de nourriture, amas de poils –, les recueille et les déverse avec une pelle dans un vieux baril de lessive, ensuite il asperge abondamment le sol au moyen d'un tuyau. L'eau est froide et bouillonne, puis s'évacue par un trou dans la dalle. Avec l'eau monte une forte odeur d'urine, encore plus forte que dans la fourgonnette. Costa coupe le jet, pose le tuyau, passe la serpillière. « *Bueno trabajo* », me dit-il. Bon travail. Oui, bon travail, et alors ? Pourquoi m'a-t-il fait venir ici ? Pourquoi m'a-t-il montré ses bêtes et la façon de s'y prendre pour nettoyer leurs box ? « *Bueno trabajo* », dit-il encore une fois en m'adressant un regard souriant et carié. Bon travail pour moi ? Pourquoi cet homme, ni bon ni mauvais, s'intéresse-t-il à ma personne ? Ces questions flottent autour de ma tête, elles me feraient presque oublier l'odeur pestilentielle du chenil et le frottement des petites pattes contre les cages, elles me feraient oublier que j'ai un train demain et que toute cette histoire est finie, la raison stupide aussi pour laquelle je suis venu ici à Barcelone, lorsque mon nom, prononcé par une voix familière, franchit soudain le couloir, *Maaarcuss*, je me retourne, entends de nouveau *Maaarcuss*, et je distingue, depuis une zone plus sombre du bâtiment, Sarah qui se dirige tout droit vers moi, oui, Sarah que je n'ai jamais été aussi heureux de serrer dans mes bras :

I don't believe in an interventionist God
But I know, darling, that you do.
Je ne crois pas en un Dieu interventionniste
À la différence de toi, je le sais, ma chérie.
And if He felt He had to direct you
Then direct you into my arms.
Mais si jamais Il devait te diriger quelque part
Alors qu'Il te dirige tout droit dans mes bras.

Après la déflagration du souvenir, l'abandon de son esprit à ce temps distendu, Marcus s'était ressaisi, puis tourné vers Nastassia : « Ton rendez-vous chez le tatoueur, c'est à quelle heure ? – *A las cuatro.* » Ils étaient allongés dans la chambre de l'hostal Antaño, où flottait une odeur finement écœurante, exhalée par un pot-pourri posé sur la commode. « Je t'accompagne, lui dit Marcus. – Toi aussi, tu veux ton *tatuaje* ? » Il secoua la tête puis l'embrassa avec tendresse sur le front. « Le taxi te déposera devant la boutique LTW et je le garderai pour descendre jusqu'au port. – Tu as envie d'aller voir les bébés otaries ? – Pourquoi pas ? Je te raconterai après. – *Muy bien* ! »

Le chauffeur qui les conduisit était beaucoup trop jeune pour avoir connu la pension de la calle de los Delfins, beaucoup trop jeune aussi pour avoir pu servir d'informateur, comme nombre de ses collègues, à la police politique de Franco. Le nom de la rue, son GPS ne fut même pas capable de le trouver. Quant au cynodrome de Miranda, où avaient jadis couru les *galgos* de Costa, il dit à Marcus, tout en affichant dans son rétroviseur un air incrédule, qu'il n'en avait jamais entendu parler.

Les courses de lévriers et les paris les concernant avaient débuté en Espagne dès les années trente, et le royaume, au temps fort du franquisme, possédait près de vingt cynodromes attirant un public à peine moins passionné que celui des corridas. Après la mort du dictateur, la nouvelle démocratie sociale d'Adolfo Suárez, pour mieux contrôler la manne des jeux, encouragea la loterie nationale. Si les cynodromes fermèrent les uns après les autres, Miranda fut une exception. À une époque encore récente, plusieurs centaines de chiens de race greyhound, la plupart venus d'Irlande, s'y mesuraient chaque semaine, propulsant leurs longues pattes graciles et cassables sur la piste ovale, jusqu'à l'épuisement de leurs forces, puis recommençaient, courant jusqu'à deux fois le dimanche. Quand ils n'étaient plus bons à rien, c'est une mort assez peu douce qui leur était infligée, peu équitable aussi au regard de leur vaillance : on les jetait au fond d'un puits, ou bien on les noyait, on les brûlait à l'acide.

Marcus demanda au chauffeur de le déposer devant le

palais Güell. Il continuerait à pied jusqu'au quartier de Barceloneta. Sur l'instant, il pensa se mettre à la recherche de toutes les maisons voisines du port susceptibles d'avoir un air de ressemblance avec l'ancienne pension. Peut-être la rue avait-elle simplement changé de nom, et l'immeuble conservé ses deux niveaux, son toit plat, ses persiennes. Mais cela ferait encore trop de maisons, se dit-il. Il préféra longer la plage. Des grappes compactes de promeneurs avaient eu la même idée que lui, bien que cette partie de la ville fût moins fréquentée que le quartier de leur hôtel. Il marchait depuis une dizaine de minutes, lorsqu'un petit café à la devanture rouge, dont la terrasse ombragée mordillait sur le sable, lui sembla familier. Ce café pouvait-il avoir existé en 1975 ? Y était-il déjà entré ? Il s'assit à une table et commanda une bière à un homme aux cheveux blancs et frisés comme la laine d'un mouton. C'était un point de vue agréable pour regarder passer les Barcelonais, en particulier les jeunes filles qui, en tandem, venaient occuper les bancs de la marina tout en gazouillant et suçant des glaces. On était cette fois en août et décembre était loin.

Ce mois de décembre 1975, Sarah s'était aperçue de la disparition de Lucas le dimanche en début de matinée, ce même dimanche où Marcus se souvenait d'avoir reçu son appel pressant. Mais, lui dit-elle, elle n'était déjà plus à ses côtés à ce moment-là, et personne ne sut jamais de quel endroit Lucas avait téléphoné.

En fait, le jeune couple était déjà employé depuis plusieurs semaines par Costa, et ce jour de décembre c'est très tôt que Lucas avait pris la fuite, avant même que Sarah n'ouvre les yeux à la pension. La jeune fille était d'abord restée dans sa chambre. La guitare et les vêtements de Lucas étant toujours là, elle avait pensé que son compagnon était sorti pour aller marcher le long de la plage, comme cela lui arrivait parfois. Mais cette pensée ne tint pas longtemps. Le dimanche, ils devaient se rendre au chenil afin de préparer les *galgos*. Ils accompagnaient ensuite les chiens au cynodrome où d'autres tâches les attendaient. Comme le dimanche passait et que Lucas ne revenait pas, Sarah se sentait désemparée. Elle n'avait pas le cœur à prendre seule le tram pour rejoindre le chenil et ne s'imaginait pas pouvoir faire autre chose que patienter. Ce fut en fin de journée que Costa débarqua calle de los Delfins, avec un air fumasse, pressé de dire son fait aux jeunes Français qui en prenaient un peu trop à leurs aises et méritaient d'être flanqués à la porte. Mais quand il vit Sarah en pleurs, il se radoucit et dit à la jeune fille qu'il repasserait le lendemain. Le lundi soir, Lucas n'était toujours pas rentré. Costa suggéra alors à Sarah de venir la chercher en voiture le lendemain, il aurait besoin d'elle, elle accepta, et, deux jours plus tard, il lui proposa de lui louer une chambre dans une dépendance de son ranch où il vivait avec sa femme et ses trois filles, juste en face du chenil. En résidant sur place, lui dit-il, elle pourrait économiser la fatigue des trajets et attendre le retour de Lucas tout en continuant à gagner de quoi vivre. À Marcus, qui l'écoutait un bras posé sur ses épaules, Sarah assura que Costa avait été très gentil, très correct, comme avec ses propres filles.

Elle et Marcus étaient maintenant assis sur un banc en bois, au fond du chenil. Chaque matin, lui raconta Sarah, elle nourrissait les lévriers, leur donnait à boire, les lavait, nettoyait leurs cages, puis les faisait monter dans le camion une fois qu'ils avaient été sélectionnés par l'Espagnol. Les jours de courses, avant sa disparition, Lucas était chargé de transporter dans une brouette les bêtes qui, blessées, restaient couchées au sol ou clopinaient sur la piste en poussant de petits gémissements. Il n'était pas rare que, dans les courbes serrées de Miranda, des chiens fussent victimes de chutes spectaculaires qui leur occasionnaient de graves lésions aux ligaments ou des fractures aux pattes. Lucas récupérait alors les estropiés à la manière d'un brancardier. Le métier ne lui plaisait guère, mais comme les projets musicaux tardaient à se concrétiser, il fallait bien trouver un peu d'argent.

Avant cela, entre Pâques et la mi-octobre, raconta Sarah à Marcus, ils avaient voyagé dans le sud-est de la France, donné quelques concerts dans des festivals et des bars, rencontré toutes sortes de gens. Quoique sans but, c'était une vie plaisante. Une vie aventureuse. Pareille vie aurait pu se prolonger encore des mois si, un soir, dans un petit hôtel de Nîmes, Lucas n'avait appris par la radio que Franco était au plus mal. Aussitôt après, il se mit à s'agiter, à tenir des propos bizarres. « Lesquels ? demanda Marcus. – Il répétait des phrases comme : *Il n'y a pas de rédemption qui ne procède du sang qui a coulé.* J'ignore d'où ça lui venait mais je l'ai entendu la dire plusieurs fois. » Deux jours après, il était décidé à passer la frontière. Un homme croisé dans un cinéma, où ils avaient interprété plusieurs chansons de T-Bone Walker, leur avait parlé de Baltasar Mariano. C'était la dernière chose que Lucas avait besoin de savoir pour partir en Espagne. Ainsi se retrouvèrent-ils à Barcelone fin octobre. Cette semaine-là, on apprit que Franco avait subi plusieurs transfusions sanguines et que le roi Juan Carlos s'était résolu à assumer à titre provisoire les fonctions de chef de l'État. Mais Baltasar Mariano, lui, s'était mué en fantôme. Lucas et Sarah restèrent pourtant à Barcelone où, un dimanche, à Miranda, ils firent la connaissance de Costa.

Comme Lucas parlait bien l'espagnol, il n'avait aucune peine à se mêler à la population du cynodrome. Propriétaires de chenils, éleveurs, hommes à tout faire, et surtout la foule des parieurs, pour l'essentiel des types sans le sou, ouvriers de banlieue, chômeurs, pensionnés indigents, petits voyous du quartier du Raval, prostituées du Guinardo, un monde plus pitoyable qu'inquiétant qui se pressait les fins d'après-midi sur les gradins en bois avec leurs rêves de pacotille. Avant et après le travail, Lucas passait son temps à bavarder avec ces gens. En fait, il les interrogeait pour obtenir des nouvelles de Franco. Comment évoluait l'état de santé du Caudillo ? Pour combien de jours en avait-il encore ? Rechercher Mariano, trouver des salles où jouer leur musique n'était plus sa préoccupation.

La semaine de la mort de Franco, Lucas fut de nouveau agité. Bien plus agité qu'avant, dit Sarah à Marcus. Il avait entendu dire que le cadavre du dictateur avait été exposé deux jours entiers dans un palais de Madrid, que des centaines de milliers d'Espagnols s'étaient inclinés devant sa dépouille, qu'une messe avait été célébrée par un cardinal et qu'à l'issue de la cérémonie ce qui restait du Caudillo avait été transporté à la basilique del Valle de los Caídos, à une heure de route de là, où il avait été inhumé sous une dalle de granit de presque deux tonnes. « Il m'en parlait tous les soirs, Marcus. Et toujours la même histoire. Je lui disais : Et notre projet, et Gerda Taro, et Marcus, et moi, qu'est-ce qu'on devient là-dedans ? Il me répondait : Donne-moi encore un peu de temps, Sarah, fais-moi confiance, je n'oublie rien. Mais il répétait encore ses phrases bizarres, des phrases comme : *Que soit béni mille fois le sang qui nous a apporté notre rédemption*, il les disait aussi en espagnol et il voulait sans cesse connaître les détails des obsèques de Franco. Est-ce que d'autres cérémonies étaient annoncées ? demandait-il aux gens de Miranda. Que se passait-il maintenant à Madrid ? À la basilique del Valle de los Caídos ? Il n'y avait plus que cela qui comptait. Je n'étais pas très rassurée, Marcus. Je crois qu'il devenait fou. Et puis il s'est enfui. »

Pendant que Sarah parlait, sa tête posée sur l'épaule de Marcus, Costa était sorti du bâtiment. Les lévriers s'énervaient à présent et se jetaient comme de grosses sauterelles contre les grilles des cages. « On devrait peut-être partir d'ici », dit Marcus. Sarah ne répondit rien, mais, fléchissant les jambes, elle se pencha au-dessus du box qui était à sa droite, le déverrouilla et ouvrit sa porte en grand. Devant le sol semé encore de taches d'humidité, les chiens hésitèrent à sortir, ils reniflèrent et reculèrent. « *Fuera* ! » leur cria-t-elle. Puis elle sourit. Un beau sourire. « *Fuera* ! *Fuera, mis queridos* ! »

Ainsi avait-il suffi à Marcus de feuilleter une banale brochure de musée, d'y retrouver un nom qui renvoyait à son adolescence, puis de traverser un quartier en partie disparu pour que la puissance de l'amour, oui, toute la puissance de l'amour s'engouffre par cette trouée.

À Barcelone, les éphémérides épinglées au mur des cuisines et des bureaux de poste, des succursales bancaires et des tavernes du port affichaient sans vergogne la date du 13 septembre. La lumière n'était plus aussi aveuglante que les jours précédents, les façades des immeubles le long des ramblas avaient perdu leur teinte de crème brûlée, et la chaleur dans la vieille ville était moins moite et moins collante, comme étaient moins nombreux les piétinements des cohortes de touristes devant la cathédrale. Les gargotes des quartiers populaires avaient descendu leurs rideaux métalliques, derrière lesquels expiraient les derniers effluves des *suquets de peix* et *escalivadas* des soirées de juillet, tandis qu'aux éventaires de la Boqueria, des caisses emplies d'agrumes, des sacs béants de légumes secs et des paniers de jaunes mousserons avaient remplacé les fruits trop mûrs et trop juteux de la fin août. Le ciel allait changer de couleur. Après des mois de sécheresse viendrait un vent humide, il cavalerait sur les boulevards, secouerait les fils électriques, ferait claquer les stores du passeig de Gràcia comme autant de petits drapeaux rouge et or le jour de la fête nationale. Parfois, une pluie tiédasse surprendrait les passants, on entendrait çà et là des froissements de parapluies, des pneus lisses de motos riperaient sur les chaussées, des moteurs d'autobus cracheraient des fumées blanches tels des rêves de morue. Les nuits seraient plus fraîches, la mer plus grosse, plus verte aussi, et sur les plages, dans le quartier des restaurants bordant la marina, les palmiers frissonneraient au-dessus de promeneurs aux épaules abritées par des pulls, qui murmureraient des élégies sur la mort de l'été.

Mais ce jour-là, au sommet des cinq cent trente-deux mètres du Tibidabo, l'automne procrastinait. Un Luna Park, un musée d'automates et une église néogothique baptisée temple de l'Expiation du Sacré-Cœur appâtaient encore des familles nombreuses et des vacanciers, qu'un funiculaire d'apparence vétuste déversait toutes les demi-heures, et l'on pouvait entendre une rhapsodie rieuse de cris et d'exclamations, de chansonnettes plus ou moins à la mode diffusées par des haut-parleurs, de soupirs d'aise émanant des pièces mécaniques de la grande roue et autres attractions, bref, toute une fièvre insouciante qui se répandait librement sur la colline de Barcelone, comme si l'été avait su résister. Un été pareil au Tibidabo, on n'en avait pas vu depuis l'été des jeux Olympiques, qui fut aussi l'été de la joie et du succès, l'été de la renaissance de Barcelone – l'été de l'amour.

Si l'entrain joyeux qui s'exprimait au sommet de la colline ne se propageait pas jusqu'au Virginia Palace – l'hôtel cinq étoiles niché un kilomètre plus bas dans l'un des coudes de la route sinueuse –, l'amour n'y était pas pour autant absent. L'établissement de luxe avait beau être protégé de toutes parts par une muraille impénétrable d'ifs, à présent que la journée touchait à sa fin, c'est une nuit douce, d'un bleu profond et féerique, pleine d'odeurs enivrantes, de petites bouffées d'air, d'insectes qui se faisaient happer par des gosiers pépiant, *tsuiiit tsuiiit, tsuiiit tsuiiit*, qui venait d'envelopper la terrasse, où dînaient une trentaine de personnes, parmi lesquelles Marcus et Nastassia.

Ils étaient toujours parmi les derniers à quitter leur chambre. C'est vers vingt-deux heures qu'ils rejoignaient la petite tache claire qu'ils avaient réservée et que des jeunes filles habillées comme des poupées de collection avaient enjolivée de porcelaine, de cristal, d'argenterie, avant d'y allumer un photophore. Le palace leur était déjà un lieu familier. Le couple vivait ici depuis le 30 août, et leur existence appartenait désormais à un temps non seulement suspendu mais volé, comme si, débarquant de nulle part, ignorés de tous, ils s'étaient introduits de manière frauduleuse au cœur de cette cité-jardin, y avaient découvert par hasard le portique de la réception, l'escalier de marbre, les tapis et les meubles raffinés de la chambre, le lit nuptial, le spa dans la rotonde, le parc et ses arômes, l'ombre des ifs et des cyprès, la table de la terrasse avec sa vue enchantée sur la ville.

Lorsque, deux semaines auparavant, Nastassia était descendue du taxi pour se faire tatouer une rosace sur l'épaule, elle était encore Nastassia, ce joli brin de fille avec qui Marcus avait choisi de s'offrir une semaine de bonus, une petite prime des sens lui permettant de profiter une dernière fois des charmes de l'étudiante (et elle, de son argent tout neuf). Une suite du pacte, si l'on veut (même s'il était arrivé à Marcus d'éprouver un léger ennui avec une créature qui, du fait de sa jeunesse, n'était pas loin d'appartenir à une espèce différente de la sienne). Mais pour le reste, tout était écrit : le dernier samedi d'août, ils devaient quitter l'hostal Antaño en fin d'après-midi, Marcus devait payer la note, puis taxi rambla de Catalunya, traversée de la vieille ville jusqu'à la *Estació de França*, départ du train aux environs de vingt et une heures, dîner frugal dans la cabine, puis la frontière, Limoges de nuit, Orléans-Les Aubrais, Paris au petit matin, nouveau taxi et changement de gare, et c'est dimanche avant midi qu'un TGV devait les déposer à Lille, et leur contrat s'arrêter là, chacun sa ligne de métro, Nastassia vers Wazemmes, Marcus vers Roubaix-Grand-Place, et leurs chemins se séparer, et le tableau de leur idylle dégringoler du mur, et jamais n'auraient-ils dû se revoir, ou bien suivant les méandres du destin : dans les couloirs de l'Institut, dans un bar de Roubaix, à la prochaine braderie de Lille, un peu gênés, se saluant à peine, comme les amants d'une nuit.

Tout était écrit et rien n'était écrit en fait, *rien* puisque ce soir-là, lorsque Nastassia était rentrée à l'hôtel avec sa rosace sur l'épaule, Marcus, de retour de Barceloneta, l'attendait déjà dans la chambre, et la première image qui lui vint à l'esprit, quand il reconnut ses pas, le bruit soyeux de sa jupe, et que s'ouvrit la porte, fut le visage de Sarah.

Debout dans le vestibule, Nastassia s'était légèrement penchée en avant pour déposer son sac près de la penderie, et si Marcus n'avait pas encore remarqué le tatouage, il fut frappé de voir que ses cheveux, longs et auburn il y a trois heures de cela, étaient à présent noirs, d'un noir brillant et comme laqué, le même noir que celui de la rosace, et l'on pouvait, parce qu'ils avaient été coupés très court, admirer le dessin de ses oreilles, et si ses yeux offraient toujours cet éclat gris, Marcus eut l'impression que leur tristesse s'était évanouie.

Pour la première fois avec Nastassia (mais était-ce toujours elle ?), Marcus avait parlé d'amour. Il avait employé le verbe « aimer » dans le sens que lui donnent les amants aux promesses, il ne lui avait pas dit : « Je t'aime bien, Nastassia », mais : « Je t'aime » – ce que jamais il n'avait non seulement dit, mais même pensé en embrassant cette fille de vingt-trois ans dont il n'avait goûté que les appas. Le plus étrange, c'est qu'il avait éprouvé de la joie à le dire, ne trouvant nullement puéril d'exprimer sans détour ce qu'il sentait désormais dans son cœur. Il ne s'était pas pris pour le héros parodique d'un roman. Il était toujours Marcus mais un Marcus amoureux cette fois. Et tandis qu'il lui disait qu'il l'aimait et qu'il avait sûrement été maladroit, un peu sauvage pendant toutes ces semaines, mais n'était-ce pas à cause du pacte et de l'ambiguïté de leurs rapports, il avait vu que Nastassia lui souriait et battait des paupières. Jouait-elle avec lui ? Il s'était demandé si ce signe des paupières n'était pas parodique, lui. Il se doutait bien qu'il y avait forcément quelque chose d'un peu ridicule dans l'amour, mais ce n'était pas l'amour lui-même qui était ridicule, c'étaient les phrases et les manières si empruntées pour l'exprimer. Toutes ces paroles communes, instituées, usées, tout ce bruit des paroles. Un jour, il y a longtemps de cela, il avait lu Yeats, le poète, dans un recueil de poche traduit de l'anglais, et avait été frappé de découvrir combien un aussi noble poète pouvait écrire des vers comme : « Elle me dit de prendre l'amour simplement, ainsi que poussent les feuilles », ou : « Tout menace l'être que j'aime »… Il y avait d'abord vu une sensiblerie excessive. C'est qu'à ce moment-là il n'aimait pas. C'était des années après que Sarah l'eut quitté. Rien n'est grotesque dans la bouche des poètes, pensait-il aujourd'hui, rien n'est naïf lorsqu'ils adhèrent à la réalité toute simple des sentiments. Ce sont les hommes méfiants ou qui méprisent l'amour qui sont les plus risibles.

Quand, le jour de leur départ, le gérant de l'hostal Antaño lui eut annoncé dans son petit costume noir et d'un air faussement désolé qu'il lui était impossible de prolonger la location de leur chambre, ni même de leur en louer, fût-ce pour une nuit, parce que tout l'hôtel, lui avait-il dit, était complet jusqu'en octobre, Marcus lui avait aussitôt demandé : « Quels sont les meilleurs hôtels de la ville ? – *Sorry* ? avait fait le gérant. – Donnez-moi la liste des trois ou quatre meilleurs hôtels de Barcelone, on devrait se débrouiller avec ça. ». Et c'est ainsi que, après deux coups de téléphone passés sous les yeux ébahis du petit costume noir, Marcus et Nastassia avaient rejoint le Virginia. Depuis combien de temps n'avait-il pas agi avec la même passion, le même bonheur ?

Ils n'étaient donc pas rentrés à Roubaix. En dehors du spa et des jardins, ils passaient beaucoup d'heures dans la chambre. L'usage qu'ils en faisaient n'était pas différent de celui qui avait été le leur à l'hostal Antaño. Ils s'y prélassaient, s'y embrassaient, s'y caressaient, s'y accouplaient, y dormaient, y mangeaient aussi (ils ne prenaient jamais leur petit déjeuner sur la terrasse ou dans la véranda). Pour se donner du plaisir, ils n'avaient pas besoin de parler ; pas beaucoup, du moins. Et Nastassia ? Depuis leur arrivée au Virginia, elle n'avait encore exprimé ni ennui ni désir d'être ailleurs, ne fût-ce qu'en ville où les sollicitations pourtant abondaient. Elle profitait du spa, se baignait dans le bassin chauffé, se reposait dans les jardins, apprenait à jouer au golf. Combien de temps cela pouvait-il durer ? Marcus avait assez d'argent pour tenir plusieurs mois, même s'il savait l'amour fragile.

Parfois, le soir, quand ils dînaient sur la terrasse, la vue sur la ville, aussi splendide fût-elle, n'était pas suffisante. Venait le moment d'une conversation. Marcus s'était aperçu qu'il n'avait plus envie d'évoquer avec Nastassia ce qui concernait leur existence à Roubaix. Il avait envie de lui parler d'amour. La difficulté, c'est que, jusqu'à présent, Roubaix, l'Institut, le métier de Marcus, les études de Nastassia, ses journées à l'école et ses projets d'avenir avaient été leurs seuls échanges, en dehors des échanges charnels. Mais nous apprendrons, se disait Marcus. Ce sera une nouvelle vie. En attendant, ils ne faisaient rien d'autre que vivre agréablement sans chercher vraiment à se connaître.

Cette nuit de septembre, l'été est encore avec eux. La table est débarrassée et a retrouvé sa lueur blanchâtre. Les poupées de collection sont allées se déshabiller à l'office. Nastassia semble rêvasser. Marcus a commandé un dernier verre de montilla qu'un homme grand et maigre, aux cheveux rares, lui a apporté dans un verre tulipe posé sur une soucoupe. Le montilla est jaune pâle et la saveur de noix qu'il laisse dans la bouche provoque une légère amertume. Une amertume qui ne lui déplaît pas. Il en faut un peu pour que l'amour soit supportable. Marcus sait bien qu'il n'a pas les pouvoirs des entités surnaturelles dont on décrit les péripéties dans la Bible et qui ont donné son nom à la colline sur laquelle ils vivent – Tibidabo. « Tout cela, je te l'offre », aurait dit un jour Satan à Jésus en lui montrant le monde. *Tibi dabo.* Satan voulait le corrompre.

Marcus a pris dans sa main droite l'une des mains de Nastassia. La nuit est d'un bleu plus léger, sans nuages. L'air est encore tiède, même si une brise s'est levée et des langues de fraîcheur leur passent de temps à autre sur le visage. Des jardins montent le parfum sucré des pins et quelques paroles lointaines. Sous la terrasse du restaurant s'étend le spectacle muet des lumières de Barcelone. À une époque différente, le même panorama lui eût serré la gorge, il eût craint de voir l'une de ces lumières s'éteindre devant ses yeux comme si, là-bas, une vie, dans un immeuble ou sur le port, avait tout à coup pris fin. Mais à présent les flambeaux miniatures qui dessinent la forme secrète de la ville réconfortent Marcus. Les seules questions qu'il pourrait se poser cette nuit-là – Rentrerons-nous un jour à la maison ? Combien de temps resterons-nous à Barcelone ? Nastassia va-t-elle me quitter ? Que serons-nous dans un mois ? dans six mois ? –, il les a oubliées.

6

Nuit blanche

La dernière nuit qu'il passa avec Carl, Stern ne se conduisit pas différemment des autres nuits qu'il avait passées à Vany. Une fois bue la moitié d'une bouteille de bourgogne, les associés s'étaient dévêtus et avaient eu deux rapports sexuels à la suite, le premier sur le tapis en laine du séjour, le second dans la chambre à coucher. Après quoi ils avaient dîné en se partageant un poulet froid mayonnaise et une salade de mâche, tout en finissant la bouteille de beaune à propos de laquelle Stern avait félicité Carl pour son bon goût. En fait, ce jeudi-là, Carl trouva même Stern d'excellente humeur. Il lui annonça que Francis Auerbach l'avait contacté pour lui proposer d'assister demain à une contre-expertise dans le cadre de l'accident de Carling. Auerbach était le responsable local d'un syndicat de salariés de la pétrochimie, et Stern disait miser sur lui pour donner à l'agence l'impulsion que chacun attendait.

Le sinistre survenu en juillet sur la plate-forme chimique de Carling, à une quarantaine de kilomètres à l'est de Metz, avait causé la mort de trois ouvriers et en avait grièvement blessé six autres. Un lundi matin, une équipe qualifiée travaillait au redémarrage d'un four appelé vapocraqueur, qui permet de transformer des hydrocarbures en diverses matières plastiques, lorsque s'était produite une explosion. L'usine – il faudrait dire le complexe en raison du nombre d'installations disposées les unes à côté des autres dans un entassement titanesque de métal et de béton – appartenait à un site classé « Seveso 2 ». Jouer à ce niveau-là vous soumettait à un dispositif particulièrement contraignant de gestion des risques, qui allait d'un plan de prévention détaillé et revu de manière constante à l'entretien complet d'une brigade interne de sapeurs-pompiers (Carl fut étonné d'apprendre qu'ils possédaient pas moins d'une douzaine de véhicules de secours entièrement équipés). Quant aux risques eux-mêmes, c'étaient des groupements d'assureurs et de réassureurs qui les couvraient. Autant dire que l'agence Stern & Vogel ne luttait pas dans la même catégorie. Sauf que, courant mai, Stern avait eu l'idée de proposer aux salariés du site, via le syndicat d'Auerbach, une assurance intitulée « dommages psychologiques graduels » (le genre de dommages susceptibles d'affecter tous ceux qui triment dans des environnements anxiogènes). La phase d'approche avait eu lieu le mois précédent lorsque les deux associés avaient été invités à participer à une séance du CLIC, le comité local d'information et de concertation, cénacle technique formé de représentants de l'usine, d'agents de l'administration, d'élus régionaux, de professionnels de la sécurité et de riverains. Aux yeux de Carl, ce joli monde s'était comporté comme dans une mauvaise pièce de boulevard, quand des gens débouchent par une porte, détalent par une autre, se croisent et se bousculent, sans jamais se parler. Les uns ronchonnaient dans leur barbe, d'autres tapaient sur la table, personne ne s'écoutait vraiment. Lorsque le président du comité, un grand échalas envoyé par le Conseil général, finit par donner la parole à Stern, l'ambiance changea du tout au tout.

Stern commença par dérouler devant la trentaine de personnes assises autour de lui les cinq scénarios catastrophe qu'il avait cuisinés aux petits oignons. En guise de hors-d'œuvre, il leur servit « AZF 2 » et « crash d'un appareil de la compagnie Luxair », puis, plat plus inattendu mais pas moins corsé, « incendie de la forêt domaniale de Saint-Avold », suivi du morceau de résistance « accident majeur à Cattenom » (la centrale nucléaire couvait à moins de cinquante kilomètres à vol d'oiseau), avant de conclure en beauté par son dessert préféré, le scénario « premier mercredi du mois » : quelques minutes avant midi, au moment où toutes les sirènes du pays se mettraient à hurler à l'unisson, un individu passerait en douce les filtres de contrôle, tripoterait une manette sur un surchauffeur et laisserait faire les lois de la physique. « L'avantage pour un terroriste, leur dit Stern, c'est que la matière explosive est disponible sur place. Pas besoin de transporter du peroxyde d'azote dans ses baskets. Aussi je me mets dans votre situation : en travaillant ici ou en résidant dans le secteur, la peur est la substance de votre vie. Vous pouvez toujours vous raisonner, utiliser des subterfuges, vous ne l'éviterez pas. *Die Angst !* Ses mâchoires vous happent à la gorge et ne vous lâchent plus. Il y a des millénaires de cela, à l'époque où nous vivions au fond des bois, armés de gourdins et couverts de peaux de bêtes, nous tremblions devant les animaux sauvages, mammouths, ours des cavernes, phacochères à poils longs, et nous avions de bonnes raisons de trembler, mais aujourd'hui que nous avons remplacé la nature hostile par des machines destinées à mieux nourrir l'humanité et à satisfaire tant de besoins, est-ce que nous avons remplacé la peur ? Bien sûr que non ! Cette chienne de *Angst* est toujours là ! Elle nous chope à la gorge. Et vous voudriez qu'elle n'existe pas ? qu'elle ne cause aucun mal ? vous pensez pouvoir vivre avec elle ? qu'elle soit une simple incommodité de plus face aux nouveaux tigres et aux nouveaux phacochères ? eh bien, c'est là que vous vous trompez, que vous vous préparez des nuits affreuses et des réveils brutaux, c'est là qu'elle vous mettra en pièces ! »

On pouvait certes reprocher à Stern son côté massue et un tantinet approximatif, le fait de jouer sur les nerfs d'autrui et de battre trop fort le tambourin des émotions, mais ce ne fut pas le sentiment qui, ce jour-là, domina dans la salle de réunion. De son exposé, aucun des membres du CLIC ne sembla perdre une miette. Le catastrophisme de l'assureur les avait persuadés que les risques qu'ils couraient dans leur usine étaient bien plus grands que ce qu'on leur avait dit. « La peur. *Die Angst*, leur répéta-t-il plusieurs fois en les regardant bien en face. Je me mets à votre place. » Les paumes de ses mains planaient au-dessus de photos d'accidents industriels et, par des mouvements brusques, ponctuaient chacune de ses histoires apocalyptiques. C'est ainsi qu'il emporta le morceau.

Carl ne fut pas surpris de l'effet que son associé produisit sur le comité. Il était bien placé pour savoir que Stern possédait l'art de manier les mots et de les faire pénétrer dans la conscience de ses interlocuteurs. Ses phrases n'étaient pas du genre à survoler les têtes ou à vibrionner comme des moucherons. Elles étaient entendues comme des nouvelles dignes d'intérêt. Il eût d'ailleurs été injuste de le considérer comme un vulgaire beau parleur. Si Stern se montrait ensorcelant, c'est la vérité, en fait, qui vous ensorcelait. Après une conversation avec lui, vous constatiez que ce qu'il vous avait dit avait créé dans votre esprit une zone de clarté, non de confusion.

Pourtant, ce jour-là, tandis que Carl l'écoutait exposer ses scénarios, ce ne furent pas seulement ses paroles qui le captivèrent. Une partie de lui se mit à songer à son associé sans son costume de bonne coupe, sans sa chemise à poignets mousquetaire ni ses richelieus assortis, sans rien sur lui, pour le voir nu. Le voir nu, et penser à sa peau contre la sienne, penser à tout ce qui avait eu lieu depuis cet après-midi de janvier, rue du Faisan, où Stern et lui, après avoir fait le tour de l'appartement encore vide qu'ils loueraient pour l'agence, après en avoir détaillé les avantages et imaginé les promesses, s'étaient littéralement jetés l'un sur l'autre au milieu de la salle de séjour, pièce qui trois semaines plus tard accueillerait leur secrétariat, s'étaient déshabillés, embrassés et caressés avec frénésie, touché le visage, les épaules, la poitrine, le ventre, les cuisses, les fesses, le sexe déjà durci, et Stern avait entraîné Carl dans la salle de bains pour l'enlacer sous la douche tout en tentant de faire couler un filet d'eau sur leurs corps brûlants et suants, mais l'eau était coupée et ils étaient restés les pieds nus et moites sur la porcelaine du receveur, profitant du mur poussiéreux en carrelage vieux rose pour mieux se prendre et se faire jouir.

Le lendemain de ce qui serait la dernière nuit de Stern à Vany, Carl était en liquette et chaussons, piochant son petit déjeuner dans un bol de fromage blanc aux céréales. Son associé, habillé de pied en cap, vint le saluer dans la cuisine. « Cette contre-expertise va me prendre toute la journée », dit-il. Sous sa veste gris ardoise, il avait enfilé une chemise en coton vert amande, son pantalon était coupé dans le même tissu gris moiré et, pour parachever le tout, il s'était chaussé de mocassins en cuir glacé aux fines coutures, d'une teinte chamois tirant sur le miel. Cette paire était assez neuve pour qu'on l'entende couiner et Carl se demanda si c'étaient les chaussures adéquates pour une sortie à Carling. Relevant les yeux, il vit que Stern avait changé de position. Son buste était à présent en avant, ses bras fléchis à la hauteur du torse, ses mains posées sur chacun des montants du chambranle de la porte – un Christ en croix, pensa Carl, abstraction faite de ses cheveux blond-roux coiffés en petites vagues et son eau de toilette au vétiver. « On se retrouve ce soir à l'agence ? » lui dit Stern en souriant. Carl acquiesça en glissant dans sa bouche une cuillère où l'on pouvait reconnaître deux ou trois raisins secs parmi des choses plus indéfinissables.

Ainsi le village où il louait depuis avril un pavillon individuel – déplier chaque soir rue du Faisan un lit de camp n'avait été qu'un pis-aller – s'appelait Vany. Il se situait à environ vingt minutes en voiture de Metz, où Carl possédait un box dans un parking privé, juste à côté de l'agence. Mais la durée initiale du parcours s'était transformée en trois bons quarts d'heure depuis qu'avaient débuté en ville d'importants travaux de démolition en vue de la création d'un nouveau système de transport en commun. En attendant sa mise en service, camions, voitures et piétons qui aspiraient à rejoindre le centre se traînaient dans un décor de mine à ciel ouvert. Carl prenait pourtant son mal en patience. S'il n'avait jamais voulu adopter une existence recluse, il était conscient que sa nouvelle vie, à quarante-neuf ans, l'obligeait à certaines précautions. Il n'avait pas renoncé à la société, continuait à aimer les gens, mais il les voyait autrement (il avait d'ailleurs tout loisir de les voir quand il entrait dans Metz à l'allure d'un paralytique, pare-chocs contre pare-chocs).

C'est sur le conseil de Stern qu'il était allé vivre dans ce village résidentiel. Son pavillon n'était pas sans confort, et l'après-midi où, conduit par un agent immobilier à peine plus âgé que son fils Tom, il avait découvert la localité, il en avait relevé maints attraits. La plupart des Vanois, qui travaillaient à l'extérieur, rentraient le soir suffisamment harassés pour ne plus quitter leur salon. Aux beaux jours, on les retrouvait dans leur carré de pelouse protégé par un mur de thuyas ou de rosiers grimpants. Sans gêner grand monde, ils y faisaient griller autant de côtelettes de porc marinées qu'ils en avaient envie, et de merguez rouge brique à propos desquelles il y avait toujours quelqu'un qui demandait si elles n'étaient pas trop épicées. « Qu'est-ce que tu as pensé de Vany ? lui avait dit Stern, le lendemain de sa visite. – Beaucoup de bien, lui avait répondu Carl. Je crois que c'est le genre de village où l'idée ne viendrait à personne d'épier ses voisins à la fenêtre. – C'est un bon point », avait conclu Stern.

Les pavillons en parpaings recouverts d'un crépi blanc ou sable cohabitaient avec d'anciennes maisons lorraines retapées, aux mignons linteaux de porte sur lesquels un œil exercé eût reconnu des outils de vigneron stylisés. L'ensemble offrait le chic d'une campagne moyennement urbanisée, proprette et avenante, avec un pigeonnier, un vieux lavoir, un petit château dix-neuvième, et, en prime, six mois sur douze, le chant des oiseaux au lever du soleil. L'après-midi de sa visite, Carl avait même aperçu un bouvreuil aux dessous rouge vif et au cri d'appel somptueusement plaintif, *diu*, *diu*,

diu. Comme l'été ne tarda pas à se manifester, il prit l'habitude d'aller s'asseoir au fond du jardin, seul ou avec Stern, pour y savourer quelques verres de mercurey rafraîchi tout en écoutant le chant des bergeronnettes. De l'autre côté de sa haie de troènes lui parvenait parfois la conversation amortie des Legrand. Lui était ingénieur, elle, institutrice remplaçante dans le nord du département. Ils avaient comme Carl trois enfants, et il arriva que son cœur se serrât en écoutant leurs rires clairs. Néanmoins il se plaisait à Vany, persuadé qu'il n'aurait rien trouvé de mieux à moins de quinze kilomètres de Metz. C'était son havre de paix, sa garçonnière champêtre, une partie du cadre de sa nouvelle vie qui semblait briller favorablement.

Puis vinrent les cambriolages. Une demi-douzaine depuis août. Perpétrés sans doute par la même équipe, que la gendarmerie n'avait pas encore réussi à harponner. Ce qui frappa durement les esprits des Vanois, c'est que les effractions ne s'étaient pas produites au cours de la journée mais la nuit durant l'absence d'un résident (un cinéma multiplexe se dressait fièrement dans le secteur et c'était pour les habitants, même en semaine, une sortie tentante à organiser). Surtout, les maisons cambriolées avaient été saccagées. Les gendarmes parlèrent de razzias. Or pas plus tard que la semaine précédente, vers vingt-deux heures, alors que Carl, dans la cuisine, venait de mettre au four une tarte Tatin surgelée, Stern, allongé sur le canapé, avait entendu un bruit de moteur sur le chemin en gravillon conduisant au garage. Il s'était levé, déplacé jusqu'à la lucarne des toilettes, avait soulevé le store et aperçu une fourgonnette à la carrosserie blanche, tous feux éteints. Deux types au moins étaient assis à l'intérieur, sans qu'il pût distinguer leurs visages. Il était sorti sur le pas de la porte et, dans l'obscurité, avait crié en direction du véhicule, tout en s'efforçant de prendre le ton du bon samaritain : « Hé, vous avez un problème ? » La portière du passager avant s'était ouverte et une silhouette massive avait répondu : « On t'a pas sonné, enfoiré ! » *Enfoiré ?* Face à des gens qui manquaient autant de manières, Stern n'avait pas cherché davantage le contact, il était rentré à l'intérieur et avait empoigné le tisonnier de la cheminée. Une minute s'était écoulée, puis la portière d'où avait fusé l'injure avait claqué, le conducteur avait redémarré dans un bruit de ferraille, et, après une marche arrière et un ou deux cahots, le véhicule avait pris de la vitesse pour disparaître au bout de la route. Carl ne s'était rendu compte de rien, mais quand Stern choisit de rester dormir, il ne lui dit pas non, au contraire. Depuis, les vandales donnaient l'impression de s'être calmés ou d'avoir changé de territoire. C'est du moins ce que pensa Carl en voyant Stern, ce vendredi-là, quitter le pavillon pour son expertise à Carling. Il l'aurait bien accompagné, mais du travail l'attendait à l'agence, et personne ne le ferait à sa place.

« Notre profession, disait souvent Stern, n'est pas autre chose qu'un commerce. » Ce qu'il pensait, c'est qu'être assureur réclamait d'aller aux devants des désirs des gens en leur proposant un service ou un bien susceptible de leur procurer une satisfaction qu'ils n'auraient pas obtenue sans cela. Ce qui fonde le commerce est une idée simple : il n'y a pas d'homme qui n'ait besoin, à un moment ou à un autre, de l'aide de ses semblables. En ce qui concernait Carl, chaque matin, lorsqu'il arrivait en ville et rangeait sa Citroën dans son box, il se rendait toujours, avant même de s'asseoir derrière son bureau, au Bar suisse, à deux pas de l'agence. Un établissement réputé pour la qualité de son café. Il y commandait un guatemala, suivi d'un deuxième, ouvrait un journal qu'il avait acheté à la Maison de la presse voisine, et, s'il ne pleuvait ni ne gelait, et qu'il ait l'aubaine de dénicher une table sur le trottoir, il grillait une ou deux cigarettes, puis, réconforté, les sens en éveil, entrait dans une boulangerie (il y en avait une très recommandable à trente mètres de là), en ressortait avec un escargot aux raisins tout brillant de sucre, dans lequel il mordait volontiers, et parfois un bretzel croustillant qu'il se réservait pour plus tard, le tout emballé par une vendeuse qui, à la base du cou, arborait un tatouage de style yakusa. Les cafés au Bar suisse, le journal, les cigarettes et l'escargot aux raisins constituaient à cet instant-là le moyen pour Carl d'être globalement en accord avec lui-même et le monde. L'homme de quarante-neuf ans qu'il était, séparé depuis février de son épouse Gladys avec laquelle il avait eu trois enfants, ayant changé tout à la fois d'activité professionnelle et de préférence sexuelle (il se trouve que Stern l'électrisait, le mettait en état d'incandescence, il se surprenait à penser *j'aime sa queue* jusqu'à avoir envie de lui à en vomir, comme jamais avant avec une femme – si, peut-être avec Gladys, au tout début, quand il rentrait spécialement de Toul à midi, soixante-quinze kilomètres d'autoroute aller, pied au plancher, pour faire l'amour avec elle, une demi-heure dans la chambre, puis repartir au travail, soixante-quinze kilomètres retour, en engloutissant un sandwich au volant), l'homme de quarante-neuf ans qu'il était n'aurait jamais pensé qu'il fût si simple de se choisir une autre vie. Quelquefois, il est vrai, quand il s'installait au fond du jardin et entendait les enfants Legrand, il songeait à sa famille, à Tom, Paul, Anna, même s'il ne voulait pas admettre que son absence leur causait du tort. Ce sont les fatalistes qui croient que les couples en crise nuisent à leurs enfants. Mais les enfants de parents séparés ne sont pas forcément malheureux, disons que c'est seulement une hypothèse. Or conjecturer, ce n'est jamais qu'évoquer des possibles, cela ne suffit pas à faire exister les choses. C'est en tout cas ce que lui avaient appris les statistiques. Même s'il arrivait que son quotidien, les derniers temps, le déconcertât, une fois qu'il avait trouvé une table sur le trottoir du Bar suisse et qu'on lui apportait ce qu'il désirait, il se persuadait que c'était ça qui existait et comptait dans sa vie. (Comme il n'était pas un homme mauvais, il était pour que Gladys et ses enfants aient aussi leur table tranquille.)

Comment me priverais-je de ce luxe démocratique ? se disait-il certains matins. Il n'imaginait pas que les cigarettiers américains, les producteurs de café gua-témaltèques, les journalistes de gauche, les buralistes de droite, les kiosquiers, les cafetiers, les minotiers, les industriels du sucre, les boulangers et même les tatoueurs n'accordassent tout le soin nécessaire à leurs intérêts quand ils lui vendaient leur marchandise. Pour cela, il ouvrait volontiers son portefeuille. *Donnez-moi ce dont j'ai besoin, et vous aurez de moi ce dont vous avez besoin vous-même*. C'est ce que pensait déjà Adam Smith, qu'il avait lu à la fac. Aussi jamais il ne se plaignait que le prix du café augmentât (ou alors pour la forme), jamais il ne pensait qu'il aurait mieux à faire que débuter sa journée dans un bar, jamais il n'avait envisagé de troquer son guatemala contre un ersatz meilleur marché mais au goût de vaisselle. Rien ne saurait remplacer le discret parfum d'amande et la fine amertume du petit noir qui le mettait de bonne humeur et fournissait un élément indispensable à son métabolisme. Le patron du Bar suisse méritait pour cela qu'il participât à son avantage personnel. Sans son guatemala, quelque chose lui manquerait. Voilà en quoi consistait le commerce. En quoi consistait sa vie. En quoi Carl croyait.

Ce vendredi-là, à midi, comme Stern était à l'extérieur, Carl ne s'était pas arrêté de travailler. Malgré les températures délectables de ce mois de septembre, il avait préféré avaler un sandwich au thon derrière son bureau, une serviette en papier coincée dans le col de sa chemise. Dès dix heures, comme le ciel ne menaçait point, le quartier s'était rehaussé de terrasses de café qui n'avaient pas tardé à attirer touristes de passage, fonctionnaires encravatés des services de la préfecture voisine, couples légitimes ou non. La récente piétonisation de la place de Chambre, qu'il pouvait apprécier de sa fenêtre, contribuait à la vie économique de la ville. Les commerces avaient meilleure mine qu'auparavant, telle banque ne devait pas regretter d'avoir ouvert une agence de poche à côté de la cathédrale, d'anciennes gargotes connaissaient les joies d'une renaissance, et combien de nouveaux établissements à la décoration pimpante avaient-ils, en moins d'un an, surgi dans un rayon de trois cents mètres, où l'on commandait une assiette de charcuterie plus ou moins artisanale avec un verre de vin d'une appellation modeste, mais assez bien fait pour en boire un deuxième. Certes le soir, dès l'extinction d'une partie des enseignes, le quartier avait tendance à montrer un visage moins affable, les boutiques tiraient leurs rideaux, beaucoup de terrasses de café désemplissaient, rues et places se vidaient, et l'on y croisait des groupes à la dérive, titubant et braillant, escortés de chiens hargneux. « Mais chacun n'a-t-il pas le droit de faire son nid à sa façon ? disait Stern. Si le monde était parfait, il nous faudrait fermer l'agence. »

En milieu d'après-midi, Carl, ressentant une lassitude, quitta un moment ses dossiers et s'approcha de la fenêtre. Dehors, des ouvriers municipaux s'étaient mis à pavoiser le quartier. Depuis le poste d'observation qu'offrait son bureau, il remarqua un groupe en gilet orange, en formation place de Chambre. Abstraction faite de leur véhicule à nacelle, on eût dit des candidats à un brevet de secourisme ou une équipe amateur de hockey. Ils déambulaient, palabraient, puis amorçaient des gestes amples comme s'ils participaient à un exercice. C'étaient des types costauds. Le plus trapu de la bande était coiffé d'une sorte de chapka marron avec des oreillettes velues. L'air était doux pourtant, soyeux, les nuages aussi duveteux que la barbe d'un jeune homme, et les températures se maintenaient depuis des jours à des niveaux qui, à coup sûr, chambouleraient la moyenne mensuelle.

Dans leur métier, pensa Carl, ces travailleurs, après avoir rempli de matériel (pelles et pioches, bêches et râteaux, tronçonneuses thermiques, sacs de ciment prompt, pots de peinture réfléchissante, triangles ATTENTION TRAVAUX, cônes rouge et blanc) la benne de leur camion, passent, été comme hiver, leurs journées dehors. Peut-être perçoivent-ils pour cela des indemnités, de quoi s'acheter des casquettes en peau d'ours, des maillots de corps en Thermolactyl et, qui sait ? des tubes de crème à la glycérine pour soigner leurs engelures. Ou peut-être ne font-ils même plus attention aux saisons ?

Au fond, il éprouvait de la sympathie à l'égard de ces hommes à l'humilité besogneuse. Leurs outils, comme leurs machines, ils les tenaient bien en main, avaient développé à leur sujet de l'adresse et un savoir-faire, et grâce à cela ils étaient capables, s'ils s'en donnaient la peine, d'une action efficace sur les choses. De plus, comme leurs travaux étaient en général des ouvrages collectifs (remettre en état une chaussée démolie par le gel, installer une scène en plein air qui accueillerait à l'occasion de la Fête de la musique un groupe local de *trash metal*, arroser au petit matin les massifs floraux des jardins publics censés embellir la ville), leur organisation impliquait des rapports simples et une complicité de bon aloi.

Dans mon métier, songea Carl, il en va autrement. Les instruments qu'il manipulait se présentaient comme des écritures mathématiques complexes, il était donc moins facile de se sentir efficace. Sans doute se dépréciait-il. N'y avait-il pas aussi dans son activité une part d'invention et d'adresse ? Dans cette façon qu'il avait, par exemple, de concevoir un algorithme pour modéliser les pertes pécuniaires liées aux accidents de deltaplanes ou de tondeuses à gazon. La vérité, c'est que, depuis qu'il avait donné ce sérieux coup de volant à son existence, il avait l'impression, en regardant en arrière, d'une habileté ayant longtemps tourné à vide, telles les cabrioles d'un écureuil dans une cage d'animalerie. Il réalisait qu'il avait sacrifié à la Mutuelle Zazza puis au groupe Arcadia ses meilleures années. Son titre de directeur des études statistiques, qui allait de pair avec la responsabilité d'un service, sa rémunération plus que convenable, une position personnelle valorisante, tout cela avait flatté son amour-propre, d'autant qu'il bénéficiait à l'époque de la part de son employeur ainsi que de ses collègues d'une certaine considération (quoique, plus on gravit la hiérarchie, plus règnent, il ne faut pas se leurrer, l'hypocrisie et le mensonge), mais, vue de la lune, sa vie professionnelle n'avait-elle pas été insipide ? Chaque jour n'avait-il pas été contraint de faire le même numéro, avec un horizon n'allant pas beaucoup plus loin que son bureau-cage ? Et ceux qui glissaient leur tête par sa porte le gratifiaient toujours d'un « Salut, Carl, ça va les stats ? » qui l'horripilait. « Ça va, répondait-il entre ses dents, *ça va.* » Sans parler bien sûr du Luxo (cette pourriture de Luxo).

Sa prise de conscience, elle fut bien sûr due à sa rencontre avec Stern. La rencontre de sa vie ? Peut-être bien. Dommage que sa décision ait ensuite généré tant d'histoires. Des histoires avec Gladys. Avec les enfants. Avec Marcus.

Place de Chambre, celui qui se comportait comme le chef était resté dans la cabine du véhicule élévateur, la vitre de sa portière baissée, d'où il larguait ses instructions. Carl ne croyait pas que pour conduire la manœuvre, laquelle semblait sommaire, il fût plus qualifié qu'un autre, mais c'est ainsi, il faut un chef, un guide, une tête, *capo* en italien. Dans les équipes de terrain, c'est souvent au plus ancien qu'on accorde ce privilège, qui le soulage des tâches ingrates. Deux autres équipiers qui avaient disposé une demi-douzaine de cônes rouge et blanc autour du véhicule se frottaient maintenant les paumes et entamaient une conversation que Carl soupçonna être sans rapport avec leur travail. Celui qui était coiffé de la chapka marron exécutait des mouvements de bras, ses jambes courtes, mais aussi robustes que celles d'un lanceur de marteau, étaient écartées comme s'il dirigeait l'atterrissage d'un monomoteur de tourisme, pendant que le cinquième de la bande, qui parut à Carl le plus jeune – le plus éloigné du grade de chef aussi – et qu'on avait hissé sur la nacelle, à plusieurs mètres du sol, fixait au sommet d'un mât, qui hier encore était fleuri de géraniums, une banderole verticale où l'on pouvait lire en grosses lettres moutarde : NUIT BLANCHE 2.

La nouvelle Nuit blanche aurait donc lieu ce soir. Comme Carl l'avait entendu sur une radio qui offrait quelques éclaircies musicales entre des trombes de publicité, c'était désormais, dans la région, le rendez-vous culturel de l'automne. En tout cas, pas mal de gens autorisés, des gens qui, en ville, pensaient faire l'opinion – pour preuve tous ces placards achetés dans la presse locale et ces grands panneaux d'affichage sur les trottoirs et au milieu des places (sucettes géantes et abribus avaient été réquisitionnés) – tâchaient d'en convaincre le plus grand nombre.

L'affiche officielle exhibait cette année une chauve-souris. L'an dernier, c'était un spéléologue rampant à quatre pattes, et beaucoup s'étaient demandé s'il n'était pas en difficulté au fond d'un gouffre, dans l'attente d'être hélitreuillé par la sécurité civile. Cette fois le personnage était sympathique. Grandes ailes, larges oreilles, sa frimousse de cochonnet lui donnait un air gentiment ébahi. Il était de couleur moutarde lui aussi et, sur chaque affiche, comme sur chaque flyer qu'on ramassait à peu près partout depuis une semaine (Carl en avait pêché deux ce matin dans la boîte aux lettres de l'agence), il batifolait sur un ciel noir, censé figurer les puissances nocturnes. Cette nuit que la population messine (à moins d'être rabat-joie) traverserait pour assister émerveillée à la nouvelle parade de l'art. Il suffirait de se laisser guider par le fléchage moutarde. Les participants s'enfonceraient dans des rues à demi éclairées, suivraient des itinéraires inédits, entreraient dans des bâtiments d'habitude délaissés, pousseraient des portes derrière lesquelles, annonçait le programme, ils s'enthousiasmeraient devant des installations « insolites », s'enchanteraient de rencontres musicales « inouïes », seraient émus par des gestes « audacieux » mais toujours « féeriques ».

Maintenant que Carl y réfléchissait, il pensait connaître cette chauve-souris. Elle lui évoquait le personnage d'une bande dessinée (Pipistrelle ?) qu'il avait feuilletée un soir dans la chambre de Paul. Certains samedis, quand les garçons n'avaient ni match ni entraînement, Paul et lui, après avoir déposé Anna et Gladys à leur cours de danse, entraient dans l'antre de la Fnac. Tandis que Carl écoutait au casque deux ou trois CD prélevés dans les bacs de rock dit indépendant, il laissait son fils papillonner au rayon jeunesse. Quoique papillonner ne soit pas le mot exact. Paul, cela l'avait toujours impressionné, possédait, depuis l'âge de huit ou neuf ans, un goût affirmé. Dans plusieurs domaines (la BD en faisait partie), il eût été capable sans tergiverser de remplir une colonne « j'aime » et une colonne « j'aime pas ». C'est sans peine qu'il se serait livré à cet exercice pour le chapitre de la nourriture et des vêtements, ainsi que pour celui des fables que ses parents lui racontaient quand il était petit (Carl doutait qu'Anna manifestât à son âge des attirances aussi tranchées), pour les jeux de cartes que son père lui avait appris (en fait, ce que Paul affectionnait, c'était exécuter des tours – le roi de pique qu'on retrouve dans le panier du chien – et sa dextérité ne cessait de surprendre Carl), pour les musiques qui le matin défilaient à la radio, pour ce qu'on lui enseignait à l'école (il adorait la biologie, élevant même à côté de son lit des cactus et une famille nombreuse de phasmes, ce qui avait convaincu ses parents de lui donner assez vite une chambre à soi ; il haïssait par contre l'allemand), pour les endroits où, en vacances, ils passaient la nuit (Paul n'aimait rien tant que les établissements de bord de route, du type motel, tandis que Gladys et Anna privilégiaient le style champêtre, et Tom, qui faisait alors ses premiers pas dans l'adolescence, se dressait systématiquement contre tout). Si la mode et les intérêts dominants – les marques – n'étaient pas absents des choix de Paul, ils n'occupaient pas, comme chez d'autres, la place éminente. Lorsqu'il exprimait ses goûts et ses dégoûts, on avait le sentiment de voir se dessiner les contours de l'adulte qu'il serait, ce qui déclenchait chez son père un frémissement d'émotions. Carl se disait que c'est important de savoir ce que les autres aiment et n'aiment pas, puisque c'est un moyen de ne pas les blesser. Maintenant que Paul n'avait plus neuf mais bientôt quatorze ans, est-ce qu'il estimait le connaître toujours aussi bien ? Il eut une pensée teintée de regret, puis sourit. Combien d'années lui avait-il fallu pour s'apercevoir que lui-même, s'agissant de ses propres goûts, s'était à ce point trompé ?

Il consulta sa montre et fut surpris de ne pas avoir de nouvelles de Stern. Il se leva et, d'un geste, ouvrit la porte de son bureau. « Stéphanie ? – Oui, M. Vogel ? – Est-ce que M. Stern a téléphoné ? – Non. J'ai eu plusieurs appels pour lui, mais c'est tout. – Je vois… Dites-moi, vous ne savez rien au sujet de l'expertise à Carling ? – L'expertise ? Non. Y avait une expertise aujourd'hui ? – À Carling ! Avec Auerbach ! – Ah bon, excusez-moi… Dites-moi, M. Vogel, vous avez encore besoin de moi, là ? – Hmmm ? – Il va être dix-sept heures… – Oui ? – Brian… – Ah oui, Stéphanie, vous pouvez y aller. »

Lorsque, rue du Faisan, il avait fallu distribuer les trois principales pièces de l'appartement, il était apparu judicieux que le secrétariat occupe la salle de séjour, pièce à la fois la plus spacieuse pour y mettre une personne, son iMac vingt pouces, une photocopieuse et des classeurs à archives, et la mieux située pour accueillir les clients et les diriger vers les bureaux de Carl ou de Stern. Après avoir reçu quatre candidates sélectionnées par Pôle emploi, ils avaient embauché Stéphanie, une brunette de vingt-cinq ans, titulaire d'un BTS de commerce international. Brian était son fils, la chair de sa chair. Elle le confiait tous les jours à une crèche à l'autre bout de la ville et devait absolument le récupérer avant dix-sept heures trente. « Sinon, avait-elle expliqué un jour à Carl, je le retrouve en larmes et je n'arrive plus à le consoler. – Le pauvre chou », avait-il compati (même s'il n'avait jamais vraiment pensé par la suite aux larmes de Brian).

Stern, lui, avait choisi de s'installer dans une pièce ovale qui servait à l'origine de cuisine et s'ouvrait sur une cour intérieure dont les dimensions réduites et l'absence de lumière n'auraient pas convenu à un tempérament dépressif. Après avoir fait enlever l'évier, il avait meublé le bureau à son image : un trio de fauteuils en tissu crème, un lampadaire halogène Tommaso Cimini, un tapis rose acheté à Istanbul, des tréteaux en acier massif, un plateau noir en médium laqué, une série de photographies sous verre qui toutes représentaient des groupes d'hommes ou d'adolescents (Pitchouns à la cité marseillaise La Paternelle ; Frontaliers brésiliens en Guyane ; Mineurs à Merlebach). Il n'avait pas voulu du sous-main en vachette chamois ni des parures de bureau plaqué or, qui avaient appartenu à Esther Vogelgesang, et que Carl avait trouvés dans la maison allemande, juste avant de la vendre.

À côté du bureau de Carl qui, lui, donnait sur la rue et la place de Chambre, les deux dernières pièces de l'appartement, beaucoup plus petites, servaient respectivement de salle d'attente et de salle de repos.

C'est curieux, pensa-t-il après le départ de Stéphanie, mais les passants ont l'air de montrer peu d'intérêt pour les préparatifs de la Nuit blanche. Il avait ouvert en grand la fenêtre de son bureau. La fête, après avoir été conçue des mois entiers dans le secret de la mairie, s'annonçait à présent de manière ostensible au-dessus des têtes des passants. En tendant le cou, il découvrit que plusieurs bannières et calicots moutarde ornaient des balcons d'immeubles et des troncs d'arbres. L'équipe de hockey n'avait pas chômé. Les rayons de la joie collective, devait penser l'adjoint à la culture, se répandraient d'un moment à l'autre sur la ville. Un couple d'une trentaine d'années, qui brandissait des glaces en forme de petite torche, s'approcha de la banderole que l'équipe municipale avait fini de déployer. Le contremaître assis dans la cabine les reluqua, jaugeant les courbes de la jeune femme aux fesses rondes et moulées dans un jean imprimé de motifs roses et verts. Probablement s'agissait-il d'étrangers en goguette venus découvrir le patrimoine de Metz, en particulier l'auguste cathédrale, vieille de six siècles, qui, à cette heure déclinante, troquait la teinte gaufrette de sa pierre décrassée contre la croûte d'un pain bien cuit. Le dernier minitrain passa à proximité et le tintement de sa cloche ranima la douzaine de voyageurs engourdis. Avec la Nuit blanche et ses attractions, l'accès au centre était limité, alors que les autres jours, quantité de bus bariolés stationnaient à deux pas d'ici. C'est bizarre comme le tourisme, même quand il n'a rien de très enviable, est toujours, pour les responsables d'une ville, un signe de bonne santé. Comment les attirer ? se demandaient des gens payés pour cela. Ceux qui, dix-huit mois plus tôt, s'étaient choisi un nouveau maire, savaient à quoi s'en tenir. Le précédent aimait tellement les beautés de la ville qu'il les avait prises en otage (parfois la politique, songea Carl, est une comédie qui vous fait du mal).

NUIT BLANCHE 2, qui se présentait comme la petite sœur potelée de NUIT BLANCHE 1, était précisément l'une des manifestations les plus emblématiques parmi celles d'une série riche en changements et en surprises voulue par le nouveau conseil municipal. Des verbes inhabituels avaient surgi dans le vocabulaire des élus : rajeunir, égayer, distraire, enchanter… Comme si la ville devait être toujours hilare. Carl se demanda si la cible de la mairie n'était pas aussi, selon la terminologie de Coq, les « démissionnaires inquiets » (il faudrait qu'il en touche un mot à Stern).

La délinquance, il est vrai, était montée en flèche dans certains quartiers. Cette semaine encore, en achetant le quotidien régional (qui brillait rarement par des unes exaltantes), il avait appris qu'il y avait eu, la veille au soir, au pied d'un immeuble où il ne serait jamais allé promener le chien qu'il n'avait pas, DEUX NOUVELLES VICTIMES DU KRAPI (sans guillemets dans le titre). Le cas était si répandu depuis plusieurs mois que les journalistes ne prenaient même plus la peine d'expliquer de quoi il s'agissait. On rapportait, par exemple, un sordide règlement de comptes dû à une dette de krapi, ou bien qu'un krapi avait mal tourné parce que l'un des joueurs avait refusé de payer la banque et que le frère de la banque, un dénommé Momo qui, excusez du peu, avait coutume d'avoir toujours sur soi un sabre de vingt-cinq centimètres, avait décidé de trancher dans le vif. Carl pensa aux touristes aux cornets à glace. Si l'envie les prenait de feuilleter le journal et qu'ils tombent sur l'article en question, à quoi penseraient-ils ? À une drogue locale (une variété de crack ou de speed-ball) ? À une perversion sexuelle ? À une course de stock-cars ?

Pour faire vite, le krapi – Carl s'était dûment renseigné auprès de Rothenbühler, le patron du Bar suisse – se jouait avec trois dés, dont les six faces représentaient chacune une image d'animal (la société de communication qui promouvait la Nuit blanche avait-elle pensé à fabriquer des dés à krapi avec Pipistrelle, la mignonne chauve-souris ?). Le ou les joueurs misaient une certaine somme d'argent (en général, cinq ou dix euros) sur l'animal de leur choix. Le croupier-banquier (le frère de Momo, par exemple) déposait les dés sur une assiette, recouvrait celle-ci d'un bol en plastique et agitait le tout comme s'il s'agissait d'un shaker et que vous lui aviez commandé une margarita. Après quoi, il soulevait le bol, des visages et des mains se précipitaient, des cris fusaient, des noms d'oiseaux volaient, *fils de pute*, *pauv' mickey*, *bouffe tes morts*, puis les joueurs faisaient leurs comptes : ils gagnaient une fois leur mise si leur bestiole était sortie une fois, deux fois si elle s'était montrée deux fois, et ainsi de suite. Si rien par contre ne sortait sous le bol, le joueur perdait tout. C'est là que les peptides bouillonnaient, que les esprits s'échauffaient, que la situation s'envenimait, que les embrouilles commençaient et, le lendemain ou le surlendemain, le quotidien local pouvait titrer : DEUX NOUVELLES VICTIMES DU KRAPI.

La municipalité, se dit Carl, avait encore du pain sur la planche. Il n'était pas sûr que la Nuit blanche – ou alors à son ixième édition – suffise à adoucir les mœurs. Au fond, Stern avait eu le nez creux d'installer l'agence à Metz. Mais il ne faudrait pas non plus que la déliquescence générale gagnât trop de terrain, sinon les gens renâcleraient à payer leurs cotisations, et un jour ne s'assureraient plus. D'ailleurs, qu'est-ce qu'il fabrique, Stern ? *Mon Stern.* Bientôt dix-neuf heures ! Carl essaya de le joindre sur son téléphone, mais n'obtint que la messagerie et préféra couper. Il se dit qu'il allait rejoindre une terrasse place de Chambre. Il aspirait à prendre un verre en l'attendant, de manière à être aux premières loges pour le début des festivités. Il décida d'actionner la fermeture des volets électriques, puis se ravisa en pensant que son bureau, avec cette chaleur, avait besoin d'être aéré. Un voile de sueur recouvrait sa nuque. Quel mois de septembre, décidément !

Ce matin encore, au Bar suisse, des clients disaient que la nature marchait à contre-courant, qu'elle avait tout oublié et devait réapprendre le b.a.-ba. La chute des températures et le vent plus humide, les week-ends brouillardeux, les prunes pourrissant au pied des pruniers, les cris plaintifs des hirondelles, *tswit tswit tswit*, la couleur d'ardoise de la Moselle, le rougeoiement des feuilles de platane dans le quartier de l'Esplanade, le jaunissement de l'herbe au square du Luxembourg. N'était-ce pas mieux quand les hommes savaient sur quel pied danser ?

Carl se dirigeait vers le porte-manteau pour y décrocher sa veste, lorsque deux *fa-ré* retentirent au-dessus de sa tête. La sonnette du porche. Stern aurait-il oublié

ses clés ? Eh bien, nous allons le prendre ce verre !
C'est l'air réjoui qu'il retourna à la fenêtre, l'ouvrit de
nouveau en grand, se pencha au-dessus de la balus-
trade, regarda à droite, à gauche, et surpris de ne voir
personne en bas, se pencha davantage. « C'est toi ? »
cria-t-il depuis le troisième étage. Il aperçut alors un
drôle de chapeau beigeasse sous lequel il reconnut – et
elle aussi le reconnut, c'était bien sa veine ! – Mme
Beck. *Mme Beck !* Il lui revint subitement une formule
de son père : l'horloge de mon bureau tourne avec les
aiguilles des clients.

N'étaient-ce pas encore les mêmes raisons qui, pour
la troisième fois, avaient poussé Mme Beck jusqu'à
l'agence ? À quatre-vingt-un ans, son parc immobilier se
composait grosso modo d'une quarantaine d'appartements
en ville, à quoi il fallait ajouter des placements fructueux
et un portefeuille d'actions assez garni pour, à lui seul,
échauffer un groupuscule trotskiste. La première fois
que Carl l'avait reçue, il avait tenté de la convaincre de
s'assurer contre les pertes éventuelles dues à des impayés
locatifs. Il avait réalisé tous les calculs et préparé pour
elle un contrat, mais elle lui avait répondu que ses loca-
taires étaient de braves gens et que son mari – « paix à
son âme » – n'avait jamais eu de problèmes avec eux.
Carl lui avait dit que ça n'avait rien à voir. Puis, le mois
suivant, elle était venue lui demander si l'agence lui
rembourserait les provisions réclamées par son avocat,
qui avait ouvert deux dossiers pour des loyers ne rentrant
plus depuis avril. Et ce soir, à dix-neuf heures passées,
alors que la Nuit blanche allait d'un instant à l'autre
enfiévrer la ville, que Stern se faisait toujours attendre
et que lui-même, qui avait reboutonné sa veste et fait
asseoir Mme Beck en face de lui, commençait à être sur
des charbons ardents, il ne put que lui répéter la même

chose (sur un ton maintenant agacé) : « Le contrat dont je vous ai parlé est prêt, Mme Beck ! Vous voulez le signer tout de suite ? Qu'on n'en parle plus ! – Je vais y réfléchir », lui dit-elle de nouveau, puis elle se leva en s'appuyant sur sa canne. Elle en avait sûrement assez entendu et Carl aussi.

En la raccompagnant, il posa les yeux sur les piles de dossiers qui depuis des semaines prenaient racine dans son bureau. Au début, il y avait seulement une pile sur le plancher, ensuite d'autres l'avaient rejointe pour former une sorte de chaîne montagneuse. Comme il s'agissait de dossiers qui n'étaient pas en attente de traitement, de dossiers décevants n'ayant souvent rien donné, leur place était parmi les rayonnages du secrétariat. Il aperçut, en équilibre instable, une chemise jaune vif avec écrit au marqueur BECK URSULA. Il pensa que cela était du plus mauvais effet sur la clientèle et, dès qu'il eut refermé la porte, retourna sur ses pas, se plia en deux, empoigna une première pile. En se relevant, la poche droite de sa veste s'accrocha à un clou vicelard qui dépassait de la cheminée. Cette cheminée en marbre beige, veiné de blanc, n'avait plus vu la moindre bûche depuis des lustres, mais elle rehaussait joliment la pièce. Carl, qui ne s'en méfiait pas, n'avait jamais pris soin de l'examiner ou de la nettoyer. Or la poche se déchira sur plusieurs centimètres. Quand il entendit le bruit de lacération du tissu, il laissa choir tout ce qu'il tenait en mains. Les chemises expulsèrent leur contenu, qui tapissa une bonne partie du sol. « Merde ! » fit-il. Et le retard de Stern qui l'inquiétait de plus en plus.

La veste de Carl, de marque Henry Cotton's, était de couleur parme. Carl aurait bien dit bleu, mais Max Fosca lui avait certifié que c'était parme (un parme qui ne s'exprimait pleinement, il est vrai, que dans certaines conditions d'éclairage). En pur coton, elle lui avait coûté en juin dernier une somme assez rondelette, et s'il l'avait déjà, grâce au ciel, portée plusieurs fois, il fut chagriné de voir que sa poche droite pendouillait sur sa cuisse. Bon, calmons-nous, se dit-il, il est quelle heure ? Huit heures moins le quart. Je peux toujours tenter ma chance avec Max, on ne sait jamais, il est peut-être encore dans sa boutique. Après, j'irai le boire, ce verre. Et je retrouverai Stern !

C'était à Barcelone, à la même heure ou presque, ce beau jour de septembre. Assis à l'arrière d'un taxi, Marcus avait posé sur ses genoux un livre qui puait la cave. Tant qu'il n'était pas ouvert, il gardait secrète son odeur de légume pourrissant, offrant l'aspect inoffensif d'une petite boîte bleu nuit. Une boîte sur laquelle le titre ESPAGNE, sans majuscule, était imprimé en creux. Dans l'échoppe où il était entré un peu plus tôt, il n'avait pas prévu d'acheter ce guide démodé. Il savait seulement que le vieil homme qui l'avait salué, assis sur une chaise en paille où il lisait un journal sportif, fils du fondateur de cette *llibreria*, parlait un excellent français. Un français bien meilleur que son espagnol et celui de Nastassia réunis. La librairie, elle, n'avait rien de reluisant. Elle était située au rez-de-chaussée d'un immeuble à la façade charbonneuse, à quelques pas de l'hôtel de ville. La proximité des deux édifices était une bonne illustration de l'adage « Il faut de tout pour faire un monde ». Si la façade Renaissance de l'hôtel de ville représentait une merveille de finesse et de grâce, ouvrant sur de somptueux salons décorés dans le style baroque, l'immeuble qui accueillait le commerce de livres était un bâtiment assez laid, réservant à ses visiteurs un incroyable capharnaüm de milliers d'ouvrages poussiéreux et de vieilles cartes postales qui vous poissaient les doigts rien qu'à les regarder. Mais cette librairie existait depuis la guerre civile et possédait l'une des plus belles collections d'anciens journaux qu'on pût imaginer.

Depuis que son cœur était parcouru de vibrations pour Nastassia, depuis qu'elle n'était plus son *péché* mais son *âme*, il arrivait à Marcus de se demander s'il l'aimait vraiment pour elle-même ou pour sa faculté à lui rappeler Sarah. Entre la présence de Nastassia, de la nouvelle Nastassia avec ses cheveux teints en noir et coupés court, et l'absence de Sarah, comme entre ce souvenir ressuscité et le visage de l'une et l'image de l'autre, qu'aimait-il en vérité ? Il avait observé que lorsqu'il se trouvait aux côtés de Nastassia, il ne pouvait éviter de penser à Sarah, et cette pensée, se disait-il, transmuait forcément l'attachement qu'il avait pour son ex-étudiante. Celle-ci n'était plus seulement une adorable jeune femme (dont la beauté ne suffisait pas à expliquer qu'il l'aime), mais l'incarnation d'un souvenir tout aussi adorable qui n'amoindrissait ni ne dépréciait, bien au contraire, la nature du sentiment qu'il lui exprimait depuis maintenant trois semaines.

Cependant, il s'était rendu compte que ce souvenir ou cette poche de souvenirs, qui n'étaient pas étrangers au fait que son cœur battait comme il battait, il désirait aussi s'en rapprocher, et non les laisser à distance comme une sorte d'aimant maléfique. La dernière fois qu'il avait entendu parler de Sarah, c'était en 1996, deux ans après son emménagement à Roubaix. Carl lui avait téléphoné un soir pour lui apprendre ce qu'il avait lu dans le journal local. « Sarah Hansen, tu ne connaissais pas cette fille, Marcus ? » Après l'effet de stupeur, la première idée qui traversa son esprit était qu'elle portait encore son nom d'avant, Hansen. Elle ne s'était peut-être jamais mariée. Peut-être même n'avait-elle jamais eu d'enfant. « On dit quelque chose sur elle ? » demanda-t-il d'une voix incolore. Son frère lui répondit que, d'après l'article, elle enseignait les lettres au collège de Pont-à-Mousson et avait quarante-deux ans. « Elle est morte de quoi ? – Le journal ne précise pas. À cet âge-là, je dirais un cancer. C'était bien cette fille, quand tu es parti en Espagne ? » Marcus se garda de dire à son frère ce qu'il pensait. « Il y a aussi une adresse à la fin de la notice. Tu la veux ? – Non, ce n'est pas la peine », fit Marcus, puis il raccrocha.

Sarah était donc morte à l'été 1996. Et Lucas ?

En entrant dans cette *llibreria*, Marcus avait envie de vérifier une chose que Sarah lui avait avouée peu après leur départ du chenil. La police, lui avait-elle dit, était venue l'interroger à Barcelone deux jours après la disparition de Lucas, et elle craignait qu'il n'eût de sérieux ennuis. « C'était un inspecteur d'un commissariat de Madrid, ça m'a surprise. Il voulait savoir si je connaissais la basilique del Valle de los Caídos, et si je savais qui était Carmen Polo – Carmen qui ? – Carmen Polo, la femme de Franco. » Sarah lui avait raconté cet épisode sans faire d'autres commentaires. Marcus n'en fit pas non plus. Tous deux ne décidèrent rien alors, ne modifièrent pas leurs plans, poursuivirent leur aventure. Une autre version de Gerda Taro.

Cela dura six mois, jusqu'à l'été 1976, dans cette Espagne nouvelle qui expérimentait la liberté. Eux aussi d'ailleurs l'expérimentaient, et c'est ainsi que dans un renversement sentimental qu'il n'avait pu – même aujourd'hui – s'expliquer, ils s'étaient séparés à Saint-Sébastien, le lendemain d'un festival de rock. Sarah et Marcus devaient intégrer un groupe local qui prévoyait de faire une tournée en Andalousie, et puis, au dernier moment, le groupe n'avait plus besoin de batteur, et Sarah était partie sans lui.

Les Espagnols goûtaient alors au rock, à la démocratie, à l'indépendance. Marcus, lui, avait goûté à l'amour pour la première fois. « First Taste of Love », comme cette chanson de Ben E. King, que Lucas, un jour de 1972, lui avait fait écouter sur un 45 tours :

> *I never thought that*
> *I'd give love a try*
> *Then you came a walking by*
> *And gave me my first taste of love.*
> Jamais je n'aurais imaginé
> Pouvoir m'essayer à l'amour
> Puis tu es passée par là
> Et j'y ai goûté pour la première fois.

Aujourd'hui, c'était différent, il voulait en avoir le cœur net. À la *llibreria* de l'hôtel de ville, le vieil homme lui avait dit que, pour ce genre d'information – décembre 1975, dans la région de Madrid, un événement lié à Franco ou à son entourage –, il ne voyait que l'*ABC*, l'un des plus anciens quotidiens espagnols, traditionaliste, catholique et monarchiste, fondé en 1903 par un aristocrate pur sucre. « Vous avez encore des numéros de cette période-là ? l'interrogea Marcus. – Autour du 20 décembre ? C'est possible. Mais je vais fermer, fit-il derrière ses lunettes à gros foyer. Revenez demain, on ouvrira ensemble quelques cartons. »

À ce moment-là, à Metz, à l'heure où les restaurants du centre-ville allumaient leurs chandelles électriques et les cafés leurs guirlandes au-dessus des tables disposées dehors, où des familles chargées de paquets clopinaient dans la zone piétonne en se chamaillant au sujet de la direction à prendre pour retrouver leur voiture, où de jeunes gens qui avaient tué la journée affalés sur le macadam en vidant des boîtes de bière à haut degré alcoolique et en apostrophant les piétons pour leur soutirer un ou deux euros ou un Ticket Restautant, avant de se relever en poussant des « Weuhhh » et des « Pouuuh », flanqués de chiens moins féroces qu'énervés par les gesticulations de leurs maîtres, où des enseignes internationales de prêt-à-porter éteignaient leurs vitrines, leurs employés en CDD se hâtaient justement d'entasser sur les trottoirs des piles et des piles de cartons aplatis, ce qui devait faciliter le travail des éboueurs, lesquels, suspendus à des camions-bennes qui écumaient le quartier, et hurlant eux-mêmes des « Ooohh » et des « Wehhh », puis sautant à terre pour s'emparer de ces cartons usagés, empoignaient dans la foulée de lourds sacs gris ventrus, avant de reprendre leurs « Ooohh » et leurs « Wehhh » jusqu'à l'arrêt suivant. Ils sautaient et bondissaient d'autant plus ce soir-là que, Nuit blanche oblige, des rivières humaines allaient d'ici peu déferler dans les rues de la ville, rivières grosses de milliers d'yeux et d'oreilles désireux de faire l'expérience même de l'art, c'est-à-dire l'expérience de l'inattendu, du beau et du laid, de l'éphémère et de l'émouvant, du grandiose et du ridicule.

Carl venait de sortir. Il portait sa veste parme pliée sur l'avant-bras, sans qu'on pût distinguer la poche mal en point. Pour arriver chez Zeller & fils, la boutique où travaillait Max, il remonta la rue de l'agence, tourna à gauche, passa devant le Bar suisse (où l'on finissait de rentrer les tables), puis s'engagea dans une ruelle qui, à cette heure-ci, était déserte. Il espérait que sa veste pût être raccommodée pour demain. De chaque côté de la ruelle, des façades d'immeubles d'un gris sale, chiches en fenêtres, s'élevaient vers un ciel rétréci. À la différence des autres rues du quartier, toutes livrées au commerce comme de jeunes baigneuses aux rayons dorés du soleil, il n'existait dans cette menue artère que de fausses vitrines, en partie obscures. Elles constituaient l'arrière de trois établissements – un salon de coiffure, un magasin franchisé de mode féminine, une succursale bancaire. Leur contribution à l'égayement des lieux était pour le moins mesquine. Carl s'arrêta au niveau de la banque et remarqua que ses fenêtres étaient occultées par d'anciens panneaux publicitaires positionnés à l'envers et vantant des produits financiers désormais obsolètes. Peu de monde passait dans cette rue, même en plein jour. Il n'y avait apparemment que la porte métallique (à droite de l'arrière du coiffeur) qui s'ouvrait, deux ou trois fois dans l'après-midi, sur les spectateurs aux yeux plissés d'une salle de cinéma voisine, pour offrir un peu d'animation. À moins de tenir compte des trafics qui, en raison de son isolement, prospéraient au bout de la ruelle. C'est ce que prétendait Rothenbühler, dont un morceau de la terrasse du bar empiétait dessus. D'après lui, il n'était pas rare de voir des types aller se poster à l'autre extrémité, avant d'être rejoints par des individus de tout poil. Billets et poudre changeaient rapidement de main. N'est-ce pas aussi un visage du commerce ? pensait Carl. *Donnez-moi ce dont j'ai besoin, et vous aurez de moi ce dont vous avez besoin vous-même.* Et Rothenbühler, qui ne s'était pas encore mis à vendre dans son bar des doses de reniflettes ou d'un mélange de codéine vodka pour se cramer le cerveau, de quoi se plaignait-il ? Y avait-il tromperie

311

sur la marchandise ? concurrence déloyale ? En fait, les petits revendeurs de poudre œuvraient auparavant à l'extérieur du centre, prioritairement dans le quartier dit des quatre tours ; de façon plus marginale, sur le campus universitaire ou aux abords de la piscine du square du Luxembourg, où ils satisfaisaient une clientèle étudiante. C'était une juste répartition des secteurs et des transactions. À l'hypercentre, les bistrots chic et les épiceries fines, aux quartiers périphériques, les kebabs et la coke. Mais, ces derniers temps, les employeurs des petits revendeurs s'étaient aperçus que la demande stagnait. Toujours d'après Rothenbühler, qui s'intéressait à tout ce qui se tramait au fond de sa ruelle, les dealers n'avaient pas tardé à découvrir qu'une partie non négligeable des consommateurs, et en particulier les trentenaires et quadragénaires socialement installés (cadres du secteur privé, commerciaux ayant le vent en poupe, professions libérales qui aimaient se truffer le nez après leur semaine de soixante heures), préféraient se rendre à Nancy, à trente-cinq minutes en voiture de Metz, dans le joli parc arboré de la Pépinière, afin de faire leurs emplettes dans des conditions confortables, bien plus confortables que dans le quartier peu avenant des quatre tours, à la nuit tombée. Pour capter ce segment de la clientèle qui leur échappait, les dealers messins avaient donc réorganisé leurs points de vente, et la ruelle du Bar suisse faisait partie de leur nouvelle stratégie commerciale. Mais ce soir, c'était très calme de ce côté-là, étrangement calme. Les détaillants en poudre avaient-ils installé plus loin des stands « spécial Nuit blanche » ?

Au débouché de la ruelle, Carl consulta encore une fois son téléphone. Toujours aucun message de Stern. Autour de lui, une colonie de pigeons – la cathédrale se trouvait juste en face – sautillaient, se lissaient les plumes, tortillaient du cou et du cul comme s'ils faisaient des exercices d'assouplissement.

Bien que Zeller & fils fermât ses portes à dix-neuf heures, Max Fosca, le premier vendeur de ce temple du bon goût, était encore à la tâche. Il venait seulement de vider sa caisse. Cette caisse enregistreuse, que l'on pouvait voir depuis la rue, représentait à elle seule un symbole de réussite – une corne d'abondance aux touches en cuivre patinées par plus d'un demi-siècle de plantureuses additions, qui avait dû être fabriquée avant-guerre à Rostock. Notre homme de confiance s'était aussi assuré que le rouleau de papier destiné à l'impression des tickets ne demandait pas à être remplacé (besogne dont il s'acquittait toujours en maugréant). Avant cela, il était descendu au sous-sol afin de contrôler avec Wang, le tailleur chinois qu'on n'avait jamais vu refuser une heure supplémentaire, que les costumes confiés à la retouche seraient prêts comme prévu, puis avait repris l'escalier en colimaçon, fait le tour du magasin, jeté un regard de chef de chambrée sur l'alignement des pantalons rangés par taille, redressé une pile de chemises au col italien, vérifié qu'aucun vêtement essayé par un client ne traînait dans une cabine, qu'aucune poussière n'altérait le cuir des chaussures anglaises exposées à l'entrée sur une série d'espaliers plaqués acajou, enfin, que les articles présentés dans les différentes vitrines et sur les tables en bois verni étaient toujours bien en place, de manière à composer ces tableaux harmonieux, agréables à l'œil, qui stimulaient l'acte d'achat.

Derrière la porte vitrée, le front plissé de Max s'inclina. Malgré l'heure tardive, son sourire en coin invitait Carl à le rejoindre. Une bienveillance mutuelle existait entre les deux hommes. Leurs rapports, il y a quinze ans de cela (quand les moyens financiers de Carl avaient commencé à s'accorder avec les prix pratiqués par Zeller & fils), s'étaient d'abord établis sur un mode courtois. Non pas une simple politesse de façade destinée à rendre les choses supportables (lorsque, par exemple, on doit enfiler dans une cabine privée d'air un pantalon qui vous interpelle sur votre récente prise de poids), mais quelque chose de plus généreux, grâce à quoi le temps passé à faire des essayages pouvait devenir agréable. Puis un lien amical s'était noué. Les discussions que Max et lui avaient quatre ou cinq fois par an dans la boutique débordaient le domaine strict de l'équipement de l'homme moderne. Pendant que Carl s'évaluait dans un miroir, les deux hommes abordaient la politique municipale, le sport, les avantages et les inconvénients de leurs professions respectives, leurs ennuis de santé avouables, l'âge qui vient. Ainsi avaient-ils appris à se connaître. Max avait même eu l'occasion de rencontrer Gladys, quand celle-ci avait parfois accompagné son mari ou était venue, un jour de juin, choisir une cravate pour son anniversaire. Maintenant que le couple était séparé, la situation ne manquait pas d'être délicate, aussi bien pour Max que pour Carl, et ce d'autant que Stern, on pouvait s'en douter, était l'un des meilleurs clients de la boutique. Que savait au juste Max ? Quoique étant une personne discrète, il ne pouvait ignorer que Carl avait quitté sa femme, et probablement se doutait-il qu'il se passait depuis quelque chose de physique (de sexuel) entre lui et Stern.

Sur la poignée en col de cygne, Carl exerça une pression, mais la porte vibra sans s'ouvrir. Max était derrière et souriait toujours. L'assureur remarqua sur la vitre une indication qu'il n'avait jamais vue : VEUILLEZ

SONNER S'IL VOUS PLAÎT, puis, à hauteur d'épaule, un bouton en métal chromé, assorti d'une petite plaque sur laquelle était gravé le mot SONNETTE. « Sonnette ? » mimèrent ses lèvres. Max tira la porte vers lui. « Qu'est-ce qui se passe ? lui dit Carl, une fois à l'intérieur. Vous faites club de nuit, maintenant ? – On veut seulement s'épargner quelques petits problèmes. – Quel genre ? » Max se contenta de hausser les sourcils. Un jour, il lui avait raconté comment, il y a presque quarante ans de cela, s'était déroulée son embauche. C'est le vieux Zeller, aujourd'hui disparu, qui l'avait convoqué un matin dans le magasin, un quart d'heure avant l'ouverture. « Jeune homme, vous avez levé la tête en entrant ? Vous avez regardé l'enseigne ? Qu'est-ce que vous avez lu ? Vous avez lu Vêtements ? Vous avez lu Mode masculine ? Vous avez lu Prêt-à-porter ? Non, vous avez lu Zeller. Rien que Zeller. Si donc vous voulez vendre des vêtements, ce n'est pas chez moi qu'il faut venir travailler. Vous m'avez compris ? Zeller ne vend pas de vêtements, et ce n'est pas demain qu'il en vendra. Enfoncez-vous ça bien dans la tête. » Et puis, un temps après, le vieux Zeller avait ajouté : « Mais qu'est-ce que je vais vendre ? vous demandez-vous. C'est à vous de le découvrir, jeune homme. Retenez seulement ceci : les peaux de bêtes, c'est pour les autres… » Tout compte fait, Carl n'était pas certain d'aimer cette histoire. En revanche, elle plaisait beaucoup à Stern. « Vous êtes bien assurés ? dit-il à Max en lui tendant la main. – Qu'est-ce que vous croyez ? Comme pour une guerre bactériologique. Alors, elle a quoi cette veste ? »

À Barcelone, il continuait à faire chaud et Marcus avait retiré son blouson. Avant de quitter la librairie, il avait demandé au vieil homme s'il possédait d'anciens guides en français. « Des guides d'Espagne ? Regardez sous la table. » Voilà d'où provenait le petit livre bleu qui puait la cave. Tandis que le taxi le ramenait au Virginia, il y jeta un coup d'œil. D'après le plan de la ville, la rue qu'il parcourait en cette fin de journée s'appelait encore au milieu des années soixante-dix avenue du Généralissime Franco. AVENIDA DEL GENE-RALÍSIMO FRANCO, était-il écrit sur la carte dépliable, dont les couleurs passées, tirant sur le rose, lui don-naient l'aspect d'une tranche de jambon. Il nota que dans ce guide toutes les dénominations de lieux étaient rédigées non en catalan mais en castillan ; il pensa en dire un mot au chauffeur, puis se ravisa. L'homme qui le transportait avait une soixantaine d'années. Peut-être avait-il naguère répondu à des questions comme : À quoi ressemblait votre client ? Où cet homme a-t-il été pris en charge ? Portait-il un bagage avec lui ? À quelle adresse l'avez-vous déposé ? Celui qui l'interrogeait était alors vêtu d'un uniforme ou d'un costume croisé, et un portrait du Caudillo louchait sur son cigare. C'était une autre époque, se dit Marcus.

Quand il arriva à l'hôtel, Nastassia s'habillait. Elle faisait entrer avec volupté la moitié la plus charnue de sa personne dans la jupe-culotte jaune citron qu'il lui avait achetée à la boutique du club. Il l'embrassa sur la bouche, caressa son dos nu, puis, une fois qu'elle se détacha de lui et attrapa son petit sac de sport pour sortir de la chambre, il eut envie de la suivre des yeux depuis l'escalier de marbre jusqu'à la rotonde. « Tu vas te baigner ? » lui demanda-t-il sur le palier. Elle allait prendre sa huitième leçon de golf. « À cette heure-ci ? s'étonna-t-il. – Oui. C'est une leçon *indoor*. Pour perfectionner mon putting. »

Hier, elle lui avait expliqué que, dans le putting, il fallait créer un mouvement pendulaire aller et retour sans que les poignets bougent, juste un balancier avec les épaules et les bras. Il l'avait écoutée sans jamais s'ennuyer. Tout ce qu'elle faisait l'émouvait à présent – le putting tout spécialement. Il l'aurait bien accompagnée, mais elle fit la moue. « On est déjà tellement ensemble. – Tu le regrettes ? – Non, mais c'est bien aussi d'avoir la paix. » *La paix ?* Ce mot fit mal à Marcus. Nastassia ne se rendait pas compte qu'elle était son Hélène et que pour elle il aurait déclenché la guerre de Troie. Ces petites cruautés, il le craignait, allaient se reproduire. Mais comment pouvait-il se préparer à avoir mal ? Comment pouvait-il se dire que l'amour, le putting et les jupes-culottes jaune citron qu'enfilent d'adorables jeunes filles ne durent jamais qu'un temps ?

Dans le minibus climatisé du Virginia qui l'emmenait à son club de golf, Nastassia calcula que Marcus devait dépenser pour elle près de mille euros par jour. Mille euros, c'est ce qu'elle espérait gagner en un mois à la mairie de Lille. À côté de cela, il ne l'embêtait pas trop. Pour le moment, je n'ai pas d'autres tentations, se dit-elle.

Le mal dont souffrirait Carl n'aurait rien à voir avec des tentations, ni même avec sa veste. Max l'avait d'ailleurs déjà examinée, et avait rassuré son propriétaire. « Je donne ça à Wang demain à la première heure, lui dit-il. Vous pourrez passer avant midi. » N'était-ce pas ce que Carl voulait entendre ? Il aurait dû être comblé, non ? Mais la veste, bien sûr, n'était qu'une ruse, une ficelle. Dès qu'il avait vu dans son bureau la poche en berne, il avait pensé à autre chose. Dans cette histoire de veste à recoudre, il existait comme une arrière-pensée, une intention secrète. Maintenant qu'il était dans la place, il pouvait, comme si de rien n'était, demander à Max, qui venait de retirer ses lunettes, des nouvelles de Stern. « Vous avez vu Jean-Jacques Stern, aujourd'hui ? » fit-il aussi sobrement que possible. Certes Max savait. Et Carl savait que Max savait. Et Stern aussi savait. Mais jamais aucun des trois, entre les murs de Zeller & fils, n'avait évoqué quelque chose de cet ordre. Jamais Stern ni Carl n'avaient encore soufflé à Max : « Vous savez que je couche avec... » Pourtant, lorsque Carl eut demandé : « Vous avez vu Jean-Jacques Stern, aujourd'hui ? », c'est à peu près comme si Max – en forçant à peine le trait – avait entendu : « Vous savez que je couche avec... » Oui, cela y ressemblait. Et Max, devant cette question, ne put réprimer une expression que Carl interpréta comme un étonnement. Mais pas n'importe quel étonnement, pas l'étonnement de celui qui pense : « Ah bon, M. Vogelgesang, j'ignorais que vous... », non, pas cet étonnement-là, qui s'appellerait plutôt de la gêne, mais celui de quelqu'un qui vient d'apprendre une chose qu'il ignorait jusque-là. Du coup, c'est Carl qui fut étonné par l'étonnement de Max. Et Max s'aperçut de sa bourde, fit vaguement non de la tête (un non qui signifiait qu'il n'avait pas vu Stern), tenta de changer de sujet. « Quelle foire, cette Nuit blanche ! Vous ne trouvez pas ? » Mais, de la Nuit blanche, Carl n'avait rien à faire, c'était même le cadet de ses soucis, surtout après avoir senti la diversion de Max. Aussi saisit-il le vendeur en chef de Zeller &&fils par le bras, le saisit même plus vivement que ce qu'il aurait voulu, et réitéra sa question pour enfin connaître ce que Max savait au sujet de Stern, que lui ne savait pas. « Vous avez vu Stern, aujourd'hui, hein ? – Oui, il est venu ce matin. – Ah ! – Mais c'est tout, lui dit Max, qui n'en menait pas large. – Comment ça, c'est tout ? Qu'est-ce que vous en savez ? Il était quelle heure ? – Je ne sais plus, onze heures peut-être. – Onze heures ! Mais c'est impossible ! – Dix heures alors… – Vous déconnez, Max ! »

L'homme de confiance de Zeller & fils, qui, à cinquante-cinq ans tout rond (et presque quarante de métier), était dans sa profession, avons-nous dit, un être discret, chez lequel les notions de pudeur et d'amour-propre avaient encore du sens, était par ailleurs très mauvais acteur. Cet homme qui, chaque jour dans sa boutique de luxe, vendait de l'artifice à prix élevé était fort malhabile pour en produire lui-même avec son visage et sa bouche. Démuni et acculé, il finit par dire : « M. Stern est venu ce matin et m'a acheté plusieurs costumes. – Plusieurs costumes ? – Oui. Ainsi que trois paires de chaussures et un manteau de fourrure. – Un manteau de fourrure ? – Il m'a dit qu'il partait à l'étranger. »

Il s'ensuivit un long silence.

« Pourquoi à l'étranger ? gémit Carl d'une voix faible. – Peut-être pour affaires ? » bredouilla Max.

Les affaires de Marcus n'allaient pas trop mal. Nastassia était rentrée de sa leçon *indoor* et se préparait pour sortir. Allongé sur le lit, il pouvait l'observer à loisir dans leur salle de bains, étendue, languide, au fond de la baignoire, les pointes marron foncé de ses seins crevant le nuage rose de mousse. Il avait appelé un peu plus tôt la réception, et un garçon d'étage aux cheveux noirs lustrés leur avait apporté dans un seau à glace une bouteille de cava de chez Freixenet. Ils boiraient bien une ou deux coupes avant d'aller dîner.

En partant brusquement de chez Zeller & fils, Carl se mit en quête d'alcool. Quelques épiceries étaient encore ouvertes dans le centre-ville et maints jeunes gens y entraient et en ressortaient les bras encombrés de canettes de bière et de rhum Negrita. C'était un flot quasi continu. N'était-ce pas devenu une habitude des festivités locales que la joie intense d'une population à se trouver ensemble dans une parenthèse de liberté se manifestât par des effusions imbibées ? Stern lui-même disait : « Que le thème de la fête soit l'art, le sport, la musique, ça se termine toujours en rue de la Soif. » Mais Carl se moquait bien à cet instant-là des opinions de Stern. De ses opinions et du reste. C'est sans scrupule qu'il jeta son dévolu sur une bouteille de cognac bas de gamme, la dernière du rayon. Dehors, il y avait foule. Carl n'avait plus envie de participer à ces réjouissances autour de l'art. La sympathie qu'il éprouvait quelques heures plus tôt pour les larges oreilles moutarde de Pipistrelle avait fondu. Rentrerait-il à Vany ? Siroterait-il son cognac seul dans le jardin tout en restant sourd au grésillement des chipolatas sur le barbecue des Legrand ? Serait-il assez patient pour attendre demain l'ouverture de la banque et interroger le caissier sur les récents mouvements du compte Stern &&Vogel ? Se hasarderait-il à prendre la route jusqu'au village de Saint-Jure et frapperait-il à la porte du presbytère de son associé, où, il réalisait à présent, il n'avait même jamais mis les pieds ? Aurait-il le cran de se rendre rue de Londres, pousserait-il la porte du duplex, pénétrerait-il dans le living, et là, devant Gladys, Tom, Paul et

Anna réunis sur le canapé, se mettrait-il à genoux et demanderait-il pardon ? En avait-il d'ailleurs le désir ? Retourner à l'agence lui parut l'unique issue possible.

Pour rejoindre la rue du Faisan, il dut jouer des coudes. La place de Chambre était occupée par des dizaines de badauds qui se pressaient aux portes d'un club de striptease où l'on annonçait un concert de musique électro. Derrière la file humaine, un groupe de jeunes types au crâne rasé beugla quand il passa à leur hauteur : « La vraie nuit *blanche* ! La vraie nuit *blanche* ! » En les dévisageant, il vit que l'un d'eux distribuait des tracts où était imprimé : NON À LA GRANDE MOSQUÉE DE METZ ! En temps normal, il eût été choqué par ces dévoiements, mais, devant le porche de l'immeuble, il ne pensa qu'à éviter de poser les yeux sur la plaque STERN & VOGEL. Il s'engouffra dans la cage d'escalier.

Tandis qu'il grimpait au troisième, il se souvint que, l'année dernière, au moment de vider la maison du Sablon, il avait éprouvé un soudain sentiment de nostalgie. N'avait-il pas vécu dix ans dans cette maison ? Mais cette nostalgie, qui lui était apparue comme le mal d'un pays nommé adolescence, n'était pas une douleur d'une si grande gravité. Pour en guérir, il faut que je vende la maison, s'était-il dit. Une maison à laquelle il s'estimait au fond peu attaché. Son père et sa mère y avaient vécu jusqu'à leur mort, mais, à la différence de Marcus, Carl pensait qu'une maison n'était ni une mémoire ni un tombeau, il y avait d'autres lieux pour ça. Surtout, celle-ci était liée à une période difficile de son existence, lorsque, en 1975, son frère était parti et l'avait laissé seul. Ça n'était pas un paradis perdu.

Mais ce vendredi soir, à l'agence, le passé prenait une autre forme. Carl avait déjà employé près d'une heure à fouiller le bureau de Stern. Tout en buvant la moitié du cognac, il avait cherché avec fièvre un mot ou un indice, qu'il n'avait pas trouvé. Il était presque vingt-trois heures quand, la bouteille à la main, il traversa en titubant le couloir qui conduisait à son bureau. Il trébucha et ne parvint pas à se rattraper aux piles de dossiers qui n'avaient pas bougé depuis la visite de Mme Beck. Dans sa chute, il renversa des numéros de la revue *Risques*, puis s'étala sur la moquette. Le numéro qu'il avait sous le nez était l'un des derniers parus. Il le connaissait pour y avoir lu un article consacré à « Habiter et déménager en France ». Il parcourut la revue d'un œil flou. Il ne retrouva pas ce passage où l'on apprenait que les familles françaises, à la différence des suédoises qui le font huit fois et les américaines treize fois, déménagent en moyenne cinq fois dans leur vie. S'il se retournait sur son existence, il pouvait se dire que, né à Metz en 1960, jamais, en quarante-neuf ans, il n'avait quitté sa ville natale dans le but d'habiter ailleurs. Ce n'est pas qu'il considérait Metz comme le lieu idéal pour passer sa vie sur terre, mais les circonstances ayant sans doute décidé pour lui, il ne voyait pas pourquoi il aurait agi autrement. Mais il pouvait aussi inverser la question : *Pourquoi n'avait-il pas agi autrement ?* Et pourquoi avait-il fallu qu'il quitte la rue de Londres pour revenir dans ce quartier des origines ?

Entre 1955, année où ils se marièrent, et 1972, où ils devinrent propriétaires de la maison du Sablon, les parents de Carl avaient loué et occupé rue du Faisan, dans l'immeuble attenant à celui de l'agence Stern & Vogel, un appartement au deuxième étage. L'agence, elle, était au troisième. Mais c'étaient à peu près le même immeuble et le même appartement. En quarante ans, si l'on veut, Carl avait gagné un étage. Et, seconde ironie de l'histoire, la fenêtre de son bureau, c'était à quelques mètres près la fenêtre de la chambre qu'il partageait, enfant, avec son frère Marcus. Rien que quelques mètres au-dessous et à gauche. Ils avaient alors sous les yeux la même vue qu'aujourd'hui. En se penchant, Carl pouvait encore apercevoir l'un des pavillons du marché couvert. Ce vendredi 18 septembre 2009, il pouvait presque le voir comme il l'avait vu tant de vendredis des années soixante.

Le bâtiment à l'architecture néoclassique abritait avant la Révolution les appartements de l'évêque, puis fut transformé – autre ironie de l'histoire – en marché aux poissons. Ses arcades ornaient désormais un vaste café où l'on dînait dans une cacophonie générale, encerclé par des images de sport et de mode défilant sur des écrans surdimensionnés. Ainsi la place de Chambre, le décor du marché et plus loin les étals de poissons avaient-ils représenté pour Carl et Marcus le terrain de jeu de leur enfance, malgré l'écœurement que leur causait parfois la vision d'écailles gluantes et de viscères débordant de caissettes en bois. Puis la chambre devint trop petite pour eux deux, la place trop encombrée avec l'essor du commerce et de la bagnole, le quartier trop bruyant. En juin 1972, leur vie se transporta dans la maison allemande. Une maison où il y aurait une chambre pour chacun d'eux, un jardin, une cave – le terrain de jeu de leur adolescence. Et un jour Marcus s'enfuit et ne revint pas. Il vécut à Barcelone, au Pays basque, au Maroc, à Nanterre, dans une douzaine d'endroits différents. Au cours de la même période, Carl, lui, ne connut que des excursions, de rapides allers-retours, de modestes sauts de puce (virées, vacances, études) jusqu'à son emploi à Toul, à soixante-quinze kilomètres de Metz, c'est-à-dire ici même. D'un certain point de vue, c'est comme si un dieu casanier s'était débrouillé pour que le monde de Carl se limitât à cette métropole de cent mille habitants, où rien, semble-t-il, n'éveillait chez lui le désir d'aller vivre ailleurs. Il eut la chance d'y rencontrer ses petites amies, puis sa femme, d'y voir naître ses enfants. Pourquoi aurait-il cherché son bonheur sous un autre ciel ? Et quand Stern lui avait proposé d'ouvrir leur agence à Metz, pourquoi aurait-il dû repousser sa suggestion ? Pourquoi aurait-il dû lui dire que c'était une drôle de coïncidence que de retourner dans l'immeuble frère de celui où il avait vécu enfant ? Bien sûr, il n'avait rien dit à Stern. Qu'est-ce que cela aurait changé ?

La bouteille de cognac était vide à présent. Carl s'assit au bord de la fenêtre en se soutenant à la rambarde, il voulait parler à Marcus, il n'avait pas entendu sa voix depuis Noël et il chercha avec nervosité son téléphone.

Sur la terrasse du Virginia, on entendit les premières mesures de « Street Fighting Man ». « Ton téléphone ! » cria Nastassia. Marcus l'expulsa d'une poche de son jean. « C'est qui ? – Mon frère. » Une poupée s'était penchée au-dessus de leur table pour rallumer le photophore. « Tu ne réponds pas ? » Marcus attendit la fin de la sonnerie.

Qu'avait-il dans son cœur, cette fois ?

7

Une résurrection

Adolescents, leur père les abonna à cette revue musicale anglaise qui fit plus ou moins bon accueil aux métamorphoses de la musique populaire. Le *Melody Maker* était à cette époque-là un hebdomadaire conservateur devenu hystérique. Créé en 1926, il représentait à l'origine une publication professionnelle destinée aux musiciens des orchestres de bal, qui y trouvaient toutes les informations dont ils avaient besoin : liste des concerts de la semaine, présentation des fanfares qui se produiraient le dimanche dans les cités d'Eltham et de Blackpool, petites annonces proposant des auditions pour une chanteuse « non typée » ou les services d'un banjoïste à la recherche d'une tournée dans le Suffolk, publicités illustrées pour des anches à clarinette ou des bas de contention recommandés aux instrumentistes souffrant d'insuffisance veineuse. Après la guerre, les musiciens de jazz y eurent aussi leur place, et les journalistes du *Melody*, qui fumaient en général la pipe et portaient d'élégantes vestes en tweed sous des trench-coats vert bouteille, savaient rivaliser d'esprit quand ils analysaient le toucher subtil de Fats Waller dans « Moppin' and Boppin' », ou commentaient le nouveau spectacle du nouveau sextette du nouveau Count Basie. Mais ça c'était avant. C'était avant les années soixante-dix. Avant l'adolescence de Carl et Marcus.

Quand le rock déferla sur l'Angleterre et sur le reste du monde, les vestes en tweed du *Melody* rétrécirent au lavage. Il suffit de quelques 45 tours pour que ces fins critiques voient leur conception de l'art et de la beauté chamboulée dans les grandes largeurs. Par un réflexe de classe, ils se mirent d'abord à dénigrer ces éructations électriques. L'argument principal, à peine voilé dans les articles du magazine, était que la plupart des jeunes gens qui s'adonnaient à cette musique ne savaient pas jouer. Ils faisaient du bruit, étaient mal élevés, gesticulaient sur scène comme des primates, prenaient des drogues aussi facilement que du Darjeeling, mais sur le plan musical c'était à peu près zéro. « Oserez-vous soutenir, déplora le critique John Pollit, que ces Rolling Stones peuvent être écoutés par les mêmes oreilles qui ont été charmées par les mélodies de Count Basie ? Que T. Rex est un créateur au même titre que Gil Evans ou Fats Waller ? *Damned !* Savez-vous d'où proviennent les hourvaris de ce T. Rex ? L'olibrius affirme avoir eu un jour une apparition. Il se trouvait sur son lit quand un tyrannosaure imprimé sur un poster a bougé ! C'est ce qu'il disait l'autre soir à la radio : "Je me suis aperçu que si j'avais pas détourné la tête, la bestiole m'aurait avalé tout cru et y aurait eu un paquet de sang sur mon paddock. Depuis, je suis sûr que plus rien peut m'atteindre et que je suis bien barré pour être le génie d'aujourd'hui !" Et vous voulez qu'on écoute sérieusement son *Electric Warrior* ? Qu'on décortique avec attention ses râles de cocker en chaleur dans son nouveau "Mambo Sun" ? C'est une plaisanterie ! »

Cependant les temps avaient changé, et plus T. Rex râlait et hurlait, plus sa musique s'emparait du pays :

Oh girl ! I'm just a jeepster for your love
I said girl I'm just a vampire for your love
I'm gonna suck you.
Oh, gamine, je suis un tout-terrain pour ton amour
Je te le dis, gamine, je suis un vampire pour ton amour
Et je vais te sucer.

Comme il fallait continuer à vendre le *Melody Maker*, Ray Coleman, son directeur, journaliste pragmatique, se résolut à tordre en partie ses principes esthétiques. Ce fut le début de l'hystérie. Un matin, il annonça à John Pollitt et à ses confrères que, quitte à se pincer le nez, il fallait ouvrir le magazine aux primates et à leurs outrances, ne rien s'interdire dans ce domaine, ne pas lésiner sur les interviews débiles que réclamaient les teenagers, ne plus être regardant sur les cancans et les ragots, et tout cela avec de grosses manchettes, des titres épais et bien dégoulinants, du genre :

T. REXTASY !

Aux yeux de Carl et Marcus qui, en 1973, étaient âgés de treize et seize ans, lire le *Melody Maker* avait de toute façon beaucoup plus de classe que de lire n'importe quel magazine musical français, qu'il s'agisse de *Best*, *Rock & Folk* ou même de *Pop Music-Superhebdo*. Tous deux trouvaient dans le *Melody* ce dont ils rêvaient : une connexion directe avec un monde qui s'embrasait à des années-lumière de Metz. Ainsi prirent-ils l'habitude de découper avec soin les unes les plus accrocheuses, de confectionner des fiches sur leurs groupes préférés, d'apprendre par cœur des phrases fétiches extraites d'invraisemblables interviews. Et tout cela en anglais. Leur passion nourrie pour l'hebdomadaire était si profonde que, la semaine de mars 2008 où Carl se consacra à vider la maison du Sablon, la seule fois qu'il dérangea son frère en lui téléphonant à Roubaix, c'était l'après-midi où, dans la cave, il était tombé par surprise sur deux cartons où jaunissaient des piles d'anciens numéros de leur cher *Melody*. Il proposa à Marcus d'en faire le partage, et Marcus ne dit pas non.

Lequel des deux aura alors conservé ce numéro funeste de juin 1973, où le journaliste Skip Taylor n'accorda que peu de crédit à la version de l'accident, préférant évoquer une affaire amoureuse ayant mal tourné, soupçonnant même l'entourage de Robert Wyatt d'avoir voulu dissimuler un suicide raté – ou pire encore ?

Les faits, rappelons-le, s'étaient déroulés de nuit, dans un appartement privé et une atmosphère toxique. De quoi plaire, on l'imagine, au nouveau *Melody* dont la rédaction savait maintenant faire flèche de tout bois pour satisfaire son lectorat et ne rien masquer des turpitudes de la planète rock. Pareilles insinuations sur l'accident de Robert Wyatt n'étaient pourtant que des paroles flasques, gonflées par l'avidité et le goût du scandale, et les attaques de Skip Taylor ne tardèrent pas à être balayées.

Si l'on s'en tient pourtant à l'article – du moins pour les éléments factuels – tout ou presque était parti du désir de deux chanteuses, Alpha et Suzy-Mary. Celles-ci se connaissaient et passaient pour être amies, ce qui ne signifiait pas grand-chose dans un milieu où tout le monde fréquentait à peu près tout le monde, s'abouchait avec n'importe qui. Nous savons en revanche qu'elles n'avaient pas le même âge, mais, étant nées le même jour de juin, elles eurent l'idée cette année-là de fêter ensemble leur anniversaire – chose qui jamais ne se reproduisit.

La party devait avoir lieu chez Suzy-Mary, dans son appartement de Maida Vale, à l'ouest de Londres, au quatrième étage d'un immeuble blanc et brique, début de siècle. Plusieurs dizaines de personnes reçurent une invitation sous la forme d'un carton couleur groseille, calligraphié à la plume, et dont l'un des coins, suspecta Skip Taylor, était imbibé d'un produit stupéfiant.

À ce moment-là, Robert Wyatt ne résidait pas à Londres, mais dans sa ferme du Buckinghamshire. La plupart du temps, quand il préparait un nouveau disque, c'est dans cette masure qu'il s'isolait. D'aspect modeste, la ferme se composait de trois baraques en planches grisâtres et avait dû appartenir avant-guerre à une famille d'éleveurs ayant raté l'occasion de faire fortune. La moins délabrée des trois baraques, qui jadis contenait une trayeuse, avait été transformée en salle de répétition et studio – même si les conditions d'enregistrement, en raison de nombreuses fentes dans les murs qui n'avaient été que grossièrement colmatées, restaient imparfaites. Robert Wyatt commençait en général par agencer quelques lignes mélodiques au piano, puis passait d'un instrument à l'autre en s'enregistrant sur des pistes successives. Ensuite venait le moment où il devait trouver des solutions pour résoudre les difficultés qu'il avait lui-même engendrées au cours de cette phase expérimentale. Il savait que les solutions pouvaient déboucher sur le meilleur comme sur le pire, aussi c'est seulement lorsqu'il estimait avoir franchi un certain cap qu'il téléphonait à David Sinclair, Phil Miller ou Bill McCormick, amis musiciens à qui il demandait de le rejoindre pour mettre en place l'architecture de ses compositions, reprendre chaque mélodie jusque dans les moindres détails et aboutir à la conception d'un album qui serait réalisé dans un studio digne de ce nom, à Londres ou à Bristol. Lorsqu'il travaillait ainsi, Robert Wyatt détestait être interrompu. C'est pour cette raison, et non pour la villégiature ou le tourisme, qu'il avait élu comme patrie le Buckinghamshire, comté distant d'une soixantaine de kilomètres de Londres et qui, n'offrant à l'évidence aucun des attraits du Devon, pouvait dissuader d'éventuels intrus et voisins gênants. Dans une interview accordée à un magazine l'année précédant l'accident, Robert Wyatt expliquait que créer était pour lui quelque chose de comparable à ce numéro de Houdini où le fameux magicien se fait ligoter, enchaîner, puis enfermer dans une malle pleine d'eau, avant d'essayer d'en sortir sans dommages. « Une fois dedans, je n'ai plus de temps à perdre, avait-il déclaré avec son sourire enfantin. Voilà en quoi consiste la création : aller le plus loin possible et tâcher d'en sortir vivant ! » Aussi, quand il eut entre les mains l'invitation envoyée par Alpha et Suzy-Mary, il pensa d'abord qu'il avait mieux à faire.

Le 1er juin, ses yeux se posèrent de nouveau sur le carton qui traînait sur le guéridon en céramique où il avait coutume de se servir un verre entre deux séances de travail. Il finit par admettre qu'il aurait tort de négliger ses amies. Il pensa surtout à Alpha qu'il envisageait de solliciter pour un prochain disque. Ne pourrait-il pas d'ailleurs lui en toucher un mot le soir même ? Alors il reboucha lentement la bouteille de brandy, débrancha ses instruments, se lava à l'eau froide sous l'appentis où trônait une vieille bassine en zinc, choisit des vêtements propres, puis, ayant fermé sa ferme à clé, se rendit à pied jusqu'à la gare voisine, qui ressemblait à une église sans clocher, construite à proximité d'un pré d'herbe grasse et très verte où auraient brouté des moutons si, dans cette partie du comté, l'activité lainière ne s'était pas éteinte, comme en d'autres endroits du pays. Au préposé qui feuilletait derrière son guichet un journal illustré, Robert Wyatt acheta un billet, avant de grimper dans un wagon qui exhalait la sueur et le bois humide. Une heure plus tard, il arrivait à la gare d'Euston, hélait un taxi qui stationnait sur Melton Street et lui donnait l'adresse de Suzy-Mary. En longeant Regent's Park, le regard du chauffeur croisa le sien dans le rétroviseur.

Quand il sortit de l'ascenseur, Robert Wyatt s'aperçut que la porte de l'appartement de Suzy-Mary était ouverte et libérait des effluves de gâteau mal cuit. Un tissu oriental, qu'Alpha avait acheté à Tanger, formait un dais rouge sous les lambris du vestibule, et quantité de petites bougies plates brûlaient au milieu de soucoupes en faïence jaune pâle. Les invités portaient des chemises à jabot, des gilets rayés, des robes à volants, des pantalons à franges, des chaussures de ménestrels, des chapeaux baroques. D'un coup d'œil, Robert Wyatt sut mettre un nom sur une dizaine de visages. Un magnétophone à bandes Revox enchaînait des sons de guitares grinçantes et de saxophones vociférants, tandis qu'on entendait depuis un couloir des roulements de tambour et des grognements d'ours, et qu'au fond de la cuisine Suzy-Mary improvisait pour ses amis des mélodies d'une voix traînante, vaguement dépressive. Du bout des doigts, Robert Wyatt lui expédia un baiser, puis prit la direction du living-room. En y entrant, Alpha lui apparut souple comme une antilope, superbe, toute de crêpe pourpre vêtue, un fume-cigarette aux lèvres. Au centre de la pièce, les invités dansaient, tanguaient, s'esclaffaient, parlaient fort. Tout ce qu'il est possible d'absorber par la bouche, le nez, les veines était disponible et passait de main en main, de bras en bras. Un grand chauve, torse nu, les jambes en X sur un coin du tapis, initiait au yoga trois filles vaporeuses. Un couple se léchait tête-bêche sur un canapé vert. Des matelas de fumée montaient au plafond. Robert Wyatt laissa Alpha en conversation avec un certain Scott, géant sanglé dans un pantalon en lézard, et, se saisissant d'une bouteille de Southern Comfort, alla écouter Suzy-Mary. À vrai dire, il n'aimait pas sa voix, qui lui rappelait parfois les pépiements d'une grouse, *kok, kok, kok*, mais son corps, lorsqu'elle chantait, prenait des poses extatiques, qu'il n'était pas ennuyeux d'observer. Elle venait d'interpréter quelques airs connus tirés d'anciennes comédies musicales écossaises, et son auditoire reprenait les refrains en hurlant. *Kok ! Kok ! Kok !* Robert Wyatt, entre deux gorgées de whisky, secoua ses longs cheveux châtains. Dans le living-room, le grand chauve et les filles vaporeuses s'étaient mêlés à l'essaim des danseurs, Scott et Alpha avaient disparu, et le canapé servait maintenant de table à un type corpulent qui découpait à l'aide d'une scie un jambon d'York à l'os.

Chaude et moite était l'atmosphère lorsque, vers minuit, quelqu'un eut l'idée d'ouvrir une fenêtre donnant sur Lanark Road. Spontanément, un groupe se forma pour contempler les étoiles. Le ciel était noir, zébré de bleu. Des phalènes voltigeaient sous la lumière des lampadaires. À chaque passage de voiture, le groupe applaudissait. Peu à peu, les éclairs d'une jubilation collective se répandirent autour de la fenêtre. Une jeune fille à la chevelure argentée s'avança au-dessus du vide pour rafraîchir sa poitrine nue, et un ancien membre du groupe The Nice se frotta aussitôt à elle.

En se rappelant qu'il voulait parler à Alpha, Robert Wyatt était parti à la recherche d'une deuxième bouteille de Southern Comfort. Il déambulait depuis un moment dans l'appartement quand il remarqua la fenêtre ouverte et se mit à jouer des coudes pour être au premier rang. Une Bentley dans la rue glissa tel un saumon. Le groupe s'exclamait de plus belle. Suzy-Mary avait perdu son public et se demandait pourquoi. Robert Wyatt montrait maintenant un sourire flottant. Le grand chauve ronflait sur le tapis. Il n'y avait plus de jambon à l'os ni de type corpulent. Les filles vaporeuses se tortillaient au rythme de « Suffragette City ». Alpha sortit d'une chambre, une ceinture en lézard à la place du cou. Le sourire de Robert Wyatt était de plus en plus flottant. La fenêtre était toujours ouverte au-dessus de Lanark Road. Les applaudissements se multipliaient. Les exclamations fusaient. Les corps vibraient et vacillaient. C'est alors que Robert Wyatt empoigna quelque chose qui n'existait pas, sa main droite fit un drôle de mouvement, il bascula dans le vide et, quatre étages plus bas, s'écrasa sur le trottoir.

Robert Wyatt n'était pas le premier buveur de Southern Comfort venu. Il était l'un des fondateurs du groupe de rock britannique et déjà légendaire Soft Machine, où il avait joué de la batterie, des claviers, et chanté de sa voix d'angelot. Avec Soft Machine, il avait, entre 1968 et 1971, enregistré quatre albums, dont les trois premiers au moins furent considérés par la critique, même celle du *Melody*, comme une contribution essentielle à l'évolution du rock anglais. S'éloignant de Soft Machine où la liberté créatrice s'était étiolée sous la direction monarchique de l'organiste Mike Ratledge, Robert Wyatt avait ensuite entamé une carrière sous son nom, réalisant un premier album, *The End of an Ear*, puis, à l'enseigne du groupe Matching Mole qu'il avait récemment fondé, deux autres disques où notre batteur-pianiste-chanteur renouvelait ses sources d'inspiration dans des compositions sophistiquées, mi-légères, mi-neurasthéniques.

En s'écrasant à l'âge de vingt-huit ans sur un trottoir de Londres, Robert Wyatt survécut par miracle à sa chute, mais elle le laissa paraplégique pour le restant de ses jours. Les semaines suivantes, des amis, pas mal d'admirateurs se lamentèrent sur le destin réduit à pas grand-chose d'un artiste talentueux, dont les projets dépendraient maintenant de deux roues en caoutchouc. Puis l'été arriva à son terme et d'autres événements surent capter l'attention, il y eut d'autres visages où projeter ses désirs, d'autres concerts, d'autres parties. On oublia cette nuit à Maida Vale et le drame ayant assombri l'anniversaire d'Alpha et de Suzy-Mary. On finit même par oublier un peu le pauvre Robert Wyatt, cloué dans une clinique de la ville de Brighton, dont il sortit au bout de six mois, en plein hiver, avec des jambes défuntes et un plaid sur les genoux – situation peu enviable, on l'imagine, pour jouer du rock.

Si Skip Taylor, du *Melody*, s'intéressa tellement à la chute de Robert Wyatt, c'est qu'elle incarnait à ses yeux la vanité de cet art qu'il détestait et dans lequel son magazine, pensait-il, s'était déjà trop vautré. À vrai dire, ce qu'il détestait n'était pas la musique elle-même. Il était capable d'admettre que telle ou telle production à la mode n'était pas sans mérite. Mais il tenait absolument en horreur les rôles que ces musiciens jouaient en se prenant pour les héros d'une vie transfigurée par des forces nouvelles et faussement supérieures. Cette mascarade l'horripilait. Et même s'il n'avait rien contre Robert Wyatt en personne – il avait même plutôt aimé son jazzy *The End of an Ear* –, il exploita sans pudeur ce fait divers tragique dans le seul but de souligner une fois de plus les errements de ce prétendu style de vie.

L'accident de Robert Wyatt connut pourtant un développement inattendu. Quelques semaines seulement après sa sortie de la clinique de Brighton, alors même qu'on l'avait oublié, l'homme-du-quatrième-étage enregistrait à Londres, au Marauder Studio, un disque tout à fait inouï, *Rock Bottom*, reconnu aussitôt comme l'une des plus extraordinaires créations musicales de son époque, et même comme un pur et merveilleux chef-d'œuvre.

Marcus, dans les années qui suivirent la sortie du disque et qui correspondaient à la fin de son adolescence, y voyait surtout une beauté vénéneuse. Si les écoutes successives n'épuisaient pas son intérêt ni la fascination que cette musique produisait sur lui, il ne l'aimait pas vraiment pourtant (beaucoup moins que Carl en tout cas). Lorsque *Rock Bottom*, dans les appartements qu'il occupait ici ou là, tournait sur un électrophone, Marcus entendait le chant éploré d'un homme regrettant ses jambes, sa jeunesse, une part de sa puissance perdue, et ce chant, les jours fragiles, l'enveloppait d'un sentiment de malaise dont il n'était pas dupe.

Au cours de sa vie, comme tout un chacun, des choses fâcheuses lui étaient arrivées. Il avait été malheureux. À Metz, où il s'était parfois senti seul ; en Espagne, où Sarah l'avait quitté ; à Québec, où on l'avait volé et même humilié ; aux Pays-Bas, où il avait été de nouveau seul. Ces infortunes étaient une dent cariée : tantôt il avait l'impression qu'elle lui forait le crâne, tantôt elle se faisait oublier. Il se sentait sans moyens pour la soigner efficacement. Quand sa dent se réveillait, il pensait que les réalités désolantes du monde rehaussaient sa propre désolation. Et la voix de Robert Wyatt, aussi envoûtante fût-elle, l'attristait. Si, à la fin des années soixante-dix, il écoutait encore ce disque, c'était par complaisance, comme pour toucher sa dent malade. Telle fut la première influence de Robert Wyatt sur sa vie. *Rock Bottom* était une œuvre noire qui accompagnait ses moments difficiles.

Aujourd'hui, alors que nous étions à trois jours du Noël 2009, Gladys lui avait téléphoné, et en l'écoutant parler de Carl, Marcus avait pour la première fois songé à autre chose. La veille, il était allé dans le couloir de son appartement encombré d'étagères, s'était agenouillé au-dessus d'une pile de disques tassés dans un carton et avait lui-même été étonné d'y retrouver si aisément le 33 tours de 1974.

Les premières mesures de *Rock Bottom* déroulent le son brumeux d'un harmonium où se mêlent diverses percussions, sèches ou aiguës, discrètes, bruits d'un robinet qui fuit, tintements de verres, glockenspiel, avant les notes oscillantes d'un piano et un étrange vibrato qui pourrait provenir d'un poste de radio où l'on chercherait en vain une station fantôme. Puis la voix de Robert Wyatt. Cette voix, Marcus ne l'avait plus écoutée depuis près de trente ans, au point d'avoir cet après-midi de décembre la curieuse impression de découvrir un album inconnu, comme si *Rock Bottom* renfermait une tout autre histoire que celle qu'il imaginait :

You look different every time
You come from the foam-crested brine
It's your skin shining softly in the moonlight
Partly fish, partly porpoise, partly baby sperm whale
Am I yours ?
Are you mine to play with ?
D'une fois sur l'autre tu n'es jamais le même
Tu es tout de sel, de mousse et d'écume
Ta peau brille doucement au clair de lune
Partie poisson, partie marsouin, partie bébé cachalot
Est-ce que je suis à toi ?
M'appartiens-tu assez pour jouer avec moi ?

À cause de son accident, il était impossible à Robert
Wyatt de jouer de son ancienne batterie. Trop lourde,
trop incommode, elle réclamait une mobilité des
membres qu'il avait perdue. Je ne serai plus jamais
batteur, s'était-il dit à l'hôpital de Stoke Mandeville. Je
ne serai plus jamais moi-même. Mais en réfléchissant
à sa condition et constatant que le traitement réservé
à sa colonne vertébrale ne donnait aucun résultat, il
ne s'était pas réfugié dans des pensées dévastatrices,
ne s'était pas mis à désespérer ou à broyer du noir.
Grâce à une force d'âme peu commune, il avait forgé
une autre idée. Devenir producteur pour injecter de
l'originalité dans des chansonnettes incolores ? Sûrement
pas. Participer symboliquement à des disques avec le
soutien bienveillant de quelques amis musiciens ? Pas
davantage. Son issue ne serait pas plus un pis-aller
qu'un compromis : ce serait une conversion radicale.
Robert Wyatt s'était évertué à concevoir depuis son lit
de paraplégique un tout autre jeu, une autre manière de
jouer de la musique et de se servir de son talent. Un

jeu, non de reconquête (c'en était fini de la conquête et de la gloire) mais de réenchantement. Le jeu libre d'un homme seul qui acceptait ce qui lui revenait. Et si *Rock Bottom* constitue un pur et merveilleux chef-d'œuvre, c'est en raison de cet acquiescement, de ce oui franc donné aux événements pour mieux les dépasser.

C'est vers midi que Gladys avait téléphoné à Marcus pour lui annoncer que le score de Carl, d'après Frisch, avait pris ces jours-ci une mauvaise direction, que de 6, puis 7, puis 8 où il était parvenu début décembre, laissant même espérer un 9 qui eût été un vrai retour au monde humain, son score de Glasgow était soudain retombé à 7, puis descendu à 6, et dégringolé à 5, comme si les fonctions vitales de son frère s'affaiblissaient et s'éteignaient les unes après les autres, et que son état, jugé désormais stationnaire, ne pût plus inspirer chez ses proches que de l'angoisse. De ses grognements encourageants, il n'était plus du tout question. Encore moins d'un rétablissement.

« Il ne reviendra plus, Marcus, lui dit Gladys. Il peut rester comme ça pendant des mois ou des années, m'a dit Frisch, mais il ne reviendra plus. Il n'y a jamais de miracle. » Marcus, qui n'avait pas rendu visite à Carl depuis presque trois semaines, était ennuyé pour répondre à Gladys. Il se remémora une nouvelle fois le film d'Almodóvar, *Hable con ella*, et cette histoire de Meryl Lazy Moon, revenue parmi les hommes au bout de quinze ans de coma, puis il songea à Walt qui était allé chercher son frère Travis près de la frontière mexicaine, et surtout à Robert Wyatt et à sa résurrection, dont il avait réécouté le disque hier soir.

« Mais si, Gladys, dit-il enfin, il y parfois des miracles ! » À ce moment-là, il avoua à la femme de son frère qu'il aimerait les avoir à ses côtés, elle et les enfants, le soir du réveillon. « Quoi ? À Roubaix ? fit Gladys. – Oui, chez moi, pourquoi pas ? Tu n'es jamais venue après tout. On fêtera Noël ensemble. Comme avant. Ce serait bien. »

Puis il tourna la tête vers la fenêtre de son bureau. Dehors, de minces rubans blanchâtres filaient au-dessus du sol, tirés par d'invisibles aéroplanes. Dans une heure, il ferait nuit. Ses yeux se posèrent sur l'enseigne lumineuse du Nuoro. C'était un modeste restaurant où l'on servait des *gnocchetti alle zafferano*, qui sont de petites pâtes en forme de grains de café, faites avec du safran. Les *gnocchetti* sont cuits à l'eau bouillante et servis très chauds, presque brûlants, avec un filet d'huile d'olive et des tomates fraîches, on râpe dessus un bout de pecorino, il n'y a rien de meilleur. Le patron était sarde, son restaurant tenait dans un mouchoir de poche, une salle tout en longueur, le four à pain derrière le bar, des tables carrées couvertes d'une nappe blanche, et sur chaque table de l'huile et une râpe à fromage.

Si Gladys venait à Roubaix, il l'inviterait au Nuoro. Avant cela, il rangerait son appartement, ferait place nette dans le salon et le couloir, descendrait à la cave disques, objets démodés, vieux vêtements, anciens numéros du *Melody*, jetterait aux ordures ses patins à glace nourris à la graisse de phoque. Quant à la caisse à outils qui provenait de son père, il saurait maintenant quoi en faire, tâchant de remonter dans la chambre à coucher, comme il se l'était un jour promis, les vieilles tringles à rideaux. En bas un taxi stopperait, une portière s'ouvrirait, une femme blonde et élancée en sortirait. Elle lèverait les yeux vers la façade, chercherait un numéro au-dessus d'une porte, un homme peut-être à une fenêtre. Les vitres seraient opaques.

Origine des chansons

THE BLACK KEYS, « UNKNOWN BROTHER », *BROTHERS* (2010)

PJ HARVEY, « GROW GROW GROW », *WHITE CHALK* (2007)

THE VELVET UNDERGROUND, « I'LL BE YOUR MIRROR », *THE V.U. AND NICO* (1967)

NEIL YOUNG, « ON THE BEACH », *ON THE BEACH* (1974)

LOU REED, « OH, JIM », *BERLIN* (1973)

THE DOORS, « BREAK ON THROUGH », *THE DOORS* (1967)

THE ROLLING STONES, « NOT FADE AWAY », *BIG HITS* (1966)

THE ROLLING STONES, « I'M A KING BEE », *ENGLAND'S NEWEST HIT MAKERS* (1964)

NICK CAVE, « INTO MY ARMS », *THE BOATMAN'S CALL* (1997)

BEN E. KING, « FIRST TASTE OF LOVE », *DON'T PLAY THAT SONG* (1962)

T. REX, « JEEPSTER », *ELECTRIC WARRIOR* (1971)

ROBERT WYATT, « SEA SONG », *ROCK BOTTOM* (1974)

*

Les extraits de la Bible figurant dans le chapitre 1 sont des traductions de Florence Delay, pour la Première Lettre de Jean, et de Pascalle Monnier, pour l'Évangile de Luc (*La Bible*, éditions Bayard, 2005).

Table

1. *Qu'as-tu dans ton cœur, cette fois ?*   11

2. *La chute*   25

3. *Sainte famille*   69

4. *L'arrivée de Jean-Jacques Stern à Toul.*   131

5. *L'amour est un souvenir de l'amour* ...   201

6. *Nuit blanche*   279

7. *Une résurrection*   325

RÉALISATION : NORD COMPO MULTIMÉDIA À VILLENEUVE-D'ASCQ
IMPRESSION : CPI BRODARD ET TAUPIN À LA FLÈCHE
DÉPÔT LÉGAL : SEPTEMBRE 2013. N° 112371. (73319)
IMPRIMÉ EN FRANCE

Éditions Points

Le catalogue complet de nos collections est sur Le Cercle Points, ainsi que des interviews de vos auteurs préférés, des jeux-concours, des conseils de lecture, des extraits en avant-première…

www.lecerclepoints.com

DERNIERS TITRES PARUS

P3051. L'Empreinte des morts, *C.J. Box*
P3052. Qui a tué l'ayatollah Kanuni?, *Naïri Nahapétian*
P3053. Cyber China, *Qiu Xiaolong*
P3054. Chamamé, *Leonardo Oyola*
P3055. Anquetil tout seul, *Paul Fournel*
P3056. Marcus, *Pierre Chazal*
P3057. Les Sœurs Brelan, *François Vallejo*
P3058. L'Espionne de Tanger, *María Dueñas*
P3059. Mick. Sex and rock'n'roll, *Christopher Andersen*
P3060. Ta carrière est fi-nie!, *Zoé Shepard*
P3061. Invitation à un assassinat, *Carmen Posadas*
P3062. L'Envers du miroir, *Jennifer Egan*
P3063. Dictionnaire ouvert jusqu'à 22 heures
       Académie Alphonse Allais
P3064. Encore un mot. Billets du Figaro, *Étienne de Montety*
P3065. Frissons d'assises. L'instant où le procès bascule
       Stéphane Durand-Souffland
P3066. Y revenir, *Dominique Ané*
P3067. J'ai épousé Johnny à Notre-Dame-de-Sion
       Fariba Hachtroudi
P3068. Un concours de circonstances, *Amy Waldman*
P3069. La Pointe du couteau, *Gérard Chaliand*
P3070. Lila, *Robert M. Pirsig*
P3071. Les Amoureux de Sylvia, *Elizabeth Gaskell*
P3072. Cet été-là, *William Trevor*
P3073. Lucy, *William Trevor*
P3074. Diam's. Autobiographie, *Mélanie Georgiades*
P3075. Pourquoi être heureux quand on peut être normal?
       Jeanette Winterson
P3076. Qu'avons-nous fait de nos rêves?, *Jennifer Egan*
P3077. Le Terroriste noir, *Tierno Monénembo*
P3078. Féerie générale, *Emmanuelle Pireyre*

P3079. Une partie de chasse, *Agnès Desarthe*
P3080. La Table des autres, *Michael Ondaatje*
P3081. Lame de fond, *Linda Lê*
P3082. Que nos vies aient l'air d'un film parfait, *Carole Fives*
P3083. Skinheads, *John King*
P3084. Le bruit des choses qui tombent, *Juan Gabriel Vásquez*
P3085. Quel trésor!, *Gaspard-Marie Janvier*
P3086. Rêves oubliés, *Léonor de Recondo*
P3087. Le Valet de peinture, *Jean-Daniel Baltassat*
P3088. L'État au régime. Gaspiller moins pour dépenser mieux
       René Dosière
P3089. Refondons l'école. Pour l'avenir de nos enfants
       Vincent Peillon
P3090. Vagabond de la bonne nouvelle, *Guy Gilbert*
P3091. Les Joyaux du paradis, *Donna Leon*
P3092. La Ville des serpents d'eau, *Brigitte Aubert*
P3093. Celle qui devait mourir, *Laura Lippman*
P3094. La Demeure éternelle, *William Gay*
P3095. Adulte jamais, *Pier Paolo Pasolini*
P3096. Le Livre du désir. Poèmes, *Leonard Cohen*
P3097. Autobiographie des objets, *François Bon*
P3098. L'Inconscience, *Thierry Hesse*
P3099. Les Vitamines du bonheur, *Raymond Carver*
P3100. Les Trois Roses jaunes, *Raymond Carver*
P3101. Le Monde à l'endroit, *Ron Rash*
P3102. Relevé de terre, *José Saramago*
P3103. Le Dernier Lapon, *Olivier Truc*
P3104. Cool, *Don Winslow*
P3105. Les Hauts-Quartiers, *Paul Gadenne*
P3106. Histoires pragoises, *suivi de* Le Testament
       Rainer Maria Rilke
P3107. Œuvres pré-posthumes, *Robert Musil*
P3108. Anti-manuel d'orthographe. Éviter les fautes
       par la logique, *Pascal Bouchard*
P3109. Génération CV, *Jonathan Curiel*
P3110. Ce jour-là. Au cœur du commando qui a tué Ben Laden
       Mark Owen et Kevin Maurer
P3111. Une autobiographie, *Neil Young*
P3112. Conséquences, *Darren William*
P3113. Snuff, *Chuck Palahniuk*
P3114. Une femme avec personne dedans, *Chloé Delaume*
P3115. Meurtre au Comité central, *Manuel Vázquez Montalbán*
P3116. Radeau, *Antoine Choplin*
P3117. Les Patriarches, *Anne Berest*
P3118. La Blonde et le Bunker, *Jakuta Alikavazovic*
P3119. La Contrée immobile, *Tom Drury*